中国奥地、レド公路の終点昆明よりさらに重慶寄りの地点と思われる。道を行くのは米軍用車両。インドのレドを基点として昆明をめざすレド公路は、援蔣ルートと呼ばれ、豊富な物資の補給を可能にし、連合軍の勝利に結びついたともいえる。公路上には激戦が行なわれた数々の要衝があった。

昭和18年４月、インパール作戦直前の第15軍幹部たち。前列左より第33師団長柳田元三中将、第18師団長田中新一中将、軍司令官牟田口廉也中将、第56師団長松山祐三中将、第31師団長佐藤幸徳中将。

自由インド国民軍。チャンドラ・ボースが樹立した自由インド仮政府の軍隊として戦線に参加、作戦行動上は日本軍の指揮下に入った。

NF文庫
ノンフィクション

新装版

死守命令

ビルマ戦線「菊兵団」死闘の記録

田中 稔

潮書房光人社

死守命令——目次

第一章　サンプラバムの対ゲリラ戦

ミートキーナ守備隊……11
防空壕掘りで学んだこと……14
「ヤクザな兵隊」教育……17
見えぬ敵に翻弄される……21
最北端の要衝……25
路上斥候の戦死……29
「ゲリラ」をのさばらせるな……32
もんどり打つゲリラ兵……36
崖上からの襲撃……40
鬼門サンプラバム……43
敵の戦闘機を撃墜する……46

第二章　フーコンの死闘

激戦地「フーコン」に派遣される……51
奇しき巡り合わせ……55
敵のゲリラから学ぶ……61
全火器あげての一斉射……65
ふがいなき友軍……67
逃亡兵……71
上官かぜを吹かすな……75
激怒する大隊長……80
あっぱれな敵の戦法……84
よき部下にめぐまれて……88
重傷者に嘘をつく……91
伊川曹長の懐中時計……93

若武者の羞恥心……95
死守命令の〝読み方〟……99
手榴弾奇襲の功罪……103
有松上等兵の進級……106
ドジな山砲野郎め！……110

第三章　地獄の伐開路

ついに来た撤退命令……117
千人針の腹巻きを失う……120
涙でむかえる友軍機……123
予備隊のはずなのに……125
あの山頂を占領せよ……132
マラリア発症……134
地獄図絵の伐開路……138
情け深い戦友たち……143
ウントウの野戦病院……146
鏡に映った「老爺の顔」……150
弱兵「M兵団」の兵士……152
御堂衛生兵の奮闘……154
Y兵団の野戦倉庫……157
カーサの野戦病院……161
イラワジ河の川下り……163
ナンカンを目指す……167
うれし泣きする新垣上等兵……168
ナンカンで戦力を整える……174
旅団長相田俊二少将との会食……175

第四章　ミートキーナ防衛戦

要衝ミートキーナ……179
敵空挺部隊の来襲……182
周章狼狽する敵……185
停車場奪回……187
背水の陣、完成す……189
米支連合軍の内情……192
助っ人部隊の奮戦……193
悲劇の萌芽……196
五月下旬の戦闘……200
大隊長山畑少佐戦死す……202
敵将の首のスゲ替え……204
水渕大隊到着と水上少将着任……206
第三十三軍命令……210
反撃の機を失する……214
陣地戦……216
七月の攻防戦……219
戦況不利に傾く……221
決死の孤立部隊救出……225
玉砕の危機迫る……228
第五中隊長上藤中尉の戦死……230
速射砲中隊の奇襲……233
守備隊への感状授与……236
戦闘の終焉と脱出行……238
檜山中尉の手記㈠　渡河命令下る……242
檜山中尉の手記㈡　渡河の地獄図絵……246
田中軍曹の手記㈠　死に神を呼ぶ筏……251
田中軍曹の手記㈡　渡河点の戦友愛……255
この連隊長のために死にたくない……260
水上少将自決す……263
丸山軍医中尉の回想……266

第五章　中部ビルマ戦線

チャウメの健兵訓練隊……272
人事異動……275
威力捜索隊長を志願する……279
メイミョウの異変……283
待ち伏せる敵……286
敵を極力遅滞せしめよ……289
ミンゲ渡河点警備……293
メイクテーラ会戦はじまる……297
対戦車戦闘……300
先遣隊の死闘……303
湖東台の攻防……311
五十六連隊の「下剋上」……314
M兵団に配属を命ず……318
M兵団の評価……322
戦争恐怖症……329
配属部隊の扱い方……332
スパイを実験材料にする……335
敵の戦闘機に襲われる……339
一人一日米七勺……342
ケチな参謀の鼻を明かす……347
部下の不始末に慌てる……351
モチ鉱山での悲運……354
方面軍司令部の醜態……358
K中尉の自決……362
丸山大佐、汚名を挽回……365

第六章　ビルマ最後の戦い

シッタンへの道……369
慰安婦の物語……372
トングーでの二つの思い出……375
支隊の解散と原隊復帰……379
第二大隊副官を命ず……382
悲惨！　溺死者の群れ……386
連隊本部付を命ず……389
二人の下士官の陳情……392
最後の攻勢作戦……395
奇跡のアビヤ奇襲焼き打ち……399
終戦……402
軍旗奉焼……406
あとがき　410

死守命令

ビルマ戦線「菊兵団」死闘の記録

第一章　サンプラバムの対ゲリラ戦

ミートキーナ守備隊

「ミートキーナ」は、別名「密支那《ミチナ》」ともいう。ビルマの国の首都ラングーンを起点とするビルマ鉄道の終着駅の在る街である。

私の所属する歩兵第百十四連隊（連隊長小久久大佐――丸山房安大佐）がこの北辺の要衝を拠点として、その周辺の守備についたのは昭和十七年の暮れであった。

昭和十六年十二月八日、日米開戦となり、駐屯していた南支から輸送船団によりタイ国のシンゴラに上陸してマレー半島の東海岸を縦断し、ジョホールバールからシンガポール島に渡り、同島の攻略に参加（二月）、ついでビルマ進攻作戦に参加（四月）、ビルマ中部の要衝マンダレーを占領したのが五月一日、つづいて北部シマン州の残敵掃討を終え、メイクテーラでしばし英気を養った。

その間に兵員の補充と戦地勤務の長い将兵の内地への帰還などが行なわれ、年末に向かってミートキーナに移駐したのであった。

連隊は第十八師団（菊兵団）に所属していたが、師団主力の歩兵第五十五、五十六の両連隊がフーコン地域に移動したため、守備する地域の関係で師団から切り離され、第三十三軍（軍司令官本多政材中将）の直轄指揮するところとなった。

この街は人口一万あまりに過ぎない小さな街であったが、物資は豊かで街のたたずまいは整然としていて緑も多く、日本の仙台の街を小さくしたところと評する人もいたくらいであった。

街の東側を流れるイラワジ河は、川幅の広いところは一キロ近くあり、その延長は遠く首都ラングーンにまでおよんでいた。

雨期には滔々と流れる茶褐色の奔流と化したが、いつもはきわめて静かな清流で、晴れた朝は川面に深い霧が立ち込め、原住民の漕ぐ小舟や周辺の景色が墨絵の名画のように霞んで眺められ、まさに平和境そのものであった。

連隊は本部をミートキーナに置き、傘下の三コ大隊をつぎのように配置して守備態勢をととのえた。

第一大隊（長・猪瀬重雄少佐）を第五十六師団長の指揮に入れ、ピモー、茶山河地区に配置して雲南方面からミートキーナ方面に浸透してくる重慶軍に備えさせた。

第二大隊（長・山畑実盛少佐）ミートキーナーサンプラバムーフォートヘルツ道の周辺警備、その西方クモン山系方面から浸透を予想される連合軍に備え、本部をサンプラバムに据えた。

第三大隊（長・亀本哲少佐）当初、本部をモガウンに置いたが、まもなく第十五軍直轄として、シャン州に配置された。後にミートキーナの連隊主力と合流した。

守備隊が移駐後、一番最初に取り組んだのは、翌年二月に開始された、サンプラバム道周辺に出没するカチン族ゲリラに対する甲号粛清討伐作戦であった。

追えば逃げる、退けば出て来る、このゴマの蠅のようなゲリラにさんざん悩まされ、苦汁を飲ませつづけられたのが、一年有余にわたるサンプラバム守備隊（第二大隊）が背負わされた宿命であった。

このゲリラというのは、日本がビルマ進攻作戦（昭和十七年四月～五月）の際、ビルマを守備していた英印支軍がビルマから退却した後、北ビルマの要衝ミートキーナ―モガウンより北部の山岳地帯で編成されたものである。フォートヘルツ（別名プタオ）に基地を持つ、英人将校に率いられた山岳民族（カチン族）により組織されており、その数は二百とも三百ともいわれる武装した敵性の住民たちであった。

彼らはわが連隊の根拠地であるミートキーナからサンプラバム（ミートキーナ北方百三十八マイル地点）に通じる道路周辺に出没し、行き通う日本軍の小部隊を襲い、手痛い打撃を加えるのであった。

彼らの戦法は、見上げるような絶壁の上から、その下を通る日本兵に自動小銃で猛射を浴びせたり、ゆるいカーブを画いている道路上を行進する将兵の姿が丸見えとなり、一方が断崖、片方が絶壁で射たれても、どこにも逃げ場のないような場所を選んで待ち伏せ、地形地物を巧みに利用した陣地を作り、その中に潜んでいた。不用意に通りかかる将兵たちは、手もなく餌食にされたのである。

彼らに対する戦術も訓練も、何一つとして教わっていなかった将兵は、戸惑いを感じるとともに、その犠牲が重なるうちに、ついにはゲリラに恐怖を覚えるようになっていた。

ゲリラは身軽で、二、三名が一組となり、多くて四、五名が一つの単位をなしていた。武器は自動小銃やトミーガン（短機関銃）がほとんどで、ライフル銃を持っている者もいた。英人将校のゲリラ隊長は、ゲリラにどういう訓練をしていたのかわからなかったが、道路の要所要所に地雷を敷設し、物資輸送の輜重隊の自動車や牛車隊に少なからざる損害をあたえた。

ゲリラに襲われた日本軍は絶対に逃げず、かならず付近の地形地物によって身を隠すか、あるいは伏せて弾を避けようとするので、道路の両側の窪地や物陰には、両端を鋭く削った毒槍（長さ三十センチ、幅二センチ、厚さ五ミリくらいの竹製）を数百本、植え込んで危害を加えようとしていた。

これが驚くほど効果を発揮し、襲われて退避する将兵たちの手といわず足といわず、ところかまわずブスブスと突き刺さり、心胆を寒からしめたのである。

防空壕掘りで学んだこと

連隊がメイクテーラからミートキーナに移駐したとき、中隊が一番最初に手がけたのは防空壕作りであった。メイクテーラの空襲で痛い目に遭い、その必要性を痛感していた中隊長は、その仕事をT少尉に命じた。

中隊の宿舎の一隅に作ることになったのだが、どういう防空壕を作ってよいのか格別指示もないままに、深さ二メートル、横幅一・五メートル、長さ八メートルの壕を掘り、その上にチーク材の柱を横にしてビッシリと並べて渡しかけ、その上に約五十センチの土盛りをして踏み固め、壕の左右に出入口を作った。

爆弾の直撃でも喰わぬ限り大丈夫であるという判断が、T少尉にはあった。それに、たかが防空壕掘りの使役に兵士たちを疲れさせるのは気の毒だという配慮もあった。

出来上がった防空壕を点検に来た中隊長は、一目見るなり一言のもとに、

「こんな防空壕では役に立たん、爆弾の直撃を喰ったら、ひとたまりもないではないか」と御機嫌が悪い。T少尉は、

「ハァ、しかし、どんな防空壕を作ってよいか、何も指示がなかったものですから」とチョッピリ言い訳をした。

「ソーカ、よし、それじゃオレが手本を示してやるから、黙って見とれ」と、臆病で評判の中隊長直接指揮の防空壕作りが開始された。

中隊長のいる宿舎は、指揮班がいっしょに同居していたのだが、その建物は木造トタン葺きながらしっかりした建物で、基礎には約三十センチの厚さのコンクリートが打ってあった。その下より約一メートルの厚さの土を残し、その下に深さ一・五メートル、幅二メートルの壕を掘らせ、炭坑と同じ要領で頑丈な坑木を一メートル間隔で立てさせ、天井を支える枠組を作り、天井や側壁を厚さ三センチの板で囲うという立派なものであった。

出入口には階段をつけて地表から降りられるようにし、しかも至近弾の爆風が直接壕内に入らぬように、通路の途中が直角に曲げてあるという念の入れようであった。中隊長専用の

出入口が設けられたことはいうまでもない。

「ドーダ、オレが欲しかったのは、こういう防空壕のことなんだ。わかったか」

中隊長は、得意気に鼻をうごめかした。T少尉は癪にさわったが、この立派な防空壕を目の前にしては、さすがに一言もなかった。

昼夜兼行の作業に、兵士たちもブツブツ不平をいっていたが、完成してみると、まんざらでもなさそうであった。この防空壕は、中隊長用だけでなく、兵士たちの身を同時に守ることになった。最初の動機が中隊長自身の防衛からであったにせよ、T少尉は大いに教えられるものがあった。

人はだれでも安易な道や手段を選ぼうとするところがある。軍隊でもその心理に変わりはない。しかし、指揮官は必要とあらば、部下たちに安易な道を選ばせてはならぬ非情さを求められることがある。どんなに不平不満の陰口をたたかれようと、もし一命にかかわる危険がともなう場合は、断固とした最善の処置をとらなければならぬことを悟らされたのである。

防空壕が完成してまもなく、敵の重爆撃機九機編隊による爆撃があり、幸いに将兵の死傷者は出なかったが、十頭あまりの軍馬を失うという損害を出した。軍馬の防空壕まで手が回らなかったのは、まことに残念であった。

T少尉は後日、サンプラバム勤務を命じられたとき、この中隊長の防空壕を参考にして、丘陵の斜面を利用した横穴式の丈夫な防空壕を構築し、視察に来た大隊長の山畑少佐を驚嘆させたことがある。

その結果、さっそく守備隊はT隊の防空壕を見習って作り直せということになり、各隊の傷病者は一時、T隊の防空壕に収容してもらって空襲に備えることが決まり、大いに面目をほどこすことになった。

T少尉はどんなところにも、どんな人からも教えられることがあるものだと思い知らされ、それから自分の生き方を反省するようすがにするようになった。

「ヤクザな兵隊」教育

厳然たる階級制度の軍隊組織の中で、個人の自己主張など及びもつかないことではあったが、軍隊といえども人間の集まりであることに変わりはない。赤裸々な人間の姿もうかがえようというものである。軍神と讃えても恥ずかしくない軍人もいれば、軍人の風上にもおけない保身と私欲のかたまりのような人もいたのである。そうした事実を、私は虚心に述べてみたい。

私が中隊長代理を命じられ、ミートキーナで西地区警備司令の任務についていたころ、内地から七、八名の未教育の召集兵の補充があった。三十歳から四十歳近くの、兵隊としては、老兵の部に入る人たちであった。

この人たちの身上調査を、中隊長はしなくてはならないのだが、その中にまことに兵隊らしくない一人のヤクザが混じっていた。私の机の前に座ると、大抵の兵士は緊張して神妙に質問に答えるのだが、彼はそうでなかった。片腕を椅子の背にもたせ、足を組み、中隊長なにするものぞといわんばかりの態度を示した。私はハッタリの強い男だなと思ったものの、そしらぬ顔で訊ねた。

「ここは戦地で内地とは違うのだが、軍隊をどんなふうに思っているのか」

「ああ、人は怖いところだというが、オレはちっとも怖いところだと思っちゃいねえ」

「ほう、そうかね」

「こっちに来る船の中で生意気な見習士官がいて、癪にさわったから、そ奴の軍刀を引き抜いて、太股を切りつけてやった。みんながたまげて、それからオレに一目おくようになったんだ」とうそぶいた。

処罰問題が起きなかったのは、輸送船の中の出来事として、当事者たちが不問に付したのであろう。

「戦地だから、砲爆撃や銃撃も覚悟せねばならんが」

「敵の弾なんか、オレは怖いと思っちゃいねえ」

「そうか、たいそう勇気があるんだな。そのうち勇ましいところを見せてもらうよ」

私はこのヤクザ上がりを一人前の兵士に仕立てる近道は、一日も早く実戦に参加させるしか方法はないと思った。その時期が、意外と早く訪れた。

サンプラバムへの糧秣輸送のため、輜重隊から六両編成のトラックが派遣されることになった。そのトラックの護衛の役割を、わが中隊が受け持つことになった。

私は、この松江の思い上がりを少しでも懲らしめるために、護衛の分隊長を呼び、松江二等兵を連れて行くことを命じた。

「補充兵の松江では役に立たんと思いますが……」

「わかっている。松江が立派な兵士になるために鍛えることが必要なのだ」

この輸送隊は、途中でかならず敵機に発見されて攻撃されるか、ゲリラの待ち伏せを受けて損害を出すに違いないという予測が私にあった。

そのときこの松江がどういう行動をとるか、おそらく日ごろの大言壮語に似合わない卑怯な振舞いをするのではあるまいか、もしそうであったら、そのときこそ彼を教育するチャンスであると考えたのである。

私の予想は的中した。輸送隊は早朝出発したのだが、十一時近く、サンプラバム方向に敵の戦闘機が数機、乱舞するのが見え、同時に凄まじい爆撃銃撃の音が周辺に谺《こだま》し、つづいて黒煙が空高く舞い上がった。

輸送隊は敵機に襲われたのである。サンプラバムへの輸送は失敗し、トラックの二台は炎上して他のほとんどが損傷を受けた。幸いに兵員には異状がなかった。物笑いの種になったのは、松江の逃げ足の早さであった。

来襲する敵機を発見した護衛兵たちは、トラックの屋根をドンドン叩

ビルマ北部でゲリラと戦った著者。写真は、昭和16年12月、少尉任官当時。

き、「敵機来襲、敵機来襲」と、危険の迫ったことを知らせ、トラックを道路のカーブの内側に停車させて、敵機からの攻撃をできるだけ避けるように配慮し、兵員たちは手近な地隙や物陰に身を隠した。

対空火器もないので、敵機のなすがままであったが、銃爆撃の嵐のような時間が過ぎた後、分隊長が兵員たちの異状の有無を点検したところ、松江二等兵だけがいないのである。

「松江はどこにいる」

「オーイ松江、松江はおらんか」

捜す分隊員たちの前にやっと姿を現わしたのは、三十分もたってからであった。

「お前は一体、どこに隠れていたのか」

「ハイ」蚊の鳴くような声である。

「心配するじゃないか。どこにいたのか、いってみろ」分隊長の詰問に、

「ハァ、道路の下は深い谷で危ないので、右手の崖を登って向こう側の谷間にいました」という。

「そんな遠いところまで逃げていたのか。この馬鹿もん、オレたちはトラックの護衛兵なんだゾ。危ないからといって、トラックから遠く離れるやつがあるか」

とんだところで、彼の臆病さと逃げ足の早さがバレてしまい、まさに顔色なしであった。

帰って来た彼に、私はたずねた。

「えらい目に遭ったようだな、敵機の銃爆撃がどんなものか、わかったと思うが……。それとも平気だったか」

「イエェ、とんでもありません。恐ろしかったです」

「そうか、それがわかればよい。これから大きな口をきくと笑われるゾ」

私は彼に一本釘を刺した。松江はよっぽどこたえたと見えて、それ以来、人が変わったようになり、立派な兵士として忠実に任務に服するようになった。

怖い物知らずの暴れん坊たちを教育するには、実戦の恐ろしさを体験させ、真の勇気がどんなものであるかを悟らせることがいちばん効目《ききめ》があるという一例であった。

見えぬ敵に翻弄される

内地から着任したばかりの二大隊長日高少佐は、サンプラバム道を進む右翼隊長を命ぜられ、その指揮をとったものの、視界のきかない山岳道路で神出鬼没するゲリラを相手に、戦闘の要領がつかめず、すっかり手を焼いた。

これまでに体験した戦場は視界が広々として、小銃中隊が左右に展開し、重火器がこれを支援し、さらに戦車や重砲が戦列に加わり、敵を攻撃するという戦法であった。

南支、マレー、シンガポール、ビルマにおける各作戦も、大小の差はあったが、たいがいこの方法で戦闘が行なわれてきた。

しかし、このゲリラは姿を見せず、前進する日本軍は撃たれるまで彼らがどこに潜んでいるのかわからないのである。地雷も巧妙に敷設してあり、排除に赴いた工兵隊からも犠牲者が出る始末。

日高少佐は兵士から下士官となり、さらに少佐まで累進した老練な人で、その戦歴は赫々たるものがあり、武勲に不足のない立派な大隊長であった。しかし、この見えぬ敵による犠牲があまりにも多いのに驚き、慎重な戦法に切り替えた。

道路の先頭を進む路上斥候の代わりに、牛に小さなローラを曳かせ、その後から牛追いよろしく長い鞭で牛の尻を叩いて前進させ、ローラが地雷に触れて爆発しても、後続する斥候は助かるという段取りである。

また、どこに潜んで待ち伏せしているかわからぬゲリラに対し、潜んでいそうな地形や地物に先手を取って射撃を浴びせ、その反応を見るという戦法がとられた。

作戦の当初、闇雲に先を急いだ前進の仕方に多数の犠牲者を出したが、こんどはゲリラも油断ができなかった。地雷探知機や防弾装置のついた装甲車など持たない作戦に、他の方法があるはずもなかった。

この戦法は、大隊の将兵に好感をもって迎えられたが、切歯扼腕したのが作戦指導に来ていた師団の作戦参謀のO中佐であった。この参謀の言葉を借りれば、

「何をグズグズしているのか、日本軍ともあろう者が、ゲリラごときに振り回されてみっともない。恥を知れ。どんどん前進しろ」である。

この作戦の最終目的地は、サンプラバムであった。

「こんなノロマな有様で、いつサンプラバムに着くかわからん。まごまごするな」

作戦指導の立場から、道路周辺で待ち受け、抵抗するゲリラを一日も早く駆逐して、目的地に到達するのがこの参謀の腕の見せどころのようであった。

著者が所属していた菊兵団・歩兵第114連隊の将校団。写真は、昭和16年 8月、南支淡水駐屯時代の撮影で、最前列中央が当時の連隊長伊東武夫大佐。

「皮を斬らせて肉を斬る。肉を斬らせて骨を斬る」朝な夕な軍刀を引き抜いて、エイッオーッとこれみよがしに素振りをくれ、勇猛を誇示する参謀殿は威勢がよかった。連隊長（小久大佐）にも遠慮なく苦言を呈していた。

前連隊長の伊東大佐（後に中将）は、作戦参謀といえども、作戦指導が気に入らなければ呼びつけて叱り飛ばしたというのに、温和な連隊長は、一言半句も逆らわなかった。

私はこの参謀の無礼とも思われる言動に、いささか反感を抱いたものであったが、一人私だけではなかったと思う。

さすがのゲリラも、討伐隊の戦法に長く抵抗するのは歩が悪いと悟ったのか、第三渡河点を突破したころから、潮が引くようにゲリラは姿を消し、討伐開始のころの苦戦にくらべ、サンプラバムへの道は容易となった。

この作戦が終了したとき、着任して間もない日高少佐は、わずか三ヵ月あまりで内地に転属を命じられた。私はこの参謀の逆鱗に触れた結果だと推測した。もし日高少佐が解任されることなく、二大隊長としてその職務にとどまっていたら、それからの大隊の運命を大きく変えたに違いないと私は思っている。

　威勢のよかったＯ参謀殿も数ヵ月後、軍司令部で催された作戦会議に出席し、その帰路、敵戦闘機に襲われて搭乗機が撃墜され、同乗していた横山参謀長、敬愛する堂園軍医大尉たちといっしょに戦死され、皮肉な運命に唖然とさせられた。

　日高少佐が着任して間もないころ、われわれ若い将校を招き、懇親会が催されたことがある。そのとき、少佐は血の気の多い者たちへの戒めとして、つぎのような物語りをしたことがあった。

「貴公たちは若くて血の気が多い。戦争は人を狂気にする。捕虜を処罰したり、処刑したりすることがあるかも知れん。しかし、無抵抗な者に対して絶対に首を刎《は》ねたり、傷つけたりはするな。戦場で殺すか殺されるかの瀬戸際ではそんなことはいっておれぬが、平穏なときはせん方がよい。私の若いころ、胆試しということもあって、何人かの捕虜を痛い目に遭わせたことがあった。ところが、妻を迎え、子供にも恵まれて幸せだと思っていた私の家庭がたちまちにしてくずれ、妻に先立たれ、子供に死なれ、天涯孤独の身になったとき、思い浮かんだのは戦時中、痛い目に遭わせた捕虜たちのことだった。また知らずに犯した罪、そうしたものに対する報いではあるまいかという反省だった。貴公たちは、若いからそんな馬鹿なことがと思うかも知れん。だが、私くらいの年になると、きっと後悔するときがあると思う。年寄りの冷や水のようだが、心に留めてほしい」と、しみじみとした口調で諭されたことがあった。

私は終生、これを忘れることが出来ない。少佐は齢《よわい》五十に近く、温顔で恰幅がよく堂々とした偉丈夫という感じの人で、人間味豊かな大隊長であった。この人とならば悦んで生死を共にしたいと思っていたのだが、御縁がなかったと見える。まことに名残り惜しい人であった。

最北端の要衝

北ビルマの最北端の軍事的要衝に、フォートヘルツ（別名プタオ）とサンプラバムの二つの拠点があった。フォートヘルツはインドに近く、英軍の勢力範囲にあったが、サンプラバムは十八師団の守備範囲内の拠点として確保しておきたいところであった。

それは、フーコン地峡のシンブヤン、シュローとを結ぶ同線上に位置していたからである。東はインド、西は中国、南はビルマの三国が、三角の頂点で肩を寄せ合ったような場所の中央部にあった。ここに日本軍が駐屯していることは、レド公路（インド―ビルマ―中国）を結ぶ援蔣ルート打通を目指す英米中連合軍にとって、目の上の瘤のような存在であった。

ここの台地には、赤トタン葺きのバンガロー風の瀟洒《しょうしゃ》な建物が十数棟散在し、遠くから眺めると、周辺の緑の中に赤い屋根と白い壁の建物が巧みに溶け込んで、高原の避暑地のような雰囲気を醸し出していた。この拠点を維持するために、私の所属する第二大隊が大きな犠牲を支払うことになったのである。

討伐作戦が終了したとき、サンプラバムには大隊長の指揮する守備隊が常駐することになった。ミートキーナーサンプラバムに至る道路を横切って、右側に流れるイラワジ河に注ぐいくつかの小川があり、その渡河点を第一から第六までを番号順に名づけ、そこに若干の警備隊が置かれた。

私は当初、第三渡河点の警備隊長を命じられ、機関銃一コ小隊を指揮し、工兵隊から渡河点の架橋に来ていた三沢少尉（陸士五十五期、後に陸上自衛隊陸将補）以下の作業を援護するとともに周辺住民を宣撫し、情報収集に務めた。

内地に転属になった日高少佐の後任として山畑少佐が着任したが、やはり下士官から累進した人で、日高少佐の温容をたたえた人柄とは異なり、年齢も若く、軍規に対し厳しい感覚を持つ律儀な人間のようであった。

第三渡河点の警備について二ヵ月後、サンプラバム勤務を命じられ、前任者の花田中尉の小隊と交替することになった。守備隊の編成は、大隊長山畑実盛少佐、副官宗譲中尉、第六中隊長平井郁郎中尉、隊付平城少尉、岡田少尉、機関銃小隊長田中少尉、大隊砲一コ分隊、通信隊一コ分隊、五号無線一コ班、第二野戦病院分院志田軍医中尉、斉藤軍医少尉らからなる約三百名であった。

山畑少佐は内地から転属して来たばかりのせいもあって、大変な張り切りようであったが、昭和十六年十二月八日、大東亜戦争に突入以来、相つぐ作戦参加でいささかくたびれ気味の将兵たちにとっては、煙たがられたようである。しきりと警備地周辺を偵察させ、出没するゲリラを捕捉しようとした。

まず第一陣として出発した第六中隊の平城少尉（陸士五十五期）は、待ち伏せるゲリラの

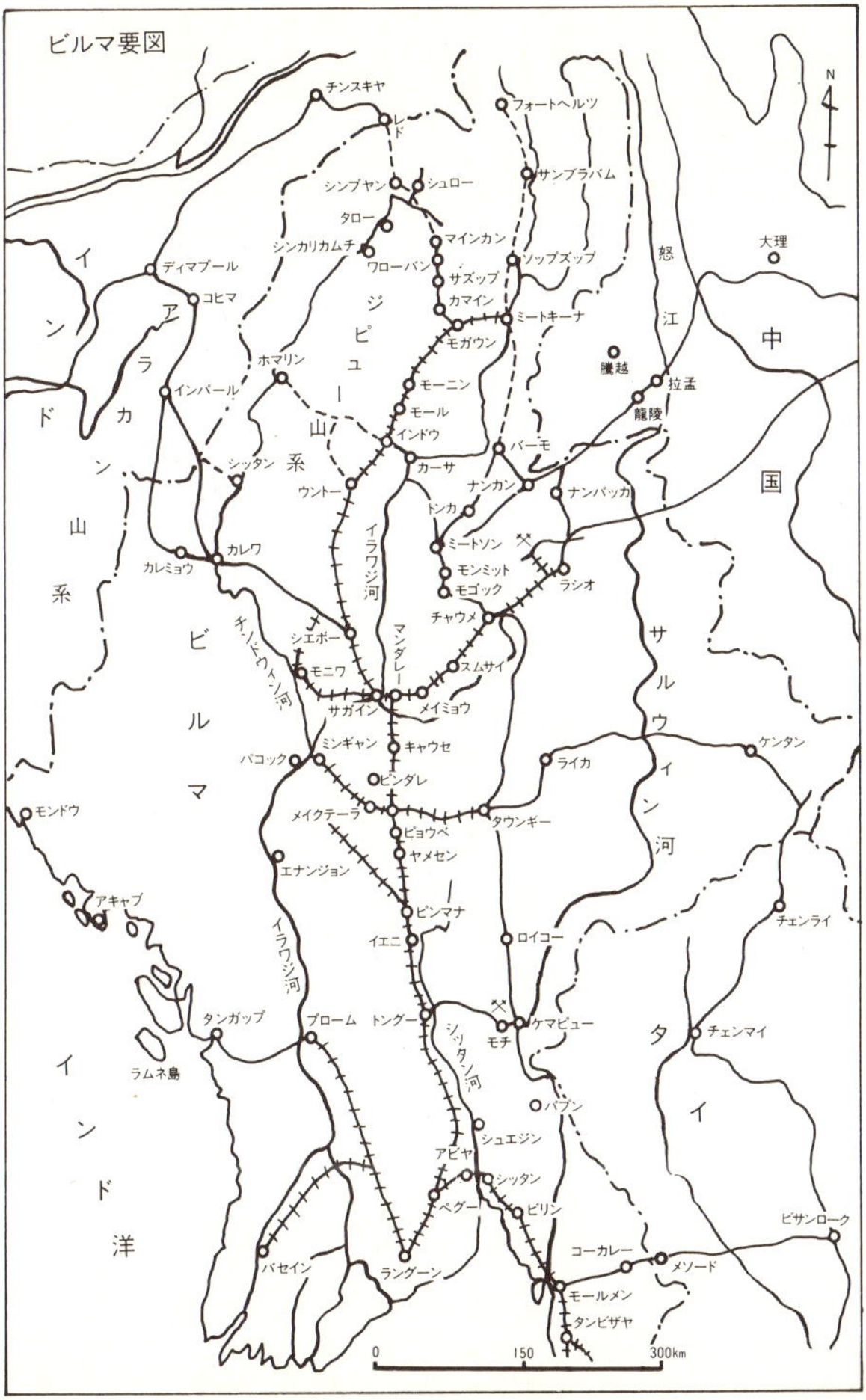
ビルマ要図
チンスキヤ
レド
フォートヘルツ
シンブヤン
シュロー
サンプラバム
タロー
シンカリカムチ
ワローバン
マインカン
サズップ
カマイン
ソップズップ
ミートキーナ
モガウン
大理
怒江
中国
騰越
拉孟
龍陵
ディマプール
コヒマ
インド
アラカン山系
インパール
ホマリン
ジビュー山系
モーニン
モール
インドウ
カーサ
バーモ
シッタン
ウントー
ナンカン
ナンパッカ
トンカ
ミートソン
モンミット
モゴック
ラシオ
カレワ
カレミョウ
イラワジ河
チャウメ
シエボー
チンドウィン河
マンダレー
モニワ
スムサイ
サガイン
メイミョウ
ビルマ
サルウィン河
ミンギャン
キャウセ
パコック
ライカ
ケンタン
ピンダレ
メイクテーラ
タウンギー
モンドウ
ピョウベ
ヤメセン
エナンジョン
アキャブ
ピンマナ
チェンライ
イエニ
ロイコー
イラワジ河
タンガップ
プローム
トングー
シッタン河
モチ
ケマピュー
チェンマイ
タイ
ラムネ島
パプン
シュエジン
インド洋
アビヤ
シッタン
ペグー
ビリン
ビサンローク
コーカレー
メソード
バセイン
ラングーン
モールメン
タンビザヤ
0
150
300km
N

餌食となり、両大腿部の貫通銃創を負い、担架に乗せられて引き返して来た。

このとき、平城少尉がどういう状況下で負傷したのか、また、ゲリラはどんな地形で待ち伏せていたのか、時刻はいつごろであったか、十分検討し、ゲリラを捕捉するための参考材料にすべきであったにもかかわらず、それは行なわれず、第二陣として私が命じられ、六中隊の一コ分隊と機関銃一コ分隊により威力捜索隊が編成され、サンプラバムより北の第七渡河地点付近の敵情を偵察するとともに、一週間の行程により、ゲリラの出没する左地区の山岳地帯を掃討することになった。

私は大隊長が任務に忠実であろうとする気持がわからぬではなかったが、やつぎ早に命令を下し、何らかの戦果を得ようとすることには賛成できなかった。何よりも必要なことは、ゲリラ戦における戦術がいかにあるべきかを練るべきであると思ったが、着任早々で、ゲリラに痛い目に遭っていなかった大隊長には、そうした意図はひとかけらもなさそうであった。

私は出発の前日、私と行動を共にする部下たちに対し、明日からの任務についてくわしい説明をするとともに、明朝八時の出発まで十分に睡眠をとることを命じ、決して早く起きる必要のないことも付け加えた。明朝、時間ギリギリに整列して出発の申告に来た私の行為が、大隊長にとっては不満であったらしく、さっそく小言をいわれた。

「出発時間スレスレに申告に来るとは、性根がタルンでる。十分に余裕を持って出発完了するくらいの心構えがなくてどうする」というのだ。

私は部下たちのてまえがあり、黙っているわけにはいかなかった。ここは戦地である、演習に出かけるのとはわけが違う、一つ間違えば戦闘が開始され、戦死をも覚悟しなければならない。

「大隊長殿、ここを一歩出れば、敵地です。これから一週間、ほとんど安眠ができないと思ったので、せめて今朝くらいは、ゆっくり寝かせてやりたかったからです」と口答えをした。

大隊長は、こうした態度の私に不興気であったが、出発を前に、さらに小声を並べては縁起が悪いと思ったのか、それ以上は何も言わなかった。「気をつけて行って来るように」との言葉を餞《はなむ》けに、見送ってくれた。

私たちを待ち受けていたものは、はたして何であったろうか。

路上斥候の戦死

ゲリラがどこで待ち伏せているのか、どこで出合うのか見当もつかないまま、路上斥候に六中隊から来ていた古林伍長を選び先行させ、私はその後につづき、少し離れて主力がつづく行進の隊形をとった。

起伏の激しい山岳道路を警戒しながら前進し、小さな浅い川の中を渡渉しながら、地図では原住民の集落にまもなく到達すると思われる登り坂の道にさしかかったとき、不意に坂の上から降りて来る数名のゲリラに遭遇した。

「敵だ」私と古林はとっさに路上に伏せたが、敵も驚き、大急ぎでもとの道へと引き返した。

私は古林とこの敵を追うべく、素早く目くばせをすると、その後を追った。私は軍刀を抜いて右手に持ち、左手に拳銃を持った。古林は銃に着け剣をすると、右手に提げ、登り坂を注意深く進んだ。

その登り坂が大きく広がり、集落の入口だと思われる地点に辿り着きそうになったとき、右手の草むらから、いきなり激しい自動小銃による射撃を浴びせかけられた。距離にして五メートルくらいか、至近距離もいいところである。

私の顔や体の左右を、何か激しい風のようなものが通り抜けた。左手にいた古林伍長が、もんどり打って倒れ、道路左側の崖に転がり落ちるのが見えた。私はとっさに伏せた体を勢いよく左方に転がし、古林の後を追うように、崖に向かって転がったが、下まで落ちず途中に止まった。古林は崖の下の方まで落ちていった。

私は素早く這い上がると、敵の潜んでいる草むらに対し、拳銃を数発発射した。敵はさらに私に向かって自動小銃の連射を浴びせて来た。私は拳銃で応戦しながら、後続していた味方に対し、

「軽機前へ、前へ」を連呼した。

間髪を入れず軽機射手が飛んで来て、軽機を据えると、「敵はどこですか」と叫んだ。

「すぐ前の草むらの中だ、早く射て」

射手は、状況をすぐにのみ込めたらしく、勢いよく軽機関銃を発射した。バリバリバリバリと射撃音が周囲に谺する。敵は手強しと思ったのか、身をひるがえして逃げたようであった。

静寂が戻ったとき、私は部下たちに崖の下まで落ちた古林を引き揚げさせた。彼は胸と腹を射たれていた。私は古林の体を抱えると、「しっかりせい、しっかりせい」と励ました。

彼は「畜生、畜生」と残念がっていたが、私に抱かれたまま息を引き取った。私は無念であった。敵を追って肩を並べて歩いていた彼が、いまや物言わぬ人となったのである。

敵は最初に私に狙いをつけて射ち、バリバリと自動小銃で横に薙いだのだが、弾は私をそれ、古林に命中したのであった。体の左右を、強い風のようなものが無数に通りぬけたと感じたのは、自動小銃の弾風であった。

古林伍長は六中隊の下士官で、私の直属の部下ではない。私の指揮の不手際で、他中隊の者を戦死させては申しわけが立たない。古林の遺体を、急造の担架に乗せ、後送する処置をすませると、私は逃げたゲリラを追跡しようとした。

そのとき、小銃分隊長が私の前に立ちふさがった。

「お待ち下さい。小隊長殿は怪我をされています。傷の手当をして下さい」

私の左手口から血が流れていたが、痛くも何ともなかった。横に転んだとき、手首に衝撃があったが、自動小銃による貫通銃創であった。

私は素早く携帯の繃帯包から三角布を出し、手首を縛り、「行くぞ」と部下たちをうながし、目の前の集落に突入した。

平らな台地に、十棟ばかりのカチン族の竹葺き屋根の粗末な家が点在していたが、人っ子一人の影はなく、折からの春の陽ざしを浴びて、集落はシーンと静まり返っていた。

私はさらに前進するため隊伍をととのえたとき、小銃分隊長がふたたび私に進言した。

「小隊長殿、このまま前進したら、またゲリラにやられると思います。古林は戦死しました。小隊長殿は負傷されています。一度引き返して、出直したらどうでしょうか」

「何をいうか。古林の仇を討たんで、オレが帰れると思うか」

「お気持はよくわかります、しかし、すぐ仇を討たんでもよいではありませんか。古林の遺体を乗せた担架だけを帰らせるのも危険です」という。小銃分隊長は古参の軍曹で、戦闘経験も豊富なものであった。

軍曹の意見には一理があった。思わず「ウーム」と唸ったものの、やたらとゲリラを追ってみて勝算があるとはいえなかった。

「ようし、わかった、残念だが、出直そう」

帰路に着く私の足は重かった。

「古林よ、待っていてくれ。きっとお前の仇を討つからな」

私の胸の中は、不用意に前進して敵の目の前まで引きつけられ、猛射を浴び、古林を死なせてしまったことの申しわけなさと口惜しさとで、沸々と怒りが煮えたぎってきた。

私のこのときの体験は貴重な経験となり、ゲリラや後日行なわれた連合軍との戦闘に大いに役立ち、戦果を挙げることができた。不幸な経験を生かすことは、戦場で生き抜くための知恵でもあった。

「ゲリラ」をのさばらせるな

何一つ戦果を得ることもなく、惨めな気持で引き返してきたわれわれを迎えた大隊長は、意外に寛大であった。

昭和16年８月、淡水の第114連隊に着任した19人（13人が戦死・戦病死）の見習士官。後列右から２人目が著者、前列右から３人目が平城義夫見習士官。

「ご苦労だった、戦死者を出したようだな。貴公の傷の具合はどうか。皆が出発して間もなく、銃声が谺してきたので、敵と遭遇したことは察しがついていた。それにしても残念だった。後で、ゆっくり戦闘の模様を聞きたい」

大隊長は、古林の遺体に丁重な挙手の礼を捧げた。古林は平城少尉の部下であったので、負傷して加療中の彼のもとへ、彼の部下を失ったことのお詫びに行った。彼は落胆している私を、逆に慰めた。

「オレもやられたんだ。犠牲者が少なくてすんだのは、まだ幸いかも知れんよ。しかし、このままやられっぱなしでは、日本軍の名にもかかわる。何とかせにゃ」と唇を噛んだ。

彼とは同じ見習士官として内地から転属してきた仲で、陸士出身と幹候出身との違いはあったが、同期の桜であった。

ゲリラは彼らのホームグラウンドでわれわれを待ち伏せており、どんな間道でも抜け道でも熟知していて、その進退は自由自在であった。

数名の護衛兵しかついていない牛車班の糧秣輸送隊や、有線電話を切断されて補修に来る二、三名の兵士たちは応戦するいとまもなく、全滅させられた。

しかも、その戦果を彼らの隊長に確認させるためか、戦死した日本兵たちの耳を削いで持ち帰るのであった。

日本軍は、広大な地域を地図の上では占領したことになってはいても、それはわずかな点と線でしかなく、ゲリラは傍若無人に活躍し、精強を誇った百十四連隊の将兵を手玉にとるかのようであった。私はこのゲリラに我慢がならなかった。

日頃から懇意にしていた六中隊長の平井中尉に、このゲリラ対策について相談をもちかけた。この人は薬専出身（今の薬科大学）でありながら、兵科の幹部候補生（豊橋予備士官学校）を志した人で、生まれは赤穂浪士で有名な兵庫県赤穂郡の出の人であった。

小柄な体つきながら、兵科の将校を目指しただけあって、気性は負けぬ気の一面を持ち、前任者で権力主義の権化のような島大尉にくらべ情誼にも厚く、部下たちに大変信望のある人であった。

また話す言葉が九州弁と違って関西訛りが入るので、北九州出身の将兵たちに、ある種の肌合いの柔らかさをあたえ、好感を持たれていた。

翌年、連隊副官（大尉）となり、ミートキーナ戦で戦史に残る激戦が展開されたとき、われに数十倍する連合軍を相手に攻防八十余日を戦い抜き、時の連隊長丸山大佐をよく補佐した人でもあった。

部下の平城少尉が重傷を負い、私が負傷し、古林伍長の戦死ということで、その心痛はひとかたならぬものがあったようである。

「大隊長は、しきりにゲリラ討伐隊を出したがりますが、討伐どころか、やられて帰って来ては、何にもならんと思いますが」

「そうやなあ、私もそう思うとるんやが、何せ気ぜわしい人やし、あんまり逆ろうても悪いしなあ」

中尉は憮然たるようすであった。

「ウロウロすればするほどゲリラの餌食になるなんて、情けないですよ。敵の拠点がはっきりしていて、そこを攻撃すればやっつけられるとわかっていりゃ、方法もありますが、てんでどこにいるのか、どこでブッつかるのかわからんのですから、始末が悪いですよ」

「どうやろ、大隊長のいうなりにあっちに行けこっちに行けといわれて、シブシブ出かけるより、ここらで二人で組んで、ゲリラを倒す知恵をしぼってみようやないか」

平井中尉と私とは、夜を徹してその方法について討論した。

結局、意見の一致を見たのは、毒には毒をもってするという理論にもとづき、われわれが敵と同じようにゲリラ化するということであった。日本軍の体面も体裁も二の次にして、ゲリラの出没する場所に密かに潜伏して、逆にゲリラを待ち伏せてやっつけようということになった。

「いつまでもゲリラをのさばらしておれるか」と、闘志を燃やしたのである。

もんどり打つゲリラ兵

ゲリラを倒す手段として、平井中尉は、即刻、サンプラバムにいたる各道路に設けてあった部下中隊の分哨の位置を、いままでより基地から遠くに離し、歩哨の交替がだれからも感づかれないような場所に変更した。

隠密行動である以上、歩哨の交替時に歩哨同士が口をきいたり、音を立てることは厳禁し、すべてが身振り手振りの無言の行であった。動物的感覚の鋭いゲリラに、歩哨の位置を悟られぬためのものであった。

この動物的感覚が、われわれ文明に浴した者といかに違うかに驚いたことがあった。後年、師団では傷病で入院していた将兵たちを、退院後、いきなり戦線に投入すると耐久力が足りないため、結果が思わしくないということから、ビルマ中部の高原地帯に在るチャウメという街のはずれに健兵訓練隊という組織が設置されることになった。そこで、健康で実戦力のある兵士にしようというのである。

私は連隊から副官要員として派遣されたが、仕事の都合で現地人と親しくなったことがある。ときおり空襲があるのだが、飛行機の爆音もしないのに、「マスター、レーミャンラーレ（あなた、飛行機が来ます）」といって、私を防空壕にうながすことが再三あった。「来ない、来ない」といっても、聞き入れようとしない。それからしばらくして敵機が間違いなく飛んで来るので、この連中はちょっとした聴音機ぐらいの役をするのではないかと感心したことがある。飛行機の機数も、「何機来る」とよく当てた。

　また、現地人のよく吸う煙草で、葉巻きのような形をしたセレというのがあって、吸い差しを灰皿の上に置いてしゃべっているうちに、どちらが自分の煙草かわからなくなったことがあった。

　彼は二つのセレの吸口を鼻に近づけて臭いをかぎ、「これがマスターのだ」と手渡され、嗅覚の鋭さにも驚かされた。未開の土地に住む連中の五感が素晴らしく発達しているのに、シャッポを脱がされる思いをしたことがある。ゲリラの感覚がどのようなものであったか、推して知るべしといえよう。

　数日後、守備隊の分哨が基地を離れてこんなところに待ちかまえているとは知らぬゲリラは、偵察にやって来た。いくらか予感でもしたのか、左右に目を配り、耳をそば立てて、先頭の一人がそろりそろりと近づいて来る。二、三の者が後につづく。ときおり、立ち止まっては様子をうかがっている。

　軽機関銃の銃口をわずかに木陰から覗かせ、隠し陣地に身を潜ませている射手は、獲物を前にした猟師の心境さながら、固唾《かたず》をのんで引き金に指をかけていた。距離にして四〜五メートルか。一瞬鋭い軽機の射撃音が山間に谺した。もんどり打って倒れるゲリラたち。ヤッタヤッタ、この知らせを聞いたサンプラバムの将兵たちは、喝采を叫んだ。

　このゲリラどもは、どれだけの日本兵たちを餌食にして来たのだろうか。「覚えたか、ゲリラども、地獄に行け」であった。

　この戦果に気をよくした私と平井中尉は、大隊長にゲリラ討伐の手段として伏撃戦法を申し出た。ゲリラの出没する公算の多い道路や間道に、数日間、根気よく待ち伏せ、隠し陣地でやっつけようというのである。大隊長に否応のあろうはずもなく、快く承諾した。

私と平井中尉は、軽機関銃二つを有する一コ分隊の兵力を選抜し、努めて軽装をさせ、糧秣だけは一週間分を携行させた。「ゲリラを討たずんば、還らず」の意気込みであった。

ゲリラはホームグラウンドとはいえ、夜明けや薄暮には活動することが少なかった。

私たちは夜明けとともに第七渡河点（サンプラバムの北約十五キロ）に向かい、渡河点を偵察した。天気つづきで川の水嵩は少なく、渡河可能である。ゲリラはかならず渡って来ると判断し、渡河点より後方約二百メートルの地点に隠し陣地を選定した。

平坦地で道が緩いカーブになっていて、見透しが悪く、道路の両側が疎林になっていた。地形としては起伏がなく、格別変化のあるようには見えないところであった。よもやこんなところに日本兵が潜んでいるとは、思えないであろう。ゲリラが好んで利用する同じような地形では、おそらく警戒して寄りつかないし、また通りもしないであろうと思われたからである。

道路をはさんで、伏撃陣地が二ヵ所作られた。一ヵ所を道路左側の少し前方に、もう一ヵ所を道路右側の後方に作り、陣地と陣地との間隔は約五十メートルとした。

ゲリラが近づいても、前の陣地では射たずにやり過ごさせ、後の陣地で撃たせ、後続するゲリラを、前の陣地で倒すという戦法であった。

陣地では、射手だけが銃側につき、他の者はその場から離れて待機させた。敵が現われれば合図の紐を引いて、それぞれに知らせることにした。

咳払い一つ、物音一つ立ててはならぬ。動物的感覚の鋭い彼らが相手である。二、三日の待ち伏せは覚悟の上であったが、何とその日の午前十一時ごろ、ゲリラは渡河点を渡って現われたのである。

今は亡き戦友たちの導きであろうか、合図の紐が引かれた。

「来たゾ」平井中尉と私は、獲物が思いのほか早く訪れたことに顔を見合わせて驚いたが、予想される戦果の期待に胸が高鳴った。

先頭のゲリラは、前の陣地に気がつかずに通り過ぎ、後の陣地の直前まで来た。後ろにつづくゲリラは、斥候役の仲間の動きを前の陣地のそばで見まもっていた。

後ろの陣地の射手が引き金を引き、撃たれたゲリラが飛び上がったのと、前の陣地の射手がそばで見まもっていたゲリラたちを横薙ぎに軽機をブッ放したのとは、ほとんど同時であった。選抜された六中隊の射手たちの腕前は、確かなものがあった。一瞬にして、ゲリラたちは全滅した。

「ざまぁ見ろ」私は「畜生、畜生」と、無念の言葉を残して戦死した古林伍長の姿が目に浮かんだ。

「仇を討ったゾ、古林よ、安らかに眠ってくれ」

平井中尉と私は、この待ち伏せ戦法が見事に効を奏したことに手を握り合って喜んだのである。

私がこのゲリラとの戦闘で痛感したのは、対ゲリラ戦をいかに戦うかについて、上層部で研究や対策が何一つ行なわれなかったことである。いかなる戦場でも、それにふさわしい戦闘方法があるはずであった。いかに優秀な将兵であっても、未知の戦場にいきなり投入されれば戸惑いを感じるもので、馴れないということから予想外の犠牲をしいられるということであった。

兵力の増強を急ぐあまり、現況にふさわしい教育訓練をほどこさず、未教育の将兵をやたらと戦線に注ぎ込むことが、どんなに損害を大きくしたかということを悟ってほしかった。平井中尉や私は、みずからを守るために、みずからの工夫で対策を講じたものであったが、その戦術のもたらした効果について、よき教訓として何一つ公表されなかったのは、残念であった。

みずから発表することなど、まさにおこがましいことであり、また当事者である私たちのよくすることではなかった。

平井中尉が、ゲリラ戦が巧みであると連隊内で評判になり、たのもしがられたにとどまっただけであった。

崖上からの襲撃

その後、私は連隊長丸山大佐のサンプラバム視察の際、ゲリラ防止のため道標七十八マイル付近の威力捜索と伏撃を命じられ、一コ小隊を編成して出発したが、目指す地点に近い道路に沿った崖の上から、ゲリラの襲撃を受けたのである。

朝が早かったため、付近はまだ霧が立ちこめていて、見透しが悪かった。崖の上があやしいと感じた私は、路上斥候に崖にいたる急な登り道の偵察を命じた。

ところが、敵もさるもので、途中に地雷を敷設していた。斥候は、その地雷に引っかかってしまった。轟然たる爆発音とともに斥候は倒れたが、気丈な斥候は、手に持っていた手榴弾を崖上に投げ込んで下がって来た。

「ヤラレマシタァ」崖下の小さな地隙に身を寄せていた私は、負傷した彼を後ろにかばい、持っていた騎兵銃（歩兵の持つ小銃より少し小型）で、崖上の敵に向かって射撃を開始するとともに、道の曲がり角に待機させていた重機関銃に向かって、「目標、崖の上の敵、射距離零、射テェ」と号令し、ついでそばにいた擲弾筒手に、「前面の敵、射角八十度で発射」を命じた。

崖上のゲリラは数名いたらしく、自動小銃による猛射を浴びせて来た。私の左足小指付近を、バシッと敵の弾が貫通した。

「糞ッタレ」味方の重機が射撃を開始し、擲弾筒弾が大きな爆発音を立て、朝のしじまがたちまち破られた。

私はフト後ろを振り向くと、伝令役の岡兵長がうつ伏せに倒れていた。私は彼を抱え起こすと、

「岡、どうした、しっかりしろ、しっかりしろ」と彼の体をゆすったのだが、すでにコト切れていた。腹部動脈の貫通銃創で即死であった。

「畜生」味方の激しい応戦に、敵は逃げたと判断した私は、崖の上に登って行った。そこには二平方メートルくらいの広さの隠し陣地が作られていて、崖下を通る日本兵たちが丸見え

で、頭上から猛射が浴びせかけられるように、竹で編んだ踊り場が設けてあった。

多数の自動小銃弾を鹵獲したが、敵にあたえた損害は確認できなかった。

私はこの陣地をブチこわさせ、その下に擲弾筒弾による地雷を仕掛けさせた。ここでいつまでも時間をかけてはおれない、予定地に到達して伏撃しなければならない。

私は岡兵長の遺体の処理について、機関銃分隊長を呼び、作戦行動中であるから、彼の遺骨として手首だけをとって仮埋葬するようにと指示をした。それを聞いて、岡と仲のよかった竹本上等兵が私に、

「小隊長殿、お願いがあります」と陳情に来た。

「岡兵長殿の遺骨を手首だけにしろと聞きましたが、それでは、兵長殿がかわいそうであります。せめて両腕を残させて下さい」という。

「しかし、荷物になるぞ」

「どうか、自分たちにまかせて下さい。昨日宿営した場所まで遺体を運び、処置した後で、すぐ追及しますから、どうか許可して下さい」と懇願した。

部下のたっての願いを無下に断わりもできず、私はそれを許可した。

後日、竹本の話によれば、岡が戦死した前日、岡と竹本はいっしょに寝たのだが、岡がなかなか寝つかれず何度も寝返りを打つので、

「兵長殿、どうかしましたか」と問うた。

「ウン、胸騒ぎがするというのか、眠れないんだ、オレは今度の伏撃で、死ぬかも知れんなあ」

「そんな馬鹿な、気のせいですよ」

「いや、そうともいえん。いやな予感がする。もしものときは、後の始末を頼むよ」と真顔でいったという。

岡兵長はシンガポール作戦が終了し、マレーのセガマットという街に連隊が駐留していたとき、内地から補充になって来た兵士であったが、現役を満期した後まもなく召集された優秀な兵士であった。私はそのとき、補充兵教官として一ヵ月、訓練を担当したことがあった。

岡は私の教育ぶりを見て、「教官殿は元先生でしたか」という。「ウーン」と生返事をすると、たたみかけて、「女学校の先生だったでしょう」といわれ、「なんで私が女学校の先生でなくてはならんのか」と苦笑する私に、「教え方がとても優しいから」といわれた覚えがある。

軍隊に入る前は、朝鮮総督府学務局の官吏をしていたので、先生くさいところがあったのかも知れない。私は岡兵長の弔い合戦を、いずれしなければならぬと臍を固めた。

鬼門サンプラバム

この伏撃には、もう一組の将校の指揮する一コ小隊が出されていた。水野少尉（陸士五十五期）の組である。同じような場所でゲリラの襲撃を受けたが、このときは水野少尉が十数発の自動小銃弾を浴びる重傷を負った。いずれも急所がはずれて一命はとりとめたのだが、男性の表象である股間の棹と睾丸の中間を弾が通り抜け、危うく睾丸が落ちそうになったというきわどい負傷をしていた。

昔の歌に、何とかさんが金玉を落として泥まみれというのがあったが、「本当に玉を落とすんじゃないかと気が気でなく、袋だけはしっかりと握っていたよ」と苦笑していた。

私の足の負傷は軽傷で、歩行が少し不自由なくらいで任務に支障はなかった。もし私たちがこのゲリラと戦い、撃退せずにいたとしたら、数時間後に通過する予定になっていた連隊長の乗用車や、護衛の自動車はまぎれもなく襲撃されていたに違いない。水野や岡は、連隊長たちの身代わりになったのだといえなくもなかった。

この始末に負えないゲリラとの戦いに、二大隊の将兵はすっかり疲れてしまった。とりわけ衝撃を受けたのは、大隊長山畑少佐の重傷と機関銃中隊長小野中尉、小隊長石松少尉の戦死であった。

例によってゲリラの討伐隊を派遣したものの、隊長である石松少尉が重傷を負い、その報せを受けた大隊長の指揮する救援隊が現地に赴いたのだが、またもや敵の待ち伏せにかかり、救援どころか、前記のような不幸な目に遭ったのである。

昭和十八年二月、甲号粛清討伐の作戦開始以来、翌年五月、連合軍がミートキーナに進入して来るまで、このゲリラとの戦いに失われた将兵の数はつぎのごとくであり、負傷者にいたっては、その三倍の多きに達したのであった。

将　校＝准尉村上敏雄ほか六名
下士官＝曹長橋本惣八ほか十九名
兵＝九十五名

計百二十二名

翌年の三月、フーコンの師団主力の戦闘に、私は一コ支隊を率いて参加したのだが、相手は連合軍の中の孫立人中将の指揮する中国軍であった。山岳地帯の道路を前進する中国軍の行進要領がわれわれとまったく違っているのを見て驚嘆、かつ感服させられたのである。

彼らはまことに慎重で、見透しの悪い道路上を決して急いで歩かなかった。兵士たちは左右に分かれ、道路の両側の草むらや灌木の中を縫うようにして歩き、ときおり道路上に姿を見せるというやり方で、われわれのまったく考えもつかない行進要領であった。

こうした歩き方をされると、待ち伏せる側は、射撃目標としてまことに捕えにくいのである。

もしわれわれが、見透しの悪いこの山岳地帯の道路で、中国軍のような方法をとっていたら、さすがのゲリラもうかつに手出しができなかったのではあるまいか。

日本軍は速戦即決を尊ぶ伝統的な風習があった。そのために犠牲をおおきくしたともいえる。中国軍の「急がば回れ」主義の一見緩慢といえる慎重な行動には、大いに教えられるものがあったのである。

サンプラバムは、二大隊の将兵にとってはまさに方角の鬼門に当たるともいえた。「サンプラバムに派遣するぞ」といわれると、恐怖で顔色が変わるほど嫌なところであった。

糧秣輸送は牛車隊を編成して行なわれたのだが、かならずゲリラに襲われ、大なり小なりの犠牲を出した。一俵の米を送るのに、少なからざる出血をしいられたのである。

私にとってもにがい想い出の方が多かったのだが、痛快なこともなきにしもあらず。それは敵の戦闘機を撃墜したことであった。

敵の戦闘機を撃墜する

サンプラバムは、連日、敵の戦闘機や爆撃機による空襲があり、守備隊には対空火砲がないこともあって、敵機のなすがままという有様であった。一トン爆弾もときおり投下され、その弾痕はトラック一台がスッポリと入るくらいの不気味な穴をあけ、その威力の凄まじさを物語っていた。

この敵機の跳梁に首をすくめたまま黙って見過ごしていることが、なんとも腹立たしかった。

当時、機関銃小隊長であった私は、分隊長の中西三郎伍長、大森睦夫伍長と三人で、これに一矢を報いんと対策を練った。

まず、インドのチンスキヤから飛来してサンプラバムを爆撃する敵機のコースを検討した。この台地は、ちょうどラクダの瘤のような形をしていて前の瘤が低く、その平坦なところに宿舎が点在し、爆撃の好目標になっていた。

後ろの瘤は大きく高くなっていたので、敵機は前の瘤の上空を旋回しながら目標を定めて急降下の態勢に入るのだが、そのとき、後方の瘤の前斜面を、敵機は機体の脇腹を見せながら通ることがわかった。

「よーし、今に見ておれ」

三人で、後ろの瘤の傾斜面から前の瘤の台地を眺めると、まるで台地のようすが箱庭みたいに手に取るように見える。

「なるほど敵さんがこの前を通って急降下するわけがわかった」

三人は顔を見合わせてうなずきあった。まず敵機に発見されずに十分な射角を持つ陣地を作る必要があった。弾薬の補給がなく、無駄弾を射つなと命じられているので、射撃は有効適切でなくてはならない。三人はアレコレと知恵を絞り、工夫を凝らし、陣地を構築した。

機関銃の三脚に高射用の托架をとりつけ、陣地内で銃身が自由に回転できるように配慮し、完全偽装を施した。準備は完了。銃側には、分隊長中西伍長、射手春本上等兵、壕内には小隊長の当番兵緒方上等兵を待機させ、敵機の監視は大森伍長が当たることになった。中西伍長は率先垂範型の分隊長で、部下の掌握も巧みであり、小隊長のよき補佐役であった。

春本上等兵は、中隊でも屈指の名射手で、構成に不足はなかった。翌朝、小隊長が大隊長の山畑少佐に対空射撃に出ることを告げ、了解を得ると、昨日構築した陣地に機関銃を運びこんだ。空は晴れて好天気である。敵機はかならず来るに違いない。いわゆる予感というやつである。

腕時計が十時を回ったころ、対空監視役の大森伍長が、

「小隊長殿、敵機です。戦闘機二機がやって来ます、十一時の方向」と叫んだ。

見ると、爽やかな朝の陽差しを背に、敵の戦闘機が二機翼を連ね、インドのパトカイ山脈を越えてこちらに向かっているのが発見された。

いつもなら、われ先に防空壕に待避するのだが、今日は撃墜しようというのである。飛び

込んで来る獲物を前にして一瞬、緊張して固唾をのんだ。敵機は爆音を轟かせながら上空に到着すると、旋回をはじめた。

私と中西伍長、射手の春本上等兵は、陣地に駆け込んで射撃態勢に入った。私は大森伍長に壕に入ることをすすめたが、

「なぁーに大丈夫です。ここで監視します」と地面に腹這いになったまま、大胆にもニヤリと笑って見せた。敵機、何するものぞという気魄が体中にみなぎっている。

敵機はいつも爆撃に来て馴れているとみえ、ただちに爆撃コースに入ると、われわれの眼前を機体の横腹を見せながら通過した。飛行士が左下方を覗いているのがハッキリわかる。直線距離にして五十メートルぐらいか、一回目は素通りして、二回目にコースを修正して、爆弾を投下するのが常套手段であった。

二回目のコースに入って来た。私は短く、「射テッ」と叫び、中西がそれを復唱し、射手の春本は機関銃の押鉄を両拇指で一念をこめてグッと押した。たのもしい機関銃の発射音が、快音とともにサンプラバムの山間に谺した。敵機の胴体のジュラルミンの破片が、キラキラと飛び散るのが見える。

「ヤッタゾ、手応えあり」——つづいて二番機が通りかかる。

「射テッ」飛行機の動きを追って、銃身が左から右に移動しながら、猛射を浴びせた。二番機の後尾からスーッと薄い煙が尾を引いた。「命中」結果や如何に、一番機はグーッと機首をもち上げて高度をとったが、二番機は爆弾を投下したものの、機首をかろうじて水平に保ち、煙の尾を残しながら、雲南省方向の山岳地帯にその機影を没した。

撃墜――。ざまぁ見ろ、少しは懲りたか、溜飲を下げる思いであった。しかし、敵の一番機が傷つきながらも基地に還ったことに、私はフト不安なものを感じた。

「敵はきっと仕返しに来るゾ。まだ昼前だ。夕方までには大挙して押しかけて来るかも知れん。油断をするな」と部下たちに警告した。

果たせるかな午後三時を回ったころ、編隊と思われる敵機の爆音を耳にした。

大森伍長は、「敵機編隊四機発見、十一時の方向」と来襲を告げた。

「やはり来やがったか、今度は手強いゾ」

上空に達した敵機の編隊をよく見ると、爆撃機が一機に戦闘機が三機である。上空で旋回を始めたが、僚機を失って懲りたとみえ、さすがに今までのコースはとらない。

爆撃機の後尾には銃座があって、真下でも射てるようになっている。敵もさるものであった。作戦を変えて仇討ちに来たのである。爆撃機の後尾の銃座から、われわれの潜む台地の斜面に向いて猛射を仕掛けて来た。上空から狙われては歩が悪い。相手は戦爆連合の四機である。機関銃一梃では、問題にならない。

はやる中西や春本を、私は制した。下手な手出しは禁物と陣地に引き込んで、しばし敵機の暴れるにまかせることにする。物凄い銃爆撃の嵐が止むと、敵機はふたたび編隊を組み、高度を上げながらわれわれの上空にさしかかった。

さあこちらの出番だ、さきほどの猛銃爆撃のお返しである。ふたたび機関銃は猛然と火を吹いた。私は射手の春本に、「オレにも射たせろ」と交替させて射ったが、その効果は見とどけようもなかった。

かつてビルマの中部の要衝メイクテーラで、九機編隊による敵の重爆撃機の空襲を受け、私の小隊の隊員であった谷口兵長や、花田中尉の当番兵であった野中上等兵たちが戦死し、私も肩に負傷したことがあった。遅ればせながら、敵の空軍に一矢を報いる結果となったのである。

第二章　フーコンの死闘

激戦地「フーコン」に派遣される

戦死した戦友たちの遺骨を宰領して内地に帰還した中隊長の後任として、中隊長代理を命じられ、同時にミートキーナ飛行場地区司令を兼務することになったのは昭和十八年十二月、年の瀬も近いころであった。

朧気《おぼろげ》ながら、この戦争には勝てないという予感がしていた。ではどうするか、敵に降伏するわけにもいかないとすれば、現地に踏みとどまり、ゲリラ化して徹底抗戦するしかない。それにはまずビルマ語を覚える必要がある。

そのころビルマ人で飛行場勤務の苦力《クーリー》頭がいて、そこに三人の娘がいた。長女は十九歳くらいで、その下に十二歳と十歳の姉妹がいた。上手に日本語を話すので、そのわけを訊くと、日本軍が進駐して来たとき、開設された日本語学校で学んだのだという。姉妹がよく遊びに来るので、食事をさせたり、お菓子を与えたりして仲よくしていた。日本名をキヌエとユキコと呼んでいた。

「隊長さんもビルマ語を覚えたいんだが、二人して先生になって教えてくれないか」と申し入れた。

「どうして？」日本が負けそうだから、そのときに備えておきたいとはさすがにいえない。

「イヤー、君たちやビルマの人たちと、もっともっと仲よくなるために、ビルマ語が話せるようになりたいんだ」

「ホント。イ、ヨ。毎日私たち、隊長さんに教えに来る」

彼女たちは嬉々として、私の宿舎に通って来るようになった。

十九年三月、私のビルマ語の勉強もだいぶ進んで片言混じりで会話ができるようになり、姉妹たちから、「隊長サン、ウマクナッタヨ」とほめられるようになった。

三月の中旬を迎えるころ、連隊本部の作戦主任長末大尉から呼び出しがあった。

「じつは師団主力が戦っているフーコンの戦線の旗色が悪いんだ。ミンジボム地域に敵が進出して背後を衝かれると危ないんで、一コ支隊を、至急ソンペ地区に派遣することになった。御苦労だが、行ってくれんかね」と地図を示しながら戦況を説明した。

「出発は何日ですか」

「明後日の早朝だ」

編成は五中隊の二コ分隊、機関銃一コ分隊、迫撃砲（敵からの鹵獲品）一コ分隊、自動小銃班、五号無線一コ班、総勢八十五名だという。独立支隊長である。

至急準備にかからねばならない。現地で物を仕入れるにしても、まず軍用金が要《い》る。私は主計の小川中尉のもとに行き、前渡金を要求した。

私とは同期なのだが、なかなかのシブチンで、短期間であろうからと、少額を渡そうとする。

「戦闘に行くのだ。ケチらんで、もっと出しなさい、余れば返すから」と倍額を要求した。

二ヵ月後、安全と思われていたこの地に敵が大挙して進入し、激戦となり、この主計殿は不運にも戦死するという運命が待っていたのだが、人の運とはわからぬものである。

私は部下たちに出発のための準備を大急ぎでととのえさせ、関係先に伝えるとともに、ビルマ語を教えてくれた姉妹たちに、当分留守になることを知らせなければならぬと使いを出した。

「隊長サンは少し遠いところに行くことになったので、君たちとしばらく会えなくなった。一ヵ月もすれば、帰れると思うので、待っていてほしい」

「どこへ行くの」と心配そうである。

「これはヒミツだから、いえないの」防諜上、フーコンに行くともいえない。

「そう、淋しくなるけど、早く帰って来てね」

正直な話、一ヵ月くらい師団主力の戦闘に参加すれば、ふたたび原隊復帰を命ぜられ、このミートキーナに帰れると思っていた。私の将校行李も、大事な品々も、荷になる物は全部残していったのである。ところが、一ヵ月はおろか、永久にこの地に戻ることはできなかった。

ただ不思議なことに、戦後三十有余年が経過し、ビルマ全土で戦没した英霊たちの遺骨を収集するために有志の人々が現地に派遣されたとき、日本語を上手に話す中年のビルマ人の姉妹がミートキーナにいて、大変協力してくれたようすが報告された。

それがキヌエとユキコの二人であることがわかり、彼女たちと文通するようになった。そして、高等学校の校長になっていたキヌエが、日緬交流基金の計らいで日本を訪問することになり、宇都宮市のホテルで涙の対面を果たすことになるのだが、数十年後の運命が予想できるはずはなかった。

当番兵であった緒方上等兵が、私が選抜した機関銃分隊員の名簿からはずされていることを知り、「どうしても自分を連れて行くように」と陳情に来た。

彼は年輩の召集兵であり、日ごろ私につくす労に報いたいとおもい、フーコンは危険だから、留守番をして私の帰りを待つようにと、無理に説得して残したのだが、これが仇となり彼はここで戦死したのである。

また、大隊副官であった一年先輩の花田中尉が、わざわざ出発する私たちを、駅まで見送りに来て、

「タウンギーから退院以来、だいぶ休養したんやから、こんだぁフーコンで精進して来ない（来なさい）」と笑顔で別れを告げたのだが、激戦地に向かう私を見送った方が戦死するという不遇が待っていようとは。

前記の小川主計、緒方上等兵、花田副官、それに佐藤曹長、彼を機関砲小隊長として連隊本部直轄として対空戦闘を命じたのは私である。

出発の前日、訪れた私を全員で歓迎し、私に御馳走して別れを惜しんでくれたが、その彼をふたたび見ることはなかったのである。私を待っていた「フーコン」は、どんなところであったのか。

奇しき巡り合わせ

昭和十九年五月、北ビルマの雨期もまさにたけなわであったが、カマインから撤退してくる五十六連隊第三大隊（大隊長吉田少佐）に配属を命じられたわが支隊は、カマイン南方四キロ地点にある小さな橋梁の手前で、この大隊をまちうけていた。腕時計は二十三時ちかくを指していた。

夕刻までつづいていた敵の重砲攻撃は、物凄い炸裂音とともに、ぶきみな地響きをともない、支隊の前途を暗くしていた。絶え間なく降りつづいていた雨が止んで、おぼろな月明かりのなかを三十名たらずの兵士の群れがつかれた足どりで、まちうける支隊の前を通りかかった。

これが三大隊の一部であろう。支隊長の私はこの群れの動きをながめていた。と、一人の兵士が、路上にかがみこむと、

「隊長殿、自分はもう動けません、ここにおいて行って下さい！」と、悲鳴にちかい声をあげた。

「なにィこの弱虫、しっかりしろ！」

一人の将校がその兵士の肩をいきなりけとばした。兵士はあおむけにひっくり返り、「痛い」とさけんだ。

「なんだ、まだ声が出るじゃないか、メソメソ泣くな、この腰抜け、さあ歩くんだ！」

気合いを入れるにしても、けるということは私の目には異様にうつった。疲労困ぱいその極にたっし、将校の気もすさんでいるのであろう。私はその将兵の群れに近づくと声をかけた。

「自分は百十四連隊から応援にきた田中中尉だが、大隊長殿はどこにおられるか」

「大隊長は私だ」

先刻、兵士をけとばした将校がこたえた。意外であった。だが、この声には聞きおぼえがあった。私が熊本の予備士官学校時代、となりの区隊長をしていた当時の吉田中尉の声である。その吉田中尉が少佐として五十六連隊の大隊長になっており、候補生の私が中尉として一支隊長となっていてもふしぎではなかった。あれから足かけ四年の歳月が流れていた。奇しきめぐり合わせであった。

私はあやうく、「区隊長殿」というなつかしい言葉で呼びかけようとしたが、ふと口をつぐんだ。少佐が私をどう遇するか興味がわいたのだ。

「師団命令により五十六連隊に配属されましたが、第三大隊長の指揮に入れということで、この地点で待っていました」

「おお、百十四連隊の方ですか、夕刻、連隊本部から連絡をうけていましたが、ご苦労さまです」

困難な戦局にあって応援部隊のくることは、なによりも心強いことであった。連隊のことなる中尉にたいする少佐の言葉は、すごくていねいであった。

「大隊長殿の指示をあおぎたいのですが……」

「わかりました。ここから約一キロの地点まで後退しますから、一緒にきて下さい。そこで作戦をねりましょう」

「大隊の後続部隊はいつくるのですか？」

「後続部隊？　そんなものはありません。大隊全部でこれだけです」

これが全部だという。いやしくも一コ大隊編成とあれば、消耗がいかにはげしい戦場とはいえ百名か、百五十名ていどの兵力があるはずだと想像していたが、これでは一コ小隊の兵力にもみたぬではないか。それに武器らしいものはほとんど持っていない。軽機関銃がわずかに二梃ていどである。

正面の敵はアメリカ装備のスチルウェル中将指揮による米支軍二コ師半、約五万人の大軍であった。中国軍は孫立人中将が指揮し、その戦意は旺盛であり、かつて中国南部で対戦した中国軍とは比較にならぬ強さを発揮していた。

この敵がフーコン渓谷に進入してきたとき、師団長田中新一中将のひきいる五十五、五十六の両連隊は勇猛果敢、力戦奮闘し、九州兵団の名にふさわしくその強兵ぶりを発揮した。そして緒戦のころには、敵の孫中将が一時は退却を決意するほどの激戦が展開された。

しかしながら、衆寡ついに敵せず、戦力はとみにおとろえ、後退をよぎなくされていたのである。連隊長の長久大佐は敵の重囲におち、重傷を負って、一時は行方不明になっていたほどである。

吉田少佐は予定地に到着すると、副官と私の三人で作戦会議を開いた。すすけたランプの光のなかで、私は少佐の顔をしみじみとながめた。面やつれはしていたが、むかしの吉田区

隊長に相違なかった。ここで区隊長と候補生の間柄にもどるべきであると思った私は、微笑みながら、

「区隊長殿、お久しゅうございます。私をおぼえておられますか」と言った。

「区隊長？　私を区隊長と呼ぶところをみると、貴公は熊本の出か」

「そうです。二区隊の重松区隊長殿のところにいた田中候補生です」

鼻ひげをのばしている私の顔をじっと見つめていた少佐は思い出したらしく、

「うん、おぼえておる。奇遇だ。なつかしいゾ」

少佐は私の手をしっかりとにぎりしめた。むかしの教官と教え子の間柄である。初対面の時に味わう心の垣根のようなものはけしとんでいた。

作戦会議は陣地配備を中心に計画立案された。名ばかりの実力のともなわない大隊にとって、私の指揮する支隊が主力となったのは、当然のなりゆきであった。

その結果、わが支隊は夜明け前に、先刻大隊を待っていた橋梁地点までもどり、道路の両側をかため、橋梁を突破しようとする敵をふせぐことになった。

吉田少佐は正規の士官学校出身の人ではなく、兵士から下士官となり、さらに少尉候補生をへて将校となり、累進した人であった。一兵士から少佐まで進級するということは、なみなみならぬ努力を必要としたにちがいない。その努力はまさに尊敬に値するものがあろう。

しかし私は、少佐がかつて区隊長のころ、上司の中隊長で士官学校出身の斉田大尉にたいする態度があまりにも遠慮ぶかく、従順そのもので、候補生たちをあぜんとさせたことがたびたびあったことを思い出していた。

それは、どんなにささいなことでも中隊長におうかがいを立てるというやり方で、独断でことを運ぶということをしない人であった。この特進将校といわれる人たちは総じて、反骨精神というものを表に現わさなかった。上司にさからうということはその人たちの保身に、いかにわざわいするかを、長年の軍隊生活のなかで身にしみて学びとっていたせいであるかも知れない。

習いはいつか性になるという。その従順な忠誠心が無類の強さをはっきりさせもしたが、万が一、適切な上司への意見具申を欠き、状況判断を誤るようなことがあれば、多くの部下たちが無益な犠牲をしいられるということにもなりかねないのであった。

私はかつて、ミートキーナよりさらに北辺の要衝サンプラバム（道標百三十マイル地点）に駐屯警備しているとき、内地から転任してきた大隊長山畑少佐につかえたことがあった。やはり特進の人でまことに律儀の人であり、内地の兵営どおりの規則を重んじ、部下たちに厳守することを要求した。それは、ともすれば私との間に意見の食いちがいを生じた。ついには、

「貴公はなぜオレのいうことに反対するのか、どうしていちいち文句をつけるのか、そんなにオレを毛ぎらいせずに、もっと親しくなろうとしないのか」

といわれるしまつ。――ここは戦地であって内地ではない。将兵は生死をともにせねばならない。四角四面な考え方でなく、もう少し融通性をもってほしい、というのが私の持論であって、けっしてデタラメをもとめたわけではない。

「大隊本部にきても、つかまればロクな命令しかもらわない、とても遊びにくる気なんかし

ませんよ」

と、にくまれ口をきいたこともあった。

サンプラバムの見晴らしのよい台地に対空監視哨がおかれていたが、そこは危険きわまりない場所であった。任務につく下士官たちの顔色は、緊張でいつも青ざめていた。

私はだまってそれを見すごすことができず、なんとか安全な場所を見つけて、任務がはたせるようにと検討した。最適と思われる位置を発見して、監視哨の場所の移動について意見具申をしたことがある。すると大隊長は、兵士が危険な任務につくことをおそれていては戦さはできぬ、その労をねぎらうために特別給与もしてあるのだ、といって反対をした。

しかし、私は特別給与と生命とひきかえにはならぬとさらにねばった。

「大隊長殿はあの暴露地帯で敵機の銃撃や、爆撃をくう兵士たちの身を考えたことがありますか。幸いにまだ犠牲者は出ていませんが、もし直撃の爆弾を一発食ったら全員吹っ飛んでしまいます。どうか考えなおして下さい。大隊長殿が一日あの台地にいられたら、私の意見具申の意味がよくわかると思いますが……」

さすがに、大隊長も苦労人であった。

「よし、貴公がそれほどまでいうのなら、新しい場所というのに案内せい」

ということになり、結局、私の意見が採用され、それからの兵士たちの顔色は明るいものとなり、みなによろこばれたことがあった。

その少佐が後日、警備地周辺のゲリラ討伐で重傷を負い、入院したことがあった。私がさっそく見舞いに訪れたとき、

「貴公は日ごろから文句ばかりいってオレにさからうと思っていたが、いざというときには貴公の方がたよりになることがわかった」

と、お世辞にもにたようなことをいわれたことがあった。山畑、吉田両少佐は苦労人であり、りっぱな人たちにちがいはなかったが、なにかと創意工夫をこらしたり、部下たちの立場で物を考えようとする私にとっては、ある種の不安と物たりなさを感じていたのも事実であった。

それはさておき、私ははからずもむかしの区隊長吉田少佐と、これから予期される戦闘のためのコンビを組んだのである。

敵のゲリラから学ぶ

私の指揮する支隊は、夜明け前に橋梁地点まで引き返した。そして夜明けとともに私は指揮班長の伊川曹長をともなって地形偵察を開始した。

支隊がいままで守備していたソンペは、山岳民のカチン族の集落の地名であるが、その山岳道路は原住民が徒歩で往来できるていどの細い道が、起伏の激しい山中を曲がりくねってつづいており、その両側は深い谷かジャングル地帯になっていて、大部隊や車輌の通れる道ではなかった。

守るにやすく攻むるにかたい地形がいたる所にあって、支隊はたくみにこれを利用して敵をよせつけなかった。

日本軍との主力方面の戦闘が膠着状態に入ると、敵はこの山岳道路を迂回して日本軍の背後をつくべく、しばしば支隊の前面に出現した。しかしそのたびに撃退され、遺棄死体や、捕虜を残したまま攻撃を断念して後退していた。しかし、ここは山岳地帯とは地形がことなっていた。道路幅はトラックがすれちがうことのできる広さがあり、しかもアスファルトの舗装がしてあった。

橋梁もコンクリート製の橋で、大きくはなかったが、右側を流れるモガウン河の支流を渡るための橋で幅約十メートル、長さ三十メートルぐらいはあった。そのけたから水面までは五メートルちかくあった。橋梁の前方左右は密林地帯となっていて、舗装道路は二百メートルくらい先から左折していて、見通しがきかなかった。

また、橋梁の手前百五十メートルくらいまでが平坦地となっていて、ところどころ草むらにおおわれていて、視界がきいた。道路の左側約五十メートルのところから、ゆるい傾斜の台地がその先の山につづいており、右側約六、七十メートルからモガウン河にいたる地帯は、湿地帯となっていた。

大隊長は左方の台地に一コ中隊を配置し、道路正面の防御をわが支隊に命じていたので、地形偵察をおえた私は指揮班長の伊川曹長、機関銃分隊長の高尾軍曹、小銃分隊長の古川軍曹を集めて戦闘要領をつたえ、ソンペ当時とおなじ秘匿陣地の構築を命じた。

この秘匿陣地というのは、敵側から見て陣地がどこにあるのかまったくわからないように地形、地物をたくみに利用して作られるもので、敵にとってはまことにぶきみな存在であった。銃口を自然の草木や地形のかげからわずかにのぞかせているだけで、掘削した土砂はぜんぶ他に運びさり、陣地らしきものはまったくないように作られるものであった。

これまでの陣地という概念は、掘り上げた土を周辺に盛り上げ、地かためをして防弾壁をきずき、その上方を偽装するというやり方であったが、下手な偽装はむしろ発見されやすく、かっこうの攻撃目標となった。

そこで防弾壁を作らず、自然の形をそこなわず、予備陣地をいくつか作って敵に打撃をあたえ、移動しながら敵の攻撃をさけるというやり方であった。

木陰で敵を待ちうける日本軍兵士。著者の支隊は、かつて悩まされた敵ゲリラの隠し陣地戦術を取り入れて敵を待ち伏せた。

このヒントは敵のゲリラ部隊から学んだもので、かつての討伐作戦のさいにゲリラの隠し陣地のため、日本軍がその陣地まぢかまでひきよせられて射たれ、多くの犠牲をしいられたものであった。

私もそうした苦い経験をもつ一人であった。その苦い体験は教訓となって、私の戦術にとり入れられていたのだ。

私は橋梁を渡ってくる敵をなるべく近くまで引きよせて、支隊の火線の網の目の中に入れ、いっきょにたたくという戦法をえらんだ。橋梁の左右の川のなかは死角になるので、そこには擲弾筒弾をブチ込む手はずをきめた。

そして古川軍曹の指揮する二コ分隊を道路左側の少し後方の台地のふもとにおき、高尾軍曹の指揮する機関銃分隊を道路右側の一本の大樹の前の草むらのなかにひそませ、自動小銃班の湯川兵長たちにその右側を護衛させた。

私は指揮班長と伝令、衛生兵とともに大樹の後方に掘ってあった掩蓋壕を利用して指揮をとることにし、前哨として上等兵を長とする二名を、橋梁前方二百メートルの道路の曲がりかど右側の密林のなかにひそませた。その任務はちかづいてくる敵を発見すれば、至近距離数メートルまでひきよせて一撃をあたえたのち、本隊に引き揚げてくるというものだった。

陣地構築に支隊がむちゅうになっているおり、師団工兵隊の一将校が四、五名の部下とともに現われ、橋梁に鉄条網を張りめぐらし、道路の両側にも輪状の有刺鉄線を配備して行った。

陽はすでに昇り、めずらしく上空に雨雲の切れ目から青空がのぞいていた。

構築をおえた支隊の陣地を私は正面から、あるいは側面からながめすかして点検し、修正をした。さらに私は、どこまで敵をひきよせるか、射撃の時期をいつにするかなどのめんみつな指示をあたえた。

また待機中の軽機関銃や重機関銃の射手交代には、絶対に声をたてたり音を出してはならぬことを命じ、各人の合図はおたがいに腕にひもを巻き、それをひいては手まねで合図を送るようにさせた。これもゲリラ戦の対抗手段として編みだしたものであった。

すでに腕時計は十一時を指していた。準備は完了した。「さあ敵さんきたれ」——手ぐすねひいてまつという心境であった。

全火器あげての一斉射

午前十一時をすこしすぎたころ、前哨で激しい銃声がした。敵の路上斥候がちかづいたのであろう。しばらく敵味方の銃声がつづいたが、敵は斥候からの連絡を受けたと見え、わが方の前哨に対し、激しく迫撃砲弾をあびせはじめた。

あぶない、はやく引き揚げてこい、と思うが前哨との連絡方法はなかった。ただ時機を失せず後退してくるのをかたずをのんで待つのみ。と、敵の砲弾がやんだとき。前哨の一人がかけもどってきた、興奮で顔が青ざめている。

「隊長殿！　敵がやってきます。敵の斥候の二人はたおしましたが、今の砲撃で分哨長は吹っ飛んでしまい、戦死されました！」

「敵の兵力はどのくらいか」

「よく分かりません！」

「分哨長の遺体は収容できなかったのか」

「はい、直撃をくらったものですから」

「よしわかった、ご苦労だった、古川の分隊にもどれ！」

敵の路上斥候と交戦したていどでは、後続する敵部隊の兵力を判断することはできない。敵の主力は戦車や、重砲をともなっているはずである。進撃する場合、日本軍の攻撃は速攻を誇り、一気におしよせる戦法をとるのだが、中国軍の三十八師はけっして急がなかった。慢々的でさえあった。

ひとたび敵と遭遇すると一時後退し、もっとも得意とする迫撃砲による攻撃をしかけ、火力を十分に発揮させて、ふたたびおもむろに出てくるというやり方で、急いだりあせったりはけっしてしないのであった。大陸的戦法というのか、兵力の消耗をつとめてさけようとしていたのだ。

スチルウェル将軍は、中国軍のこの慢々的進撃にゴウをにやし、孫師団長を激しくしったしたということが、戦後になって知らされたが、敵の進撃のおそいのがむしろ、不思議にすら思われたものである。

前哨と敵が接触して約二時間が経過するころ、不意に高尾軍曹からの連絡があった。『敵影を発見、前面橋梁の左右の川岸から数名がはい上がって、こちらを偵察している』という。道路を通らず左右の密林のなかをぬうようにして川まで到達し、鉄条網の張ってある橋は警戒してこれを避け、川を渡ってはい上がったのであろう。

「よしわかった、知らん顔をしておけ、できるだけ多くこちらに引き込め、射ってはならんぞ！」

敵側から見て鉄条網や有刺鉄線が施設されてあっても、正面の平坦地には日本軍の陣地らしきものは見当たらないはずである。

偵察兵の数はだんだんとましてきて、将校らしきものがなにやら指示をあたえている。と、ついに彼らは立ち上がって前進をはじめた。その数約五十名、路上斥候を先頭にして道路の左右にわかれ横隊を作った。カービン銃と自動小銃を腰にかまえ、一歩一歩警戒しながら前進してくる敵の先頭は古川分隊の直前までちかづいたが、まだ気がつかなかった。

やがて敵は、まちうけるわが支隊の火網のなかにぜんぶ入り込んだ。ころはよし、「射て！」……私のみじかい射撃命令の直後、軽機、重機、小銃、自動小銃がいっせいに火を吹いた。満月のごとく弓をしぼりヒョウと矢を放つという、むかしの武者の戦いぶりさながらであった。

敵は仰天した。バッタリ前にのめるもの、あおむけにひっくり返るもの、横転するもの、敵は算を乱して川まで引き返したが、そこにはあらかじめ射程距離を測定して満を持していた擲弾筒による攻撃が待ち受けていた。ばかでかい爆発音とともにつぎつぎと擲弾は炸裂した。

支隊の作戦はみごとに成功した。敵は出鼻をくじかれて、ほうほうの体で後退した。伊川曹長は敵の遺棄死体の身につけているものから、なにか情報をうることを提案した。

「いかん、今はだめだ、敵にオレたちの姿を発見されたらひどい目にあうぞ。動いてはならん、ジッと敵の動きを見るのだ、きっと砲撃してくるぞ」

私の警告どおり、ものの三十分もたたぬうちに敵の砲撃が開始された。

ふがいなき友軍

敵の砲撃は迫撃砲によるものだった。だが、わが方の秘匿陣地は確認していないらしく、おおよその見当で射っているため、弾着が遠い。陣地と大隊本部との中間地区にさかんに落下する。

かつて体験した中国軍の迫撃砲は、旧式で発射速度もおそく、ヒュルヒュルという飛来音がしたが、米軍支給の迫撃砲はシャーッという空気をさく鋭い音がして、速度も爆発力もくらべものにならない威力があった。それに、数発がひとかたまりになって爆発する。数門がいっせいに発射しているらしい。

観測兵がいて連絡しているとみえ、遠かった弾着がだんだんとちかづき、古川分隊や私の周辺にも落下しはじめた。爆煙と砂煙りがもうもうと上がる。へたな鉄砲も数射てば当たるというが、日本軍では考えられないほどの猛砲撃である。至近弾が炸裂しはじめると、みなはカメの子のように首をすくめて陣地の底にへばりついていた。

支隊が守備している道路両側一帯を砲撃し終わると、敵は砲撃目標を左の台地にうつした。そこには三大隊の一コ中隊が守備しているはずである。たちまち台地一帯が爆煙につつまれていった。

砲撃がやむと、敵はふたたび支隊の正面を攻撃前進してくるにちがいない。私はそのときのくるのをじっと待った。しかし事態は、思いがけぬことになった。

さしもの砲撃がやんでホッとしているとき、左の台地ではげしい銃声がした。敵はこの台地を占領しようと、道路左側の密林地帯のなかをひそかに進出してきたのであろうか。

味方が守備についていることもあって私は、その台地については少しも注意をはらわず、安心し切っていたのだ。そこに判断のあまさがあった。あまりの砲撃の激しさに、台地を守っていた味方はそこを放棄していたのである。

古川の分隊は、いきなりその台地から射撃を浴びせかけられた。不意をくらっておどろいた古川が、私のもとにかけ込んできた。

射撃中の日本軍の重機関銃。支隊守備陣地に十字砲火を浴びせてきた敵に対し、高尾軍曹の指揮する重機は必死に応戦した。

「隊長殿！　敵が左の台地から射ってきます。陣地は丸見えです。あぶなくてあすこにおれません！」

「なに、それは本当か、そんな馬鹿なことがあるか。あの台地には味方がいるはずだ」

「いいえ味方ではありません」

あの台地を取られては支隊の秘匿陣地は暴露される。おどろいた私は古川にすみやかに予備陣地に移動して台地の敵と応戦することを命じ、高尾軍曹の重機にその援護をすることを伝えさせた。これで支隊は正面と側面の敵と戦わねばならなくなった。

台地の敵は、後方の砲兵に砲撃目標を連絡したらしく、支隊の陣地はまもなくものすごい砲撃にさらされた。自動小銃班の湯川兵長は直撃をくらって戦死した。わずかに肉片を残すのみである。

あぶない。このままいたらやられる——左台地を攻撃して奪取するのも一つの方法ではあったが、とても無傷で成功するとは思えない。敵は台地を攻略したあと支隊の正面攻撃を画策したにちがいない。台地をうばわれては支隊の陣地は死んだもどうぜんであった。

砲撃はさらに激しさをましていった。くそッ、台地の中隊が無断で撤退するとはなんたることか！

私は無念であった。日本軍ともあろうものが、こうもやすやすとあの台地を敵に渡そうとは。

古川は予備陣地に引き返すと、台地の敵に向かって必死になって応戦をはじめた。高尾の重機関銃もよくこの敵を制圧した。しかし、それもつかの間のことであった。私の危惧した敵の主力が、正面に現われたのである。

しかも先刻の緒戦にこりたのか、日本軍の相当有力な部隊が待ち伏せていると判断したのか、進攻には大事をとって慎重であった。熾烈な敵の砲撃もさることながら、重火器の射撃もものすごい。その間にも至近弾がぶきみに地面に突きささる。私は思わず腕時計に目をはしらせる。時刻は十五時（午後三時）をまわっていた。私はなんとか薄暮まで現在地をもちこたえたい、と思った。

重機関銃は左の台地を射ち、正面の敵をふせぎ、銃口を右に左に動かしてよく奮戦した。かん高い高尾軍曹の号令ぶりもたのもしい。が、ここで私は長居することは無益であると判断した。われわれよりはるかに火力にまさる敵と長く対峙していては、犠牲がますばかりである。緒戦の戦果に満足すべきである。

「伊川曹長、あの台地を敵にとられてはここに長居は無用だ。オレは大隊長に戦況を報告しに行く、お前は支隊をまとめて大隊本部線まで後退しろ！」

私は砲撃の中断するのをまって、伝令をともない、指揮壕をとび出した。もとより私の心中にはおだやかならざるものがあった。

約一キロ後方のイエカンにある大隊本部を訪れると、私はふんまんやる方ない口調で、台地をかってに撤退した中隊の無責任を追及した。台地の指揮官がだれであれ、そこにもし居合わせたらぶん殴りたいくらいの意気込みである。

大隊長は返す言葉もなく、無言であった。部下の不始末は大隊長の責任であったからだ。ただくやまれるのは、支隊が守備の配置につくとき、台地の中隊と相互間の作戦打ち合わせがなく、大隊長にまかせっきりであったことである。

逃亡兵

大隊副官は、大隊長と私との間にただよっている冷たいふんいきをとりなそうとした。まあ、まあと手で私を制しながら私の腕をとり、小さな大隊長の小屋から外へとつれ出した。

「お怒りはもっともです。残念ながら長い期間の戦闘の連続で、みな戦意を喪失しています。大隊長をせめないで下さい。じつは先刻、大隊長は拳銃で自決しようとされたのです。私はおどろいてとめたのです。多くの部下を失って申しわけない、陛下におわびをするといいましてね、やっと思いとどまらせたところなのです」

私は、その副官の一言で、もう返す言葉が無かった。

「いや、よくわかりました。私も少し言葉がすぎたようです。部下たちに大隊本部の線まで後退することを伝えてありますので、まもなくくるはずです。新しい配備について、大隊長と打ち合わせをしたいと思いますが……」

「そうですか、では大隊長と協議しましょう」

私と副官が大隊長の宿舎に入ろうとした瞬間、今朝からいやというほど聞きならされた迫撃砲の集中飛来音が頭上で聞こえた。ちかい、あぶない、ビリビリと張りつめた神経と動物的感覚がするどくはたらいた。二人は宿舎のまえに掘ってあった壕におり重なって飛び込んだ。大隊長もほとんど同時であった。

ものすごい炸裂音と地響き、爆煙が上がり、一瞬目の前が真っ暗になった。硝煙のにおいが鼻をつく。大隊本部のだれかがやられたのかうめき声がする。軍医を呼ぶ声がする。壕の中の三人は顔を見合わせて、おたがいにぶじであったことにあんどの色を見せた。そこには先刻のトゲトゲしい感情はもうなかった。

戦場というものはふしぎなもので、死線をともに越える体験をすると、おたがいの間にはグッと親近感がわいてくるものであった。頭からあびせかけられた土砂をはらいのけると三人は、つぎの配備について打ち合わせをした。

大隊長は、橋梁地点で南進する敵を阻止せよ、という連隊命令にあくまでこだわっていたが、私は反対した。橋梁地点にふたたびもどることは多くの犠牲を必要とする。きずいた陣地もすでに発見されている。むりをせず橋梁ふきんの平坦地から少し後退して、道路が両側の密林にさしかかる地点を軸として、敵を阻止すべきである、と主張した。

だが、大隊長は、命令は絶対に動かすことができないものとして、あくまでもそれに忠実であろうとした。一方、私は味方の損害を出さず、いかなる方法で敵に打撃をあたえ、その南下を防ぐかを考えていた。

一兵でも失いたくなかった。命令は動かしがたいものであることは知っている。しかし、その命令の内容を検討して、指揮官みずからの状況判断により対処する弾力性があってよい、いやあってしかるべきだ、と考えていた。

大隊長は不満の意を表したが、結局は私の意見をいれることとなった。部下中隊の失態という負い目を感じていたのかも知れない。

ついで私は、おくれて到着した伊川曹長にたいし、新しい守備地点にいまから引き返すことを伝えたところ、伊川は申しわけなさそうな顔をして突ったっている。私は一瞬、なにかあったなと直感した。

「伊川、どうした？」

「申しわけありません、逃亡兵が二名出ました」

「逃亡兵？　そいつはだれだ」

「山本と和田がおりません。各分隊にさがさせたのですが見当たりません。いっしょに後退してきたのですが、どこに行きやがったのか」

「ウーン、和田と山本か、ものすごい砲撃にキモをつぶしたのか、あの二人なら逃亡もしかねんな」

「捜索隊を出しましょうか」

「いや待て、逃げた奴はもうその辺にはおるまい、たとえ捕らえてもまた逃亡するだろう。しかたがない、ほっとけ。逃亡兵をさがしとるひまはない、第一線にもどるぞ！」

私は平静をよそおったが第二、第三の逃亡兵が出ないという確証はなかった。二人の逃亡兵は中部ビルマのメイクテーラに連隊が駐屯していたころ、内地から転属してきた召集兵たちであった。彼らはこうした激しい戦闘ははじめてであった。それだけに恐怖心も人一倍強かったのであろう。

戦闘はだれにとっても怖いものである。怖くないという奴がいたらそれはウソだ。だからといって逃げてよいという理由にはならない。任務には忠実でなくてはならない。将校、下士官、兵の階級差はあっても、皇軍であることに変わりはないのだ。敵前逃亡は死刑に値することは、彼らも百も承知のはずであった。それにもかかわらず逃亡の道をえらんだのはなぜか。

この戦場では万に一つでも生きる可能性がないと判断したのか、あるいは私以下支隊の全滅を確信したのか、その理由は定かでなかった。ただ、いずこかで生きる道を見つけようとしたのであろう。彼らの日ごろの言動には兵隊らしからざるものがあったし、上官を上官とも思わずふてくされたところがあり、現役兵にくらべて年長であったせいか、若い下士官たちにもあつかいにくかったようだ。とにかく機会があればと二人は、そのおりをうかがっていたのであろう。

彼らの消息はその後、ついにわからずじまいとなった。逃亡兵たちの行く手にまちうけていたものは、はたして何であったろうか。

上官かぜを吹かすな

一夜は明けた。日本軍なら払暁攻撃をしかけるのが戦術の常套手段であったが、正面の敵は、日本軍の戦法とはいささかことなっていた。例のごとく慢慢的であり、午前九時になって敵の砲撃が開始された。きのうは迫撃砲を主軸とするものであったが、けさはこれに重砲がくわえられた。

かつてソンペ守備のころ、主力方面でいんいんたる砲声がとどろき、その音のすさまじさにおおよその見当はついていたものの、その渦中にさらされてあらためて、重砲のもつ爆発力のすごさにキモをつぶすおもいであった。

周辺の樹々はささらのようなみじめな姿になり、黒土は掘り返されて赤肌をさらけ、小さな灌木や草はたちまちなぎたおされた。

壕にじっと身をふせてたえてはいるものの、もし直撃をくらったら、木っ端みじんに吹き飛ぶにちがいない。古川の守る台地も猛砲撃を受けていた。

きのうの陣地配備では、私の指揮する主力が道路左側の前方にあり、古川分隊は道路左側のすこし後方の台地のふもとにいた。したがって古川には、私の指揮する主力の動きがよくわかった。

主力の動きのわかる位置にいることと、すこしでも後方にいることで、古川には安心感があった。戦線で前にいるのと後ろにいるのとでは、心理的に大変なちがいがあった。前面か側面に味方がいることはそれだけで心強いものがあり、ぎゃくに孤立しているときは、大変心細いものである。

きのうの配備とちがって、今日の配備は、古川の分隊が主力より前に出されていたのだ。たびかさなる猛砲撃と、主力から離れている心細さから古川は、孤独にたえきれなくなったのか、守備する台地を放棄して私のもとにかけこんできた。

「隊長殿、とてもあそこにはいられません、このままでは全滅します！」

彼は恐怖におののいていた。きのう三大隊の中隊が陣地を無断で撤退したのとおなじである。私は敵の重砲弾の炸裂するなかで立ち上がると、やにわに軍刀を引き抜いた。

「何をぬかすか、この卑怯者！　だれが撤退しろといった、泣き言をはくな、さっさともとの位置にもどれ、さもないとタタッ斬るぞ！」

仁王立ちになって軍刀を引き抜いてしかりつける私の姿に、日ごろ温和でほとんど部下をしかったことのない私しか知らなかった古川は大いにたまげ、私の姿に鬼をみたことであろう。おどろいて突っ立っている古川に、

「もどるのか、もどらないのか、返事をしろ！」

と、私はさらに烈しい言葉をあびせた。

「わかりました！　もどります！」

敵の砲撃はいまや私のいるところも、台地もおなじであることが古川にもわかったようだ。私から「卑怯者」とののしられたことは、古川にとっては屈辱であり、いかばかり無念であ

ったろう。しかし自分たちだけが危険にさらされているのではないとわかった以上、上官にさからうすべはまるでない。古川は必死の思いで台地に引き返していった。

敵のこの砲撃にたいする、友軍の砲兵による支援は一発もなかった。こうなっては、たたかせるだけたたかせて、敵の歩兵が進出してくるときをとらえて倒すしかない。砲撃がやんだときが、わが支隊の出番となろう。

腕時計が正午をまわったころ、大隊本部の下士官が私のもとへやってきた。

「連隊本部の渡辺少佐殿が、中尉殿に会いたいと申されています」

「渡辺少佐？　オレになんの用があるというのだ」

「さあ、よくわかりませんが、たぶん、戦況を聞きたいのではないでしょうか」

私は渡辺少佐とは一面識もない。大隊長の吉田少佐が呼んでいる、というのなら話がわかるが……私は不審に思ったが、相手が上級者である以上、ことわるわけにもいかない。

私は下士官にみちびかれて、重砲弾の炸裂するなか、約二キロちかく後方の渡辺少佐のもとを訪れた。そこはりっぱな掩蓋壕が作ってあり、重砲の直撃をくってもびくともしないであろうと思われる代物であった。

掩蓋は、チーク材の丸太を壕の上にビッシリとならべて渡しかけ、その上に土砂を一メートル盛り上げてふみかためてあり、内部の壕壁も分厚い頑丈な板でかこまれ、炭坑の坑木とおなじ大きさの支柱が、それらをさらに丈夫なものとしていた。私たちの壕とはくらべようもなく、まさに雲泥の差ともいえる。

どこから運んだのか、戦場ではにつかわしくない豪華なベッドが、デーンとすえつけてあった。だれかが徴発してきたものであろう。少佐は長ながとそのベッドに横になっていたが、入ってきた私の姿を見ると、やおら身を起こした。

「御苦労、私が渡辺だ。戦況を知りたいと思って貴公にきてもらったんだが、どうだい、持ちこたえられそうか」

この一言に私は、顔がこわばるほどの不快感に襲われた。第一に、このようなりっぱな壕に、ぬくぬくとしているのが気にくわなかった。おそらくは重傷を負ったといわれる連隊長の養生用の壕であったと思われるが、連隊長が後送になったのを機会に自分用にしたのであろう。

第二は、最前線で戦闘をしている将校をむかえるのに、こともあろうに寝そべっていたことである。第三は、その横柄な態度であった。

年配は私といくつもちがわない若さのようである。士官学校出身の現役の少佐であることがすぐによみとれた。私は百十四連隊から応援にきている将校であり、少佐と中尉の階級の差はあっても、他部隊から派遣されている将校にたいしては、多少の遠慮なり言葉をつつしむのが礼儀というものである。しかし少佐の態度は、おなじ連隊の部下将校にたいするものとおなじである。

「もちこたえられるかということは、どういう意味ですか」

私はブスッとして反問した。

「今日の敵の砲撃は、きのうとくらべものにならぬくらい激しいから、どうかと思ったのだ。それに貴公が一一四の将校だというので、いちど顔が見たかったのだ」

ここにいたって私は、あきれて物もいえなかった。吉田少佐はノイローゼぎみとはいえ、陛下に申しわけないと自決しようとさえしたというのに、この少佐は、なんという愚かさであろう。私の顔が見たければ、自分から第一線まで出向いたらよいではないか。敵の重砲がこわくてそれもできないのかといいたかった。

「ご承知のような砲撃です。砲弾でつぶされぬかぎりもちこたえられるでしょうが、何日までもつかといわれてもわかりません。後方にいては一線のようすがわからないと思います。前線視察にこられたらどうですか」

私はさりげなく臆病そうな少佐にイヤ味をいったところ、少佐はあわてふためいた。

「いや、いいんだ。吉田少佐の指揮下の貴公を呼ぶのはスジちがいとは思ったが、ちょっと心配だったからだ。わるく思わんでくれ。もう帰ってよい」

私はいまいましかった。これが現役の少佐か、クソでもくらえと、いいたかった。後日、この渡辺少佐が長久連隊長にとって、部下としてまことにたよりがいのない、もて余し者であったことを知り、彼の行為をはじめて納得したのだが……。

この直後、私は大急ぎで部下たちのまつ陣地に引き返した。一時間たらずの不在ではあったが、伊川曹長以下みなが心配してくれていた。私のぶじな姿を見ると、いちように安堵の色を顔に浮かべた。

日没がそろそろ近づいていた。このころ私は台地を守る古川が気になってきた。あのように叱り飛ばしたものの、決して彼をにくんだわけではなかった。

私はさっそく伝令に命じて、古川のようすを見にやらした。その伝令の報告によると、古川は負傷をしていたとのこと、おどろいた伝令が、隊長に報告することをすすめたところ、「傷は大したことはない、オレはさっき隊長から卑怯者といわれた。オレは死んでもここから さがるつもりはない。隊長にオレがそういったとつたえてくれ」といったという。

私には古川の気持がいたいほどよくわかった。北九州出身の将兵たちは気みじかなところがあった。とかく彼らは、ぐずぐずいうのをめんどうくさがった。カッと血が頭に上ると、「クソッ、死んでやる。死ねばいいんだろ」という、気性の激しいところがあった。私から卑怯者といわれたことで古川の心は傷つき、つらあてに死んでやると思っていたにちがいない。彼のそのやけクソ気味の怒りが敵に向けられ、敵の進出をはばんでいたのであろう。

私は薄暮の訪れをまって古川を後退させ、軍医の治療を受けさせねばならぬと思った。

激怒する大隊長

きのうは湯川兵長が戦死し、二名の逃亡兵をだした。今日は古川が負傷している。こうしてすこしずつ、支隊の戦力は低下して行くのであろうか。

携帯した糧秣や、弾薬にはかぎりがあって後方からの補給はなに一つない。兵站基地モガウンで受領した糧秣はわずかに一週間分で、弾薬はミートキーナを出発したとき携行したままで、ソンペを守備していた約一ヵ月間、その補充を受けていなかった。

かんじんの糧秣はとどかず、原住民がかくしもっていたモミや、とうもろこしのタネを見つけてはかろうじて飢えをしのいできた。この主力の戦場に投入されてからは状況はさらに悪化し、糧秣や弾薬の補給などのぞむべくもない。

わが支隊がソンペから反転して旅団司令部に到着したとき、同期生の旅団副官橋本中尉が糧秣の欠乏をなげき、旅団長といえども一日の米の配給は五勺であるといっていた。このように戦いは、当面の敵が相手ではあったが、また飢えや病いとの戦いでもあった。

くわえての雨期である。ときおり、思い出したかのように雨雲のなかから青空がのぞくことはあっても、ほんのつかの間で、小雨がとめどなく降りつづき、ときには豪雨をともない、たのみとする陣地や壕は水びたしとなり、将兵は身のおきどころもないみじめな思いを味わわされていた。

支隊はすさまじい敵の砲撃や歩兵の攻撃にもかかわらず一歩も後退せず、任務を遂行していた。しかし、敵もこのまま膠着状態にあまんじているはずはない。異変が起きたのは翌日の正午ちかくであった。

どこをどうくぐりぬけたのか、敵の一部が吉田少佐の大隊本部を襲ったのである。支隊は道路の両側と、左の台地の一部を守備しているにすぎない。密林と湿地帯が敵の進出のじゃまをしているとはいえ、突破しようとすれば、方法はいくらでもあった。

湿地を迂回することもできたし、台地からさらに山に向かう稜線を乗り越えることもできた。

頑強に抵抗する支隊正面を突破することは得策でないと判断した敵は、支隊の後方にある大隊本部をついたのである。

侵入してきた兵力は一コ小隊くらいのものであったらしいが、わずかばかりの兵力でほとんど無防備にひとしかった大隊本部は仰天した。正面を防御している支隊と本部との中間に、不意に敵が現われて射撃をあびせかけてきたのだから、混乱したのもむりはない。必死になって防戦したかいあって、かろうじて敵は退いたものの、なぜこういう目にあったのか、大隊長には判断ができなかったのか、急きょ第一線にいる支隊長をよべということになったらしい。

そうそうにやってきた私を見るなり、大隊長はヒステリックな声で怒鳴った。

「貴公はいったい、どこを守備していたのか、たったいま本部は敵に襲われて危ないところだった。なにしていたのか！」

私にはそくざに返す言葉がなかった。敵がどこを潜入してきたのか、私にもわからなかったからである。支隊の守備地点を突破されて本部が襲われたのなら、支隊の責任であろう。しかし、支隊の守備線はどこも破られてはいないのだ。なぜ敵の潜入に気がつかなかったか、といわれても、それはむりというものである。わずかな兵力で正面の敵を阻止するだけで、精一ぱいなのである。

私は大隊長の剣幕にたじろいだものの、ここでだまって引き下がるわけにはいかない。それでは面子が立たない。

「なにをいうのですか、大隊長の指示通りの地点で守備をしているのに、どこが悪いのですか。うそだと思われるのなら、われわれのいるところをたしかめにこられたらよいでしょう」とやり返した。

「なに、貴公はオレに文句をつけるのか」

「文句なんかつけてません。本部が不意をつかれたからといって、私の責任のようにいわれては心外です」

大隊長は支隊の防御正面が破られたのか、または支隊が戦線を離脱したのか、そのどちらかが原因にちがいないと誤解したようである。しかし私には、大隊長に叱責されるいわれがなかった。上級者といえども理不尽と思われることにたいしてはくってかかった。

大隊長と支隊長の私とが敵前でいい争っているひまはなかった。このままの状態をつづければふたたび、おなじ目にあうおそれがある。結局、第一線を守備する支隊と、大隊本部との位置に距離がありすぎたのがまずいということになり、支隊をイエカンの入口ふきんまで後退させ、大隊本部をその後方五百メートルの地点におき、新しい配備につくことになった。

どうじに陣地配備の要領もかえることになった。支隊も本部もそれぞれ半円形の陣地を構成し、どの方向から敵が潜入してきても、独自の立場で応戦できるような態勢をつくらねばならない。

戦闘はもとより天候や地形、兵力の大小によって日々変化するものである。敵が戦法をかえれば、こちらもそのうらをかく心構えが必要なのだ。たった一つしかない命である。ボヤボヤしていたら一巻の終わりであった。

戦地にわずかばかりの教育期間をへて送り込まれた初年兵や召集兵は、戦闘に不なれなために真っ先にやられた。任官したばかりの将校も例外ではなかった。半面、戦場の場数を踏んだ古参の将兵たちは、そうやすやすと敵の弾丸には当たらなかった。

色々な戦闘の体験を重ねる内に、いつしかするどいカンが働くようになり、いわゆる戦さ上手になっていた。日々の戦闘の教訓は即座に活用せねばならぬ。私は明日の戦闘に備えて、新しい地形を綿密に偵察した。

あっぱれな敵の戦法

イエカンは小さな集落で、数軒の原住民の竹葺きの小屋が点在するだけであったが、道路の左側はやはりゆるい傾斜をもつ山岳地帯になっていて、細い道が山の頂上までつづいていた。右側はこい密林地帯で、その右端が湿地帯であることは前の場所と変わりはなかった。

ここで大隊長は、見習士官の指揮する一コ中隊を私の指揮下に入れた。それは名ばかりの一コ中隊で、わずか十名たらずの数である。私はさっそくその見習士官を呼ぶと、支隊との連絡を密に行なうこと、いかなる場合が生じても私に無断で後退することのないように厳命した。

わが支隊は一コ分隊を道路の右側におき、主力は左側に位置し、その左先端から山岳に通ずる登り坂の地区を、見習士官に守らせることにし、それぞれに半円形の独立した形の陣地を構築させた。

きのうは道路の右側に主力がいて、たのみとする重機関銃にその火力を十二分に発揮させたが、こんどは重機を左側に移した。道路の両側に重機が待ち構えている、という見せかけの苦肉の策であった。そして私は、大きな闊葉樹の左側に素掘りの壕があるのを見つけ、そこを定位置として伊川曹長と伝令とともにいることにした。

大樹の前方に高尾軍曹の機関銃分隊を配置したが、銃側には分隊長と射手、弾薬手の三名だけとし、他は小銃分隊に配属した。私の壕の左側に軽機関銃、右後方に擲弾筒手をひかえさせた。私ひとりの判断で臨機応変、ただちに号令指揮ができることをのぞんだからである。

私自身も小銃を手にしていた。軍刀や拳銃は物の役に立たないのである。また指揮官がすこしでも後方にいることは、部下たちの士気に影響するところが大きい、一緒にいるべきだという配慮からであった。部下たちがヒナ鳥とすれば私は親鳥である。ヒナ鳥たちはその心細さから、いつも親鳥のそばにいたがった。

私が渡辺少佐によばれて部下たちのもとを一時的にはなれて、ふたたび戻って来たときの部下たちのほっとした顔色には、私の胸を強くうつものがあった。支隊長がオレたちのそばにいる、姿が見える、声が聞こえる、煙草をすっている、笑っている、その一挙手一投足が部下たちの心のよりどころなのであった。死ぬときは一緒だ、この連帯感がなくしてどうして戦いぬくことができよう。

慢々的の敵の攻撃も日一日と時がたつにつれて、攻撃の時間がはやくなってきた。どうやら後方指揮官から督戦されたと見える。この日も夜明けとともに砲撃が開始されたが、こんどは攻撃の方法もかえてきた。

敵は重砲は使わず、観測兵を先行させての迫撃砲攻撃を始めたのであるが、私にとっては初めての経験で、その正確無比さには舌をまいたのである。

道路上をすすめば、待ち伏せる日本軍の餌食になることは目に見えていた。さりとて密林のなかでは見とおしがきかず、むり押しで進めば意外なところに日本軍が秘匿陣地をかまえている。このしまつの悪い日本軍をどうすれば撃退できるか、なやみぬいたすえの方法にちがいない。

密林の中を先行する観測兵は、警戒しながら前進する。十メートル進んでは目を見張り、耳をそばだてて様子を窺う。異常なければまた同じ様にして進む。何かの気配を察すると、後方の連絡兵に自動小銃でバチバチと射撃をして合図する。連絡兵は同じようにまたバチバチと射撃する。砲兵陣地はその射撃音をとらえて方向を定める。

もう一度、同じような射撃音がくり返される。おそらく音響による距離測定であろうか。ついで迫撃砲の試射である。〈目標からは遠い、弾着遠し、射程をつめよ〉とばかり観測兵は射撃音で合図をする。連絡兵が同じく伝える。かくて目標地点に弾丸が落ちるようになる。観測兵は〈弾着よし、一斉射撃せよ〉といわんばかりに自動小銃で連続の急射撃をする。ここで八門編成かと思われる迫撃砲隊が、猛砲撃をするという戦法であった。

方向、距離、弾着の遠近、弾着よし、の五種類ほどを、自動小銃の発射音で区分しているようであった。

私は当初、このバチバチという射撃音がなんの合図であるのか分からなかった。敵の弾着が遠いのでせせら笑って油断をしていたが、その直後に、至近弾の集中砲火をあびせられ、私と伊川はあやうく爆死するところであった。

この密林の中での巧みな音響利用による、観測兵と砲兵との協同ぶりは誰が考えたのか、敵ながらあっぱれといわざるを得ない。迫撃砲の射角は九十度近くまで引き上げられるので、至近距離でも上空高くとばして垂直に落下させて攻撃できるので、密林地帯の戦闘には最適ともいえる兵器であった。

窮地にたたされた私は、この砲撃をさけるにはどうすべきか、その対応策を大急ぎで考える必要にせまられた。まず敵の観測兵と砲兵とがバチバチと鳴らす音響合図で射撃方向をいちはやく捉える、つぎに試射弾を打ち込んで弾着の遠近を敵が判断しているうちに、集中弾をあびる時期が大よそ見当がつけられるから、その前に部下たちを陣地や守備位置から離脱させ、右か左かに退避させる、という方法を考えた。

砲撃後、敵はかならず前進してくるが、砲撃終了と同時に肉迫攻撃を仕掛けて来るということはしない。そのわずかのすき間に、退避した地点から、大急ぎでもとの陣地にもどり、敵を迎撃してやっつけてやろう、と思った。連日の戦闘に疲れ切っている部下たちに、万が一にも後退を命じたら、さきに逃亡兵を出した例もある。一時的な方便にしろ一歩も退ってはならぬ、と私は固く決意していた。

米軍式近代装備で反攻してきた中国軍は巧妙な手段で迫撃砲の集中射撃をくわえてきた。

時間の余裕があれば、掩蓋のある陣地を作りたい、そうすれば右に左に退避のために飛びまわらなくてもすむ。

しかし、戦闘は流動的で変化をともなった。臨機応変であるためにはタコツボの個人壕でがまんするしかない。

砲撃が間断なくつづくなか、私は弾着を判断しながら、「ソーラきた、右にうつれ」「ソーレ左にうつれ」と声をかけながら陣地から部下たちを移動させ、敵の砲撃をかわさせたのであった。

こんなさなか私はふと、昔の源平合戦で源義経が、〝船の八そう飛び〟をやったという古事を思い出していた。陸地で八そう飛びもないものだが、その飛びまわる姿が、自分ながらおかしくさえ感じられたのである。

よき部下にめぐまれて

こうして必死になって砲撃をかわしたのだったが、やはり敵の豊富な弾丸の量にはかなわなかった。負傷者が続出していった。

そのとき、小銃分隊に配属していた機関銃分隊の中村上等兵が、かけこんできた。

「隊長殿、やられました」

血のしたたる右掌を左で押さえている。見ると、迫撃砲弾の破片による裂傷であった。

「衛生兵の御堂に手当てをしてもらえ、後退してはいかんぞ、手当てが終えたらもとの位置にもどれ」

非情のようだが、そういうと彼は「ハイ」とこたえる。けっして浅い傷ではない。かなり深くえぐられていたが、各兵の守備間隔を五メートルにしていたので、一人が欠けると間隔が開きすぎて守備がおぼつかなくなる。中村は後退させてほしかったのであろうが、私は許可しなかった。

「砲撃が少し遠のいたな」と思っていると、高尾軍曹がさけんだ。

「隊長殿、敵襲です！」

そういうやいなや機関銃をバリバリと射ちだした。私もとっさに小銃をとって応戦する。敵は早くも目の前まで近づいていた。

みると、左にいる軽機に弾薬手がついていない。射手が自分で弾丸を装塡して射っている。一人二役ではなんとも手ぬるい。私はだまって見すごすわけにはいかなくなって、射手の陣地まではってゆくと、

「オレが装塡してやる、しっかり射て！」といって手伝ってやる。射手も、隊長が軽機射撃の手伝いをしてくれるとは意外であったにちがいない。がぜん射手ははりきった。やがて敵が撤退したとき、射手はニッコリと笑い、「隊長殿、助かりました」といった。私も、「大丈夫か、異状はないか」と機関銃分隊長の安否を気づかった。「異状ありません！」元気な彼の声が返ってくる。

もともと私は機関銃出身の将校であり、高尾はその直属の部下であった。小柄で色白の分隊長であったがしっかり者の、じつにたのもしい下士官であった。彼は兵に対して少しも上官ぶるところがなく、部下たちの疲れを少しでも軽くしようと自分から進んで重い機関銃を

担いだり、装具を背負ったり、よろめく兵に肩をかしたりした。

彼はそうしたやさしさをもつ半面、泣き声を上げたり、弱音を吐く召集兵や初年兵がいると、「この間抜け、しっかりしろい、なにをトロトロしとるか！」ときびしくしごいたり、ハッパをかけたりする一面を持っていた。

四番射手の芝崎上等兵は中隊でも一、二を争う力持で、また射撃の名手でもあった。大柄で体格がよく、小柄な分隊長といい対照であり、人柄が素直で小さな事にもよく気がつき、分隊長のよき女房役であった。

私は機関銃にかんするかぎり何一つ心配することはなかった。指揮官がよき部下にめぐまれるということほど幸せなものはない。

撃退された敵は、再び砲撃を開始してきた。頑強に抵抗する日本軍を一日も早く撃破したい敵は、ついに観測機を上空にとばし、空からの偵察を始めた。灰色をした単葉機でトンボのようなこの低速の飛行機は、高射砲か機関砲があればすぐに射ち落とせそうな高さなのだが、残念ながらそんなものはない。

これはじつにヤッカイな代物であった。うかつに動く姿を発見されたり、炊煙を上げようものなら敵の砲兵にたちまち通報されて、ものすごい砲撃をくうのであった。

ビルマの雨期は激しく、まさに車軸を流すという形容が当てはまるほどの雨量があった。その雨期には敵の飛行機も飛ばないだろうと、楽観的な観測が行なわれていて、そうなることを日本軍の上層部から一兵にいたるまで期待していたが、しかしそうした期待感はまったくはずれて、敵にとってこれしきの雨はなんのそのであったようだ。

重傷者に嘘をつく

さきに、中村上等兵が負傷して、私の許に駆け込んで来て衛生兵の治療を受け、ふたたび守備位置にもどらせたことを書いたが、今度は山口上等兵がしりに手を当てながらやって来た。

「隊長殿、やられました。傷を見て下さい」という。隊長はときには軍医の役目もしなくてはならない。

「どれ見せてみろ」彼の手を払いのけて尻を見ると、無残にも尻の肉がパックリと大きな口を開けて、半分肉が垂れ下がっていた。

かなりの重傷である。山口にはこの傷の大きさが目に入らない。私は咄嗟に、彼には本当の傷の具合を告げてはならぬと思った。垂れ下がった尻の肉を元の位置にもどすと、私の持っていた包帯包を出して傷口に当てたのだが、傷口が大き過ぎて一コくらいではふさぎようがない。

「おい御堂、お前の包帯包を出せ」それでも足りない。衛生兵用の「携帯のう」の中からさらに一コを出させてやっと傷口を埋め、三つの三角布を繋ぎ合わせて尻から股にかけて包み、仮包帯を何とかすませると、

「ヨーシ、これで大丈夫。山口よ心配するな、傷は擦過傷だ、大したことはないぞ」と嘘をついた。

「エーッ、擦過傷ですか？」

「そうだ、心配せんでいい」

彼に本当のことを告げたら、気落ちして歩けなくなるかも知れぬ。負傷して私の所まで気丈に歩いて来たのだ、歩けないはずはない。幸い大きな血管は切れていないようである。

山口は私から傷の手当てを受け、傷は擦過傷だと慰められ、自分の守備位置にもどって行った。「夕方まで頑張れば後送にしてやるゾ」といわれたことも、励みになった。

夕刻、山口は私から後送を命じられ、大隊本部で軍医の診察を受けたのだが、私から擦過傷という軽傷程度にいわれて歩いて来たことなど露知らぬ軍医は、迫撃砲弾破片創、右臂部裂傷というむつかしい名称をつけ、さらに一言、「この傷でよく歩いて来たナ」といったという。

擦過傷とばかり思い込んでいた山口は、これですっかり気落ちしてしまい、それからは独りで歩けなくなってしまったという。

嘘も方便という。病に伏して不安な状態にいる者にとって、「お前はもう助からないゾ、覚悟するがいい」といわれるのと、「心配するな、死にゃせんぞ」といわれるのと、どっちがよいだろう。

戦場は命のやりとりである。気力が物をいう。私は指揮官として、部下たちの前で決して弱音を吐いてはならぬと心に決めていた。山口自身のためにも彼の気力を奮い立たせるために、私は嘘をついたのであった。

伊川曹長の懐中時計

制空権は完全に敵の手中にあって、戦闘機はいうにおよばず、爆撃機、輸送機にいたるまでわがもの顔に飛んでいた。上空からの監視つきで密林の中をうごめく日本軍の姿は、いったいなんと表現すべきであったろうか。

私は敵を撃退したのち、部下たちの安否を気づかって各部隊の守備位置を視察した。負傷した中村たちも定位置を動かずがんばっていた。「どうだ、傷は痛むか」「大丈夫です」「日没がくるまでがんばってくれ」——けなげな部下たちがいじらしく、私の胸は熱くなるばかりであった。

陽がかたむきはじめるころ、撃退された敵の砲撃は、またいちだんとその激しさをくわえてきた。

このときになって私は、いつもよりそうようにしていっしょにいる指揮班長の伊川曹長の顔色が、いつになく青いのに気づいた。不審に思って、「伊川、顔色が悪いぞ、どこかぐあいが悪いのではないか」ときくと、「大したことはありませんが、じつは少しケガをしました」といって、じゅばんのボタンをはずして胸をはだけて見せた。

おどろいたことに、出血は大してなかったが、肋骨が外にはみ出していた。

「いつやられたのか」

「敵襲がある前の砲撃のときでした」

「なぜオレに報告せんのだ」

「いえ、このくらいの傷はなんでもありません、みながんばっているのですから」

負傷した中村たちさえ後退させずに陣地にもどらせた私を見ているだけに、これくらいの傷を報告するのを、伊川ははばかったのであろう。伊川は私より十歳以上も年上の、四十に手のとどく召集の下士官であった。口数は少なかったが、いつも落ち着いた動作であわてるというところがなく、私の意図することをよく読みとり「自分がやります」といって、私の労をすこしでもやわらげようと心をくだくのであった。

私は伊川の負傷を知った以上、彼をこのままそばにおくことは無理だと考えた。万一、破傷風にでもなったら命取りになりかねない。応急手当てをしたあと彼にいった。

「伊川、もうすぐ日が暮れる。敵の砲撃もやむだろう。中村たちを連れてお前も後退しろ、そして軍医の手当てを受けろ」

「しかし自分は……」

「いいから、おれのいう通りにしろ！」

日没がきて、伊川は他の負傷者を連れて後退するむねの申告をした。

「みなご苦労だったな、よくがんばってくれてありがとう。はやく傷の治療をしてまた帰ってこい、待っているぞ！」

伊川は私のそばに寄ると、

「隊長殿、これをもらっていただけませんか」

と手にしたものを差し出した。

「ウォルサムの懐中時計です、ガラスは割れていますがまだ使えますから……」

時計は貴重品である。受けとってよいものかどうか、私はとまどいを感じた。

「気持はありがたいが、これがないとお前も困るだろう」

「自分は後退する者ですから、なくともよいのです」

彼はそう言うと、私の手に無理に握らせた。

「そうか、じゃ、もらうのではなく、預かっておこう」

伊川は老兵の自分に対して心をくばってくれた若い上官の好意に対し、なんらかのお礼の気持をあらわしたかったのであろう。私と伊川はふたたび会える日のくるのを約束したのだったが、これが最後となった。

その後の伊川の消息はようとしてわからず、ついにその姿を見ることはなかった。あのウォルサムの時計が形見の品となろうとは——。

若武者の羞恥心

夜が明けた。きょうはどんな戦闘になるのであろうか。きのうまで伊川曹長がそばにいたが、彼はもういない。いっしょにいるのは伝令と衛生兵だけであった。いちまつのさびしさはあったが、それにこだわってもおれぬ。

私はそうそうに部下たちの守備陣地を視察に出かけた。後退させた兵士たちの守備間隔の穴うめをする必要があったのだ。部下たちの士気も鼓舞せねばならない。一人ひとりに声をかけてまわる私に、部下たちはいちように笑顔を見せてくれる。なんというたのもしさであろう。だが、その労をねぎらうものはなに一つない。彼らはこの三日間、食事らしいものはまったく口にしていなかった。

それに正直なところ、緊張と興奮の連続で食欲もあまりなかった。

きょうは朝から雨が降りつづく。この雨では敵さんも攻撃しにくいだろう。壕は水びたしでとてもなかにおれたものではない、みな天幕や外被をかぶって雨をさけていた。軍靴はズブぬれでかわかすひまもない。足がくさりそうであった。戦死者や負傷者が出るのもこまるが、疲労のあまりマラリア患者が出るのではあるまいか。

それにしてもこの、いつはてるとも知れぬ戦闘を、どこまでつづけるのであろうか。命令に忠実であればコトたれりとしても、前途に光明をもたらす目標はなにもあたえられていない。このままでは支隊の士気にかかわることになろう。

敵と戦火をまじえているときは無我夢中であったが、われに帰ると、いい知れぬ寂寥《せきりよう》感に襲われるのであった。

この雨で敵も攻撃を手かげんするのではあるまいか、との願いもむなしく激しい砲撃がはじまった。私はあわてて水びたしの壕にとび込んだ。味方の砲兵の掩護がないのは、なんとしても残念だった。

やむなく私は右後方にいる擲弾筒手に、敵の砲弾の炸裂するなかを一発二発と、ときおり発射させた。日本軍にも迫撃砲くらいはあるぞというデモンストレーションであった。この発射音を敵にさとられると、ひどいお返しのあることはわかっていた。だから敵の砲弾の炸裂音で、味方の発射音を消させたのである。

　敵の正面にいる日本軍は重機関銃二、軽機関銃三、迫撃砲一門、自動小銃、小銃の編成からなる、きわめて戦意旺盛な部隊となっているはずであった。

　擲弾筒の射手が、砲撃の間隙を見ては個人壕から出て、尻をまくりしゃがんでいた。彼は軍袴《ぐんこ》をぬいで袴下だけの姿である。しかもたびたびなので私がそれを見とがめた。

「どうした、腹の具合が悪いのか」

「ハイ、しぶり腹でがまんができんのです。思いっきり下痢すれば気持がらくになるんでしょうが」

と、すっかり憔悴《しょうすい》している。彼の便をみるとアメーバ赤痢というのであろう、鼻汁のような粘液に血がまじっていた。後送にしてやるべきだと思ったが、彼を手ばなすことは大きな戦力のマイナスであった。

「衛生兵から下痢どめの薬をもらってのめ、もしなかったら竹でも木でもよいから、焼いて炭をつくってのんでみろ」

　といったが、その後も彼はひまさえあれば壕のそばで、尻をまくってかがんでいた。そして彼が私に語りかけた。

「隊長殿、お願いがあるんですが」という。「なんの願いだ」ときけば、「自分はこんなカッコウしてみっともないと思っています。みなが笑っているのではないでしょうか」という。

「ばかっ、だれも笑ったりはせん」とこたえると、「しかし、こんな姿で敵の弾丸に当たって死んだら恥ずかしいと思います。もしケツを出したまま死ぬようなことがあったらこまるんです。そのときはだれにも見えないように尻をかくしてくれませんか」

彼は見苦しい死にざまを見せたくないのであった。まだ二十二、三歳の若者である。羞恥心の一番つよい年ごろであった。ぶざまな死に方をしたくない、りっぱな姿で死にたい、彼の願いにはせつないものがあった。

「わかったよ、心配するな。もしそんなことがあったら、オレがきっとその尻をかくしてやる」

私はほほえみながら彼の願い通りにすることを約束した。死ぬ場所をえらびたい、きれいな装束で死にたい、とはむかしの武士ならずとも、だれもがのぞむところであった。

こんな人跡未踏のような奥地で、いや、死後だれが訪れるとも知れぬ未開の場所で、だれが死にたかろう。いっそ死ぬのならシンガポール攻略のときか、ビルマ進攻作戦のときのような、はなばなしい戦場で死ねばよかったのかもしれない。

彼はいささかノイローゼ気味でもあったのだろう。健康をそこなえば気力もおとろえてくる。彼はついにたまりかねたのであろう、ふたたび集中砲火がはじまるや、すっくと立ち上がり、「畜生、死んでやる!」大声でさけぶや手榴弾の安全栓をひきぬいて、自分の鉄帽でたたき発火させようとした。

おどろいた私は、彼の手から手榴弾をうばいとった。

「この馬鹿もん、なにをするんだ、気でも狂ったか!」

私は彼のほおをひっぱたいてどなった。

「自決してなんになる、死にたけりゃ独りで死ぬな、目のまえに敵がいる、そいつらのなかにとびこんで心中しろ、そうすりゃ敵が一人でも二人でもへる！　それがお国のためというもんだ、しっかりしろ！」

逆上していた彼も私にひっぱたかれ、説得されておとなしくなった。自決を決意しただけあってさすがに軍袴も、袴下もちゃんとはいていた。幸いなことに彼は私といるかぎり、尻を出したまま死ぬことはなかった。

死守命令の〝読み方〟

敵の攻撃は、日を追うにつれて激しさをましてきた。砲撃をあびせたあと、敵は喚声を上げて接近してくる。集団の声でおどかし、いまにも突撃せんばかりの気勢をしめした。

喚声を上げて突撃するのは、中国大陸の戦線で日本軍がよくとった手段であった。臆病風に吹かれると、この声を聞いただけで浮き足だってくるものである。

敵は一日に三度も喚声をあげては接近してきた。しかし、いずれも失敗しては後退した。そしてまたも砲撃をくり返してくる。

私は、敵が喚声をあげて接近すると、こちらも負けるなとばかり大声で喚声をあげ返させた。日本軍は健在なりというわけである。

支隊が三大隊に配属になって四日目の朝、大隊本部に連絡下士官として出していた森下兵長が、砲撃の合い間をぬって命令をたずさえて帰ってきた。

「隊長殿、命令です」といって作戦命令の紙片を私に渡した。その要旨は、

「次期作戦準備のため師団は現在地を撤退し、すみやかに『モガウン』にいたらんとす。大隊はこれを容易ならしむるため現在地を確保するを要す。貴隊は『イエカン』を死守すべし」

というものであった。私は「死守」という文字が目にとびこんできたとき、いい知れぬ緊張をおぼえた。「死守か」――その間、森下は私の表情をじっとながめていた。隊長がどんな反応をしめすかさぐっているようであった。

私は読み終えると、自分の心に納得させるように一、二度うなずいて見せた。

「よし、わかった。森下、ご苦労だが分隊長以上を集合させてくれ、命令の要旨を伝えるから……」

私もこれまでに作命（作戦命令）は数多く受領して戦闘を遂行してきてはいたが、「死守」という文字には一度も出会ったことはなかった。そうやすやすと使える文字ではないはずである。死守命令を乱発したら、「死守」を意味する文字のきびしさがうしなわれてしまう。それだけに、こんどの大隊の決意のほどはわかった。

やがて集まってきた支隊の幹部たちに、私は命令の要旨を伝えた。みなはいちように緊張した。この未開の地でみずからの屍《しかばね》をさらさねばならぬ運命を連想したにちがいない。

私はその命令要旨にたいし、注釈をくわえた。

「命令ではたしかに死守せよと書いてある。この字の通り読むと、死んでも守れということになるが、死ねとは書いてない。死をも辞さずに守ってくれ、という意味にオレは解釈する。みなそう深刻な顔をするな」と、私はニヤリと笑って見せた。

「これはオレの判断だが、命令には何日までという期間がない、師団が撤退を完了するまでだろうから、おそらく今日から三日間くらいかかるだろう。したがって、この三日間を死物狂いでここを守れば、わが支隊の任務はとかれると思う。死守せよといわれて、ハイそうですか、と死んでたまるか」

　そしてさらにつづけた。

「ここは絶海の孤島ではない。歩いて帰ろうと思えば、大陸を横断して朝鮮の釜山まで行けるんだ、釜山からなら小舟で日本に渡ることもできる。死ぬ必要はない、敵の弾丸にむざむざ餌食になるな、オレが責任をもつ、三日間をがんばろう。よいな、しっかりたのむぞ」

　部下たちは三日と日限をきめた私の言葉に、大いにはげまされたようだ。生きのびられる可能性をしめされたことは、保証こそないが一つの救いでもあったろう。

　いかに戦場であれ、九死に一生を得ることができないという仕打ちは、人間の生への執着を断ち切ることで、これほど残酷なものはない。オレだけは生き残ることができるかも知れないという期待感があればこそ、苦しみにたえて生きぬこうとするものである。私の言葉はどうやら、部下たちの緊張をときほぐしたのか、三日間を私とともに生死をかけて戦う決意をしたようである。

　指揮官が命令の内容に悲観したり、くさったりすれば、それはたちまち部下たちの士気に影響する。私はそれをおそれたのだ。三日間とは私の判断にすぎない。実際はどうなるか、わかったものではないのである。

　しかし、今までにも何度か自分の判断で実行をせまられた事があった。そのつど不思議に私の判断は良く当たった。ソンペを撤退するとき、五十六連隊の分哨が、ある川の合流点に派遣されたまま川の氾濫にあい、自分の部隊に帰る事が出来ず孤立していたことがある。無線でこの分哨を救出してほしいと依頼されたが、私にとってもまったく地理不案内のところであった。

そこで、やむなく地図と地形を照らし合わせ、方向を示し、前人未到の地を磁石一個をたよりに、下士官を長とする三名の部下を救出に派遣したところ、私に示された地点とわずか三百メートルくらいの誤差で到着して、孤立していた分哨を発見、往復三日の行程を無事救出させたことがあった。

そのときの私のカンの鋭さと、極めてわかりやすい指示のあたえ方に、部下たちがおどろいたことがあった。

また撤退の途中で、先回りして待ち伏せていた敵と遭遇し、進むも退くも出来ない窮地に追い込まれたことがあった。小隊長のF中尉が不安がるのを制して私は、起伏の激しいジャングル地帯を磁石と地図をたよりに、部下たちを叱咤激励しながら、無事窮地を脱したこともあった。

これらは私の判断が間違っていなかったことを立証したもので、こうしたつみ重ねが、いつしか部下たちの信頼をかちとっていったのかも知れない。指揮官が部下からの信頼を失ったとき、その戦力は十分の一に低下するといっても決して過言ではない。

私は三日間と断定したが、はたして今回もまたカンは当たるのであろうか、神のみぞ知るであった。

手榴弾奇襲の功罪

私は、死守を命じられたイエカンを、どのようにすれば破られずに、もちこたえられるかについて想をねった。

攻撃は最大の防御であると教えられてはいるが、比較にならぬほどの人数と火力を持つ敵に攻撃をしかけたら、わが支隊はどうなるか。

糧秣、弾薬は欠乏し、くわえて部下たちは疲れ切っている。睡眠もろくにとっていないし、攻撃成功の公算はきわめてすくないといえる。といって、じっと敵の攻撃にあまんじて、カメの子のように首をすくめて陣地にへバリついていては、いつかは敵に突破されることは目に見えている。

いかなる手段をとるべきか。劣勢のわれわれを生かす道は、地の利を活用するよりほかに方法はない、と考えた。さいわいこの道路の両側は密林地帯であり、見とおしがわるい。敵にとって、その中にひそむ日本軍の存在は、ぶきみなものに相違なかった。

このイエカンで地の利をえているのは、われの方だといえる。だからこそ敵は、われわれ日本軍に手をやいているのだ。この地の利を生かし、一日でも多く敵の進出をふせぎたい。味方の犠牲を出さずに、敵を攪乱させることがだいじな要素である。なんとか手をうたねば……。

そうしたおり、道路右側の分隊から伝令がとんできた。

「敵が右にまわりこんで、右翼を攻撃して来ました」

これに私は応えていった。

「絶対に退くな。右は湿地帯だ、敵の一部にちがいない、主力ではないはずだ。弱音をはかずにがんばれ！」

この一歩も退かぬ日本軍に、ついに敵は攻撃を断念して撤退していった。薄暮がちかづいてきたとき、私は古川軍曹の後任の小銃分隊長を呼び、ある策をさずけた。

「密林の中に敵と至近距離で対峙しているが、じっとしているだけでは策がなさすぎる。敵の肝をひやしてやりたい。ご苦労だがお前の分隊で二名一組の斥候を編成し、この薄暮を利用して敵情偵察に行ってもらいたい。と同時に敵陣に手榴弾を二、三発ブチ込んできてもらいたい。急いで敵にちかづくな、匍匐《ほふく》前進して音を出さぬように注意しろ。小銃はじゃまになるからおいて行け、往きはあせらず帰りは大急ぎで帰ってこい、射たれるかも知れんぞ」

一組は分隊長が、もう一組は兵長が指揮をとり、道路沿いの正面と台地にそった側面から前進させた。

こうしておいて、かたずをのんで時のたつのを待った。三十分も過ぎたころ、まず正面で手榴弾の爆発音が一、二、三発と轟然たる音をひびかせた。しばらくすると敵の自動小銃の射撃音が狂ったように鳴りひびいてきた。つづいて左方向の台地ぞいからも爆発音がひびいてきた。

「やったな、早く帰ってこい」私はひたすらにその無事を祈った。やがて分隊長たちは無事に帰って来た。

「ご苦労だった、ようやってくれた、敵情はどうだったか」

「敵はワイワイ騒いで飯の仕度でもしているようすでした。もう少し状況を確かめたいと思って接近したのですが、歩哨か警戒兵がいたらしく、いきなり誰何されました。長居をすると危ないと思ってすぐさま手榴弾をブチ込んで退がってきたのですが、敵は天幕を張っていて相当いるようでした。われわれとの距離はおよそ百メートルかと思われます」

「よしわかった、それだけで十分だ、敵もウッカリしていると夜襲されると思うだろう」

私はその労をねぎらっていった。私の思惑は的中した。手榴弾を投げ込まれた敵はすっかり狼狽したようであった。風が吹き樹々が鳴っても、カサコソとわずかな物音がしても日本軍の夜襲かとおびえ、機関銃や自動小銃を射ちまくってきた。

ざまあみろ、狼狽ぶりが手にとるようであったが、こう一晩じゅう射たれては迷惑であった。こちらもまどろむこともできない。「畜生め、弾丸がいくらでもあるとはいえ、いいかげんにせい」といいたかった。

そばでは、「きゃつら、歩哨の交代のたびに射つように申し送りでもしやがったのか、それとも小便たれに起きた奴は射つことにきめたのか、闇夜に鉄砲じゃ当たりもしねえのによ」と、部下たちがボヤいている。

そうぞうしい一夜が明けて、連絡下士官の森下兵長がやってきた。

「隊長殿、ゆんべは随分とハデに射ち合っていましたね、大隊長殿も何かあったのかと心配していました」

「いや昨日の夕方、斥候に手榴弾をブチ込ませてきたんで、そのお返しをくったんだ。大したことはない、何か用か」

森下は手にした白い包みを差し出した。

「乾麺麭です。隊長殿にこれを渡すようにとことづかりました」

少佐にとって私は昔の教え子である。激しい戦闘の最中にあっては意見の衝突でくってかかったり、怒鳴られたりしたが、今の少佐にとって私は、唯一無二の信頼すべき部下であった。一晩中敵に射たれ一睡もできなかったに違いない私に対し、何らかのねぎらいをしめしたかったにちがいない。

わずか乾麺麭一つというなかれ、その中には数十個の乾パンと七、八つぶの金平糖が入っているのだ。赤白黄の金平糖は、まるで宝石のように包みの中から顔をのぞかせていた。大隊長のこころざしが嬉しかった。

「ありがとう、大変喜んでいたと伝えてくれ。これは支隊の戦闘日誌だ、何か参考になると思うから、大隊長に渡してくれ」

私はもらった乾麺麭を一人二個あて、金平糖は分隊長以上ということで配分させた。大隊長の私へのこころざしは、そくざに私の部下たちのねぎらいとして手渡されたのである。喜びも哀しみもともに分かち合うところに将兵の心が通うのであった。

有松上等兵の進級

正面の敵は、きのうの薄暮を利用して手榴弾を投げ込みにきた日本軍を手強く思ったのか、激しい砲撃をくわえてきた。しかし、ふしぎなもので三日、四日と砲撃にさらされているうちになれてくるというのか、不感症になるとでもいうのか、最初のころのような恐怖感がなくなってきていた。

きょうもなんとか、もちこたえられそうである。陽がかげり、薄暮がちかづいてきた。このころから天候が変わり、激しい雨になった。またまたズブ濡れである。かわいてはぬれ、ぬれてはかわかす。気持のわるいことおびただしい。

天幕や外被も一時しのぎで、防水剤がはげてしまってよれよれでは役にも立たない。この雨では敵も攻撃をしかけてはこないかも知れない。

土砂降りの雨がいくらか遠ざかったころ、装具監視の有松が飯ごうを一つぶらさげてやってきて、

「隊長殿、夕食を用意しました。召し上がって下さい」と差し出した。

「夕食？」

私は半信半疑である。

「なにを煮たのだ、木を燃やすこともできないのに」

「いや携帯燃料を使って、乾燥糧秣でおカユを作ってみたのです」

という。飯ごうのなかをのぞくと、たしかに赤褐色のドロリとしたおカユらしきものがあった。小麦を乾燥し圧搾してつくられた糧秣は、味もソッケもない代物であったが、この雨のなかを苦心して作ったであろう有松の好意に、私はなんともいえぬよろこびを感じた。一さじ二さじを口にして私はいった。

「うまかったよ、ありがとう。オレ一人ではもったいない、みなにすこしずつでも食べさせてやってくれ。オレの分は携帯燃料（アルコールとろうとを練って作ったもの）で作れたろうが、みなの分はどうするのだ」

「どうせ飯を炊くほどの米はありません。生米をすこしずつかんでおれば、そのうち腹のなかで飯になるでしょうよ」

有松はこともなげにいってのけた。

この有松上等兵には、私もわすれられない思い出があった。私がミートキーナ守備隊の西部地区司令という任務についていた、ある夜のことであった。

私が手紙を書いていると、彼が小銃を手にしていきなり部屋に入ってきた。銃口を私の胸元に突きつけると、「殺してやる！」といった。酔って目がすわっている。酒ぐせがわるく大トラになるうわさは知っていたが、銃口をつきつけるとは意外である。

私は一瞬ハッとしたが、なぜ彼がこんなことをするのか、有松の不満がいったい何なのか、その原因をさがすのに、私の脳細胞はフルスピードで回転した。

あった。彼は上等兵に進級していなかった。彼は作戦中に落伍して私に装具を持ってもらったり、肩を貸してもらったりしたことがあった。彼は落伍した自分を進級させなかったのは、当時小隊長であった私であると思ったにちがいない。

私は胸元に突きつけられた銃口をにぎると、ゆっくりと右に動かし、銃口をさけた。

「馬鹿なマネをするな、お前はなにかカンちがいをしているのじゃないか。上等兵にならなかったことがそんなに不満なのか」

「…………」

「落伍したのが原因だと思っているのなら、それはまちがいだ。進級にはそんなことは問題にせん、要はおまえの心がけだ。大酒をくらってこんなマネをすればなおさらむずかしい。どうだ、その曲がった心を改めると約束せんか、約束するならこの次の進級にはオレが中隊長に推薦してやるが……」

おだやかに話す私の態度に、有松は声もなく銃口を下げた。

「わかったら部屋に帰って寝ろ。酒の上とはいえ上官にこんなことをすると問題になるぞ、オレは知らんことにするからお前もしゃべるな」

それいらい、有松は酒をひかえるようになり、まもなく上等兵に進級したのであった。その彼が私のためにおカユを炊いてもってきたのである。

感無量――といっても決して大げさではない。

軍隊という組織のなかで階級をしめす星の数や、金筋が一本多くなるということは、いろいろな意味で大変な要素がふくまれていた。なによりも生殺与奪の権限にもおよぶとあっては、将兵の最大の関心事となったとしても、むりはあるまい。

聞くところによれば、山口県豊浦郡出身のある兵士は、上等兵になって兵役を満期除隊せねば、お嫁さんのきてがないといっていた。

一等兵と上等兵では世間の見る目がちがう。上等兵は上等の人間である、というレッテルが貼られたのであろう。人目をそばだたせる働きをする兵士がいると、きゃつは豊浦の出か、とうわさになったほどである。

ドジな山砲野郎め！

やがて夜が訪れた。昨夜はまんじりとも出来ず、一晩中、支隊は射たれつづけた。今夜は雨のせいか、敵さんもおとなしい。おびえたようにときおり銃声がするばかりである。あの手榴弾のおかげで一日の防御はかせげた。私も部下たちも、ほとんど食事らしいものをこの数日とっていないが、極度の緊張の連続から食欲もわかないのであった。

重いまぶたがいつしか重なって、仮寝の夢を結ぶのだが、せめて夢ぐらいは、楽しいものであってほしい。

しかし、このみじめな環境では夢さえも楽しくなれないのか、深い谷底からなかなかはい上がることができずにもがいたすえに目がさめたり、たしかにあったはずの捜しものが見つからずウロウロしている夢を見たり、夢は五臓六腑のつかれからというが、つかれはてては楽しい夢も見られぬのであろう。

ふと気がつくと夜が白みはじめてきていた。雨はいつしかやんでいる。空模様からするときょうは晴れるかも知れん。

私はそうそうに部下たちの陣地視察に出かけた。これは私の日課であった。そし部下たちの負傷した患部を見てはなぐさめ、陣地の不備を発見すると補強をさせた。そして口ぐせのようにいっていた。

「こんなところでむだ死にするな、元気で日本の土をふむまでがんばろう」

それは私自身への励ましでもあった。駐屯地で部下たちの故郷への手紙を検閲することがあったが、その文面の中で、こんどの便りが最後になるかも知れぬとか、死をにおわす文面があると、呼びつけて訂正させた。

「たしかにお前のいう通りになるかも知れぬ。しかし、これを読んだ家族はどんなに心配すると思うか、こんなことは書くな。死ぬかも知れんと思う奴は本当に死ぬのだ、エンギでもないことは書くな。オレは絶対に死なないと思うことが大切なのだ」と、さとしていた。

視察を終えて私がもどったところへ、連絡下士官の森下がやってきて、口頭で連絡の内容を伝えてきた。

「きょうは、敵も必死になって攻撃してくる公算が大きいので、味方も山砲で、支援射撃をするそうです」

「山砲が応援してくれるのか、山砲がまだあったのか、オレはもうそんな火砲はないと思っていた。そいつは助かる。観測兵はいつくるのだろう」

「さあ、わかりません。大隊長殿は支援射撃のあることだけを伝えてこいということでした」

「まあいいや、楽しみに待っていると伝えてくれ」

敵の砲撃でカメの子のように首をちぢめているみじめさから、すこしは解放されるだろう。日本軍の砲撃の小気味のよさを一度くらいは味わいたい。私も部下たちも、大いに山砲の威力に期待をかけた。ところが、そのたのみとする山砲に、とんだ目に合わされようとは、私は夢にも考えていなかった。

私が予想したように、天候は急速に回復に向かいつつあった。朝の気温がのぼりはじめると、周囲は深い霧につつまれてきた。この霧が晴れたとき、敵の攻撃が開始されるにちがいない。

味方が山砲で支援する必要を感じたのには、それなりの理由があった。敵はなんとしてもイエカンを突破して、南方約五マイルの地点、セトンに進出して道路を占拠し、師団の補給路を遮断している部隊と合流しなければ、日本軍を駆逐したことにはならないのであった。イエカンを死守しようとしている吉田少佐の指揮する五十六連隊第三大隊は、敵にとってはしまつに負えないガンであったのだ。

なかでも私の指揮する支隊は、その中核をなすもので、敵はまずこれをつぶす必要にせまられていたといえる。

霧は支隊が守備する地点から、ゆるく傾斜する左手の台地へと立ち昇りながらうつって行き、やがて上空に青空がのぞきはじめた。と、それを待っていたかのように、上空から爆音が聞こえてきた。敵の観測機である。

「くるぞ！」私の体に身ぶるいがしてくる。きょうこそわが支隊の運命を決する日になるやも知れないと思ったからである。

敵の攻撃はいつも砲撃からはじめられたが、この日はちがった。いつ接近していたのか、前方で不意に喚声が上がると、自動小銃と機関銃の猛射撃をあびせてきた。

味方の弾薬にはかぎりがある。

「つられて射つな、敵は偽装している。よく確かめて射て、一発必中だぞ！」

私は口をすっぱくして指導していた。そうこうするうち敵はついに突撃を開始してきた。密林の中の灌木がゆらぐ。

「きたぞ、そこだ、射て！」

支隊の全火器は、猛然と火をふいた。やった、手応えあり。高尾の指揮する機関銃の直前四、五メートルちかくまで突っ込んできた奴がいた。敵ながら勇敢な突撃であったが、効は奏さなかった。攻撃は頓挫した。

日本軍は一ヵ所で長く抵抗せず、二、三日すると夜陰を利用して小刻みに後退し、新しい地点でまた防御につくという戦法をとっていた。

正面の敵は、わが支隊が昨夜のうちに撤退しているかも知れない、という期待感とともに喚声をあげて突撃を試みたものと思われる。日本軍の手榴弾攻撃は、後退を有利にするための一時的なものと判断したのであろう。

しかし、死守命令を受けた支隊は、声をひそめて待ち伏せていたのであった。敗退した敵と、上空から偵察していた観測機がどのような連絡を後方の砲兵隊に通報したのか、敵のそれからの砲撃は、きのうの比ではなかった。至近弾はところかまわず爆発し、鼓膜が破れんばかりの激しさであった。

それにしても、この日は味方の山砲が支援射撃をしてくれる手はずになっている。いったい山砲はなにをしているのであろうか。

その待ちこがれていた山砲が、やっと射撃をはじめたのは、正午ちかくになってであった。弾着を観測する将校も下士官も、第一線である支隊にだれ一人顔も見せずに射ちはじめたのである。いったい、これはどういうことなのか、図上測定でたんなるカンで射つ気なのであろうか。

ついに私の危惧していた一事が起こった。試射と思われる最初の二、三発は、支隊の頭上を越えて敵の後方はるかで炸裂した。「弾着遠し、つめよ」である。そのつぎはわが支隊の後方で炸裂した。「弾着ちかし」だ。

私はもう少し射程をのばせ、と期待したのだが、つぎに飛来した山砲弾はなんと、支隊の陣地に落下してきたのである。しかも「弾着よし」と判断したのか、つぎつぎに発射される山砲弾は、支隊の陣地周辺で爆発しはじめた。

味方の放った弾丸に当たって死ぬ、こんな馬鹿げたはなしがあろうか。敵の砲撃をさけるのに精一杯なのに、味方の弾丸のエジキにされたのでは、立つ瀬がない。

味方の小気味のよい砲撃が、敵の砲兵を沈黙させ、歩兵を吹き飛ばすことを期待していたのに、とんでもないしわざである。

さいわい不発弾ではあったが、そのうちの一発が私のすぐそばに落下し、ぶきみな音をたてたとき、私の怒りはまさに心頭に発していた。おりよく大隊本部から連絡にきていた森下をつかまえると、私は思いきり怒鳴った。

「森下、このざまはなんだ！　山砲はオレたちを殺す気か！　お前は大隊本部に行って山砲の射つのを止めろといってこい。観測兵も出さずに射つとはとんでもない奴らだ。射つなら観測兵を出して射てといえ。それとも第一線がこわくてこれないのかと文句をいってこい！」

私はまるで森下が、山砲の兵士ででもあるかのように八つ当たりした。森下もおどろいて大隊本部にすっとんで行ったが、敵と味方の双方からの砲撃を受け、あやうく命を落とすところであった。

敵陣を砲撃する日本軍山砲。観測兵も出さずに始めた山砲の支援射撃のため、支隊は敵味方から砲撃を浴びることになった。

こうした不手際や、第一線で死線を彷徨する者と後方にいる者との距離感が、そのまま心のへだたりとなり、いつしか不信感をつのらせ、しだいに厭戦気分へとひろがっていくのを、負け戦さのもつ宿命とでもいうのであろうか。

森下の連絡がとどいたのか、山砲の砲撃はやんだ。それともかぎられた弾丸を射ち終えたからなのか。

なんというむなしさであろう。一発も敵に打撃をあたえることなく、いたずらに支隊を恐怖のどん底におとしいれただけであった。

私が残念に思ったのは、上級指揮官がなぜ前線を訪れてくれないのか、ということであった。『指揮官は苦境に陥るとも援兵を乞うべからず』と作戦要務令にはしめされている。が、援兵を乞わずとも戦況を察して、欠員の補充はしてほしかった。ないものねだりはむりというものか、その願いはにべもなくことわられた。

糧秣も弾薬も補充はなかった。この不安や苦しみをだれかにうったえたい、聞いてもらいたい、私も若い中尉、人の子であった。指揮官なるがゆえに、将校であるがゆえに、弱音がはけなかった。指揮官は孤独との戦いであった。それだけに人間としての心の温かさ、思いやり、はげまし、いたわりがほしかった。

だが、訪れる者は、だれ一人としてなかったのである。

第三章　地獄の伐開路

ついに来た撤退命令

薄暮がちかづくとホッとする。さすがの敵も砲撃の手をゆるめるからである。夕やみがせまるころ、森下兵長がニコニコしながらやってきた。

「隊長殿、撤退命令が出ました！」

私は部下たちに三日間がんばれ、と期限をみずからの判断だけにたよって伝えていたので、予言通りになったことがなによりうれしかった。

私の予想がはずれ、なしくずしの日々がつづくようであったら部下たちを失望させ、とうぜん戦意を低下させることになったであろう。とにかく任務は完遂できたのだ。

『師団主力は撤退を完了せり、貴隊はイエカンを放棄し速やかに旅団司令部の柏端少佐の指揮に入るべし、貴隊の善戦を謝す。吉田少佐』

森下が持参した紙片には、このような内容の文面が記されていた。

「森下、ご苦労だが各分隊長に撤退することを伝えてくれ、敵にさとられぬようにと注意しろ」

と、つたえているところへ、支隊の左翼を守っていた中隊長代理の見習士官がその部下たちとともにやってきた。この三日間の戦闘を彼はよく戦ってくれた。

「ご苦労さん、いよいよ撤退だ。オレのところはこんどは柏端少佐の指揮に入ることになった。貴公は三大隊に復帰してくれ。ようやってくれてありがとう」

見習士官は私のねぎらいの言葉に微笑を浮かべると、きっと姿勢を正し、挙手の礼をすると、

「隊長殿もお元気で――」

と別れの言葉をのべ、大隊本部をめざして立ち去った。私は部下たちをまとめると森下を先頭に立たせ、撤退を開始した。おどろいたことに、とちゅうで重機関銃（部品はとりはずしてあったが）一梃と、小銃二梃がすててあるのを発見した。

部品のない重機関銃は使えぬが、小銃はまだ使える。だれがこんなことをしたのか。ニギリコブシで戦いができるとでも思っているのか、疲労困ぱいのあげく、「こんなものすててしまえ」と投げ出したものか、私は小銃だけはひろわせて、予備の小銃として持って行くことにした。

大隊本部はすでに撤退していて、少佐も副官もその姿を見ることはできなかった。私たちのみ師団の最後尾にとり残されていたのである。すでに夜のとばりは下りかけていて、道を見失いそうになってきた。

大隊本部が支隊の到着を待つことなく撤退したので、私たちは何度か道にふみまよったが、やっとの思いで味方の部隊の後尾に追いついたとき、陽はすでにトップリと暮れていた。

しばらく部隊が停止したままなので、なにごとか起きたのかと不審に思ったが、撤退路となっている伐開路の入口がわからないでいるのだという。

伐開路というのは、カマイン～モガウンを結ぶ主要道路が、敵の兵力の一部によって遮断され交通ができなかったために、緊急措置として左側の密林地帯を伐開して作られたもので、人馬がかろうじて通れるくらいの細い山道であった。

それがおりからの雨にたたかれて泥ねいと化し、起伏が多いためすべりやすく、歩くのに大変な骨折りを必要とした悪路であった。

撤退部隊はその入口をさがすため、たいまつをつくり右往左往しているのであった。支隊は最後尾であるので、伐開路さがしにはえんがない。そこで伐開路が見つかるまで、しばしの休息をとることにした。

私は二抱えもありそうな、かなりの長さの風倒木らしい大木が転がっているのを見つけると、それに背をもたせて腰を下ろした。

死守命令から解放された極度の緊張感がとけたのか、急に睡魔に襲われた。そして腰を下ろした姿勢にたえられず、不覚にもゴロリと横になり寝込んでしまった。

遠くでだれかが自分を呼んでいる。どれくらいの時間がたったのであろうか。ふと目ざめると伝令が、

「伐開路が見つかったようです、前の部隊が動きはじめました」という。

私は体を起こしたが、「おお寒い」と思わず口にしていた。いつ雨が降ったのか、大木にせきとめられた水がたまって、私の横たわっていた体の半分を水びたしにしていた。

私はあわてて起き上がると、装具をとき、ズブぬれになった衣類をぬいでしぼった。

亜熱帯とはいえ北ビルマの夜に水びたしになっては寒いはずであった。水びたしになって水びたしになっていても、私はつかれはてていたのであろう。

部下たちも同様であったに違いない。何日も飲まず食わずの生活からくる栄養失調、睡眠不足、それに、一刻も気のゆるせない緊張の連続であった。病魔に見舞われないのが、むしろふしぎとさえいえよう。

もともと私は、頑健さをほこる体の持ち主とはいえなかったが、支隊長という責任感が、その体をよくささえていたのであろう。しかし、このわずか数刻と思われる水浸しのなかでの睡眠は、いつしか私の体を病魔につけ入らせる原因となっていたのである。

千人針の腹巻きを失う

千人針は出征する兵士の無事帰還を祈って、千人の婦人から一針ずつ糸を通してもらった腹巻きのことである。虎年生まれの婦人にかぎって、「虎は千里往って千里を還る」といわれるところから、その人の年の数だけ針を通すことが出来ると重宝がられていた。

私は二つの千人針の腹巻きをもらっていた。一つはかつて朝鮮総督府に勤務していた頃、おなじ課に勤めていた女性たちから贈られたもので、もう一つは戦地から無事帰還することが出来たら結婚しようと約束していた女性からのものである。一つは腹に巻き、一つは鉄帽の中に入れて背負っていた。

水藻が風に吹き寄せられている小さな川のほとりで、小休止をしていたときのことである。日は暮れかけて夕闇が迫っていた。汚れた顔や手を洗い、汗ばんだ体を拭こうと鉄帽を肩からはずしたのだが、どうしたはずみか鉄帽の中の千人針がポトンと川に落ちた。結婚を誓った彼女からの分である。

「しまった」と思って水藻の中に手を突っ込んで、あわてて探したのだが見つからない。おかしい、こんなはずがない。意外に水は深く、底の方は流れが速い。私はしばし呆然とした。

私の生還を祈って千人針を贈ってくれた彼女は、すでにこの世の人ではなかった。亡くなった彼女の想いがこの千人針に込められていると想って大事に持っていたのに、死守命令から解放された途端に千人針が私から離れて見失ったということは、この危地から私を守ろうとした彼女の願いは叶えられたということで、千人針の必要性がなくなったことを知らせようとしたのであろうか。

彼女との出逢いは私の中学時代（今の高校）、入院していた友人を見舞ったときである。彼女は福岡県Y市の大病院に勤務する看護婦で、病床にある友人をたびたび見舞ううちに言葉を交わすようになり、いつしか恋心を抱くようになっていた。

しかし、私が熊本の予備士官学校を卒業し戦地に出征する頃には、胸を患って療養生活をするようになっていた。当時の肺疾患は不治の病といわれ、その伝染性を怖れられていた。「生ける屍に等しい私にかかわっていては、あなたの出世の妨げになるから」と、私との交際をつとめて避けようとしたが私の想いは募るばかりで、彼女の健康状態を承知の上で、私が無事帰還すれば結婚してもよいと、双方の親の承諾を得ていた。二人はおなじ年のおなじ月のおなじ日の生まれということがわかり、その偶然に驚いたが、誕生祝いが一緒に出来ると悦んだこともあった。

私の小隊長時代の分隊長であった、古参組の宮崎軍曹が内地に帰還することになり、

「小隊長殿、色々とお世話になりました。内地に還る私に頼みごとがあったら、何なりと言い付けて下さい」と、申し出た。

「そうか、それはありがたい、すまないが私が元気であることを知らせるために、私の婚約者の許を訪れてほしい。手持ちの金はこれくらいしかないが、もし内地で腕時計が買えるなら、私からのお土産として届けてほしい」と、宮崎に頼んだことがあった。

それから四ヵ月が経ったある日、宮崎からの便りが着いた。待ちに待った彼女の消息である。封を切るのももどかしく手紙を開いたのだが、それは何と、彼女の死を知らせる悲しい内容のものであった。

「私がもっと早く訪れればよかったのに、帰還した私を迎えた故郷では次から次と催しが待っていて、毎日が多忙の明け暮れでした。小隊長殿の奥様になられる方のお家を訪れたのが三ヵ月も経ってからでした。訪ねるお家に近づくと、何となく忙しげな人の出入りがあり、不審に思いながら玄関をめざすと、そこには忌中の貼り紙がありました。身内のどなたかが亡くなられたのであろうと思い来意を告げましたところ、亡くなられたのは私がお目にかかるべきお人であったことがわかり、これはたいへんなことをしてしまったと、身の凍る思いでした。もう二日早ければ、小隊長殿の元気なお話しもして上げて、お土産もお渡しすることが出来、どんなにか喜んでもらえたろうにと申し訳なさで一杯でした。どうか行き届かな

かった私をお許し下さい」というものであった。

彼女の死がこんなにも早く訪れようとは考えてもいなかっただけに、当時の私はショックを受けた。まさに生きる張り合いを失ったくらいだった。彼女が贈った千人針は彼女の形見となっていたのだが、その形見の品も失ったのである。彼女への想いのすべてを断ち切って、ひたすらに国のために軍人としての務めを果たせというのであろうか。

涙でむかえる友軍機

泥ねいと化した伐開路のなかを、ノロノロとすすんではとまり、すっかり夜が明けた。撤退といえば聞こえはよいが、退却である。日本軍には退却という文字はなかった。退却は不名誉な言葉である。前進あるのみであった。日本軍にとって退却は後ろに前進することであった。撤退といい、転進といい、なんというひとりよがりな文字であろう。

支隊が伐開路のとちゅうで、かなりの数の材木を切り倒した跡の広々とした場所にさしかかったときのことである。

不意に上空から爆音が轟いてきた。一機ではない、しかも低空のようである。

「すわっ敵機」――ここは暴露地帯である。発見されたらやっかいだ。兵士たちは口ぐちに爆音、爆音とさけびながら身ぢかな樹々のかげに身をよせて姿をかくし、上空を見守った。

小雨降る雨雲の下をグァーというひびきとともに姿を現わしたのは、なんと敵機ではなく友軍機であった。翼の下にクッキリと日の丸が見える。三機の編隊である。

日本軍にはまだ飛行機があったのか、夢にまで待ちこがれた、飛行機である。

「友軍機だ、オイ、友軍機だぞ！」

兵士たちは、こおどりして木かげからとび出してきた。帽子をふり、銃をあげて歓声を上げた。飛行士たちにも味方のそうした姿が見えたのか、翼を左右にふると上空を旋回しはじめた。一機二機三機と急降下の態勢に入ると、支隊がいままでいたイエカンと思われる地点に向かって爆弾を投下した。小気味のよい爆発音がとどろき、周囲の空気がピリピリとふるえる。

「やった、やった！　もっとやってくれ！」

兵士たちは手をたたき腕をまわして喝采をさけんだ。敵の砲撃に手も足も出ず、屈辱の日々を送らざるをえなかったみじめな兵士たちにとって、まさに空からの神鷲の訪れであった。

仇を討つ――敗残の身をひきずって後退する弟たちを、兄貴が仕返しをしてくれるような快感を味わった。

爆撃をし終わるとふたたび上空を旋回し、数個の梱包を投下した。その梱包はとちゅうでパッパッと白い花のような落下傘を開かせると、ゆっくりと将兵たちの頭上に舞い降りてきた。方面軍か軍司令部からの救援物資であろう。

「そんなものはいらんぞ、もっと爆撃をやってくれェー」

絶えて久しく友軍機を見たことはなかった。師団の撤退と、苦戦のもようが軍司令部に伝えられたのであろう。私たちのほおはいつしか感激の涙でぬれていた。

日本軍の飛行機があったら、こんなみじめな戦さはしないですむはずである。

制空権はまったく敵の手中にあって爆撃機、戦闘機、輸送機、観測機にいたるまで上空を飛ぶのはすべて敵機ばかりで、そのため日本軍は昼間行動ができなくなり、ひたすら密林やジャングルに身をひそめ夜をまって、かろうじて作戦行動にうつるしかなかったのである。

昭和十六年八月、私が見習士官として南支の淡水に赴任していらいマレー作戦、シンガポール攻略、ビルマ進攻作戦に参加してきたが、日本軍はいつでも制空権をにぎり、作戦を有利にみちびいてくれた。それがなんという変わりようであろう。三年足らずのうちに友軍機の支援がまったくなくなってしまったのである。

戦線の拡大による補給困難と消耗の激しさは、たんに飛行機だけにとどまらなかったとはいえ、最前線の戦闘部隊である歩兵にたいして、上空からの支援がとだえることは士気を低下させ、戦力をいちじるしく失わせる結果となっていったのだ。

友軍機の姿をながめ、わずか数発とはいえ、空からの支援を受けたことにより、積年のうらみを晴らす、といったような快感を味わったのである。

予備隊のはずなのに

支隊は、旅団長相田少将の副官であった柏端少佐を長とする大隊に編入された。少佐は、吉田少佐とおなじく下士官から累進した人であったが、温厚な人柄で言葉つきもやさしく、いかにも副官タイプといった人柄の持ち主と見うけられた。

私が五十六連隊三大隊の配属から柏端大隊に配属されたむねの報告をすますと、少佐はあたたかくむかえてくれた。

「貴官のソンペ守備いらいのこれまでの戦闘ぶりは承知している。こんど私の指揮に入ることになったがよろしくたのむ。いまから陣地の配備をするが、貴隊はここ数日の戦闘でつかれていると思うから、大隊の予備隊として、別命のあるまで休養してほしい」

第一線勤務からはずれて休養せよ、という少佐のあたたかい思いやりに、私はすっかりうれしくなった。

私はなにげなく少佐の周囲に目をやると、見おぼえのある将校がいた。ソンペ守備時代に私のもとで小隊長をしていたF中尉であった。支隊長であった私と少佐の対話に気づかぬはずはないのに、ソッポをむいて知らぬ顔である。

かつて私が師団命令によりソンペからカマインに向かうとちゅう、敵の有力部隊と遭遇し、待ち伏せ戦法により大打撃をあたえ、あわてる敵にさらに私が陣頭に立って攻撃前進したとき、小隊長である彼は体のぐあいのわるいことを理由に、壕のなかにうずくまり動こうとしなかった男である。

その後モガウンでは、彼に傷病兵をたくして入院させたのであったが、退院すればとうぜん私のもとにふたたび小隊長として復帰すべきであるのに、惚けたかっこうでこの大隊本部にいたのである。

「彼はどうしてここにいるのですか」という私の問いに、

「あれか、病院から退院してきたといっとったが、なにをいいつけてもボケーッとしていてクソの役にも立たん。しかたがないのでああして放っておいているんだ」
と少佐は答えた。戦場ボケかノイローゼというのであろう。F中尉は下士官から累進した将校であったから、少佐にとっては後輩に当たる。少佐としては冷たくあしらいかねたのであろう。銃剣術四段の猛者といわれていた彼のむかしの面影は、すでにどこにもなかった。私は声をかける気もしなかった。

そのあと私は、大隊本部のすぐまえの台地に部下たちを集め、予備隊になったことを伝えた。しかし、万一の戦況の変化にそなえて台地上に半円形の陣地構築を命じ、完了したら銃火器の手入れをして別命のあるまで休養をとることを指示した。部下たちも第一線の配備から解放されて、のんびりした気分を味わっているようだった。

この朝はめずらしく空が晴れて、太陽がさんさんとその陽光を大地にあびせていた。私は台地の中央にドッカとあぐらをかき、拳銃をとり出して分解掃除をはじめた。この台地の左右前方には新しく編成された少佐の指揮する二コ中隊が守備についていた。

天気がよいと気分までがなごんでくる。と突然、前方で激しい銃声とともに迫撃砲の砲撃がはじまった。敵は夜明けとともに日本軍の撤退を知ると、すかさず追尾してきていたのであった。

私のつかれはてた頭のなかには、予備隊という意識がコビリついていて、きょうの戦闘は左右の第一線中隊が受け持ってくれるという安心感があった。その第一線が苦境に立ったとき、予備隊の出番であると考えていた。

また、私が「イエカン」を死守してきたように、第一線の中隊もおなじように敵を阻止してくれるにちがいないという信頼感もあった。そこに私のあまい判断とゆだんがあった。

拳銃の手入れをしている私の頭上でするどい迫撃砲の飛来音がしたのと、私が「危ない！」とさけんで身を伏せたのとどうじに、ものすごい爆発が起こった。しかも集中砲火である。一瞬、「しまった、ヤラレタ」と思う。手にしていた拳銃は吹っ飛び、体じゅうが土砂を浴びた。

爆煙が去ったとき、私はあわてて体のあちこちをなでまわしてみた。どこからも出血していない。と、前方でうなり声がする。小銃分隊の初年兵が倒れていて、そのそばに迫撃砲弾が一発、ぶきみにころがっている。初年兵の鉄帽がペコンとコブシ大にへこんでいるのがわかった。不発弾が鉄帽に当たり、初年兵は脳しんとうを起こしていたのである。

「オイ、しっかりしろ！」

私は初年兵を抱き起こすと、彼のほおをひっぱたき気合いを入れた。気がついた彼はブツブツなにごとかをつぶやくと、いきなり立ち上がってかけ出そうとした。私は分隊長をよんで彼のようすを告げると、しばらく彼を監視することを命じた。

それにしても私も初年兵も幸運であった。すんでのところであの世に行くのをかろうじてまぬがれたのである。

左前方はゆるい斜面になっていて、そこは第一線の中隊が守備しているはずであったが、この台地の左端から不意に敵の射撃を受けたのだ。中央の陣地を守備していた高尾軍曹は仰天した。

「隊長殿、敵です！　敵が左から射ってきます！」

とさけぶや、大あわてで機関銃を左に旋回させると、応戦をはじめた。不意打ちの迫撃砲攻撃といい、左側面からの敵の歩兵の進出といい、私には不可解なできごとであった。

一線中隊はいったいどこに行ったのであろう。一線中隊が突破されたのか、それともあれしきの攻撃におそれをなして、無断で撤退したのであろうか。支隊はもう予備隊ではなく、正面からと、左側から攻撃を受けるハメに立たされていたのである。

なにはともあれ、この台地を守らなければならぬ。ここを突破されれば大隊は総くずれになってしまう。休養どころのさわぎではない。不意をくらったために部下たちもあわてたが、さすがに歴戦の連中だけあって、よく防戦してやっと敵を撃退した。

落ちつきをとりもどした私は、一線中隊のふがいなさに腹が立ってきた。大隊長に厳とした指揮をとってもらう必要を感じたのである。

私は後事を高尾軍曹にたくすると、大隊本部を訪れた。内容はとうぜん、予備隊である支隊がなんの予告もなく、いまや第一線となり、敵の攻撃の渦中にあること、左右の一線中隊はなにをしていたのか、大隊長はどういう命令をあたえていたのか、ということであった。

相手はいやしくも少佐であり、上官である。礼儀をそこなわないようにとの配慮はあったが、私の言葉のなかには少佐の指揮にたいする不満がこめられていた。

少佐のかたわらには四十年配の中尉がいたが、一線の中隊長の一人にちがいない。私の言葉は当然、当てこすりに聞こえたであろうが、わずか数時間にもみたぬ敵の攻撃に、しっぽをまいて後退するとはなにごとか——という一事に目をそらすことはできぬ。

少佐もその中尉も無言である。そして結局、私は進言せざるをえなくなった。予備隊である支隊がすでに最前線となっており、一線中隊が後退してしまったからには、大隊は新しい陣地配備を計画する必要があったのである。

――支隊は夕刻まで現地を確保するから、それまでに作戦計画を立案しておいてほしいと進言したのだ。これには大隊長も了解してくれた。

私は高尾軍曹にたくした部下たちが心配であった。指揮官が留守をしていると指揮が阻喪する。私はいそいでもとの位置にもどったが、とちゅうでだれがすてたのか表紙のとれた古雑誌の『キング』を見つけ、それをひろって持ち帰った。

いちど攻撃に失敗した敵は激しい砲撃をあびせながらも、なかなか登ってこようとはしなかった。そのうち、あたりは日没をむかえた。

「大隊長がお呼びです」

連絡下士官の伝言に私は、ちかくにいた久松上等兵をともなって大隊本部に出頭した。大隊長は私をむかえると待ちかねたように、

「ご苦労だった。大隊は自今、衛生隊の大塚中佐の指揮をあおぐことになったので、衛生隊のいる地点まで撤退する。貴官は敵にさとられぬよう部下を掌握して、私のもとにきてほしい」といった。

私のさきの進言に、大隊長はどういう計画を上層部に伝え、指示をあおいだのかわからなかったが、守備態勢をととのえるため後退して、敵を迎撃するにふさわしい地形を選定することには賛成であった。

私は久松をまねくと、高尾のところに行き、みなをまとめて隠密裡に後退してくるように

伝えることを命じた。そして久松が、すぐにでも高尾のもとへ出かけるものと思ったが、なぜか彼は動こうとしなかった。

「どうしたのだ、はやく行かんか」

なにやら不満気である。私はオヤッと思った。久松は臆しているのである。日はもうとっぷりと暮れていて、そこはかとなく戦場のぶきみさがヤミのなかにただよっていた。彼は独りで行くのが心細かったのであろう。

「よくわかった、行きたくないのならオレが行く。お前はここに残っとれ」

これくらいのことは久松で用がたりると思ったのは、私の思いちがいであった。彼は中尉の護衛であって、伝令は自分の役ではない、と思ったのかも知れぬ。命じられたことに不満の態度を示されて、私は不愉快ではあったが怒る気にもなれなかった。

だが、私がみずから引き返したことは、結果的によかった。わずかな星明かりをたよりに台地にもどり、高尾を手はじめにとなりからとなりへと、耳もとで後退することを伝えさせたのだが、末端まで行きとどかず、私が最後まで残って点検しなかったら、小銃一コ分隊をおいてけぼりにするところであった。

分隊内での連絡はとれても、分隊と分隊との連絡は分隊長に命令せぬかぎりとれないことを、私ははじめて思い知らされた。いうならば細胞組織がちがうのである。

家のなかの者どうしならすぐにでも話は通じるのだが、隣家まではなかなか伝わらないのである。私から見れば、どの分隊もおなじ部下にちがいないのであったが、部下にとって分隊がちがえば、となりの家の人なのである。これは軍隊の組織だけでなく他の組織でもいえることで、上級者や指揮官は十分な心くばりが必要だと、私は痛感させられたのであった。

あの山頂を占領せよ

つぎの次の午後、柏端大隊は伐開路が真下に見下ろせると思われる急斜面をもった小高い山のふもとで停止し、大休止に入った。わが支隊は撤退する部隊の最後尾にいたのだが、雨でゆるんだ泥土のなかを少しでもかわいたところや、草むらをさがして、将兵は腰を下ろしていた。

その将兵のなかをかきわけるようにして、帽子もかぶらず、はげかかった坊主頭にごま塩まじりのチョビひげを生やした、一人の年輩の男がちかづいてきた。

角顔の赤銅色をした、いかにもいかついという感じの人である。中佐の襟章をつけているところを見ると、この人が衛生隊長の大塚中佐であろう。

「田中中尉というのはどこにおるか」

とたずねている。柏端少佐から中佐の指揮に入ることは伝えられているので、私にとっては上級指揮官であるが、じきじきのお出ましとはなにごとであろうか。私は片手をあげ、お目あての人間は私であることをしめすと、中佐はそばまでよって声をかけた。

「貴公が田中中尉か、オレが大塚だ。さっそくだが貴公に命令する。あの山には敵がいる。あすこから射たれてはオレたちはこの伐開路からうまく抜け出すことができん、だからして今夜、夜襲であの山を占領してくれ。貴公のところだけの兵力ではたるまいから、あとで二コ中隊ばかりつけてやる。よいな、わかったな」

といい終わると、中佐はくるりときびすを返して、またもとの位置にもどっていった。

私は、キツネにつままれたような気分であった。そこには中佐と私との間に、対話が一つもないのである。

いやしくも戦闘行為を部下に命令する以上、打ち合わせがあってしかるべきだと私は思ったのだが、命令というまことに好都合の天皇代行の二字を使って、中佐はわがこと終われりと思ったようである。私の意向などまったく無視されてしまった。

それに柏端少佐から命令されるのならわかるが、大隊長を飛び越えて中佐みずからが命令するとは異例である。

これは私の想像であったが、中佐と少佐の間で、あの山を占領する必要があるが、だれにやらせるかと協議の結果、少佐は百十四連隊から配属になってきている田中中尉が適任だ、と進言したにちがいない。しからばオレがその中尉に直接会って命令しよう、ということになったのであろう。

ぶっきらぼうで性急な中佐という印象を受けたのだが、えんとは不思議なもので、後日、この中佐が連隊長として赴任してきて、私は連隊本部付き将校としてこの人を補佐することになるのだったが、このときは夢にも考えられぬことであった。

とにかく命令された以上、あの山を占領せねばならぬ。私は各分隊長を集めて命令の要旨を伝え、夜襲戦にそなえて兵器や装具に標識をつけることを命じた。陽はまだ高く、時間はたっぷりあるから十分に休養をとっておくように、と申しそえた。

そのあと私は、木かげでわり合い湿気のすくない場所をさがすと、その上に天幕をしき、つかれた体を横たえ、夜襲のための想をねった。

薄暮を利用しての偵察が必要だが、だれに命じたものか、それとも自分自身で行くか。中佐は二コ中隊を増援させるというがどういう連中なのか、にわか仕立ての混成部隊で指揮がうまくとれるであろうか——私はいささか心配になったが、何はともあれ一休みして、万事はそれからと腹をきめてまぶたをとじた。

だがそのとき、私の体内では押さえにおさえられていた病魔が、そろそろ自分の出番だとばかりにカマ首をもたげはじめていたのである。

マラリア発症

今朝がたから体のだるさをおぼえていたのだが、横になっているうちに急に寒気がしてきた。カゼでもひいたか、いやこれはカゼではない、マラリアの前駆症状だ。こんなところで発熱しては大変だとは思うが、しかし、私の意志とは無関係に体の方は、急激に襲ってきた寒気とともにガタガタふるえ出し、とうとう歯の根がガチガチと鳴りはじめた。

「オーイ衛生兵、御堂はおらんかー」

私はやっとのことで歯の根をおさえて衛生兵を呼んだ。

「どうかしましたか」

「ウン、この通りだ。大隊本部に行って軍医を呼んできてくれ」

御堂は私のすさまじいばかりの体のふるえに、おどろいて軍医をさがしに行った。しばらくすると御堂は一人の軍医を背負ってやってきた。

「隊長殿、軍医殿をつれてまいりました—」

その軍医は聴診器を首にまき、御堂に背負われていたが、その両足首にはグルグルと三角布が巻かれ、丸太棒のようになっていて軍靴もはいていなかった。軍医は私のそばによると、びっくりしたような声を出した。

「ヤァ田中さんじゃないですか。田中中尉とは聞いてきたのですが、あなただったとは奇遇ですね」

軍医は塩川大尉であった。私が支隊長としてソンペを守備していたとき、一時期、支隊つき軍医として旅団司令部から派遣され、寝食をともにした仲であった。ソンペは山岳地帯なので、夜になるとさすがに冷え込んできて、あるときなど私と軍医は一枚の毛布にくるまって、抱き合うようにして露営の夢を結んだこともあった。

その軍医が柏端大隊付となっていて、私の診察にやってきたというわけで、まったく奇遇ともいえる。

診察を終えると、

「マラリアですね、これから熱が出ると思います。バグノンとキニーネを注射しておきましょう。ところで、今夜の夜襲であの山を攻撃するそうですね、私の足はごらんの通り皮膚病でくさってしまって靴がはけません。敵にはデカイ靴をはいている奴がいるかも知れません、攻撃がうまく行ったら一コ分捕ってきてくれませんか」という。

私はガチガチ鳴る歯をかみしめながら軍医の期待にそうよう努力することを約束した。

マラリアの特徴は激しい悪寒と、戦慄が前駆症状であって、間もなく発熱するのだが、軍医が立ち去った直後、私は猛烈な熱に襲われはじめ、カチカチと鳴っていた歯の音がウソのようにピタリととまると、体中が燃えるように熱くなってきた。

衛生兵の御堂は軍医を送ったのち私につきそっていたが、高熱で顔が真っ赤になっている私のようすを見かねて、ふたたび軍医の診断をこいに行った。私は高熱のため頭はガンガンするし、もう身動きもできなくなっていた。

ふたたび訪れた軍医は体温を計り、聴診器を当てて慎重に診察すると、

「ああこれはいけません。熱も四十度をこえています。とても夜襲のできる体ではありません、あなたを後送することにします。大隊長にはあなたの症状を私から報告します。衛生兵、担架の用意をするように」

と、軍医は私の処置を指示した。こうして混成部隊を指揮し、夜襲でもってあの山を奪取せねばならぬ私の運命は急転して、担送患者というあわれな身分に転落してしまったのである。

私はだまって軍医の指示にしたがうほかはなかった。高尾軍曹はことのなりゆきにおどろいたらしい。ミートキーナ出発いらい生死をともにした指揮官を失うのである。

さきには指揮班長の伊川曹長が負傷して後送され、こんどは親とも兄貴ともいうべき支隊長が病気で後送されることになったのである。

他部隊に配属されると、えてして〝よそ者〟あつかいを受けて冷遇されがちであった。私

にはそれが心配であったが、支隊そのものが応援にきた〝よそ者〟であって、たのみとする仲間の将校もおらず、どうしようもなかった。

私は高尾をよぶと、言葉すくなに後事をたくした。高尾は私の胸中を察し、健気にうなずいた。

「大丈夫ですよ、心配しないで下さい。担架兵四名と当番兵、衛生兵をつけて隊長殿を後送します。はやくよくなって、また元気な姿を見せて下さい」

「すまんなあ」

私は心残りではあったが、高尾の好意に甘えることにした。

担架が大隊本部につくと柏端少佐や塩川軍医、本部付将校たちが私をとりかこんだ。私は担架の上であおむけのままだまって挙手の礼をするだけで、後送になる申告の言葉も出なかったが、少佐は担架に手をかけ、

「貴公にはソンペいらい、いろいろと苦労をかけた。よくやってくれて感謝している。しっかり養生してまた戦列に復帰してほしい」

と、その労をねぎらってくれた。塩川軍医も私の手をにぎり、「御苦労でした、お大事に」と別れをおしんでくれ、軍医の期待した敵さんの靴を手に入れることができなかったのは心残りであったが、病いにめんじてがまんしてもらうほかないと思った。

私と柏端少佐とは、これが今生の別れとなった。翌年の春、師団がビルマ中部の要衝メイクテーラで一大会戦を展開したとき、少佐は奮戦むなしく戦死したのである。

思えば去る三月十五日、連隊命令によりソンペ支隊を編成（指揮班、五中隊の一コ小隊と一

コ分隊、機関銃一コ分隊、迫撃砲一コ分隊、五号無線一コ班）計八十名で百十四連隊の基地ミートキーナを出発し、フーコン地峡の師団主力の戦闘に参加し、転戦につぐ転戦をかさね、ついに病いにたおれ、戦列から離れたのは六月すえであった。

この九十余日におよぶ長い戦いの連続、私の身心は見るかげもなくやせおとろえたのである。

部下たちに見送られたとき、高尾軍曹のもとに残った兵力は、わずかに三十三名、戦力は三分の一となっていたのである。

地獄図絵の伐開路

担架兵四名と衛生兵の御堂一等兵、当番兵に付き添われ、大隊本部を後にした私の担架は、折からの雨に叩かれて、泥沼と化した伐開路の中を、部下たちの肩をきしませながら、ノロノロと進んだ。

泥濘は担架兵たちの足を何度も滑らせた。担架はグラリと傾き、私はぬかるみの中に、そのたびに放り出された。恐縮した部下たちは、「すみません、すみません」といっては泥にまみれた私の体を拾いあげて、また担架に載せるのであったが、私は痩せた泥人形そのものの惨めな姿になっていた。

途中、急に便意をもよおした私は、担架から降ろしてもらい、近くの草むらにかがんだが、出るものは水様便だけで、赤い血が混じっていた。

「しまった、マラリアだけでなく、赤痢にもかかっていたのか」

敵の砲撃の間隙をみては尻をまくってかがんでいた、擲弾筒の兵士から、いつの間に感染していたのであろうか。

ふたたび担架に乗せられた私は、ひっきりなしに襲って来る便意に悩まされたが、担架を降りるのを諦め、そのまま垂れ流すことにした。ぬらぬらとした水様便は袴下を濡らし、尻を冷たくして気持が悪かったが、ほかに何の手だてがあろうか。

私の担架の前後には、痩せさらばえた兵士たちがぬかるみに足を滑らせながら、トボトボと歩いていた。その兵士たちの姿からは、かつて精強を誇り、南支、マレー、シンガポール、ビルマなどの戦線で赫々たる武勲をたてた菊兵団の強兵《つわもの》たちの面影はどこにもなかった。乞食同然の姿でしかなかった。

私が師団命令により、ソンペからモガウンまで撤退し、ふたたび反転してカマインに向かったとき、この伐開路を通ったのは十日前であった。

モガウン—カマイン道の中間にあるセトンの集落を、敵の先遣部隊が侵入占拠し、道路を遮断したため、前線部隊への補給は、ラガチャンからラバンガトンに抜ける伐開路に頼るしかなかった。

また、前線から後退して来る傷病兵たちも本道が通れず、この伐開路（約十五キロ）を利用するほかはなかった。病み衰えた兵士たちにとっては、地獄への近道ともいえる難渋な呪わしい道であった。

前線に追及のため、私たちが一歩、この伐開路に足を踏み入れたとき、異様な光景がそこに展開しており、わが眼を疑ったほどである。

行き倒れた兵士や馬の死骸が、点々と転がっていた。なかば白骨化しているものもあり、眼窩や耳、口や鼻、露出している傷口にはウジが湧いてうごめいていて、いっそう不気味な様相を呈していた。

とある大木の闊葉樹の根元には、数人の兵士たちがうなだれて腰を下ろしていた。みじろぎもせぬその姿をよく見ると、それは休んでいるのではなく、もう死んでいるのであった。なんともいえぬ死臭があたりに漂っていた。

上空を樹林の枝や葉で覆われているこの伐開路は昼なお暗く、まさに幽鬼が出そうな気配であった。この道を進む私たちにとって、精神的な打撃は大きかった。この悲惨な姿が、これからの私たちに無縁なものとは考えられなかった。後日、部下の中から不名誉な逃亡兵を出したが、こんなところにも、素因の一つがあったのではあるまいか。

私が部下たちとこの伐開路の中で、わずかな草地を見つけて腰を下ろし、小休止をしているとき、両脚を負傷した一人の兵士が四つんばいになって近づいて来ると、私に声をかけた。

「中尉殿、すみませんが、煙草の火を貸してくれませんか」という。

「ああ、いいとも」

彼は何度も吸っては消したであろうチビれたビルマ煙草に火をつけると、うまそうに吸った。その顔は負傷にもめげずに意外と明るい。負傷した両脚の包帯は、いつまいたのか血と泥に染まり汚れていて、そこにはウジが湧いていた。

「両脚を負傷しているのに、どうして担送扱いにしてもらえぬのか」という私の問いに、

「とんでもありません、戦線から後退させてもらっただけでもありがたいのです。担送扱いになんかとてもとても」という。

前線で、両脚を負傷して歩けなくなっても、担送が許されないくらいその戦力が消耗しているのであろうか。その苦戦ぶりが察せられようというものである。

それにしても、この兵士の顔が明るいのはなぜであろうか。戦病ではなく、戦傷者であるということは、敵と戦ったことの実証であり、兵士としての務めを果たしたことになる。

幸いに命に別状がないとすれば、名誉の負傷者として、どこにでも大手をふっていける。この傷が癒えるまで、苛烈な戦線にふたたび復帰を命じられることはあるまい、という心理が働いているからなのであろうか。

私たちはだれも死にたいとは思っていない。敵の弾の飛んで来ない後方勤務が望ましいが、第一線の戦闘部隊に所属していては、とてもかなわぬ願いであった。戦線から逃れる道は、病気するか戦傷するかして後送されるしかない。命に別状のない病気や負傷なら、願ってもない幸せなことであろうか。

私はその兵士に、「はって後退するのは大変だろうが、気をつけて行けよ」とねぎらいの言葉を残して部下たちをうながし、その場を立った。

この伐開路の峠を、師団ゆかりの故郷の地名をとって「筑紫峠」と名づけていたが、そこには患者収容所があり、衛生隊の一部がその任務についていた。所長は足達軍医中尉であった。この人は私と同時に少尉に任官した同期生で、南支勤務時代、範和崗という所でいっしょに過ごしたことのある戦友でもあった。

私の突然の訪れに大変驚いたが、また奇遇を喜んでくれた。軍医は九州弁丸出しの人であったが、外科の軍医として、師団軍医部ではつとにその腕前を高く評価されている人であった。

「今ごろ前線に応援に行くと？　そらあ大変たい、見てみんさい、この患者たちを。こげんやせこけるまで戦さばせんならんち、もうどうしようもなかよ。あんたもこげん姿にならんごっ、せにゃいかんバイ」と、患者たちの群れに目をやり、私の前途を心配してくれた。

「前線に行くあんたに何かやりたかばってん、なあんにもなか。ここに鰯の缶詰めが一つあるけん、こればあんたに上げよう」

軍医は、戦友として精一杯の好意を示そうとした。私はうれしかった。

「ありがとう、足達さん、遠慮なくもらっとくよ。前線では、私の到着を首を長くして待っとるようだから」と別れを告げた。

その折、馬の背に戸板を乗せ、その上に仰向けにくくりつけられた患者が到着したが、まるでミイラを乗せて来たかのようで、もはやこの世の者とも思えないくらいであった。私も、私につづく部下たちも、命令で前線を目指しているとはいえ、暗い前途が目に浮かぶようで、きわめて複雑な心境になっていた。

最前線で五十六連隊第三大隊（大隊長吉田少佐）に配属になり、大隊の戦力の基幹として激戦を繰り返し、さらに柏端大隊に配属され、戦闘を継続し、ついに病に倒れ、今はこの伐開路を惨めな担送患者となって足達軍医中尉のいる患者収容所を、ふたたび訪れることになったのである。

情け深い戦友たち

足達軍医は、担架上の私の惨めな姿を見つけると、

「おー田中さんじゃなかと。こげんな恰好になってしもうて苦労したバイね、いわんこっちゃなかったろ、この伐開路を担架じゃむつかしか。オレのとっときのロバがあるけん、そればあんたに上げよう。それに乗っていきんさい」とロバを引いて来た。

戦友とはありがたいものである。わけてもこの人は人情味に富んだ人でもあった。往きには貴重な缶詰めを贈り、帰路には一頭しかいないロバを私に贈ろうとするのである。私は涙がコボレそうであった。

「足達さん、すまんなあ。恩に着るよ」

「そげんこつはなか。おたがいさまたい、気ィつけて行きんさいよ。元気なら、また逢えるけん」

私は軍医の好意によりロバにまたがった。日ごろから、裸馬を乗りこなしていたので、乗馬には自信があった。高熱に喘ぎながらも、馬を馭すことができた。

しかし、ロバにとっては迷惑であったに違いない。ロバそのものが飢えていた。雑草は食べていても、きちんとした飼料はあたえられていないから、馬力が出るはずもない。ものの五百メートルも進まぬうちに泥濘の中で四つ足を投げ出し、私を乗せたまま、尻餅ならぬ腹餅をついて動かなくなった。

部下たちが押せども引けども動かばこそ。

「隊長殿、このロバはもう駄目です。諦めましょう。その代わり皆でオンブします」という。せっかくもらったロバも役に立たなくては、部下たちの指示に従うしかない。ロバはかわいそうであったが、そのまま置き去りにすることにした。

部下たちは交互に私を背負って、百メートルくらい進んでは次の者と交替した。私は背負われたことで胸が圧迫され、息苦しいので体を後ろに反らすと、

「駄目ですよ。ちゃんとつかまっていて下さい」と私の体をゆすり上げ、後ろにしっかりと手を回すのであった。それは、むずかる子供を背負った母親のしぐさにも似ていた。

一人の背の高い下士官が近づいて来ると、「ヤー、田中中尉殿ではないですか」と声をかけた。

見ると、財満曹長であった。彼は私が見習士官として南支に赴任したときの機関銃中隊付の軍曹であったが、今は曹長に昇進していて、小銃中隊の指揮班長になっていた。

「どうしました、そんな姿になって」

「どうもこうもない。マラリアと赤痢にやられたよ」

財満は私の姿からすべてを察したらしく、

「私は後方に連絡に行くところですから、私にも手伝わして下さい」というなり、私に背を向けた。肩幅の広い大きな彼の背中は、たのもしかった。

足達軍医、財満曹長、それに部下たちが私に寄せる好意に、胸が熱くなった。「すまんなあ、ありがとうよ」私は口でも心でもとなえつづけていた。

悪路に悩まされながらも、無事に伐開路を抜けて、野戦病院のある地点に辿りついたときは、もう日が暮れかけていた。私は担送兵たちに厚く礼をのべ、再会を約した高尾軍曹のもとに引き返させた。これからは当番兵と衛生兵の御堂一等兵をつれて行くことにした。

訪れた野戦病院の分院は名ばかりで、小さなテッケで屋根を葺いた小屋が三つ四つあるばかり。軍医の姿はなかった。医療の装備は何一つなく、単なる患者の溜まり場にすぎない。

私は高熱にふらついたが、絶え間ない便意に閉口した。日没前の薄明かりの中、小屋の陰で尻をまくっているのを、通りかかった病院付の下士官らしい男に見とがめられた。

「コラッ、そんなところで糞をする奴があるか。馬鹿もん」と怒鳴られた。

私は答えようがない。黙っていると、つかつかとその男が近づいて来た。下手をすると、殴られそうである。

私はここで何某だと官姓名を名乗るわけにもゆかず、胸に着けている陸軍中尉の階級章を見せた。ふちが金モール、中が金筋でできている階級章は、薄明かりの中でも見えたらしい。軍隊は階級章が物をいうところである。

「アッ、中尉殿でしたか、失礼しました」

病んで尻をまくっていても、まぎれもない将校である。彼は慌てて敬礼をすると、そそくさと立ち去った。赤痢菌の保持者である私がとがめられたとしても、少しもおかしくない。罪はむしろ、この負け戦さにあるといえよう。

この患者の溜まり場に過ぎない分院から、何一つあたえられるものはなかった。翌朝、モガウンに着いたが、後送される患者たちはウントウにある第三野戦病院を訪れよという指示が伝わってきた。

ウントウの野戦病院

朝霧のたちこめるモガウンの駅に、無蓋貨車が入ってきた。待ちわびていた傷病兵たちは、ワッとその貨車に群がり、たちまち鈴なりになって出発を待った。この朝霧が晴れると、敵機に襲われる公算が大きかった。私たち三人はこの無蓋貨車の一隅に肩を寄せ合って座った。やがて列車は出発したが、進んだり停まったりの連続で、頼りないことおびただしい。どの辺りまで進んだか見当もつかなかったが、大きな橋染の手前まで来ると、列車はこれから先は行けないということで、傷病兵たちはいやおうなしに降ろされ、ウントウを目指して歩くことになった。

担架兵たちはもういない。衛生兵の御堂は心配そうに、「隊長殿、歩けますか」と私の顔色を見た。

伐開路と違って、鉄道線路はぬかることはない。杖をつけば、何とか歩けそうである。頭はガンガンするが、便意はいくらか遠のいたようだ。私は当番兵と御堂に前後を守られながら、路線の枕木の上を歩くことにした。

この枕木と枕木との間隔は、元気なときはひとまたぎするにはせま過ぎるという記憶があったのに、何とも幅がありすぎて、ひとまたぎができない。

「御堂よ、ビルマ鉄道の枕木の幅は、昔からこんなに広かったかね」と尋ねた。

「そんなことはありません。昔も今も変わっていませんよ。隊長殿の体が弱っているので、幅広く感じるのではないですか」という。それにしても、足が重く、前に出ないのである。

患者たちは、路線にそってお互いに助け合いながら、ウントウを目指した。ウントウに行けば、何か幸せが待っているかのように心が弾んだ。朝霧はとっくに晴れていた。

不意に、上空から聞き馴れた飛行機の爆音が近づいて来た。「ソレ来た、敵機」である。患者たちは口々に、「爆音、爆音」と叫びながら、路線の両側の地隙に身を伏せた。

ビルマの基地から出撃する英空軍のスピットファイア。徒歩で後退する傷病兵たちには、敵戦闘機に対抗する術はなかった。

人影を発見したのか、バリバリと銃撃を浴びせながら、敵の戦闘機が通り過ぎて行く。腹立たしく憎らしくもあったが、武器を持たぬ傷病兵たちでは、応戦のしようもない。かつて、サンプラバム（ビルマ鉄道の終着駅ミートキーナより北方百三十八マイル地点の要衝）守備隊にいたころ、毎日のように来襲して銃撃、爆撃を繰り返し、わが物顔に飛び回る敵機に業を煮やし、分隊長たちと一計を案じ、敵戦闘機を迎え撃って撃墜したことがあった。が、今はじっと歯を食いしばって敵機を睨みつけるばかりであった。

第三野戦病院（院長尾形軍医少佐）は、ウントウの駅から南側約二キロ近く離れた上空から遮閉された、平坦なチーク林の中に開設されていた。床も壁も全部、竹製で、屋根は「テッケ」（細長い笹の葉のような形をして両側にトゲがある植物）で葺いてあり、一棟に百名近く収容できそうな病棟が数棟建っていた。

その棟の一つに案内されたが、その一隅に、アンペラ一枚で壁代わりの仕切りがあって、そこに将校と下士官、兵との寝床の区別がしてあった。将校では大尉が先任者で中少尉ふくめて七名いたが、おなじ部隊の者はいなかった。

困ったのは、病院の給養がおそろしく粗末なことであった。野草の入った塩汁に薄い粥が朝夕二度つくばかりで、甘味類など皆無であった。注射液も薬もないありさまである。これが憧れていた野戦病院の実態であろうとは。俗にいう当てた褌と何とやらは向こうからはずれるとか、落胆もいいところであった。

軍医が毎朝、回診に来るのだが、顔色を見ながら、「どうですか」と問いかけるだけで、診察すらないのであった。H軍医中尉は、われわれ将校たちに対し、回診の帰り際に、どういう意味でいったのかわからなかったが、

「皆さんの顔色は、そんなに悪くありませんから、今すぐ死ぬということはないと思います。死ぬときは二、三日前に知らせて上げますから」といった。

私は一種のユーモアであろうと解したのだが、死ぬ前に、「あなたはもう余命何日しかありませんよ」といわれたら、果たしてどんな気持がするだろうか。軍医の真意はどこにあっ

たのか、計りかねた。

患者は寝かせられているだけで、何の治療手段も施されないのであった。死ぬ奴は勝手に死ねとでもいうのであろうか、事実、おなじ病棟で傷病兵たちはだれに看護されるでもなく、だれに断わることもなく、それこそ勝手に死んでいった。

脳症を起こして意識を失い、頭を左右に振りはじめると今日、明日の命しかないと教えられた。一人置いた隣りに寝ていた某中尉は意識がなく、しきりに首を振っていたが、間もなく死んだ。この首振りが死の目安になるのかと、私もそっと首を振ってみたりした。軍医から二、三日前に死の予告を待つまでもなく、この首振りの方が、もっと確実性のあることを悟った。

病棟からは毎日、死者が出た。しかし、死体を埋葬する衛生兵も兵士もいないのか、死体は二日も三日もそのまま放置された。やがて、その死体にはウジが湧き、蟻が黒々と列をなしてはい回るようになった。いやな死臭が漂いはじめる。死体といっしょに寝ているのは、やはり不気味であった。

「だれか死体を片づけるものはいないのか」

「病院の衛生兵は、いったい何をしているのか」

患者たちの不満の声が病棟を満たしても反応がなく、まさに処置なしであった。病院側の言い分によると、過労のため軍医も衛生兵たちもつぎつぎと倒れ、まったくの手不足によるものであるということがわかった。

見るに見かねて、いくらか元気な患者たちが無理に衛生兵を呼びつけて立ち合わせ、自分たちで死体を外に運び、埋葬するのであった。

鏡に映った「老爺の顔」

私の四十度を超える高熱と、ひっきりなしに襲っていた便意がどうやら納まっていた。あの悪夢のような伐開路で、塩川軍医が注射してくれたバグノンやキニーネが効いたのか、それとも何も口にすることができなかった断食状態が体によかったのか、どうやら危期を脱したようである。

私は隣りに寝ていた防疫給水隊の中尉が持っていたポケット用の小さな鏡を借りて、久し振りに自分の顔をのぞいてみた。そこには五十面をした頭の毛のない醜いオッサンの顔が映っていた。

だれの顔だろう、フトわが目を疑ったが、いや自分の顔以外のものが映るはずがないと思い直し、よくよく見れば無惨にも変わり果てた、まぎれもない自分の顔があった。

恐怖心や心配のあまり、一夜にして黒髪が真っ白になった話を聞いたことがあったが、高熱のため髪の毛がゾロリとこんなにも抜け落ちてしまうのであろうか、私はショックであった。まだ独身である。この顔ではとてもお嫁さんをもらえる顔ではないとしょげ返った。

しかし、この脱毛状態には見覚えがあった。熊本の予備士官学校時代に同期生に大内候補生というのがいた。頭の毛がなく産毛みたいなのがボヤボヤとあるだけなのを見て、不思議に思って、そのわけを尋ねたことがある。

「戦地でマラリアにかかり、高熱がつづき、そのために髪の毛が抜けてこんなになったんだ」といっていた。

卒業のころ、彼の頭の毛は黒々と生えていたから、自分の病気も治れば、昔通りに戻るのであろうと、われとわが心を励ました。

回復期に入った私は、今度は空腹に悩まされはじめた。初年兵だった私の身の回りを世話する当番兵は、ウントウに到着すると、それを待っていたかのように熱を出し、他の病棟に入院してしまったので、私の世話をするのは御堂衛生兵だけであった。

「隊長殿、病院の食事だけに頼ってはおれません。これじゃ、元気な者まで病気になってしまいます」

「しかし、何かほかに方法があるのか」

「はっきりあるとはいえませんが、私はウントウの駅に行けば何とかなりそうな気がします。自分に三日間の外出許可を下さい」という。

「それはかまわんが、お前の留守中、オレ一人ではなぁ」

私はまだ一人歩きができない。

「ハイ、隣りの中尉殿の当番兵に、私の代わりを頼んで行きますから、心配いりません」といった。

私と御堂は、ここでは運命共同体のようなもので、上官と部下ではなく、兄弟の間柄ともいえる。お互いが必要であった。

ある日、私の看護人である彼が熱を出したことがある。その彼を看護するのは、私の役であった。病院を当てにすることはできない。恐縮する彼を私の寝床にねせると、代わりに起きた私は、彼の頭や胸を二日二晩寝ずに冷やしつづけ、看護の手を尽くしたことがあった。彼を大事にすることは、私を大事にすることでもあった。

弱兵「M兵団」の兵士

この病院にいる間に、「M兵団」の兵士のことが噂になった。どこで間違えたのか、菊兵団のこの野戦病院に、「M」の兵士が入院を希望して訪れたという。

糧秣のウンと入った背負袋を背中に負い、血色もよく、さしたる病気とも思われぬようすに立ち合った軍医が、「どこが悪いのか」とたずねた。

「マメや」という。

「マメ？　何の豆か」

「ホレ、足の底にできるマメ、行軍のときにできるマメですがな」と、長行軍がたたってマメのために歩けなくなったので入院したいと訴えたという。

軍医は驚いた。菊兵団の将兵で、足の裏にマメができたからといって、入院を希望するような弱兵はいまだかつてなかった。

軍医は怒鳴った。

「馬鹿もん。マメごときで入院に来る奴があるか。お前のところの軍医は、マメでも入院させるのか。呆れた部隊だ。入院なんかもってのほかだ。トットと帰れ」と気合いを入れた。

たまげた兵士が踵《きびす》を返そうとすると、

「オイちょっと待て、その背負袋の中に入っている米は、この病院に置いて行け」と吐き出させられたという。入院しに来て、追い剥ぎにあったようなものである。

戦さは強くなくてはならぬ。弱兵では困るのであった。M兵団の兵士には気の毒であったが、大阪、京都出身の兵士たちで編成されたM兵団とY兵団の両師団は、北ビルマの戦線で弱兵の見本のようにいわれていた。

しかし、この兵士を笑ってばかりもおれなかった。臆病なM大尉がこの病院にいたのである。何で入院していたのか、さだかではなかったが、格別病み衰えているとも見えなかった。彼は、この病院の上空を敵の戦闘機が旋回しはじめると、素早く身仕度を整えて病室を飛び出し、チーク林の中をあちらこちらと、まるで自分が狙われているように駆け巡るのであった。

敵機の射撃がはじまり、頭上から機関銃の空薬莢がパラパラと降って来ようものなら顔面蒼白となり、幹の下にうずくまり、ブルブルと震えているのであった。

私の判断では、敵機は駅の貨車か、機関車か、または倉庫を目標としているため、旋回のコースはちょうど病院の上にかかり、射撃をすると薬莢が落ちてくる仕組みになるのだと読んだ。

もっとも、私にはその大尉が飛び回るほどの体力もなく、じっと恐怖に耐えて寝ているしかないのであったが……。

その大尉は、過去に空襲でずいぶんと痛い目にあったことがあるに違いない。その恐怖心から、まだのがれることができないのだろうと察しがついた。

戦闘の怖さは悲惨な状況を目の前で見るか、自分自身が負傷をするかせねばわからない。かつて私の小隊長だったF中尉が、戦場ノイローゼにかかって使いものにならなくなっていた。銃剣術四段の腕前を持ちながら、なぜそうなったのか。

彼は一年前、サンプラバム守備隊勤務のとき、敵情偵察のため将校斥候となり、敵地を潜行中、待ち伏せていた敵の猛射撃を受け、喉の貫通銃創により、朱に染まって倒れ、死を覚悟したことがあった。幸い、一命はとりとめたものの、それ以来、戦場の恐怖心にとりつかれていたのであった。

盲、蛇に怖じず。怖いもの知らずは、本当の怖さの体験がないからである。真の勇者は、何度も生死の間をさまようような負傷をしたにもかかわらず、勇気を持ちつづけることのできる人のことをいうのであろう。

御堂衛生兵の奮闘

御堂は回復期に入った私を元気にさせるには、何よりも食べ物が必要だと悟ったようである。彼は隣りの将校の当番兵に私の身の回りの世話を頼むと、ウントウの駅を目指して出かけた。

ウントウの駅付近は危険であった。毎日、敵機が襲来し、銃爆撃を浴びせていた。御堂の身の上に間違いがなければよいがと、その無事なることを念じつづけていた。

彼は約束通り三日目の夕方、何やらを天幕でつつみ、それを背負い、両手にも荷物を提げて来た。

「ただいま、帰りました」

「オオ、よく帰ったナ、心配していたゾ」

御堂は他をはばかるようにして、天幕の包みをひろげた。そこには大小不揃いではあったが、ビルマの餅がたくさん入っていた。私はびっくりして、「こんなにたくさん、どうして手に入れたのか」と問うた。彼の説明は、次のようであった。

「ウントウの駅は、昼間は何度も空襲があり、駅勤務の鉄道連隊の兵士たちは日中退避していて、夕方から作業に入ることがわかったので、空襲の合間を利用して停車している貨車の中を、糧秣はないかと探したのですが、見つかりません。何かありそうなところには兵隊がいて、近寄れません。二日間野宿してようすを見ているうちに、昼間の空襲時に駅の連中が脱いで置いて行った衣類が目に入ったので、悪いとは思ったけれど、それをかっぱらって、ビルマ人の集落に持って行き、餅と物交して来ました」という。

私は御堂のその才能に驚いたり、呆れたりしたが、彼の私を思う真情が身に沁みて胸が熱くなるのであった。兵隊の位でいえば、軍歴の浅い一等兵にすぎない御堂である。彼にどんな力があるというのか。

食糧を手に入れたい一心で、後方勤務の鉄道兵の衣類を奪って餅に替えて来るまでの彼の苦労が、目に浮かぶようであった。もし捕まったら、袋叩きにあうのは必定である。彼に勇気と決断がなかったら、とてもできない芸当であった。

私はここで御堂のために一言弁明したい。危険な敵の砲爆撃下で、いつもひもじい思いをさせられる第一線勤務の将兵たちは、後方勤務の連中に対し、ある種の嫉みと憎しみのような感情を抱いていた。第一線の戦場の苦労も知らず、後方にいていつも旨い物を食い、ノホホンとしていやがるというのである。後方勤務の鉄道連隊の兵士の衣類を奪った御堂の心境がわかるのである。

私はこの餅のお陰で、日に日に体力を回復させることができた。私と御堂とは仲がよかった。二人の間には将校と兵との垣根がなかった。隣りの将校の当番兵が、ある日、しみじみと御堂に愚痴をこぼしたという。

「あんたたちは仲が良いなあ。見ていて羨ましいよ。オレんとこのオヤジ（中尉）なんか、オレがなんぼ尽くしてやっても威張ってばかりで、優しいところなんか一つもありやしない」

戦場でこそ、指揮官と部下はその任務に歴然たる区別がなくてはならないが、通常の場合は、お互いの心がいつも通じ合うようにしたいというのが私の願いであった。

私は将校ではあったが、部下の下士官兵たちの中には立派な人格者や、優れた才能を持っているものが何人もいた。それはもし自分があの階級で、あの人たちの真似をしてみろといわれたら、とても太刀打ちができないと兜を脱がざるを得ない人たちがいたということである。

ともすれば権力を笠に着て、人間性を見失った上官たちに出合うと、私は無性に腹が立った。上官の命令は朕《ちん》（天皇陛下）の命令なりと心得よ、と、軍人勅諭に示されてはいたが、出来の悪い上官が、朕と同一であろうはずはなかった。

御堂が私に示した行為は、数ヵ月の間、生死を共にしているうちに、私に対する愛情がそうさせたのであって、私がその愛に報いようとしたのも、彼に対する愛情からであって、人間自然の姿であると私はいいたい。

このウントウの野戦病院は、私にとっては馴染みの薄い病院であった。私の所属する歩兵第百十四連隊には第二野戦病院（病院長荻生軍医少佐）が長らく付属病院となっていた。入院中に入手した情報によれば、第二野戦病院の分院が、ウントウからあまり離れていないカーサというところに開設されているらしいということがわかった。

「そうだ、カーサに行こう。そこには知り合いの軍医のだれかがいるに違いない。この病院に長居して、決してよい結果は得られない」と判断した私は、御堂にその旨を告げた。

Y兵団の野戦倉庫

ウントウの野戦病院を出た私と御堂は、カーサを目指して、鉄道線路上を敵機の襲撃を警戒しながら歩いた。右手に緩い傾斜を持つ丘の前を通りかかったとき、あの丘の森の中に、Y兵団の野戦倉庫があるという噂が伝わってきた。

食い物のこととなると、兵隊たちは敏感であった。何か食糧があるかも知れぬと思った私たちは、エッチラホッチラと丘の中の森に向かって足を運んだ。

そこには、ガッチリとしたトタン葺きの高床式二階建ての建物があり、何やら入っていそうな麻袋がたくさん積んであった。将校の姿がなかったが、主計下士官と三、四名の兵士たちがいた。

この倉庫は菊兵団のものとは違う。Y兵団のものであれば、門前払いを喰うかも知れぬと思ったが、ものは試しである。武士は相身互いであると、みずからを励ました。

「見られる通り、病気で後方の病院に向かっている者だが、何がしかの食糧を分けてもらえまいか」と申し入れた。

うさん臭そうに私たちを一瞥した下士官は、私が将校であることを確認した上で無愛想に断わった。「でけまへんナ。この倉庫は、Y兵団のものですさかい、他の部隊の皆さんに分けて上げるわけにはいかんのです。それに余裕などありまへんのや」

「そうでもあろうが、そこを何とか計らって欲しい。ほんの少しでもよいのだが」

「あきまへんな。でけんものはでけまへん」と、私に背を向けると、あとはテコでも応じそうになかった。

私はムッとした。戦線を遠く離れた後方でノホホンとしやがって、何があきまへんだ。オレたちが第一線でどんな戦さをして苦労をして来たのか、こやつらは知りもせんくせにと、無性に腹が立ってきた。

しかし、病んでいては持ち前の気性も啖呵も発揮しようがない。菊兵団の将校という誇りもあった。何とかなるかも知れぬと期待した乞食根性が悔やまれてくる。

「そうか、よーしわかった。もう頼まん」無念であったが、踵を返し、森を出て丘を下り、ふたたびカーサに向かう線路上をトボトボと歩き出した。

望みをかなえてくれなかったあの森が、小さく遠くに見えるところまで来たとき、爆音が聞こえてきた。振り返ると、数機の敵の戦闘機が森の上空を旋回しはじめていた。御堂は、「隊長殿、敵機があの森を狙っているようです。いまに爆撃をやるんじゃないんでしょうか」という。

「そうらしいな。オレたちに冷たかった倉庫だ。どれ、高みの見物とするか」

私たちはジッと敵機のようすを眺めていた。上空で旋回を終え、爆撃のコースが定まったのか、一機ずつ急降下をすると爆弾を投下した。ドカンドカンと爆発音が轟く、何に命中したのか、森から黒煙がもうもうと立ち昇りはじめた。

危ないところであった。あそこに長居をしていたら、この爆撃のあおりを食うところであった。

「あのドケチ野郎ども、やられてますよ」と御堂は呟いた。

おなじ日本軍である、敵にやられて悦ぶわけにはいかないが、むしゃくしゃしていた腹の虫が何となく静かになった。しかし、気の毒でもあった。

物惜しみをせずに気持よく分けてやればよいのに」と、御堂は残念がった。

「仕方がないさ。まさか空襲で焼かれると思っていなかっただろう」

私の脳裏に、フトある記憶がよみがえって来た。某下士官が、私に物語ったことがある。

ビルマ派遣第三十三軍司令部で催された下士官の何かの集合教育に参加したとき、大阪、京都出身の連中と起居を共にしたことがあった。ときおり、加給品が配られる。それが煙草であったり、酒、甘味品であったりした。

人はそれぞれ嗜好が違う。煙草を喫わない奴は、喫う戦友にくれてやる、酒を飲まん奴は、飲む戦友にくれてやり、もらったりやったりして、友情を温め合うのが普通であるのに、大阪、京都出身の連中は、そんなことは絶対にしない。

自分が嗜もうと嗜むまいと、いただいたものはちゃんとしまって置く。煙草が切れたり、酒が切れたりするころになると、おもむろにその品々を取り出し、欲しそうな者に声をかける。

「ドヤ、煙草、売ったるぜ。何ぼで買う」というのである。もらったものを蓄えていて、自分の勝手で売って何が悪いというのである。

もちろん、悪かろうはずがない。だが、北九州出身の菊兵団の連中にとって、こうした商い根性が気に喰わないのである。戦友はお互いが助け合うものであって、商いをする相手ではない。

戦争をすれば、からっきし意気地がなく、頼りないことおびただしい。南支の戦線では、九州兵団が警備につくと、中国軍は恐れて攻めて来ないのに、大阪、京都の兵団に交替すると、さっそく攻撃をしかけて来るというありさまで、敵側からも甘くみられていた。

この商い根性が頭に来た菊兵団の下士官は、ある日、彼らの留守中に、ガメていた品々を雑嚢から引っ張り出すと、「オーイ臨時加給品だ、遠慮なくもらっとけ」と部屋中にばらまいた。

彼らのやり方を苦々しく思っていたときでもあり、その品々はアッという間に消えてしまった。

彼らは後で気づいて口惜しがっていました、と物語ってくれたことを思い出したのである。こうした気質の相違が作戦に重大な影響をあたえていたといっても、決して過言でないと思っている。私は大阪、京都出身の兵士たちを誹るようだが、彼らは小さいときから厳しくソロバン勘定を仕込まれているので、間尺に合わないことはしないというところがあった。名誉や面子《メンツ》のために命を張って戦うということは、あほらしいことであったに違いない。ソロバンに合わないことを要求する軍隊など、彼らのもっとも忌み嫌った社会であったのかも知れないのである。

後日、このY兵団とは別の大阪、京都出身者の多いM兵団に一時派遣されたことがあったが、これがおなじ日本軍なのかとたまげたことがあった。これについては後述することにしたい。

カーサの野戦病院

私と御堂は、カーサを目指したものの、その道程は遠かった。日が暮れると、鉄道沿線のビルマ人の集落を見つけて、一夜を明かすのだが、戦禍を避けた現地人の姿はすでになく、日本軍の傷病兵たちで一杯であった。どこの部隊の者か見当もつかないが、まさに病人と乞食の群れであった。

そこにもいくつもの屍が転がっていた。たった今、息を引き取ったと思われる死体もある。こうして見知らぬ場所で、だれに看護されることもなく死んでいった兵士たちを、いったいだれが埋葬してくれるのであろうか。後方勤務の部隊が処置するのだと聞いたことはなかった。この死体が腐り、白骨化するのが目に見えるようであった。

ビルマ進攻作戦のとき、日本軍との戦いに敗れた中国軍や英印軍が雲南やインドを目指して敗走したのだが、峨々たる山脈に行く手をさえぎられ、さらに飢えと疫病の発生のためについに力尽き、累々たる屍の山を築き、果ては白骨化し、異様な光景をさらしていた場所に、何度も出合ったことがある。その不気味さは、たとえようもないくらいであった。

数年後、彼我の立場が逆転して、日本軍がその光景を再現しようとしているのである。これが負け戦さの持つ宿命とはいえ、この惨めな思いを、だれに訴えたらよいのか。私は物いわぬ英霊たちに向かってソット手を合わせ、その場を立ち去るしかなかった。

私がこうした姿にならないという保証があるはずもない。日本軍にとってこうした敗戦の惨めさは、今までに経験したことがない。

戦えばかならず勝つという信念があった。いや勝たねばならなかった。それが当たり前のように受けとられていた。そこに驕りがあった。それがこの敗け戦さである。予期せぬことであった。したがってこうした事態に備える手立ても計画も何もなかったといえる。第一線の将兵たちは、これでは浮かばれようがない。

やっと捜し当てた第二野戦病院の分院は、カーサの街の中心部から少し離れたイラワジ河の畔りの、小奇麗な二階建ての家の中にあった。

表に病院の看板を見つけたとき、嬉しさのあまりヘタヘタと座り込みそうになった。分院長は小野軍医中尉で、私とは同期にあたる旧知の間柄であった。私を見るなり、

「ヤァー、よく訪ねて来られましたね。大変だったでしょう。さあさあ、どうぞ」と居室に案内され、丁寧な診察を受けた。

「マラリア、黄疸、栄養失調、いろんな症状が重なっていますが、何よりも休養が大切です。じつをいうとこの分院も今日限りで閉鎖して、明日の夕方からマンダレーまで下がることになっています」という。

　せっかく苦労してたどり着いたというのに、明日はお別れか。私は気落ちした。軍医は私の心をすぐ読みとったらしく、「大丈夫です。あなたも一緒に連れて行きますから、安心して下さい」と、温厚な軍医は、私に笑顔を見せた。危ないところだった。もう一日、たどり着くのが遅れていたら……私と御堂はその好運に手をとりあって喜んだのであった。

イラワジ河の川下り

　私と御堂は、小野軍医の心づくしで、久し振りに食事らしい夕食にありついた。温かい御飯と汁、川魚の煮付けと漬け物、何ヵ月も口にしたことのない御馳走であった。

　飢えつづけた悲惨な毎日を過ごした者でなければ、この美味しさはわからない、口にするその一口一口が、新鮮な血と肉にたちまち変わって行くようであった。生きている実感と幸せ感が交錯し、ボロボロになっていた身と心とを、優しく包んでくれるのであった。

　翌日、川下りのために用意されたのは、五、六人が乗れるビルマ人の漕ぐ川舟が四隻であった。小野中尉は、必要な病院の資材をそれぞれに分乗させると、その中の一隻を私たちのために提供してくれた。私の所属する連隊の病院であり、旧知の間柄ということもあって、特別の配慮をしてくれたのである。

このイラワジ河は、遠く源を印緬国境に発し、フォートヘルツ―サンプラバム―ミートキーナ―カーサ―マンダレー―首都ラングーンにいたる蜿蜒千六百キロにも達する大河であった。茶褐色の濁った水であったが、水量は豊富で沿岸の土壌を豊かなものにしていた。ビルマの舟頭たちはみんな朗らかで、賑やかにしゃべりながら、ときおりビルマの歌を唱って聞かせるのであった。

これが戦地なのであろうか。敵の戦闘機が飛んで来るでなし、銃声一発しない穏やかさである。川沿いの風景はまさに田園そのもので、川岸を行き通うビルマ人たちの姿からは、戦争を感じさせる雰囲気は何一つ感じられない。ここにはこんな平和があるのに、百五十キロあまりの北方では、英米中の連合軍と日本軍とが血みどろの戦いをしているなぞ、嘘のようであった。

私は「桃源郷」という言葉のあるのを知っているが、これは中国人が夢に画いた理想郷のことだと理解していたのだが、あの戦禍とこの平和郷とをくらべたとき、ここが桃源郷ではないかと思えてならなかった。

川舟はときおり、岸辺に集落のあるところに舟を寄せて休憩した。窮屈な舟の中から岸に上がり、それぞれ憩いの場所を見つけて手足を伸ばした。

ある集落に着いて休憩したとき、枝もたわわにザボンの実がなっているのを見つけた。いかにも美味しそうだが、無断にもぎるわけにもいかない。この集落のだれかに、了解を得なくてはならない、私が御堂にそれを伝えると、御堂はさっそく集落のビルマ人の一人を連れて来た。

「あのザボンを食べたいのだが、取ってもよいか」と尋ねると、「ああ、いいよ」とうなずくと、手ごろな棒をわざわざ持って来た。

私は小野軍医から煙草の加給品を少しもらっていたので、その一箱をザボンの代償に渡すと、その棒でザボンの一つの尻を突いてみた。驚いたことに、まるでそれを待っていたかのように、ポトンと落ちてくると、その実がパッと左右に割れたのである。

私にはザボンの皮は厚いものだという観念があったのに、このザボンの皮はとても薄く、美しい紫色の実が一杯につまっていた。他のザボンもひと突きするだけで、ポトンポトンと落ちて、パッパッパッと割れる。

「ワァ凄い」——私と御堂は子供のように声をあげた。そのザボンの美味しいこと、生まれて初めてである。喉からゲップが出るほど、私たちはたらふくむさぼった。そして、またま生きていてよかったという実感を味わったのである。

つぎの集落に舟が着いたとき、私は珍しい果実に巡り合った。それは赤いバナナであった。私は最初、アケビの一種かと思った。バナナは黄色いものであると思い込んでいるのでびっくりしたが、野生に近く、改良されていないので、あまり美味しいとは思えなかった。モンキーバナナという人間の親指より少し大きいバナナにもお目にかかった。が、これもブツブツした種が実に一杯入っていて、食べづらくまずかった。

未改良のもので思い出すのは、親指の半分ぐらいの大きさのトマトである。これはサンプラバム警備のころ、山岳民族であるカチン族の畑で見たもので、あまり小さいので何の実かと思ったのだが、野生のトマトの実で、真っ赤に熟れると甘くておいしかった。

また、身軽に飛び回る鶏をみてびっくりしたことがある。日本の鶏は手で捕まえることが出来たが、カチンの鶏は小銃で射たぬ限り、とても手におえる相手ではなかった。未開の地で文明に浴さないところに行くと、思わぬことに出合うものである。

私たちにとって、カーサからマンダレーまでの川下りは、しばし戦争を忘れさせてくれた美しい旅行となった。私はこのときの小野軍医の好意を終生忘れない。

目指すマンダレーに無事着いたが、首都ラングーンにつぐこの都会は、ビルマ進攻作戦のとき、破竹の勢いで連合軍を駆逐したわが連隊の第二大隊が一番乗りした（昭和十七年五月一日）思い出の地であった。当時、私は第二大隊の機関銃小隊長で、平井中尉の指揮する第六中隊に配属され、この作戦に参加していた。

小野軍医は、新しい任務を帯びて野戦病院の分院を開設せねばならなかったので、私たちがこれ以上世話になることは足手まといになるのではないかと思われた。幸い、兵站病院がマンダレーの東方約三十キロの、メイミョウに開設されているので、そちらに移るべきだと判断し、その旨を申し出た。

「そうですか、私のところにおられてもよいのですが、こちらは野戦病院、あちらは兵站病院ですから、設備が違います。あなたのためにはかえってその方がよいかも知れません」と、こころよく承知してくれた。

私が小野中尉以下、何かと気配りをしてくれた下士官兵たちに、厚く礼を述べて別れを告げたことはいうまでもない。

ナンカンを目指す

私は御堂を連れて、メイミョウの兵站病院に入院した。メイミョウは、シャン高原の風光明媚なところにあり、避暑地にふさわしい気候に恵まれたところであった。

翌年、北部戦線で日本軍を駆逐した連合軍はマンダレーを攻略し、マンダレー——メイミョウ道を遮断した。私は、この敵と一戦を交えることになるのだが、来年の運命がどんなものになるのか、このころ予想もできなかった。

この兵站病院での一ヵ月あまりの療養は、私をふたたび戦列に復帰させるまでの健康を回復させた。

私の所属する連隊がミートキーナからナンカンに移動し、集結しているという情報を得たので、ナンカンを目指して出発した。

このころ戦況はかなり逼迫していて、メイミョウからラシオ、ナンカンに向かう道路は、絶えず敵機の襲撃を受けていて、日中はオチオチ通れなかった。日本軍の補給路を寸断しようとしていたからである。

トラックはほとんど夜間運行を余儀なくされており、橋梁のごときは爆撃の標的になるので、日中は橋の踏板をはずし、骨組だけにして、破壊された橋のように見せかけ、偽装していた。

メイミョウからラシオまで約二百三十キロの道程である。糧秣輸送のトラックに便乗させてもらうしかない。私はトラックの輸送部隊を訪れ、ナンカンにいる連隊に復帰するため、便乗させてほしいと申し込んだ。

この輸送部隊は、五十六師団（龍兵団）所属の部隊であった。十八師団（菊兵団）とは兄弟師団で、同じ北九州編成の師団である。言葉の訛りも同じなら、気質も同じ、ツーといえばカーである。大阪京都の「あきまへん」とは違う。「よかデス。さあさあどうぞ」の二つ返事であった。

夜間のトラックの運行は、舟の川下りと違って難渋をきわめた。空襲で破壊された道路や橋梁の補修が、松明を照らしながら何ヵ所も行なわれていた。日本軍の航空隊が健在なら、昼間堂々と補修もできるであろうにと残念であった。ラシオにたどりついたのは、翌々日の朝であった。

うれし泣きする新垣上等兵

ラシオは深い朝霧につつまれて、街のたたずまいがよくわからない。御堂と私は、とりあえず朝食の準備をする必要があった。御堂は薪を集めにかかり私は毀れた石造りの建物の前で腰を下ろしていた。

やがて深かった霧が薄れていくと、空襲を受けて焼けたと思われる街の一角が姿を現わした。少し離れた台地に、焼ボッ杭が数本立っていたが、そこに見覚えのある兵隊の姿を見つけ、私はオヤッ、と思った。

もしかすると、私がソンペ支隊を率いてフーコンで作戦中、マラリアにかかり、モガウンで入院させた新垣上等兵ではあるまいかと思ったのである。

私は御堂を呼ぶと、「あすこに見える兵隊は、どうも新垣上等兵のような気がするのだが、確かめてくれんか」といった。御堂は、「そういえば似ていますね。見て来ます」と、その兵士のところに、足早に近づいて行った。

やはり、新垣のようであった。二言三言、御堂と話をすると、新垣は私のもとに駆けて来た。

「隊長殿、新垣です」

「オオ、やっぱりそうだったな。こんなところで会おうとは思わなかった。元気になったようだな」

「ハイ、この通り元気になりました。申告いたします」

軍隊では、何をやるにしても申告に始まり、申告に終わる仕来りである。

新垣は姿勢を正すと、「陸軍上等兵新垣光永は、マラリアのため入院加療中のところ、このたび退院を命じられ……」ここまで言葉になったのだが、どうしたことか、後の言葉が出ず、顔をクシャクシャにすると、ワッと泣き出した。オイオイと声を上げて泣くのである。

私はこの新垣の気持がよく理解できた。ついホロリと涙をさそわれ、

「わかったわかった、新垣よ、もう泣くな」

「ハイ、自分は、自分はうれしいんでアリマス」

彼が偶然にも私に逢ったことがうれしくて、声を上げて泣くのには、それなりの理由があった。

私の率いる支隊がフーコン地峡の左側山岳地帯でモガウン進出を意図とする敵の一部を迎撃し、たびたび撃退してその意図を粉砕していたのだが、師団主力方面の戦況が悪化し、増援のため師団司令部に出頭を命じられたことがあった。

ソンペから司令部のあるカマインまで山岳道路を横断し、最短距離の道を選んだのだが、途中のカチン族の集落であるウォーバムというところで敵の有力部隊と遭遇し、お得意の待ち伏せ戦法で大打撃をあたえたものの、わが方も損害を出し、止むなく道を変更し、いったんモガウンまで下がり、カマインを目指したことがある。

支隊の中の湯越兵長の指揮する自動小銃班に属していた新垣上等兵が、マラリアで熱を発し、動けなくなった。作戦行動中に、後方の野戦病院に送る方法がなかった。班長の提案もあり、とにかくこの作戦期間中、班員で交互に彼を背負って行動を共にすることにした。

やがて支隊が、明日はいよいよモガウンに着けるという場所まで来たとき、とあるビルマ人の集落で宿営することになった。私は今後の作戦のため支給されていた前渡金全部をはたいて煙草と砂糖を購入させ、部下たちの労をねぎらった。

私は、湯越たちに連日背負われていた新垣を私のそばに呼ぶと、飯盒の蓋に、原地産の黒砂糖をたっぷりと入れ、熱い湯を注ぎ、砂糖湯を作った。

「新垣よ、サア、これを飲んで元気を出せ。病院にも送ってやれんで悪かったナ、明日はモガウンに着く。野戦病院に入れてやるゾ」

だれかに命じて砂糖湯を作らせてもよかったのだが、せめてこれくらいのことは、私がしてやりたかった。

新垣の高熱はつづいていたが、それでもおいしそうに砂糖湯を飲んだ。彼は戦友たちに背負われ、戦闘にも参加できぬ自分の不甲斐なさを悔しがっていた。隊長からの心のこもった砂糖湯のもてなしがうれしかったに違いない。

モガウンでは、体調の悪いことを訴え、ウォーバムの戦闘でも、壕の中にうずくまって動けなかった小隊長のF中尉に、足を負傷していた分隊長の一万田軍曹、その部下の上等兵、それにこの新垣を託し、入院させたのであった。

私と新垣が別れて、このラシオでふたたび巡り合ったのだが、その間、三ヵ月有余がたっていた。思いがけぬ私との再会に、沖縄出身の純粋な新垣上等兵は、感きわまって涙をこぼしたのである。

私にとって新垣上等兵は、忘れられない存在の一人でもあった。

ビルマの進攻作戦終了後、連隊はビルマの中部の要衝メイクテーラに一時駐屯し、兵員の補充交代と兵力を養っていたことがあった。私は当時、第二大隊の機関銃中隊小隊長で、ある日、週番士官として中隊の軍馬の面倒を見ている厩を巡察したことがある。その厩には数名の世話係の兵士たちの長として厩週番上等兵という勤務があって、新垣がその任務についていた。

夜、その厩の異状の有無を確かめるために巡察に行ったのだが、厩を管理する守則を勤務する兵士たちは、覚えておかねばならぬことになっていた。私はなにげなく、新垣に異状の有無を訊ねた後、「守則をいってみろ」といった。

スラスラと守則を答えると思っていた私の期待に反し、「覚えておりません」といった。

「ナニッ、週番上等兵が守則を覚えておりませんではすまされんゾ。部下たちの手前もある。明朝の下番までに覚えて、オレのところに来るように」といって、私は立ち去った。

翌朝、週番士官室に彼が来たので、テッキリ覚えて来たと思い込んだ私は、ふたたび、「守則は覚えたろうな」と尋ねた。「ハイ」といえば、私はそれですますつもりでいた。ところが、答えは同じで、臆面もなく「覚えていません」であった。

私は思わずカッとなった。前夜、軽い注意ですませたのは、部下の既勤務の兵士たちの手前を考えたからである。私はすっかり新垣にコケにされたと思い、

「お前は、オレのいうことがおかしくて聞けないのか」と、激しい怒声を浴びせて、彼に詰め寄った。

私はそれまで、兵士たちを激しく叱ったり、殴ったりしたことはない。それは軍人勅諭の示すところで、従わなければ抗命罪に値する。

「守則を覚えるまで帰ってはならんゾ、よいか」

すると、新垣は直立不動の姿勢のまま、

「自分は学校に行かなかったので、守則の字が読めません。ですから、守則が覚えられんのでアリマス」といった。

私は「ナニー」といったものの、つぎの言葉が出ない。新垣は無学だったのか、私はそれを知らなかった。

内地では、無学では上等兵になれない、が、ここは戦地である、戦功があれば進級できる。私は彼に激しい怒声を浴びせたことをすぐ後悔した。

「そうだったのか。なぜそれを早くいわんのだ。それを知っていれば、叱ったりはせん」といった。

「字が読めんのでは困るだろう。故郷への手紙はどうしているのか」

「ハイ、戦友に書いてもらっています」

「そうか、もし字を覚えたいのなら、オレが教えてもいいんだが……」

「今の自分には、そんな気がありませんから」と、彼は答えた。

私は同年兵であった沖縄出身の兵士たちの何人かを知っている。仲宗根、比嘉、島袋、それぞれ特徴のある名前であった。

彼らに共通していえることは、純情で正直な、飾り気のない人柄の持ち主であったということである。それは南国の自然に恵まれた環境の中で育ったせいであろうと、私なりに推測していた。

この戦友たちは、何かにつけて古兵にしごかれるのだが、憎めない動作と言葉つきにはユーモアがあり、最後には古兵たちが吹き出してしまうのであった。私と新垣には、過去にいろいろな思い出があり、とくに親密の度合いがくわわっていたのである。

私と御堂の二人連れに新垣上等兵がくわわり、三人となった。なんとなく心強い。新垣はうれしそうであった。

連隊が集結しているというナンカンとは、どんなところであろうか。

ナンカンで戦力を整える

ナンカンはミートキーナより南方約百七十キロの地点にある、中国との国境に近い町である。この町はビルマ領から中国領の龍陵—拉孟を経て、遠く昆明にいたる重要な道路上にあった。ミートキーナを脱出した百十四連隊の残存部隊はここに集結して、内地からの将校や下士官兵の補充を受け、次期作戦のための陣容を整えようとしていた。

私の所属する中隊には、将校では許斐《このみ》信一郎中尉が配属になった。福岡県博多の産、慶応大学出身の人であった。博多弁丸出しの人で、「それがクサ、あれがクサ、こうなって、ああなって」と、身振り手振りも面白く話す人であった。この人の江戸小咄は逸品であった。

さて、私はナンカンに到着して初めてミートキーナにおける、連隊の戦闘の実態を聞くことができた。

師団主力の戦況が悪いということで、私は一支隊を率いて三月十五日、ミートキーナを出発したのだが、そのころ街は平穏で、二ヵ月後に敵の侵入があろうなど想像もできなかったのである。第二大隊副官であった一年先輩の花田秀丸中尉が、わざわざ駅まで私を見送りに来て、北九州弁でいった言葉を思い出す。

「あんたは街での暮らしがだいぶ長かったけ、体もなまっちょると思うよ。こんだあ、しばらく山暮らしをして、精進して来ない」と、少し皮肉めいた笑顔とともに見送られた。送られる者と見送る者との明暗がそこにあったのだが、運命のいたずらと気づくはずもなかった。

私は山暮らしの精進どころか、九十余日の悪戦苦闘をしいられ、辛うじて生き残ったのである。しかし、花田中尉は、残念ながらこの世の人ではなかった。花田中尉は若松市の産、東京帝大出身の秀才であった。おなじ中隊付だったこともあり、気心も知れて仲がよかった。故郷の話にいつも花を咲かせたものである。

彼が見習士官として小倉の十四連隊の留守隊に満州から一時帰国していたとき、彼の新婚間もない夫人が面会に来ていたことを覚えている。ふくよかな感じのする色白の、なかなかの美人であった。戦死した中尉は、さぞかし心残りであったろうと、彼の心情を察すると思いあまるものがある。

旅団長相田俊二少将との会食

ナンカンである日、旅団長相田少将の訪問を受け、連隊長丸山大佐以下将校たちとの会食が催された。この少将は、私にとって忘れられない人である。

フーコンの師団主力方面の戦闘が膠着状態となり、作戦の進展が思わしくないため、敵は正面の日本軍の背後を衝くべく、しばしば一部の兵力を割いて山岳地帯から迂回させようとするのだが、待ち受けるわが支隊に、そのたびに撃退されていた。

その戦況は、そのつど無線で旅団司令部に報告されるので、旅団長はことのほかの喜びようであったという。

私の支隊がウォーバムというところで、「有力な敵部隊と遭遇し戦闘中」との無線連絡を最後に交信が途絶えたため、旅団長は支隊が全滅したのではあるまいかと大変心痛されていたとか。私が旅団司令部に十日以上もたってひょっこり顔を出したときは、支隊と旅団司令部との交信に使っていた暗号書を危うく焼こうとするところであった。旅団長は私の無事であったことをとても喜んで、

「オーよく来た。よく生きていてくれた。心配していたゾ」と、まさに手を取らんばかりにして自分の小さな掘っ立て小屋に案内すると、

「貴公になにか褒美をやりたいんじゃが、なんにもなくてのー、すまんこっちゃ。ここにマッチ箱とローソクが少しある。これをやろう、もらってくれるか」

「もったいないです。喜んでいただきます」私は少将の優しい態度にすっかり感激してしまい、身を堅くした覚えがある。

陸軍少将といえば歩兵二コ連隊の上に立つ将官である。下級将校の中尉のごとき身分から見れば、雲の上のような人である。その人がこんなにも優しく接してくれようとは、考えられないことであった。

副官の橋本中尉は、

「この司令部に入るニュースは、どれもこれも負け戦さの暗いニュースばかり。それがソンペ支隊だけは、いつも敵をやっつけて、元気のよい無線を打ってくるので、閣下はとてもたのもしい奴じゃと喜んでおられた。私と同期生ですというと、ホーソウカソウカと、御機嫌だったよ」と告げてくれた。その少将を迎えての会食であった。

少将はめざとく私の姿を見つけると、手招きして私をかたわらに呼び、隣りに座っていた

連隊長に私を引き合わせた。

「貴官のところのこの中尉は、フーコンではじつによく働いてくれました。泣き言一ついわんで、頑張ってくれてね。たのもしい将校でしたよ」と、その功績を披露してくれた。私は思わぬ出来事に面映ゆかったが、この少将のねぎらいの言葉に対し、連隊長は終始無言で、うなずくばかりであった。せめて、「御苦労だったな、連隊の名誉のためによくやってくれた」とでもいってほしかったのだが、残念ながら、この人からこうした言葉を期待するのは無理だったようである。

ミートキーナで、守将水上少将の自決という非常手段のもとで危地を脱したということで、内心忸怩《じくじ》たるものがあり、部下の労をねぎらう境地までに達していなかったのではないかと思われるのであった。

私はこのナンカンに駐屯中に、えらい目にあった。宿営には原住民の家屋を利用していたのだが、部屋に置いてあった竹筒の中に狩猟用の火薬が入れてあるのに気づかず、ウッカリして煙草の吸い殻を投げ入れ、それが爆発して顔や手に火傷をするという事故にあったのである。

突然の爆発音に、就寝して間もない周辺の宿舎の将兵たちはおどろき、手榴弾の暴発かと大騒ぎになった。幸いに治療が早かったために、後遺症も少なくてすんだ。

顔と手を包帯でグルグル巻きにされた私の姿を見て、口さがない連中は、「昔、映画で見た透明人間のごとある」だの、包帯を取った顔を見て、「ホッ、一皮むけたよか男」だのと冷やかした。

まったく、どんなところに禍いが待ち伏せているかわからんものだと、私はつくづく思い知らされたのである。

ここで休養をとり、陣容を整えた連隊は、ナンカンからモンミットに移動し、さらにミートソンというところでミートキーナにつぐ激戦が展開されることになるのだが次章では、ミートキーナ守備隊がどんな戦いと取り組まねばならなかったかについてふれたい。

第四章　ミートキーナ防衛戦

要衝ミートキーナ

守備隊の奮戦について記すに当たって、まず最初に、このミートキーナがなぜ、彼我の激戦地になったかについて述べてみよう。

昭和十六年十二月八日、日米開戦とともに日本陸海軍は米英軍を急襲し、急速に戦果を拡大した。一方、米統合参謀本部は開戦直後、二つの対日反攻戦略を推進した。その第一は、太平洋を島伝いに北上して日本本土に迫り勝敗を決する、いわゆる太平洋戦略。その第二は、CBI（中国、ビルマ、インド）戦域から日本に強圧をくわえる、いわゆるCBI戦略であった。

第二の構想の最大の狙いは、インドから北ビルマを経て中国にいたる援蔣（蔣介石）ルートの啓開強化であった。重慶軍を米式装備に改編して中国戦線より大反攻に転ぜしめ、中国大陸を基地とする戦略で、空軍を強化し、日本本土を空襲により焦土と化して、日本を屈伏させるというものであった。

昭和十七年五月、日本軍は電撃的な敏捷さでビルマ全域を攻略した。

全ビルマ失陥による援蔣物資の輸送途絶は、蔣介石総統にとって死活の問題であった。同総統は米英両国に対し、公路再開を強く要望した。ルーズベルト大統領は、中国の戦列脱落を恐れ、レド公路は全ビルマの奪回より重大であると言明した。

マーシャル米参謀総長も、カサブランカ会議で、レド公路再開を強く主張した。日本軍がビルマ攻略戦を開始した直後、蔣総統はインドより昆明にいたる空輸について米大統領に申し入れを行ない、米国はこの要請を容れ、われわれの第十八師団がビルマに上陸する前に、すでにヒマラヤ越えによる危険な空輸を開始していた。

ミートキーナは古くからインド—中国地上連絡の重要な基地であった。したがって、在インド米支連合軍の作戦目標はミートキーナに指向されていた。

スチウェル中将の任務は、ミートキーナを攻略し、援蔣空路を日本軍の妨害から守るため、モガウン—ミートキーナを含む北部ビルマ一帯に十分な地域を占領することであった。

ミートキーナは、空輸機の不時着場として、また燃料補給により効率を高める上で重要であった。そのため、連合軍はビルマにおける主攻撃正面として、在印緬米軍一万七千、中国軍二コ軍五コ師、英印軍六コ旅団を北ビルマに投入し、フーコンの第十八師団を殲滅《めつ》し、速やかにミートキーナを攻略することを企画したのである。

日本軍にとっても、ミートキーナはヒマラヤ越えによる援蔣空路を迎撃する第五飛行師団の前進基地でもあった。

第十八師団の最終使命は、敵のレド公路打通の阻止であり、方面軍主力のインパール作戦間、北ビルマの要域を死守し、軍主力の側背を援護する至上命令があたえられていた。

このようにミートキーナは、彼我両軍にとって、戦略的な要《かなめ》として絶対確保すべき争点なのであった。

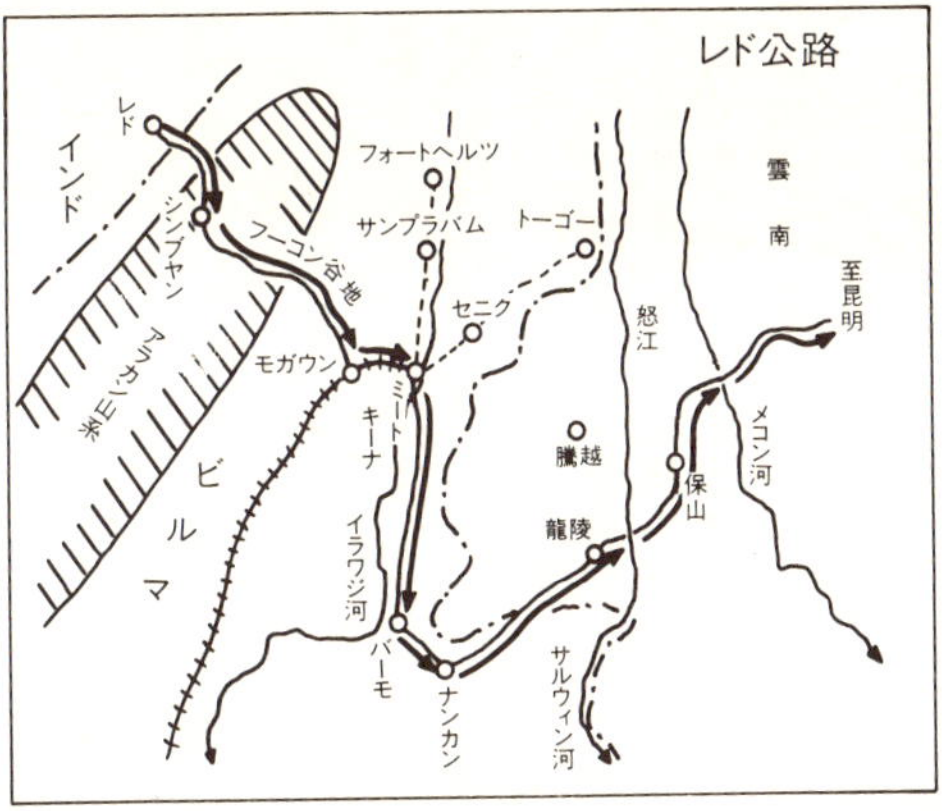

レド公路とは、インドのレドを基点とし、中国の昆明を目指すもので、その公路上にはフーコンのカマイン―モガウン―ミートキーナ―バーモ―ナンカン―中国領の龍陵―拉孟―昆明の要衝があった。
ビルマ北部のレド公路の重要な拠点を守備していたのが菊兵団第十八師団であり、中国領を守備していたのが龍兵団第五十六師団であった。第十八師団は、インドから侵入して来た米英支の連合軍を相手に闘い、第五十六師団は、中国から怒江を渡り、インドからの連合軍と手を握るべく侵入して来た蔣介石直系の中国軍を相手に闘い、死闘を繰り返すことになるのであった。
日本軍に数十倍する兵力をもって攻めながら、なおかつ攻略できず、日本軍のたくましさに敵将の蔣介石が驚嘆し、「この日本軍を手本とせよ」とまでいわせたのは、この戦線でのできごとであった。

敵空挺部隊の来襲

ミートキーナが緊迫感につつまれたのは、昭和十九年五月十七日であった。

夜明けとともに、敵の戦爆連合の飛行機が来襲して、市街地やその周辺地区を無差別に銃爆撃したので、数ヵ所で火災が発生した。さらに敵機は編隊を組み、終日、上空を旋回し、守備隊を威圧するかのようであった。連隊長以下、守備隊の将兵は、ついに来るものが来たという緊迫感につつまれたのであった。

当時、ミートキーナには、連隊の大半が各方面に出動していたので、戦力としては第五中隊（中隊長上藤敬四郎中尉、陸士五十五期）の二コ小隊のほかは、後方勤務の要員が広い地域に分散しているという状態であった。もし敵と立場が変わり、日本軍がこの状態のミートキーナを攻撃したら、二コ中隊もあればこの日のうちに陥落させることができたかもしれないのであった。

午前十時過ぎ、ミートキーナ西南六キロの西飛行場方面で、砲弾の炸裂音が聞こえた。これは砲を持った有力な部隊の出現を意味していた。

午後二時ごろ、グライダーを曳航した多数の輸送機が西の空に現われ、グライダーが輸送機から切り離され、つぎつぎと飛行場に着陸するのが見えた。私はこのとき、フーコンの戦場で師団命令により山岳地帯から師団主力のいるカマインに向かって移動中であった。

編隊の飛行機の爆音に、フト上空を見上げると、無数の輸送機がグライダーを曳いてミー

トキーナ方向に飛んで行くのを見ておどろき、部下たちに、

「おい上を見ろ。輸送機がグライダーを曳いてるゾ。ひょっとすると、ミートキーナに行くのじゃないかナ、オレたちはもう帰れんかも知れん」と呟いた記憶がある。まさにそれであった。

西飛行場を管理しているビルマ人の苦力頭《クーリー》は、私の宿舎によく遊びに来ていた日本名のキヌエとユキコの幼い姉妹の父親であった。あの娘たちの身の上に何事もなければよいが。

丸山連隊長は即刻、膝許にいた上藤中尉指揮する二コ小隊と機関砲小隊の佐藤光夫曹長にこの敵の攻撃を命じた。

ここで上藤中尉と佐藤曹長についてちょっとふれたい。上藤中尉は、私と一緒に内地から見習士官として戦地に赴任した仲で、現役と予備役との違いはあったが、同期生の間柄である。髭の濃い痩せ型面長のタイプであったが、物静かな人柄で、部下にも信望が厚かった。私は第二機関銃中隊付となり、彼は八中隊付として同じ大隊であったので、ときおり顔を合わせては旧情を温める仲であった。

機関砲小隊長の佐藤曹長は、かつての私の部下で、分隊長をしていたことがある。色白で温厚な下士官であった。ある日、私が彼を大隊本部への命令受領者に任命したとき、彼は、「自分はあんまり頭がよくないので、むつかしい仕事はさせんで下さい」と申し入れたことがある。

「それじゃ、なんで下士官になったのだ」と問うと、

「それがわからんのですよ。上の人が間違ったんじゃないでしょうか」

「良い男振りだから、上官に目をかけてもらったのかな」と冷やかすと、「いえ、きっと間違いなんですよ」と謙遜する男であった。兵士たちには大変人気があって、佐藤班長、佐藤班長と慕われていた。

メイクテーラに駐屯しているころ、分隊長の彼がマラリアで入院したことがある。私は部下たちが入院すると、いつも見舞いに出かけていたので、入院先の野戦病院を訪ね、二言三言と言葉を交わしているうちに、彼は毛布を顔の上まで引き上げて、「クックッ」と声を忍ばせて泣くのであった。情に脆い男だなと思いながら、長居してはかえってバツが悪かろうと、「大事にするように」との言葉を残して立ち去ったことがある。

ラングーンの兵站病院に後送された彼から、ある日、手紙が届いた。その手紙の文面は、つぎのような内容のものであった。

「隊長殿、お見舞いありがとうございました。過分なお志しも頂きました。せっかくお見えになったのに、私はうれしくて泣いてしまって、大変失礼しました。隊長殿がわざわざ来られると思ってもいませんでしたし、優しい言葉をかけてもらって、私は自分のオヤジが来てくれたように思い、とてもうれしかったのです。早く退院して隊長殿にまたお目にかかりたいと考えています」

彼は召集の下士官で、私よりもいくつか年上のはずであったが、私がオヤジに見えたというのだから、情と愛は年齢を超えるともいえる。

その後、彼は軍曹から曹長に進級した。敵から分捕った機関砲が二門あったので、対空戦闘のための機関砲小隊を編成することになった。私は佐藤曹長を小隊長に任命して、連隊本部の直轄として差し出したのである。

私がフーコンの戦場に出向する前日、彼ともしばらく会えないと思い、彼の小隊を訪ねたことがあった。彼は大変な喜びようで、隊員たちに、「オーイ田中中尉殿が見えられたゾ」と全員に知らせると、

「今夜は自分のところで、晩飯を召し上がって行って下さい。みんなで御馳走を作りますから」と、いそいそとその仕度にとりかかった姿を、私は覚えている。

佐藤曹長と私との会食が、最後の晩餐会になろうとは知る由もない。上藤中隊長と佐藤機関砲小隊長は勇躍、西飛行場に向かったのである。

周章狼狽する敵

上藤中隊は、敵機の来襲の間隙を利用して薄暮近く飛行場付近に進出し、敵の駄馬部隊を発見するや、すかさず攻撃して多大の損害をあたえた。

この敵は、グライダーで降下した部隊ではなかった。フーコンの戦線から、ミートキーナ攻略部隊として飛行場を占領に来た部隊であった。さらに、陣地構築中の敵を奇襲して大混乱を起こさせ、潰走させた。

つづいて後方に攻撃のための拠点を設け、分隊単位の攻撃を反復実施した。「日本軍手強し」と敵を震え上がらせたものである。

この時の戦闘については、戦後、米軍の指揮官であったトーマステル氏が、当時の師団参

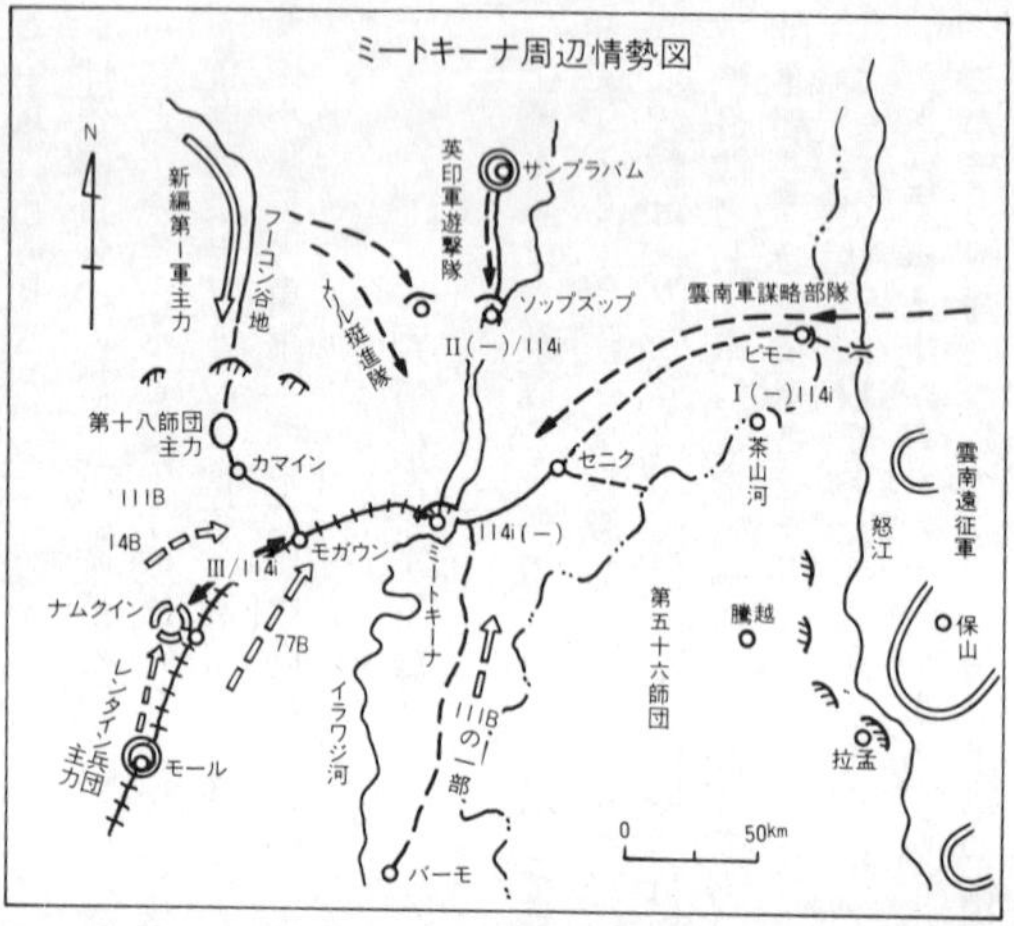

謀であった牛山才太郎氏に、「五月十七日、勇敢な日本軍の攻撃を受け、重機関銃四つが破壊された。その部隊名は上藤中隊であった」という通信があったという。

一方、佐藤曹長の指揮する機関砲小隊は空襲を受け、なかなか飛行場に近づけなかったが、薄暮ごろから降下中の輸送機やグライダーを攻撃し、多大の戦果を挙げた。しかし、翌日の戦闘では敵の包囲攻撃を受け、勇戦敢闘したものの多勢に無勢、全弾を撃ち尽くしてミートキーナに帰還した。ここの戦闘で、分隊長弘光兵長以下四名が戦死した。

五月十八日の未明から、敵の戦闘機が来襲して、さかんに陣地を銃爆撃した。午前十時ごろ、通信中隊の分哨から、敵の大部隊が北進中との連絡があった。

スワ、と連隊本部は緊張した。何しろ戦う兵力がない。やっと寄せ集めた師団司令部の残留隊と、本部にいた友清中尉の指揮する重機関銃一コ分隊、軽機一コ分隊、擲弾筒一コ分隊、戦力のない通信中隊とが合流して、水の枯れた土手の陣地に東西一線に並び、この敵を待ち受けることになった。戦力としては、一コ小隊分に過ぎない。

ところが、大変な事態が起きたのである。敵は何を勘違いしたのか、ミートキーナはすでに陥落しているとでも思ったのか、二本の平行した道路を中国軍の二コ営（日本軍の二コ連隊）がラッパを吹奏して、堂々と行進して来たのである。先頭にラッパ隊、軍旗、指揮官がいる。

これを見た日本軍は、まさにわが目を疑った。敵前での分列行進を見せてくれたのである。阿呆というか頓馬というべきか、アングリと開いた口がふさがらない。

待ち伏せ戦法は、得意中の得意であった。「よき鴨ござんなれ」である。できるだけひきつけて、一斉射撃を浴びせたから、中国軍はたまったものではない。

堂々とした隊形はたちまちくずれ、阿鼻叫喚の場と化した。死傷者を放ったらかして後方に遁走した。この敵を追って稜線まで進出して陣地を構築し、戦場を整理した。

敵の遺した死体は、連隊長一名、大隊長二名を含め約六百名におよび、各種の兵器は無数であった。この戦果で守備隊の戦意は大いにあがり、鹵獲した兵器は、その後の戦闘に大変役立ったのである。

停車場奪回

敵に多くの損害をあたえた守備隊は、西飛行場方面の要点に陣地を構築し、敵に備えた。しかし、東西二キロ、南北五キロの守備区域を現有兵力で陣地を確保することは困難であっ

いた。

第二大隊の帰還、増援部隊の到着を今か今かと、それこそ一日千秋の想いで待ち焦がれていた。

五月十六日、孤立していた第一渡河点の守備隊救援に出動していた連隊砲の西村分隊（砲一門）が十九日早朝、ミートキーナに帰還した。

分隊は途中で暗闇のため道を間違え、敵陣内に入り込み、危うかったが、沈着に潜行して無事帰還できたのであった。この虎の子のような連隊砲が帰ったことで、連隊長以下、幹部たちは手に手を取り合って、「よかった、よかった、よかったの―」と喜びの声をあげたのである。

歴戦の戦さ上手とはいえ、軽機、重機、擲弾筒くらいの火力では、数十倍の敵に太刀打ちできない。火砲ほど力強さを感じさせる物はなかった。

二十日、西飛行場を占領した敵は、ミートキーナの停車場を目指して殺到して来た。このとき本部は会議中であったが、この知らせを受けた情報主任の八江正吉中尉は、連隊長の命により情報班を指揮して停車場に急行した。

停車場付近は中国兵で溢れていた。彼らは日本軍の抵抗を受けずにたやすく占領できたことに安心したのであろうか、叉銃して休憩し、まったくの無警戒であった。中には民家や日本軍の野戦倉庫から持ち出した軍服や防暑帽を着たり被ったりしているものもいた。

八江中尉の指揮する情報班の隊員たちが、これを見逃すはずはない。自動小銃で掃射して薙ぎ倒し、狼狽して遁走する敵には、爆弾痕の中から四方に乱射し、欺瞞、攪乱した。

戦闘の経験のない初陣の敵の兵士はまったく脆く、中には日本軍の軍服を着用した連中もいて、各所で同士討ちをはじめる始末。支援のためかけつけた友清隊、連隊本部の伝令班、第五中隊の一小隊などが敵の側面を攻撃したので、さらに戦果は拡大された。敵は多くの死体のほか、兵器、弾薬を残し、飛行場へと敗走した。この兵器や弾薬も、それからの守備隊の戦闘に大いに役立った。

敵の出現した五月十七日から二十日にいたるまでの間、まさに天佑ともいえる数次にわたる敵の攻撃を排除し、長期防衛の基礎をきずいたことで、士気は大いにあがった。ニューデリー放送は、ミートキーナ駅の占領を大きく報じたが、後刻、日本軍の反攻により、ミートキーナ駅は奪回されたと報じた。

連合軍は、はしなくもその最大の欠陥とされた、人種間の連携についての弱点を暴露する結果になった。しかし、その後はこの経験を生かし、敵の攻撃はより慎重となり、ジリッジリッと日本軍を圧迫することになるのであった。

背水の陣、完成す

守備隊は劣勢をおぎなうために、陣地を早急に完成する必要があった。ミートキーナ周辺は、従来通りの少数兵員で確保し、鹵獲した兵器も配備した。守備隊は第二野戦病院の退院者、各出動部隊の残留者などによる混成部隊を編成し、兵員の補充を図る状態であった。

連隊本部は第二機関銃中隊の半壊の宿舎に移転した。ここには深い防空壕があって、軍旗の安置に好適であった。

この宿舎は、私がフーコンに出撃するまでいたところで、深い防空壕は、私が部下たちに命じて作らせたものである。

私の将校行李もそこに置いてあったのだが、軍旗や連隊長を守る壕になろうなど、夢想だにしないことであった。

守備隊は漸次態勢を強化し、第二、第三大隊のミートキーナへの帰還を待った。

ミートキーナ近郊の稲田を縦貫する道路は、土盛りのため格好な遮蔽物となり、堅固な土塁がわりに利用された。また、広範なチーク林があり、郊外には家屋が散在していた。

守備隊はこれらの道路、家屋、密林などを巧みに利用して防御陣地を構築した。米支軍は巧妙に地形地物を利用した散兵線と機関銃とを組み合わせた陣地に悩まされた。この陣地が連合軍をして第一次大戦当時の、あの膠着した塹壕戦に似た状況に直面したといわせたが、当時とは異なり、爆撃、砲撃、バズーカ砲、火炎放射器などの兵器の進歩は陣地を破壊し、寸土を争う塹壕戦にも限度があった。

とはいえ、比較にならぬ兵力を持つ敵を迎え撃つには、陣地を構える方法しかない。この陣地構築について、守備隊が巧妙であったことには、そのわけがあった。

守備隊の根幹となった百十四連隊の将兵は、北九州出身の者たちである。北九州といえば産炭地で有名なところで、炭鉱太郎とも川筋もん（遠賀川）とも自称するくらいで、穴掘り、壕掘り、坑道作りなどがお手のものであった。

まさに得手に帆をかけるというか、お得意芸を持っていたのである。さらに負けん気の気性の激しさは、小倉のあばれ太鼓で名を挙げた無法松のようなところがあった。夜を日についで陣地作りに精を出した。

二十一日、待ち焦がれていた第二大隊（山畑少佐）がソップズップから帰還した。大隊長はミートキーナ北方の第三渡河点に黒山中尉の指揮する大隊砲小隊を、第二渡河点に宇野伍長以下十名、マンキンに第六中隊を残置し、北よりする敵に備えた。上藤中隊（第五中隊）、檜山中隊（軍旗中隊）をあわせ指揮し、射撃場付近を確保して、第二機関銃中隊（宗中尉）、第四中隊をして第三大隊の左翼にいた

る陣地を確保させた。

二十四日、第三隊（中西大尉）がモール、ナムクインの敵と戦火を交えた後、ミートキーナの戦況の急変により、一年ぶりに軍旗のもとに帰還したのである。五十六師団（龍兵団）に配属になっている第一大隊（猪瀬少佐）を除き、丸山大佐のもとに久しぶりに二コ大隊が勢揃いしたわけであった。

かくてミートキーナ守備隊は、イラワジ河を背にした半円型の、いわゆる背水の陣地を完成したのである。

ミートキーナの日本軍の塹壕。守備隊は地形地物を巧妙に利用した陣地を構築、頑強に抵抗した。

米支連合軍の内情

北ビルマ戦線での日本軍の実情は、おおむね述べて来たつもりであるが、肝心の敵側の米支連合軍の内情がどうであったかは、興味のあるところといえる。これについて少しふれたい。

フーコン戦線から分進した米軍のガラハット部隊は、五月十七日のミートキーナ西飛行場の攻略に成功した。そして、その日のうちにも市街の占領が可能であったが、前記のごとく攻撃に失敗し、その後、長期間、攻略に苦しんだ。

これは連合軍内部の共同作戦上、調整を要する多くの問題があったからにほかならない。米英支軍上層部において、英軍はスマトラ上陸およびシンガポール奪回作戦の準備に没頭し、レドー昆明ルートの打通には消極的であった。米将スチルウェルは、ミートキーナこそが日本軍要衝の中でも、連合軍がまず第一に奪還すべき要地であると主張した。

蔣介石総統は、中国軍だけが大きな犠牲を払うべきでないという意向から、腹心の孫、廖両指揮官に対し、部隊を酷使しないよう指示していた。私がフーコンの戦線で中国軍を相手に戦ったとき、敵の進撃があまりにも慢々的であり、豊富な弾薬を使ってもっぱら砲撃戦に頼ろうとしていたことを書いたが、その謎が解けようというものである。

ガラハット部隊は、フーコンで二ヵ月間、第十八師団と戦い、その後、クモン山系の険しい山嶺を踏破し、雨と疫病と疲労にその戦力は低下していた。

指揮官のメリル准将は彼らを鼓舞するため、ミートキーナ飛行場を奪還すれば、その上の任務は要求せず、インドに送り休暇をあたえると説明していた。しかし、結果はそれを許さず約束違反だと反抗される始末、しかも部隊には軍旗も記章もなく、フーコンで勇敢に戦いながらだれ一人として昇進したり、勲章をもらった者がなく、不満たらたらであった。

メリル准将は、ミートキーナ飛行場の確保後は、自分が先にここに降り、市街地周辺の作戦指導を自分がとりたいと話していた。しかし、スチルウェル中将から市街地への攻撃命令は出ていなかったし、メリル准将も十七日中には姿を現わさなかった。

飛行場攻略部隊は戦闘資材、食糧、歩兵部隊が一番に到着するものと期待したのに、第一便が工兵隊、第二便が高射砲隊というように喰い違いがあった。兵士の多くはマラリア、赤痢、発疹チフスにかかり、早目に始まった雨期は心を重くし、部隊の士気は上がらなかった。

敵はフーコン戦で戦闘の体験を積んだガラハット部隊を市街地攻撃に使わず、飛行場に降り立ったばかりの新編成の中国軍を使ったのである。彼らは慣れないまま戦功を急ぎ、少数の日本軍の反撃に合って同士討ちを演じ、日本軍にあらためて陣地配備の機会をあたえる結果となってしまったのである。

助っ人部隊の奮戦

丸山大佐は、側近の長末大尉、平井連隊副官、八江情報主任らを相手に必死の思いで作戦を立てるのだが、なにぶんにも肝心の兵力がなくては手の打ちようがない。分散している兵力を掻き集めようとするのだが、オイソレと事は運ばない。

イライラ、ジリジリしているところに、有力な助っ人部隊が顔を出したのである。雲南戦線で戦っている五十六師団（龍兵団）から、フーコンの十八師団（菊兵団）の救援に派遣されていた歩兵第百四十八連隊第一大隊（長・水渕嘉平少佐）に追及中の第三中隊（長・篠原直造中尉）が、ミートキーナの対岸ワインモウに到着した。

ところが、たまたまミートキーナの西飛行場が敵の奇襲を受けているのを目撃したのである。ミートキーナの守備隊とは係わりがないのだが、九州兵団の「菊」と「龍」とは兄弟師団である。気性も似たところがあって、困っているのを黙って見過ごすことが出来ないところがあった。

篠原中尉は部下と共に連隊本部に顔を出し、「何かお手伝いをいたしましょうか」と、申し出たのである。まさに天から降ったか、地から湧いたか、思わぬ助っ人の出現であった。大佐は大変な喜びようで、

「オー、よいところに来てくれた。西飛行場を敵に占領されてしまった。このまま放置しとくわけにはいかん、貴官のことは水渕大隊長に連絡をとって了解をとるから、しばらくの間協力してくれ」と頼んだ。

「承知しました。私は着いたばかりで地理に不案内です。だれか道案内がほしいのですが」

「よし、わかった。すぐに手配する」

連隊長は雲南戦線で五十六師団に協力して戦っている連隊の第一大隊の残存兵と病院からの退院者、大隊に追及すべく待機していた初年兵たちを松川幹夫伍長に指揮させ、道案内を

かねて篠原中尉に協力させることにした。

「西飛行場の敵を奇襲し、これを撃滅せよ」との連隊長の命令を受け、中隊長は西飛行場の東側に進出して敵情を偵察したところ、照明弾の下で飛行場に幕舎が点々と構築され、大勢の敵が作業中であることを確認した。

中隊長は、二コ小隊を率いてこれを急襲した。敵は大混乱となり、多くの死者を遺棄して西方に敗走した。しかし、敵はまもなく新規の部隊を投入して反撃して来た。

多勢に無勢である。さすがの龍兵団の兵士たちも、ついに力の尽きる時が来た。中尉は白刃をかざして敵に突入したが、側近の下士官兵と共に壮烈な戦死を遂げた。これに協力した松川伍長の指揮する二十七名全員も玉砕した。

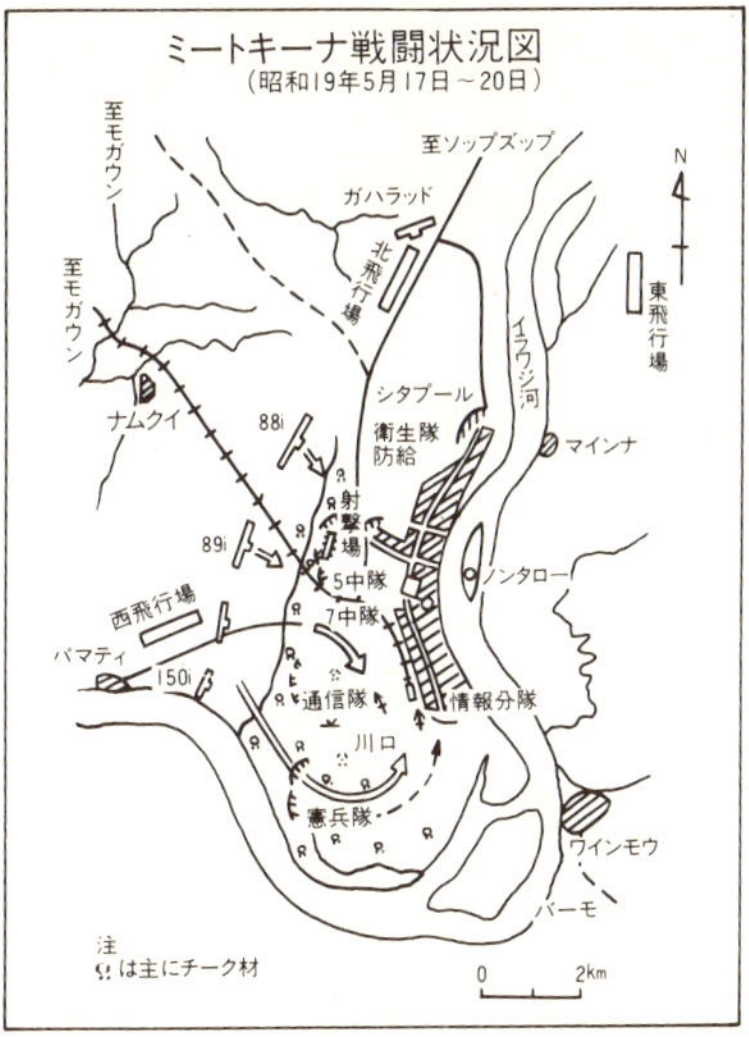

この両隊は守備隊の最大の危機に際し、勇猛果敢、みずからを省みることなく奮戦し、守備隊のその後の戦闘を有利に導いたのであった。

守備隊が八十有余日にわたってミートキーナを死守することができたのは、この両隊の奮戦によるものであった。敵はこのために攻撃を慎重にせざるを得なくなり、その間守備隊は、第二大隊をはじめ、フーコンに派遣中の部隊を逐次帰還させ、態勢をととのえることができたからである。

私は、この篠原中尉が奇襲により大戦果を挙げたとき、敵は一時敗退してもかならず反撃して来るに違いないという読みがあれば、それなりの対応の仕方があったのではあるまいかと、その死が惜しまれてならないのである。

私がフーコンのウォーバムというところで待ち伏せ戦法で大戦果を挙げたとき、敵はわれに数倍する兵力であるのに、敵が敗退したのに乗じて不用意に攻撃前進したため、敵の攻撃を受け分隊長と二人の兵士が重傷を負ったことがある。

私は味方が少数であることと戦闘の継続が不利であることを悟り、潔く撤退の道を選んだのだが、一時の戦果に気を許すことは危険であるという教訓になるのではあるまいか。

「機は敏なるを要す。敵の逃げるのを見ても深追いをしてはならぬ」との教えは、まさに古今を通じての名言であろうか……。

悲劇の萌芽

緒戦では、敵の判断に誤りがあって日本軍に凱歌が上がったものの、戦闘はこれからであった。西飛行場を占領した敵は、さかんに輸送機を発着させて戦力の増強を図った。

増援部隊は航空技術部隊、工兵隊、英軍高射砲隊、中国軍第八十九団とぞくぞくと到着、翌日は敵将スチルウェル将軍も到着し、ミートキーナ飛行場の占領を祝福した。敵側の判断としては、飛行場を占領するには、かなりの苦戦を予想していただけに、上層部の悦びは格別なものがあった。

飛行場を手に入れたことで、ミートキーナは陥落したも同じという判断が、前記の中国軍の無謀ともいえる敵前での行進を演ずることになったのであろう。加えてこの部隊は、一度も戦闘の体験がなかったというから無理もない。

私はフーコンで、モガウン近くまで撤退して来たとき、その地区を警備している「安兵団」の一コ大隊に遭遇したことがある。その部隊の配備状況を見たときに、開いた口がふさがらないという思いをしたことがある。一度も戦闘の体験がないので、まるで演習にでも来ている気分で、緊迫感が湧かないのである。

丸山連隊長にたいしミートキーナの死守を命じた第18師団長田中新一中将。

敵を警戒するための歩哨が立っているのだが、木陰に遮蔽して伏せるでもなく、壕の中に身を潜めてかまえるでもなく、ポカンとして突っ立っているに過ぎない。陣地構築など考えてもいないようすである。

もし敵が現われて狙撃すれば、一発でコロリとやられるのは目に見えていた。われわれはいつ敵に襲われてもよいように素早く壕を掘ったり、陣地を築いたりする習慣を身につけていた。これは戦場で生き残るための知恵でもあったのだが……。

私はこの部隊の大隊長に会ったが、まだ若い士官学校出の少佐であった。鹿児島県出身とかであったが、関西編成の部隊のため九州人と関西人との気質に相違があり、とてもやりにくいとコボしていた。

「戦さに強い菊部隊がわれわれの前面で守備についているというので安心していたのですが、あなたたちのことだったのですね。どうでしょうか、私たちと一緒に戦闘に加わってもらえないでしょうか」といわれたことがある。

頼まれればいやとはいえぬ私の性分で、手伝って上げたいと思ったものの師団司令部に至急赴かねばならない任務を帯びている私には、それはできぬ相談であった。その大隊長に、私の体験の二、三をかいつまんで話し、参考にされるようお話しをして別れたのだが、実戦の経験者がだれもいないという部隊がどんなに脆いものであるか。前記の中国軍の狼狽ぶりで、察しられようというものである。

戦闘体験のない部隊に対しては、経験豊富な将校や下士官を配属させ、敵に備えるための万全の策をとらせる必要があった。

しかし、必要以上に戦線を拡大していった日本軍にとって、その配慮も余裕もなかったといえるのではなかろうか。ビルマに派遣されて来た安兵団と祭兵団は、共に関西地域で編成された兵団で、弱兵の見本のようにいわれていたが、戦闘の体験がなかったことにも原因があるといえる。

緒戦に痛い目にあった連合軍、とくに中国軍は、味方の誤認から同士討ちをはじめ、双方で多くの犠牲者を出すという失態を演じたりした。

守備隊は、こうした敵の混乱の中で急遽守備態勢をととのえにかかった。守備隊の主力は、山畑少佐の指揮する第二大隊であったが、このとき大隊は、ミートキーナ—サンプラバム道をかためるために分散配置されていた。

連隊長は、この第二大隊にミートキーナの状況が急変したことを告げ、至急帰還することを命じた。同時に師団長田中新一中将に対し、「ミートキーナ飛行場に敵空挺部隊降下、部隊は交戦中」との特別緊急電を発した。

驚いた師団長は、丸山連隊長に、ミートキーナの死守を命じ、ナムクインの空挺部隊を攻撃中であった第三大隊（長・中西徳太郎大尉）の攻撃を中止させ、原隊への復帰を命じた。

同時に第三十三軍に情勢の急変を伝えたため、軍は第五十六師団（長・松山祐三中将）よりフーコンに派遣されていた歩兵第百四十八連隊第一大隊（長・水渕嘉平少佐）をモガウンから反転させ、ミートキーナに急進させた。

五十六師団には、わが連隊の第一大隊（長・緒瀬重雄少佐）が派遣されていたので、いわばその見返りの形であった。

また、軍は雲南戦線の五十六師団に対し、バーモにいた旅団長水上源蔵少将の指揮する部隊をミートキーナに派遣することを命じたのである。しかし、このとき、五十六師団は、蔣介石軍の雲南遠征軍第二十集団が怒江を渡り、大挙して反攻を開始したため、水上部隊の主力であった歩兵第百十三連隊第三大隊（萩尾大隊）をすでに芒市に召致して防備を固めようとしていた。

思わぬ軍命令に、川道師団参謀長は軍命令にもかかわらず、独断でわずかに歩兵一コ小隊、砲兵一コ中隊基幹の兵力を水上少将の指揮に託し、ミートキーナに派遣することにした。

これは明らかに軍命令に違反するものであった。わずか一コ師団が守備する正面に数コ師団に匹敵する中国の大軍が押し寄せて来たのであるから、無理もないといえる。しかし、命令は命令である。川道参謀長は、五十六師団のために罪を一身にかぶるつもりで独断決行した。

軍司令部は、この処置に驚き、事情調査のため軍参謀を芒市に派遣したが、その実情を知り、参謀長の独断は不問に付された。

しかし、そこに水上少将の悲劇が芽生えていたのである。少将といえば、二コ連隊の長たる器であるのに、二コ中隊にも満たぬ兵力を託し、ミートキーナ守備隊の守将として送り込んだのである。

五月下旬の戦闘

緒戦以来、守備隊は敵のたびたびの攻撃にも動ぜず、そのつど撃退し、戦果を挙げた。五月二十四日の午後三時ごろ、北飛行場（飛行場は西と北にあった）の誘導路の林縁に出ていた分哨が、十数メートル先の林の切れ目から、二人の米軍将校が顔を出したのを発見し、軽機関銃で狙撃した。

折から同地区を巡察中の平井副官と八江中尉が銃声を聞いて駆けつけ、分哨を指揮し、帯状の林を包囲して攻撃した。

敵は五十メートル幅の誘導路に囲まれた幅三十メートルの灌木林の中で、外には出られず、林内からは射撃もできない状態で右往左往し、ジャングルの中で大騒ぎとなった。

敵が混乱している中を一斉射撃し、さらに射撃しながら攻撃前進した。ついに敵は反撃することなく、遺棄死体約六十と多数の兵器を残し、北西に向かって敗退した。この敵は全員白人で、押収した地図、書類により、この部隊はガダルカナルから転進して来たガラハット第三大隊であることがわかった。

一応、守備態勢がととのったとはいうものの、守備人員に対し陸地は広大で、部隊間の間隙が多くなったのは止むを得なかった。

五月二十五日より二十六日にかけて、マッカモン准将は第八十八団、八十九団をもって一気に日本軍陣地を攻略すべく総攻撃を命じた。空からの爆撃を数次にわたって繰り返し、続いて榴弾砲、迫撃砲により猛砲撃を加え、日本軍の陣地を徹底して叩いた。

守備隊は壕にヘバリついたまま顔を上げることができない。まさに雷鳴をともなった暴風雨の襲来ともいえる。さらに重機関銃による集中射撃の後、攻撃部隊が突撃して来た。

鳴りをひそめていた守備隊は、待ってましたとばかり顔を上げ、至近距離まで敵を引きつけて狙撃し、重、軽機でこれを薙《な》ぎ倒し、撃退した。

米支軍の攻撃の重点は、第二機関銃中隊、軍旗中隊と第五中隊の間であった。一部はランプールの第二中隊と通信中隊の正面に指向されたが、この攻撃は成功せず、守備隊はまたもや大きな戦果を挙げた。

大隊長山畑少佐戦死す

敵の二コ団（連隊）による攻撃は、緒戦以来の不首尾を挽回すべく熾烈をきわめた。敵を撃退したものの、わが方にも二十数名の戦死傷者を出した。戦死者の中にかつて私の上官として、サンプラバムで数ヵ月起居を共にした大隊長山畑実盛少佐がいた。カチンゲリラ討伐に出て重傷を負い、野戦病院で私の見舞いを受け、「貴公は私に何かと文句ばかりいっていたが、イザというときは頼りになることがわかった」といった人である。

大隊長として着任早々、功を焦るあまり第六中隊長であった平井中尉や私たちをしきりにゲリラ討伐に狩り出し、いささか辟易させられた人ではあったが、根は正直で純粋な人柄のようであった。

連隊長がサンプラバム視察にやって来たとき、大隊長室で連隊長が作戦要務令をひもといて大隊長教育をしている姿をかいま見たことがある。連隊長を前にして、大隊長はまさにコチコチになって緊張しており、窓ごしに眺めて気の毒なくらいであった。連隊長は士官学校出身で大隊長は少尉候補者出身、いわば一兵士からの成り上がりであった。こうした経歴の差が、二人の間の意志疎通を欠くようなことがなければよいがと、ふと私の脳裏をかすめたことがある。

私が南支に赴任して来たとき、シンガポール攻撃を前にして三大隊長のK少佐は士官学校出身であったが、連隊長のC大佐に対し、戦術に対する意見の相違からズケズケと物をいい、連隊長をやりこめ、起案した作戦主任の大尉が不勉強を詫びる一幕があり、どちらが上官かと疑わせるものがあった。が、丸山大佐に対する山畑少佐には、その片鱗だにうかがわせるものはなかった。

連隊長に呼びつけられて任務を授かった大隊長は、唯々諾々とひたすら畏れかしこまって命令を受領するという風情ではなかったのではあるまいか。

私は上官に逆らうことをよしとするものではない。ことは生命に関することである。言うべきことを言わないですますと、「悔いを千載にまで残す」というのが私の考えであった。

大隊長が戦死した場所は、射撃場の東側台地であったとか。側近の話では戦況をわが目で確かめるべく台地まで赴き、大木の下で双眼鏡を手にして敵情を偵察中、敵の砲弾が頭上の木の枝に当たり炸裂し、その破片で背中に重傷を負って戦死されたという。陣頭指揮が裏目に出たというべきか。武運拙い人であったと、私は心からその冥福を祈った。

私が参加したフーコン戦では、五十六連隊の三大隊長吉田少佐の指揮に入ったのだが、作戦については大隊長のいうなりにはならなかった。いうべき意見は遠慮なく述べたし、ときには大隊長と意見の衝突もした。昔の教官に、「そんな戦術を教えた覚えはない」と罵られもした。

しかし、戦いは真剣勝負である。自分の不手際で自分の命だけでなく部下たちの命まで失わせることがあっては、それこそ指揮官の器量にかかわろうというものである。幸いに吉田少佐も私も生き残ったが……。

山畑少佐は、連隊長丸山大佐に、大隊の将兵の命運を賭けた戦術上の意見を具申されたであろうか。少尉候補者出身の将校は、比類のない忠誠心に燃える人たちであったことを私は知っている。が、臨機応変に欠ける融通性のなさもあった。大隊長も副官花田中尉も、すでに亡き人であり、当時の模様を知る由もない。

第二大隊長の戦死により、後任として冷川大尉が指揮をとることになった。この人は小柄ではあったが、日華事変のころ応召し、幾度か戦火の中をくぐり抜けた歴戦の将校で、部下たちの信望も厚い人であった。

敵将の首のスゲ替え

敵の司令官であるスチルウェル中将は、ミートキーナの戦況をいらだたしい思いで凝視していたが、五月二十五日、ふたたびミートキーナに飛来した。同地区ではこの日の総攻撃が失敗したため、マッカモン准将は、意気消沈していた。

スチルウエル中将は、マッカモン准将を即刻罷免し、ポートナー准将を、その後任に据える決心をした。メリル准将、マッカモン准将、ポートナー准将と、わずか一ヵ月足らずのうちに、三人の将軍の首がスゲ替えられたのである。

日本軍でも、インド進攻を目指したインパール作戦では、軍司令官であった牟田口中将が二人の師団長を戦意芳しからずとして罷免している。

それぞれの言い分はあろうが、戦況がわが意のごとく好転せず、その責任を部下に転じて功をあせったといいわれても仕方がないのではあるまいか。「一将功成りて万骨枯る」とは、洋の東西を問わぬ格言なのであろうか。

　このころ米英両軍の上級司令部では、ミートキーナ飛行場を占領した当初の楽観的気分が焦りに変わり、やがて深い憂慮に陥っていた。そこで、米人補充兵で銃の操作ができる者はすべてミートキーナ包囲軍に投入することになり、二十六日から六月一日の間に工兵二コ大隊、ガラハット補充一コ団、他の補充一コ団がミートキーナに空輸された。

　一方、守備隊長の丸山大佐は、米支軍の攻撃が頓挫している機会を捉え、五月三十日を期してできる限りの兵力をもって攻撃に転じようとした。

　しかし、第三十三軍司令官本多政材中将は、その出撃を押さえて第五十三師団（安兵団）のミートキーナ救援を待たせることにした。

　五月二十六日、飛行場方面の敵と交戦中の通信中隊に、鹵獲した敵のチェコ軽機を交付しに出かけた連隊本部の水上軍曹以下四名は、その途中で敵一小隊が鉄道線路の方向から進出中との連絡を受け、折から追及してきた同じ連隊本部の疋田軍曹以下六名および第二機関銃中隊の一コ分隊と協力してお得意の伏撃態勢をとって、前進して来た中国軍約六十名に一斉射撃を浴びせてこれを撃滅した。

　水上、疋田両軍曹は、歴戦の強者である。お互いに連携しつつ一兵も損ずることなく、これだけの戦果を挙げ得たということは、さすがと思わせるものがあった。

　五月二十七日、中西大隊はシタップに侵入した敵に対し、守備隊の第八中隊（長・有吉中尉）に攻撃を命じた。有吉中尉は四十名を指揮し、サボテンの垣根に添って前進、敵陣地の左側より急襲した。敵は重機関銃により激しく抵抗したが、激戦の後、集落に突入した。

この戦闘で占部軍曹以下、十数名が死傷した。敵は連日、各陣地を猛砲撃し、敵の観測機は絶えず頭上にあって弾着を誘導した。

フーコンの戦線でも、この観測機がわれわれの頭上を飛び回り、監視と砲撃について上空から協力するので、日本軍が思うように動けず、苦い思いをしたことが私にもある。

カチンゲリラが住民に混じって市内に潜入し、建物に放火したので、炎は天を焦がし、街は凄まじいばかりの様相を呈した。

連合軍と日本軍との戦いは、ついに何の罪もないビルマの人たちを戦禍に巻き込んだのである。

水渕大隊到着と水上少将着任

五十六師団（龍兵団）から十八師団（菊兵団）の増援に派遣されていた水渕大隊がミートキーナに急遽、派遣されることになり、師団参謀の三橋少佐が同行することになった。なにしろ、敵の重囲の中の侵入とあって、進入路の発見に手を焼き、チャパティ集落では、敵の機関銃の掃射を受け、大隊長は重傷を負い、数十名が死傷するという目にあった。

三橋参謀は、参謀肩章と階級章（少佐）を土中に埋め、随行の下士官と敵中突破を試みたが、下士官たちは戦死して、一人ミートキーナにたどり着くというありさまであった。

大隊長は担架のまま丸山大佐に着任の申告をすると、大佐はその労をねぎらい、野戦病院に入院することを勧め、大隊を守備隊の予備隊としてシタップ南方地域で待機させることにした。この大隊の第三中隊長であった助っ人部隊の篠原中尉の功績に対するお礼心の配慮もあったはずである。

一方、五十六師団長からミートキーナの救援を命じられた水上少将は、ナンカンで川道参謀長に会い、

「命令は承知した。雲南の戦場で、師団主力とともに死ねないのは残念だが、ミートキーナではかならず任務を達成する。おそらく、これでお目にかかることもないであろう。師団長によろしく伝えてもらいたい」と訣別の言葉を述べられたという。

わずか二コ中隊に満たぬ兵力しか持たされずに救援に赴かねばならぬ水上少将と、軍命令に違反してまで五十六師団のために水上少将にそれをあえて求めた参謀長の心中、いかばかりであったろう。何一つ不足をいわれなかっただけに、参謀長は申し訳なさに、心の中で手を合わせたに違いないと私は思うのである。

水上部隊は、ミートキーナを目指して急進した。途中でゴルカ兵一コ小隊に遭遇し、これを撃退したが、難渋したのはナンタペット河の渡河で、連日の雨で増水し、渡河は容易でなかった。

このナンタペット河はミートキーナ守備隊が八十余日の激戦の末、いよいよ撤退ときまったとき、敗惨の将兵や慰安婦たちの前途に立ちふさがり、涙を飲まされた痛恨の河でもあった。

五月三十日、部隊はワインモウを経て午前七時ごろ、ミートキーナに入った。

水上少将は、連隊本部に行き、丸山大佐と会い、今後の戦闘指揮は従前通り丸山大佐に委

嘱し、旅団副官を連隊本部に差し向ける旨を伝えた。ここに水上少将の丸山大佐に対する配慮があった。赴任すべきミートキーナの守将を命じられたとはいえ、増援の兵力はわずか二コ中隊に満たぬ兵力である。少将と大佐の頭をスゲ替えたとして、何の役に立とうか。丸山大佐は、少将が連れて来たあまりにも少ない兵力を耳にして愕然としたに違いない。その責任は、軍司令部にあるとしても、その不満の矢面に立つのは少将である。

「戦い利あらざるときは、守将としてその責任をとればよい、万が一、首尾よく任務を達成したときは、戦闘を指摘した大佐の功績にすればよい」という深い配慮があったに違いない。川道参謀長から、同行する兵力の内容を告げられたとき、少将はこのことをすでに覚悟されたのではあるまいか。守将として責任をとるからには、自分の思いのままに指揮をとり、悔いのない戦いをしたいというのが人情というものである。

私がもし下士官(伍長)の指揮する一コ分隊程度の兵力しか持たされず、他部隊の救援に派遣されたとしたらどうであろうか。人には身分相応のプライドというものがある。

「馬鹿にするな。オレを下士官扱いするのか」と、文句の一つもいいたいところである。

しかし、水上少将はわれわれごとき人間の遠く及ばぬ崇高な人格の持ち主であったのである。のちほど少将にまつわる二、三のエピソードにふれるつもりでいる。

フーコン戦線から連隊復帰を命じられた速射砲中隊が、吉岡俊次中尉の指揮により帰還した。大砲の少ない守備隊にとって、心強い存在である。

吉岡中尉は私と同期生であったが、内地から一緒に赴任して来た仲ではなく、シンガポール作戦終了後、将校の補充で来た人であった。確か国士館大学出身の柔道五段の猛者であったと記憶している。

柄は大柄で、ヒゲの濃い鍾馗様のような姿、格好であったが、何ともいえない魅力をたたえた男で、初対面のときから意気投合し、私は彼に「金太郎中尉」というニックネームを贈ったくらいである。気は優しくて力持ちであった彼も、後日、壮烈な戦死を遂げる運命が待っていた。

連隊長は彼のフーコンでの健闘の労をねぎらい、敵の戦車に備え、モガウン道の陣地進入を命じた。後に第三大隊長中西大尉の指揮に入り、第三機関銃中隊の右側、北飛行場近くの陣地に落ちついた。

連隊本部の山下輜重兵伍長は、対岸のナンワに集積中の弾薬を、カチンのゲリラから奪回することを命じられた。彼はビルマ人の服装となり、親日ビルマ人と協力して現地に向かった。たまたまゲリラが少数であったことから、ワインモウの守備隊に協力してもらい、敵を急襲し、全弾薬を奪回してミートキーナに移送した。

ミートキーナの守将として、重責を一身に負った悲劇の将軍水上源蔵少将。

また、兵器係中西兵技伍長（後に軍曹、私が後年兵器係将校として連隊本部付になったとき、山口軍曹と共に、私をよく補佐してくれた下士官）は、敵の包囲下で手榴弾を小銃に装着し、空砲により百メートル以上飛ばす器具を製作して、第一線部隊に配布するという芸当をやってのけた。手榴弾を敵中深くまで投げ込み、敵の心胆を寒からしめんと工夫された苦心の産物であった。

また、破損兵器の修理、押収兵器の整備、弾薬の補給など、富安班長を中心とした兵器係が活躍した。第一線の活躍もさることながら、彼らを支えるこうした裏方たちのいたことを見逃してはならないのである。

第三十三軍命令

一、軍ハ龍陵方面ノ敵ニ対シ攻勢ヲ企図シアリバーモ、ナンカン地区ノ防衛ハ未完ナリ

二、水上少将ハ「ミートキーナ」ヲ死守スベシ

右の第三十三軍の命令は、「水上部隊」ではなく「水上少将」個人に対して死守を命じており、異常ともいえる電文の内容であったが、これはだれにも知らされていなかった。

七月中旬ごろから、守備隊の陣地の間隙に敵が潜入するようになり、兵力の消耗で反撃できなくなり、戦線を縮小してかろうじて陣地を保持するようになった。守備する兵員が日増しに激減し、ほとんどの中隊が四十名内外となっていた。

軍旗中隊の川上班長は、中隊でも指折りの勇敢、かつ積極性に富んだ班長で、単身で十数回にわたり敵陣内に潜入し、哨兵を倒して、自動小銃、弾薬、手榴弾、電話器などを奪って戻って来た。

また、射撃も巧く狙撃手を志願して多くの敵をたおし、守備隊長の表彰を受けたこともあった。しかし、七月下旬、さしもの川上班長も、その命運の尽きるときが来た。敵を陣地の銃眼から狙撃しているとき、敵の発射したバズーカ砲の直撃を喰い、全身が朱に染まり、仁王立ちのまま大往生を遂げたのである。

清水隊（第七中隊）は、上藤隊（第五中隊）に隣接し、やや小高い要点である鉄道線路の両側に陣地を占領していた。上藤隊と同様、敵の矢面に立たされ、善戦していたが、戦線が縮小され、中隊は前方に突出する形になって孤立した。

集中攻撃を受けたが、よく戦い、一歩もしりぞかずに奮戦した。そのうち、敵の工兵が坑道を掘り進む音が近づき、いよいよ陣地保持も困難かと思われるようになった。

糧秣弾薬の補給は絶えていた。小隊長青木少尉は新任ではあったが、上下の信望が篤かった。もはやこれまでと思ったのであろう、残存の部下たちと相談して、一気に突入して、この迫り来る敵を思い切り痛めつけて戦死しようということになった。

そこで、部下の原兵長に報告書と功績名簿などを持たせて脱出させた後、白刃を振りかざして敵中に突入し、全員奮戦して倒れた。七月十四日の正午ごろのことである。いったん後退した原兵長も、三日後には戦友のあとを追った。

南地区の水渕大隊も、激しい攻撃にさらされ、ノースアメリカン三十機による反復爆撃を受けて陣地は崩壊し、押し寄せる敵に、陣地は次第に縮小の止むなきにいたった。

大隊長水渕少佐は、入院先からぬけ出して、負傷した足を引きずりながら指揮をとっていたが、ふたたび敵機の爆弾の破片で動けなくなり、再入院を余儀なくされた。

丸山大佐は、大西大尉に水渕大隊の指揮を命じた。敵はこの地区でも、坑道戦法で地下から肉薄して繰り返し手榴弾を投げ込んできた。そのうえ敵機は、油脂弾を投下して陣地設備を焼却し、包囲網をさらに縮めようとした。

中西大隊（第三大隊）の正面、田口隊、志賀隊（第六中隊）の正面でも、執拗に攻撃して来る敵の火砲の砲煙の中で陣地を死守していたが、死傷者は日を追って増大した。

この地域でも、敵は坑道からいきなり手榴弾を投げ込み、守備隊と白兵戦を交えるなど、戦況は逼迫していた。七月に入ってからの兵員と弾薬の不足は、敵の人海戦術（倒されても倒されても懲りずに海の波のように押し寄せる）と、物量の前に完全に圧倒されていた。

七月中旬ごろ、軍から友軍機により、弾薬と医薬品の補給を実施する旨の通報が入った。連日、敵機に痛い目に遭わされ、多くの戦友を失った守備隊員たちは、一目でも日の丸の翼の友軍機を見たいと待ち望んだ。しかし、見上げる空にはなかなか友軍機は現われなかった。ようやく雨雲の合い間から、サッと機影をのぞかせると、ドサドサと五〜六個の梱包を陣内に落として飛び去った。せめて守備隊の上空を旋回するくらいの配慮がほしかったのだが、制空権を敵に握られていては、それもかなわなかったのであろう。

一瞬のことであったが、チラッとでも友軍機を見た者は、髭面に思わず涙をうるませたのであった。これが最初で最後の軍からの守備隊への最大の支援であった。

私がフーコンの戦線で死守命令から解放され、伐開路を経て後方に撤退を開始したのが六月の下旬であった。ちょうどそのころ、三機編隊の友軍機が飛来し、わずか数発の爆弾であったが、空からの支援を受け、数個の梱包を投下してもらったことがある。そのうれしさのために感激の涙を流したことを書いたが、あれから一ヵ月後に当たるわけである。

フーコンでは、密林の上空であったために味方の上空を旋回しながら、彼我の位置を確かめる必要があったのかも知れぬが、ミートキーナは平坦地で視界が広く、敵機の迎撃でも受けたら危ないという配慮があったのであろう。

フーコンの戦線とミートキーナの戦線で、同じ連合軍を相手に戦いながら大きな相違点があった。フーコンの戦場は縦深が深かったために、戦況が不利になると、逐次、後退して戦線を整理し、新陣地をかまえたり新しい地形を選んだりすることができた。

しかし、ミートキーナはそれができなかった。イラワジ河という大きな河を背にして、背水の陣を敷いての防衛戦である。後退のしようがない。しかも軍からの死守命令である。将兵たちの生きるてだてはなかった。

頼みの綱は、軍から死守命令を解かれ、ミートキーナを脱出することであったが、その願いはかなえられそうにもなかった。降伏することも、逃亡することもできない、死地に追いやられた将兵たちは、鬼神も哭かせるほどの勇敢な戦闘を繰り返しながら、何一つとして前途に希望をあたえられてはいなかったのである。

私がフーコンで死守命令をもらったとき、命令の要旨を部下たちに伝えたが、決して死ぬ必要はないと自分の判断を加え、部下たちを励ました。部下たちは、その励ましにより、生きるための意欲をかき立ててくれたと、私は思っている。ミートキーナの守備隊にはそれがなかった。

迫り来る死を前にして、将兵たちは肌身離さぬ家族や恋人たちの写真を眺め、何を語りかけ、何を呟いていたことだろう。

反撃の機を失する

五月三十日午後三時ごろより、爆撃、長距離砲、迫撃砲の集中射撃の後、米支軍は数次にわたり陣前に来襲した。守備隊はそのつど撃退し、敵の市街地侵入を阻止した。連日の激しい攻撃に耐え、陣地を一歩も退かず、夜間は斬り込みにより兵器弾薬、食糧などを奪った。米支軍司令官ボートナー准将は、次第に戦況を悲観視し、日本軍に対して恐怖心さえ抱きはじめた。増援部隊は引きつづき飛行場に到着し、逐次、攻撃力を強化していたが、肝心の米軍部隊であるガラハット部隊の疲労が激しく、士気も低下していた。また、早くも到来した雨期のため、補給も円滑でなかった。

守備隊は第十八師団長の指揮を離れ、第三十三軍の直轄となった。かねて第三十三軍から通報されていた待望の第五十三師団が、モガウンを経て鉄道線路ぞいに、第七百十五橋梁付近に集結しつつあった。

その兵力は、歩兵二コ大隊と二コ中隊、砲兵二コ大隊を基幹とする約二千六百名であった。この師団こそ、私がフーコン右側の山岳地帯からカマインの師団司令部に向かうべく、モガウンまで撤退して来たときに遭遇した安兵団である。鹿児島県出身の若い少佐の大隊長が、「私に協力してほしい。兵士のほとんどが関西出身なので、九州出身の者と気性が違い、何かとやりにくい」と、コボしていた部隊である。

六月三日、ポートナー准将は中国軍第四十二団、第百五十団、第八十九団で総攻撃を開始した。しかし、日本軍の頑強な抵抗にあって三百二十名の損害を出し、そのうえ弾薬も少なくなり、後退して防戦に転ずることに決し、この旨をスチルウェル中将に報告した。

守備隊は前記の五十三師団（安兵団）と北と南から相呼応してこの敵を挟撃する作戦を立て、その準備を進めていた。事実、安兵団の砲兵は第七百十五橋梁付近まで進出して来ていたので敵を砲撃し、強力な日本軍の砲兵が現われたことを知った米支軍は、一時は震えあがったほどである。

ところが、この師団にフーコンの第十八師団の側背を援護すべしとの軍命令が下り、挟撃のため展開しつつあった師団が急にそれを中止し、モガウンに向かい反転を開始したのである。しかも、その反転中に敵の襲撃を受け、全野砲を失うという大失態を演じたのである。

私はこの兵団の悪口をいうつもりはないが、先にも述べたように、実戦の経験がないうえに九州部隊のような体面や面子を大事にする気風がない。万事に合理的な物の考え方をして、ソロバン勘定に強いという気風があった。計算に合わない戦争など性に合わないともいえる。その昔、「またも負けたか八連隊、それでは勲章九連隊」という戯言《ざれごと》があった。

私はフーコンから撤退してモガウン近くで安兵団の一コ大隊に会ったとき、その装備の立派なのに驚いたことがある。小銃、軽機、重機、砲にいたるまで新品のピカピカであった。

もしわれわれにこのような立派な兵器を持たせてくれたら、何層倍の働きをしてみせようものをと、羨ましく思ったことがある。強兵なるがゆえにオンボロの兵器をもたせ、弱兵なるがゆえに立派な武器を持たせ、戦力のバランスを、軍は計ろうとしたのであろうか。

命の綱とも頼む大事な野砲を放棄して敵手にゆだねてしまっては、ミートキーナの緒戦で日本軍と戦い、周章狼狽した中国軍と何ら変わるところはない。まさに「痛恨これにきわまれり」といいたかった。ただ一度だけではあったが、この全野砲が砲門をそろえ、ミートキーナの西飛行場を占領している敵を砲撃し、心胆を寒からしめたことがあったことがせめてもの救いといえる。

もし、軍命令の変更がなく、最初の予定通り敵を南北から挟撃することができたら、米支軍に致命的な打撃をあたえたに違いない。

「朝令暮改」——朝に命令したことが暮れにはとりやめになるようなあやふやなことは、もっとも慎むべきことであると教えたのは一体、どこのだれかといいたかった。敗色が濃くなると、打つ手がすべて後手後手と回るよい例といえる。

陣地戦

守備隊の陣地は、第一線の散兵壕がつらなって作られていたが、縦深の深い陣地はとれなかった。

起伏の大きい地形であれば、日露戦争のときに二〇三高地を守るロシア軍が、攻める日本軍を、深い隠し壕に誘い込み、痛撃をあたえ、何度も攻撃を失敗させたような陣地を作ることもできたのだが……。

ほとんどの地形が平地であるために、複雑な陣地網を作り敵を惑わすことができない。木の根や藪陰に個人壕を作り、それを交通壕で結ぶのが精一杯であった。敵の砲撃の間は、最寄りの掩体壕に退避して直撃や破片を避けさせた。守備隊は狙撃で多くの敵を倒し、どこから飛んで来るかわからない日本軍の狙撃を、無気味なものと怖れさせた。

六月十日、檜山隊（長・檜山龍太郎中尉）の第一小隊の正面に、約百五十名の敵が迫撃砲援護のもとに突撃して来たが、灌木林の中の鉄条網にひっかかり、狼狽するところを狙撃し、潰滅させた。簡単な障害物でも、実戦には意外と効果を発揮する。

フーコンでの戦闘で、師団の工兵隊が私の守備する陣地前のコンクリート橋に有刺鉄線を張りめぐらし、さらにコイル状に巻いた有刺鉄線を、橋の手前の左右に敷設したことがあった。

敵はこの状態を見て、かなり有力な日本軍が待ちかまえているに違いないという判断からなかなか近寄らず、私たちをジリジリさせた憶えがある。

檜山隊隊長の檜山中尉は、彦根高商出身剣道四段の腕前で、一見小柄な体つきながら、気性は「山椒は小粒でもピリリと辛い」ところのある人であった。

私より一年先輩である。この人は連隊の激戦地にはいつも顔を出している人で、多くの同期生の戦死したなかで不思議と命を長らえた、まれにみる強運の持ち主であった。長期間の戦地勤務であれば、ときには病気や怪我で作戦をまぬがれることがあるのだが、この人にはそれがなかった。ただ一度だけ遺骨宰領で内地に帰還したことがあった。この人のことはさらに後述するつもりである。

六月十三日、ポートナー准将はミートキーナ全線にわたり、総攻撃を開始した。弾薬を豊富に補充され、砲兵隊も野砲八門、榴弾砲六門（七十五ミリ砲二門、百五ミリ砲二門、百五十五ミリ砲二門）が増加されていた。

砲兵隊はこの日、六百トンの弾量を日本軍陣地に叩き込んだのである。迫撃砲、野砲の砲撃に馴れていても、榴弾砲を打ち込まれると、その爆発音の凄まじさには、まさに金玉の縮み上がる思いがする。

砲の発射音がちょっと変わっていて、ドカンというのではなく、鈍くドロンという音に聞こえ、ワシワシという飛来音がする。味方の砲の発射音なら、これほど小気味がよいものはないのだが、敵に撃たれると、「来るゾォ」と、壕の底にへバリつきたくなる無気味な代物である。

フーコンの戦線で、私たちもこれにやられ、古川軍曹が、「隊長殿、危なくてあの陣地にはおれません」と、悲鳴を上げた砲である。

この怖い砲で、六百トンという大量の砲弾の弾幕にさらされたのだから、おそらく守備隊の全将兵は、顔色が変わったに違いないのである。しかし、砲撃の終わるのを待って喊声をあげて突撃して来る敵を、タコ壺や散兵壕から顔を出し、これを迎撃し、またもや撃退したのである。

米支軍は、全線にわたって攻撃が成功せず、損害は甚大であった。第二百九工兵隊の二コ中隊は、松下隊の出撃により主力から分断され、多数の死体を残して敗退した。北方のガラハット部隊の第三大隊は、再編成も困難な損害を出し、ミートキーナ市街南側に迫った第四十二団の二コ中隊は、つぎの日の夜、日本軍の反撃にあって殲滅された。

七月の攻防戦

七月に入ると、毎日が総攻撃の様相を帯びて来たが、敵の攻撃は型にはまったやり方の反復であった。まず爆撃で日本軍の陣地を叩き、つづいて砲撃。この砲撃は砲煙で周囲が見えなくなるほどの猛烈なもので、最後にバズーカ砲、榴弾銃、そして手榴弾を投げ、喊声をあげて突撃して来た。これは私がフーコンの戦線で体験したものとまったく同じである。

これに対し、敵を至近距離十数メートルまで引きつけ、各人一日小銃弾六発の必中の狙撃で倒し、一～二発の手榴弾を投げ、後は弾の代わりに乾パンの空缶を叩いて、ワァーと喊声をあげる。

敵は突撃を中止して、倒れた味方の死体を引きずって元の壕の位置に後退した。

敵はあきずに型にはまった攻撃を繰り返した。夜間は日本軍の切り込みを怖れ、無茶苦茶に銃撃し、迫撃砲弾を射ってきた。時限爆弾が破裂し、連絡中の兵士が犠牲になることもあった。

終日絶えることのない銃、砲、爆撃で、握り飯が届かない日がたびたびあった。弾痕に溜まった雨水は、火薬臭があって飲めたものではなかった。一つの敵の攻撃が終わると、戦友たちはお互いの無事を確かめ合った。何人かが敵弾に倒れていた。貴い戦死であった。明日はわが身かと、その死を悼み、戦友の屍を葬るのであった。もう流す涙も乾いていた。

日時の経過と共に死傷者は増加し、陣地の中隊は四十名が二十名に、そして十五名と減少していった。もう夜間を利用して敵陣地を奇襲して武器、弾薬を奪う元気も兵員の余裕もなかったし、敵の警戒も厳重であった。今のうちに突撃して華々しく斬り死にする話が出た。そのつど指揮官が、「もう少しようすを見てから」と思い止まらせることも再三であった。

このような毎日が各陣地で繰り返され、昼夜を問わず空、陸、両面より攻撃を受け、五十日、六十日と戦い抜いて来たのである。

爆撃や砲撃で全員玉砕した地区には、比較的攻撃の少なかった地区から一コ分隊、あるいは三～五名を抽出して陣地を確保させた。また、指揮官が欠けた隊には、隣りの隊から将校を配属させ、指揮官とした。また、下士官の軍曹が小隊長として将校の代理をするところもあった。

私はここで日本軍の「突撃」について私見を述べたい。

遠くは日清、日露の戦役をはじめとして、映画や絵本で小さいころから見、聞きして来たのは、日本軍の勇敢な突撃の姿である。雨霰と弾の飛び交う中を、白刃を振りかざして進む。戦友がバタバタと倒れる中を物ともせず進むことが、日本男子の誇りでもあるような印象が、いつしか植えつけられて育ったともいえる。

私もフーコンの戦線で、味方の待ち伏せ戦法に引っかかり怯む敵を追って軍刀を引き抜き、「突撃に前へ」と突進し、敵の反撃に遭い、分隊長や兵士たちを負傷させるという苦い体験を持っている。

私は幸い負傷しなかったものの、もし戦死したり、重傷を負っていたらと思うと、ゾッとするのである。「ヤァヤーわれこそは」と名乗りをあげて戦う昔ならいざ知らず、銃火器の発達した近代戦で、白刃を振るったところで何の役に立とうか、といいたい。

ところがである。若い士官学校出身者が、これをやろうとする。何かというと、「突撃するゾ」である。歴戦の経験豊富な下士官がいると、「ちょっと待って下さい」と、その無謀さを引きとめることが再三あったのである。

このミートキーナ戦でも、丸山大佐は味方の兵力がなんとかとかとのったときに優勢な敵を相手に総反撃に転じようとして、第三十三軍司令部に無電を打ち、軍司令官から止められたいきさつがある。

どうも格好のよさというか、威勢のよさを見せたいという思慮がどこかに潜んでいるとしか思えないのである。敵が待ちかまえている所に白刃を振るって飛び込めばやられるに決まっているし、よしんば成功したとしても、多くの犠牲をしいられることは目に見えている。

私はフーコンの体験から、突撃は愚かなる自殺行為であると悟った。実戦は真剣勝負であり、一つ間違えば命が吹っ飛び、人生一巻の終わりである。私は命を大事にするために無駄な突撃は絶対にやらしてはならないと、今でも声を大にして叫びたいくらいである。これまでにどれだけ多くの将兵の命が、この突撃のために失われたか、計り知れないものがあるといえる。

戦況不利に傾く

緒戦以来、赫々たる戦果を挙げ、大いに気勢をあげた守備隊も、優勢なる敵の反復攻撃には、さすがに抗しきれないものがあった。師団主力が戦っていたフーコン方面は、六月末になって、ついに最悪の事態となった。

私がフーコンで五十六連隊第三大隊に配属になり、イエカンというところで死守命令をもらい、師団主力のモガウンへの撤退を援護したのだが、それはフーコン作戦の終焉を物語っていた。一コ大隊六百名の兵力が、わずか三十余名までに激減し、連隊長の長久大佐は重傷を負い、敵の包囲下にあって行方不明になるという、いまだかつて経験したことのない惨めな状況を呈していた。

牟田口中将の起死回生をねらったインド進攻のインパール作戦も悲惨な結果を告げ、南方総軍司令部から作戦中止の命令が出されていた。

フーコンに侵入した連合軍の目的は、あくまでもレド公路の打通である。その要路上にある「ミートキーナを落とせ」は最大の目標であった。フーコンの師団主力を駆逐した連合軍が、即座にミートキーナを目指したのは、当然の成り行きといえる。

兵力、装備に優勢な敵は、北から南に馬蹄型に守備隊を完全に包み込んだ。ミートキーナ東側を流れるイラワジ河を背にした守備隊は、文字通りの背水の陣となり、地上連絡は不可能であった。

連合軍はかぶせた網の中の獲物を周囲から打ちのめすようにして網を絞り、狭める作戦であった。孤立無援のまま守備隊は、連合軍の熾烈な砲爆撃に身をさらしながら、なお将兵の士気は旺盛であった。

七月に入り、全陣地の砲爆撃はさらに激烈となり、爆撃隊は大型爆弾を投下し、陣地の徹底的破壊をねらい、高射砲による水平射撃は、日本陣地を威圧した。さらに時限爆弾、油脂爆弾などの新手のものも使用しはじめた。

敵工兵隊は、日本陣地を地中から爆破しようと、坑道の掘削を始め、その不気味な音が聞こえるようになった。戦傷者もマラリア患者も全員、陣地につき、いよいよ玉砕を覚悟する段階となって来た。

散兵壕の守備範囲が広くなり、三人で三十メートルを監視していたものが、一人で受け持つようになった。

連合軍の対日戦略の要となったレド公路。この援蔣ルートをめぐって激闘が展開された。

敵の豊富な弾量にくらべ、守備隊は砲弾は一日に四発、機関銃は二連（一連＝三十発）、小銃は六発と制限された。手榴弾は、初めに二発支給したままであった。一発は自決用にと思って大事にした。後日、生きる望みを失った将兵が、この一発でわが命を奪うことになった。

弾薬の欠乏は、白兵戦の多用となり、損害を増す結果を招いた。敵の陣地と味方の陣地が近接して、その話し声が聞こえるというきわどいところもあった。

食糧は各隊ごとに後方で作った握り飯二個を飯盒に入れ、水筒と共に前線に配った。将兵は、タンポポなどの野草も食用にした。握り飯は午後になると腐るので、午後は食べ物はなく、泥水の壕の中で頑張るしかなかった。

ほとんどの将兵はアメーバ赤痢やマラリア、脚気に冒され、衰弱して歩けないものも出た。本格化した雨は、壕の中に溜まり、汲んでも汲んでも溜まった。壕の中に支え木を組んで、鶏が止まるようにして泥水から足を守った。足は溜り水でふやけて水虫になり、ただれて歩けない者もいた。土の中の穴が生活の場であり、墓場であった。

家族の写真を肌身につけた戦友が、迫撃砲の直撃や機銃弾で、つぎつぎと戦死した。壕の中で死んだ戦友の小指を切って遺骨とし、土をかぶせて葬った。十数名の戦友の遺骨を持った兵士が、また、戦死するというありさまであった。

こうした悲惨な戦闘が、限りなくミートキーナの南の陣地や西の台地で繰り返された。髪はボウボウと伸び、髭は伸び放題、頬はそげ落ち、顔の色はドス黒く、目ばかりがギョロギョロと光り、軍衣の袖はちぎれ、軍袴はいいようのない臭気を放っていた。

これは誇張ではない、真実はもっと悲惨であった。命令のまま天命を知り、死生を超越して、已れの本分を尽くす将兵の姿であった。

敵は泥濘の陣地が真っ白になるほど、宣伝ビラを撒いた。ビラには、インドに送られ、優遇されている捕虜の楽しそうな写真が掲載されていたり、「桐一葉落ちて天下の秋を知る」と、紅葉形に切り抜いたもの、老母が糸車を巻く写真に「いくつ巻いたら帰るやら」と郷愁を誘うものなど、つぎつぎと撒布した。

「アイサレンダー（降伏）」と、手をあげて投降をしつこく勧告したが、だれ一人応ずる者はいなかった。

敵のガラハット部隊には、米国で志願して前線に進出した日系の二世が四〜五人いた。連隊主力がフーコンの戦線に出動したときも、この二世の一人が奪った日本軍の軍服を着て歩きまわり、日本兵の話を盗み聞いては、指揮官に報告していた。彼ら二世は、父母が祖国を同じくした同胞の日本人を敵にまわして日本軍を苦しめた。

また、スピーカーのボリュウムを一杯にあげ、日本兵の投降を呼びかけた。ときには「佐渡おけさ」や「東京音頭」のレコードがかけられ、日本兵の関心を誘った。将兵は放送を聞きながら、泥にまみれた陣地で眠った。放送が止んで静かになると、目が覚めた。敵側の静かなときの方が不気味で、かえって警戒を強めた。

決死の孤立部隊救出

ミートキーナ対岸のワインモウには、松下隊（第二中隊）の市村軍曹を長とする残留隊と第五十六師団（龍兵団）の金丸機関銃小隊が守備をしていた。ワインモウの戦略的価値を重視した敵将スチルウェル中将は、英印軍第百十一旅団の一部約千三百名で、ワインモウの占領を命じた。

爆撃機三十機は、ワインモウの集落とその周辺陣地を崩壊させ、英印軍は数回にわたって激しく攻撃したが、日本軍守備隊の敢闘と反撃によって撃退され、千三百名（約二コ大隊）の兵員がわずか三コ小隊までに激減した。ついにスチルウェル中将は、ワインモウ占領を断念せざるを得なかった。

しかし、この激しい戦闘に、市村軍曹と金丸少尉は共に壮烈な戦死を遂げてしまったのである。後に守備隊がミートキーナを脱出するとき、この拠点が大いに役立ったことはいうまでもない。

第三渡河点を守備していた黒田隊（第二歩兵砲小隊）救出のため、伊熊茂中尉（第五中隊）が約三十名の救援隊を編成し、敵の包囲下にあるミートキーナを脱出して、途中で遭った敵を排除し、辛うじて渡河点に侵入した。

黒田隊は、三月から四ヵ月の間、敵に包囲され、糧秣、とくに食塩不足に悩まされ、全員が衰弱と浮腫で自力で歩けないほど体力が消耗していた。

隊員たちは四ヵ月ぶりの戦友の救援に壕から這い出し、うれしさと懐かしさのあまりすがりついて、「オイオイ」と声をあげて泣くのであった。

救援隊は握り飯と味噌汁をあたえて元気づけ、警備を交替し、敵に察知されないように大隊砲、重機関銃を撤収し、筏を作り、撤退準備を進めた。

問題は撤退の方法である。歩行困難な者たちを筏に乗せ、歩ける者は大隊砲と機関銃を搬送することにし、二手に別れることになった。

黒田中尉は、みずから進んで歩けない者たちと一緒に筏に乗ることを主張した。長期間、艱難を共にして来た部下たちと別れるに忍びがたかったのである。水路の十六名は、ドラム缶と竹で作った四台の筏に分乗し、雨で水カサが増した流れの早いスマイ河を下っていった。

しかし、水路はやはり危険であった。敵は両岸から筏に向かって射撃した。筏からの小銃の反撃も空しく、黒田隊長以下十五名は悲壮な戦死を遂げ、かろうじて負傷していた一人がミートキーナに流れ着き、救出されたのである。

私はここに黒田中尉の部下たちへの愛情を感じるのである。戦場で指揮官の存在ほど部下たちの信頼感を増すものはない。心細いに違いない四台の筏に分乗する部下たちの哀れな眼差しを見たとき、黒田中尉は、「よし、オレが一緒に行ってやる」と微笑んだに違いない。両岸からの敵の射撃に、黒田中尉は一人、敢然として小銃を射ちまくり、部下たちの盾となって戦い、最愛の部下たちと運命を共にしたのである。

陸路の伊熊隊は、途中で第六中隊の宇野伍長以下十名を収容し、大隊砲と重機関銃を第二渡河点に搬送した。さらに、第二渡河点の糧秣、弾薬を第一渡河点に後送し、道標十一マイルの地点にある第二野戦病院の患者百五十名と合流して、総員四百名となった。

この兵員は、守備隊の兵員が激減している現在、万難を排してミートキーナに招還させる必要があった。しかし、完全に敵に包囲されている現状では、無傷でミートキーナに到達することはきわめて至難のわざであった。

この困難な任務を命ぜられた連隊本部の入江中尉は、七月十七日夜、部下五名と共に雨中ひそかにミートキーナを脱出し、道標十一マイルのソップズップに急行し、野戦病院にたどりついた。

入江中尉は、ミートキーナの戦況を説明し、部隊を四コ小隊に編成した。第一小隊長に伊熊中尉、第二小隊長伊藤少尉、第三、第四小隊は野戦病院の曹長が指揮をとった。

帰還部隊は、折からの雨の中でたびたび敵と遭遇し、そのたびに戦死傷者を出しながら、最後の難関である米軍陣地に近づいたとき、ついに路上斥候が敵の歩哨に発見された。慌てそばの湿地に飛び下りると、敵の日系人二世がスピーカーで、

「もう駄目だぞ。お前たちの正面には、機関銃が四梃と西側のトーチカにも四梃が待ちかまえているゾ」と日本語で脅し、重機関銃の猛射を浴びせて来た。

部隊はスピーカーのある掩体を攻撃したが成功せず、戦傷者が相ついだ。入江中尉は、ここでグズグズしてはおれないと、各個に湿地を突破することを決め、敵の間隙を衝いて飛び出した。

しかし、優勢な敵の火力の前に、入江中尉も伊熊中尉も負傷し、多数の戦死傷者を出さねばならなかった。かろうじて七月二十日になり、守備隊に合流することができた。

玉砕の危機迫る

ミートキーナ守備隊の七月中旬までの損害は戦死七百八十名、負傷千百八十名、残存兵力千五百名であった。さらに七月下旬にいたり、損害はますます増加し、残存者は千二百名となった。

守備隊を支え、陣地を守っているのは精神力だけとなった。一日に何百トンと射ち込まれる航空機、大砲、銃器からの鉄塊は、必死に耐え忍ぶ陣地の将兵を殺傷し、散兵壕も保塁も

破壊し、埋没させ、戦場は様相を変え、陣地は弾痕と硝煙の中に消えていった。

全滅、あるいは放棄した陣地に進出してきた敵を迎え撃つ兵もなく、ただ戦線を縮小して維持するのが精いっぱいであった。

ミートキーナには、弾も食糧もあと数日で皆無になろうとしていた。全員が玉砕を覚悟して、どのような死にざまを迎えるのかを考えていた。潔く死にたい、ぶざまな死に方をしたくないのが、みんなの願いであった。

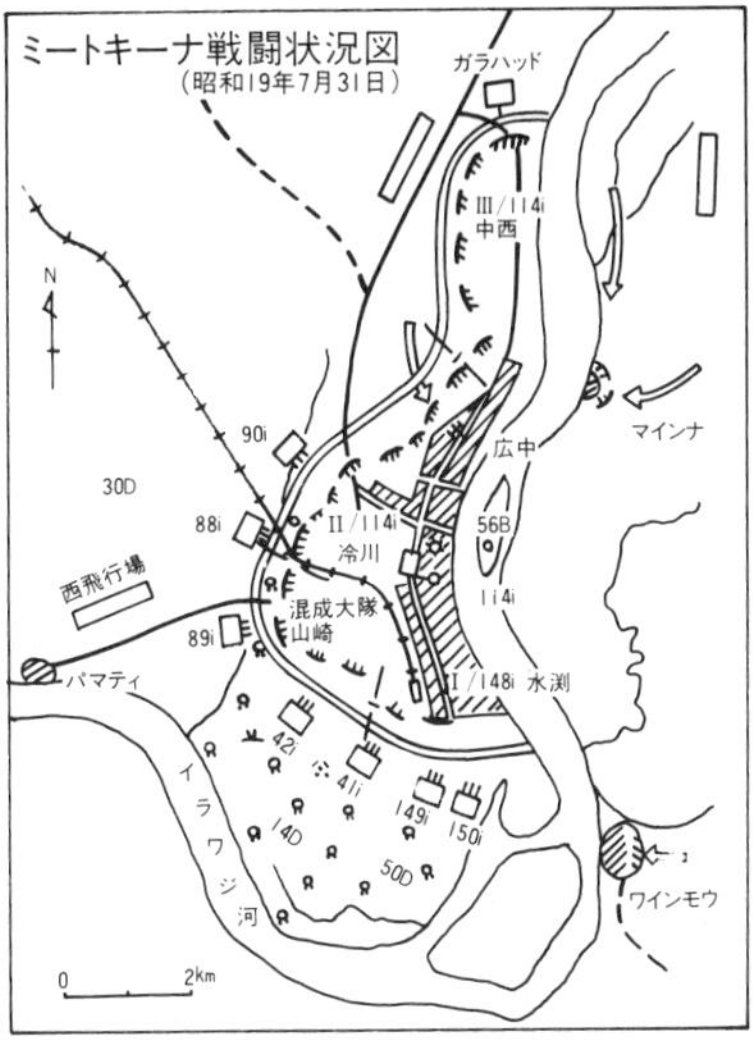

ミートキーナ戦闘状況図
（昭和19年7月31日）

フーコンの戦線で、私のそばにいた擲弾筒手の兵士がアメーバ赤痢にかかり、暇さえあれば袴下をまくってかがんでいたが、もし尻を出したまま敵の弾に当たって死んだら恥ずかしいから、そのときはこの尻をかくして下さいと、真剣に私に頼んだことがあった。だれしもが同じ思いであったに違いない。

七月二十四日ごろ、丸山守備隊長は平井副官に、玉砕名簿の作製を命じた。本部書記は、砲爆撃の目標になる煙を出さないように、一枚一枚、丁寧に重要書類を焼いた。

もはや負傷しても陣内にとどまるしか

なく、入院患者も病床にいたたまれず、第一線に復帰して銃を執った。野戦病院では、重傷病患者を筏に乗せてイラワジ河を下り、バーモで救出してもらうよう軍に要請していた。

これは、守備隊の玉砕の近いことを判断しての処置である。もし守備隊が玉砕するようなことがあれば、患者は自決するほかに方法はなく、さもなければ俘虜となるしかない。この脱出には多くの危険がともなうのだが、ほかに方法とてなく、ただ成功を祈るしかなかった。

雨期のイラワジ河は増水していて、途中に数ヵ所、滝のような流れの落ち込むところがあり、また、対岸からのゲリラの妨害などもあり、バーモで救出された者は少なかった。中には筏をあきらめて、必死の思いで泳ぎ、対岸にたどり着いた者もいた。

守備隊は兵科の別なく、通信隊、輜重隊、工兵、砲兵、鉄道、衛生、防疫給水隊などの全部隊が、一人残らず陣地についた。銃は戦死傷者の物を利用し、右手の負傷者は左手で引き金を引いて敵に対抗した。

米支軍もまた、日本軍の死力を尽くした反抗に大きな損害を出し、ただ一線だけの貧弱な日本軍陣地に爆弾を落とし、砲弾を射ち込み、攻撃はきわめて慎重であった。

第五中隊長上藤中尉の戦死

第五中隊長上藤敬四郎中尉は陸士五十五期で、内地から私と一緒に戦地に赴任して来た間柄であることは前に書いた。

ミートキーナの西飛行場に敵が現われたとき、いち早く出撃して重機関銃四つを破壊し、敵を敗走させるという武勲を立てた中尉である。六月中旬以降は新たに射撃場付近の守備についた。

射撃場の堆土は十メートル余の高さがあったが、守備地域のほとんどが平坦地であったのにくらべ、ここだけが高くなっていたため、ここに上がると彼我の行動が一望のもとに見えるという利点があった。

昭和16年、予備士官学校時代の著者(左)と同期の宮崎憲一候補生。柔道五段の猛者だった彼は、のち斬り込み戦に活躍する。

したがって、敵味方にとっても死命を制する要点となり、ここを奪うか失うかで、戦局が大きく左右される怖れがあった。地形が単純で目標になりやすい。敵は圧倒的な弾量に物をいわせ、五中隊の陣地に猛射を浴びせた。

地形は日ごとに変貌し、中隊の勇士たちはつぎつぎと倒れた。しかし、軽々しく敵手に委ねるわけにはいかないと、中隊長以下一丸となって奮戦した。だが、多勢に無勢である。敵はつぎつぎと新手を繰り出すのだが、味方に代替はない。

七月二十一日、砲兵の集中射撃後に膚接して侵入して来た敵は、侮れないものがあった。

上藤中隊長は、手榴弾をわしづかみにすると、側近の部下三名と共に「行くゾ」と敵中に殴り込みをかけ、壮烈な戦死を遂げたのである。

中隊の生き残りの将兵は、上藤中尉の意志を継ぎ、人垣となって最後までこの陣地を守り抜いた。ミートキーナ地区で華と散った将兵は、この五中隊だけでも二百二十名を超えたのである。この上藤中尉は、高潔な人柄と凄まじいばかりの闘魂に、「生きた軍神」とまで噂になったほどの誉れ高き将校であった。

私はここで、この上藤中尉と同期の陸士五十五期の人たちについて少しふれたい。同期生に水野清、永原俊郎、平城義夫、柿本正信の四人がいた。柿本は昭和十七年二月、シンガポール島攻略のとき、第一大隊第二中隊付の小隊長として奮戦中に戦死、永原は第三大隊第九中隊長としてミートキーナの戦線で戦死、平城は第一大隊歩兵砲小隊長として雲南戦線の猛昌街で、われに数十倍する蔣介石の直系軍を迎え撃ち、奮戦中敵の迫撃砲弾の直撃を受け、壮烈な戦死を遂げている。

私は平城がサンプラバムで、敵のゲリラと戦い重傷を負ったことを前に書いた。ただ一人、水野だけは、十数発の弾の貫通銃創を負いながら奇跡的に命拾いをし、後年、私と一緒に内地に復員することができたのである。

私と一緒に赴任し、死線を共にした間柄であるということで、彼らを讃えるわけではないが、尽忠一筋に生き、国のためにその命を捧げた立派な青年将校たちであったと、その死が惜しまれてならないのである。

一年先輩に五十四期（加藤、福本、武田、宇木の四人の中尉）がいたのだが、この人たちは大隊副官、または中隊長として全員戦死してしまい、だれ一人故郷の土を踏むことができなかった。戦地に赴任して来る船の中で、若者たちはそれぞれの夢を語り合った。その中で一番関心のあったのは、いつかお嫁さんをもらうということであった。まだ二十歳をいくつも出ていない花なら蕾の身である。

昭和十六年は、まだ支那事変といわれていたころで、戦地勤務を二年もしたら、内地に帰れるに違いないという期待があった。その期待も空しく、大東亜戦争に突入以来、若者たちの夢は泡のごとく消え、花も蕾のまま散り果てたのである。故郷で彼らの生還を待っていた親たちや恋人たちは、その知らせをどんな思いで聞いたことであろうか。

速射砲中隊の奇襲

速射砲中隊長代理吉岡中尉は、私が金太郎中尉とニックネームを贈った中尉で、柔道五段の猛者である。北飛行場付近の陣地を守備していたが、前面の米軍陣地は夜になると歩哨を残し、主力は後退して休息し、翌日早朝、戦線につくという決まった習慣を繰り返していることを突き止めた。

彼は決死の勇士を率い、早朝陣地配備につく直前の敵を急襲し、一泡吹かせてやろうと決意した。隊長の決意を聞いた部下たちは、全員が参加を願い出た。「勇将の下に弱卒なし」――彼はやむなくその中から二十名を選んで同行することにした。

天明近く、イラワジの河面にたちこめはじめた朝霧は、次第にひろがって北飛行場一帯をおおった。彼らはこの霧と夜暗に紛れ、秘かに敵の歩哨線を潜り抜け、飛行場周辺の茅の中で奇襲攻撃の配置についた。

息を殺して待つことしばし、夜が白々と明けはじめるころ、十数名の敵兵が近づいて来た。部隊はこの敵をやり過ごし、敵主力の進出を待った。まもなく将校らしい、堂々たる体軀の持ち主が現われ、その後には機関銃を担いだ敵兵がぞくぞくとつづいた。

ころ合いよしと吉岡中尉は路傍に立ち上がり、「ハロー」と英語で語りかけ、「コングラチュエイション、ユアーサクセス」――成功おめでとうと握手を求めた。

なにしろ立派な髭を伸ばした金太郎中尉である。敵は一瞬、立ち止まって、何がおめでとうなのか、戸惑いを見せながら、まさか日本軍の将校とは思わず、オーと手を出した。中尉はグイとその手を引くと、得意の大外刈りにかけて投げ飛ばした。つぎつぎと柔道技で敵を投げ飛ばし、敵が呆気にとられているうちに部下たちが「ワァー」と喊声をあげて飛び出したから、敵が驚くまいことか、機関銃も弾薬もすべて放り出して逃げ出した。

この奇襲は大成功であった。吉岡中尉の奇想天外な思いつきは、彼なりの計算があったと思われる。敵は英米中の連合軍である。英語で話しかければ、敵は味方の中国軍と間違えるのではあるまいか。部下たちの姿を見せず、たった一人で立ち会えば敵も油断するであろうという読みがあったのであろう。それにしても、大胆不敵なことをやってのけたものである。

彼が国士館大学出身であることに、私は最初から好感を持っていた。というのは、私の熊本予備士官学校の候補生時代、同じ区隊に宮崎憲一という候補生がいて大の仲良しであった。この友人がやはり国士館大学出身の柔道五段の猛者であったのだが、どこに行くのも、何を食べるのも一緒という親しい兄弟のような間柄であった。私は宮崎とこの吉岡中尉が、いつも重なって見えていたともいえる。

吉岡中尉は慌てて逃げた敵がまもなく反撃して来たときに負傷して野戦病院に入院したのだが、戦況が日を追うにつれ変化し、七月二十四日、傷の癒えぬまま退院して戦線に復帰し、ついに壮烈な戦死を遂げてしまったのである。惜しみてもあまりある好漢であった。

昼間攻撃する敵兵は姿勢が大きく、しかも動作が緩慢で、わが守兵の恰好の目標となった。緒戦以来、たびたび痛い目に遭った敵は、軽率に突撃しなくなった代わりに、六月中旬以後は砲撃が激しくなり、とくに連続発射する高射砲の水平射撃と迫撃砲の集中射撃は猛烈をきわめた。

わが守備隊の将兵は敵の砲撃を避け、壕内で生活する日が多くなった。低地に構築された壕の中には水が溜まり、足は赤く爛《ただ》れ、歩行困難な兵も出はじめた。

守備隊は、米支軍の兵器、軍需品を鹵獲し、また空中投下物量の獲得に努めたので、わが兵器弾薬の消費は少なく、しかも敵の給養に支えられた形で勇戦をつづけた。しかし、連日連夜の戦闘により死傷者も次第に増加し、六月中のわが方の損害は約千名に上ったのである。

とくに敵の砲弾により陣地がくつがえされ、第一線の将兵はその復旧工事のため、銃よりも、むしろ土工具をより必要とした。連隊の兵器係は前述のごとくてんてこ舞いで円匙、十字鍬の修理に当たり、第一線中隊を支援した。

各部隊は激しい空爆下に、昼間は巧みに退避し、夜になると敵陣に潜入し、攪乱して大損害をあたえた。これに恐れをなした敵は、夜になると照明弾、曳光弾を狂気のように乱射した。これは、私がフーコンの戦線で体験したものとまったく同じだった。

第一線には多数の個人壕（タコツボ）を作り、また火炎放射器の攻撃に備え、トタン板などをその上にかぶせた。そして、各兵はかならず竹やパイプなどを携えて壕に入り、爆撃や砲撃によって生き埋めにならぬように工夫をした。弾薬や糧食は、各地区ごとに分散し、秘匿した。

敵の砲爆撃により生き埋めになりかかったことは一度や二度ではなかったと、生き残った戦友たちが私に話してくれたことがあった。これは、敵の砲爆撃がいかに凄まじいものであったかを物語るものである。

守備隊への感状授与

昭和十九年五月下旬、ミートキーナ守備隊が第三十三軍の直轄となると同時に、今までに所属していた第十八師団とは相互の指揮関係はなくなっていた。しかし、田中師団長はフーコン作戦の末期、師団主力自体が壊滅寸前に追い込まれながらも、なおミートキーナ守備隊の戦況を案じ、丸山大佐に対し、種々助言をあたえていた。守備隊も、師団に対し逐次、戦況を報告していた。

七月初め、いよいよ十八師団主力が、カマイン付近からモガウン西南地区へ最後の脱出を試みようとしているとき、田中中将は丸山大佐に対し、心温まる電話をしている。

「師団から一粒の米、一発の弾も守備隊に補給できず、師団とはわずかに数十キロを隔てて行動しているのに、ついに守備隊と直接連絡することができないのは、まことに残念である、貴官もいよいよの場合、武士の最後を乱さないように決意されたい」というものであった。

ミートキーナに敵が侵入して来るまでは、フーコンの師団の戦況不利のため、連隊の兵力をさいて支援させ、ときには連隊長みずからが主力を率いて師団の援助に尽力し、敵を震え上がらせたこともあった。その連隊が苦境に陥り、何の援助もしてやれない不甲斐なさに、師団長はまさに断腸の思いがしたのであろう。

また、師団主力がモガウン西南地区に撤退し集結せんとしたとき、敵の急迫を避けるために私の指揮する支隊が五十六連隊第三大隊の吉田少佐から死守命令を受領し、カマイン南方のイエカンで強力な敵の攻撃を防ぎ、師団主力の撤退を援護したことは前述の通りである。

七月十七日、守備隊は長い電文を受信した。それは部隊に対する感状だった。感状は戦闘が終了した時点で、功績抜群の部隊に授与される名誉あるものだと解釈していたのだが、死闘の真っ只中に発せられたのである。

軍の真意は、玉砕する部隊に、せめてその生前に武功抜群であることを認め、感状を贈って慰めてやりたいという恩情からなのであろう。感状は第三十三軍司令官本多政材中将、ビルマ方面軍司令官河辺正三中将、南方軍司令官寺内寿一元帥からのものであった。

私はこのときの感状にしるされた忠誠勇武だの勇戦敢闘、孤軍奮闘などの美辞麗句を並べたてた空々しい讃辞を写す気になれない。戦いに勝ってこそ、武勲が讃えられようというものである。救出することもできず、みすみす見殺しにしてしまったことに対する恥じらいはないのであろうか。私はむしろ、敵将の蔣介石が自軍の士気を鼓舞するため、つぎのような訓示を行なったことを披露したいのである。

「今次、湖南省における攻撃作戦およびわがビルマならびに怒江作戦の戦跡を見るに、わが中国軍にしてきわめて軫念に堪えざるものあり。元来、優良部隊においてもいまだ予期の戦果を収むるにいたらず、ついに重大なる挫折を受くるに至る。よろしく日本軍の拉猛《ラモウ》守備軍、あるいはミートキーナ守備軍が、孤軍奮闘、最後の一兵にいたるまで任務を全うしあるを範として、規律を厳明にし、命令を貫徹し、もって中国革命の必成を期すべし」と、敵将が相手の日本軍の勇敢な戦闘ぶりを讃え、自軍の将兵に対し範とせよとまでいわせたことにより、われわれはこれを「逆感状」であると、胸を熱くしたのであった。

私は日本軍でも精鋭といわれていた九州兵団の龍兵団（五十六師団）と菊兵団（十八師団）に対して善戦した、中国軍の戦意をむしろ讃えるべきではないかと思うのである。

あの圧倒的多数の兵力とはいいながら、倒されても倒されても、物ともせずに押し寄せて来る人海戦術には、まったく手の施しようがなかった。後年、朝鮮戦争で、中国軍とマッカーサーの指揮するアメリカ軍とが戦ったとき、中国軍に遙かにまさる武器を持ちながら、人海戦術に押しまくられ、南鮮の大邱近くまで追い落とされ、あわや降伏かと思わせるものがあったが、中国軍の心の奥に隠された精神力の怖さを如実に物語っているといえよう。

戦闘の終焉と脱出行

守備隊は三十三軍より、改めて「守備隊は、ミートキーナ付近の要地を確保し、軍将来の攻勢を有利ならしむべし」との任務があたえられていた。ところが、同じ軍命令として、

「水上少将はミートキーナを死守せよ」と命じてもあった。

この死守命令は撤回されていないので、少将はミートキーナを離れることができない。しかし、守備隊にはミートキーナ付近の要地を確保せよとあるので、ミートキーナにこだわる必要はないという解釈も成り立つわけである。

したがって丸山大佐は、師団主力の戦っていたフーコン作戦が敗れ、ミートキーナにいたるビルマ鉄道の要衝モガウンを放棄した以上、いつまでもイラワジ河の西岸を確保する意味がなくなったとし、イラワジ河を渡河して東岸のマヤン高地に立てこもり、ミートキーナを経由する印支連絡路をおびやかせばよいと判断したのであった。

守備隊の命運もいよいよあと数日と思われたとき、丸山大佐は水上少将に対し、このままミートキーナの市街に固執して、いたずらに玉砕を早めるより、速やかに東岸に移り、マヤン高地を占拠して後図を策すべきであると意見具申をした。水上少将は、この意見に同意した。

急遽、ミートキーナ脱出のための渡河準備が進められ、民舟（七、八人乗りの丸木舟）の収集、工作隊を中心とした筏の作製がはじめられた。渡河援護部隊として五十六師団の砲兵隊を対岸に渡河させ、陣地を構築させた。

八月一日夜、丸山大佐は関係各隊長を連隊本部に召集し、撤退渡河命令を下したのである。

一、八月一日ヨリ三日ノ三夜（満月に近い月明）ニ亘リ渡河ヲ決行スル
二、各隊ニ舟及ビ筏ヲ割当テ各隊毎ニ渡河スル渡河点ハ三ヵ所トスル
三、渡河ノ統制ハ鈴木獣医中尉ガ之ニ当リ工兵ハ渡河ヲ指導スル

四、各渡河部隊ハ筏ヲ渡河点ノ上流ニ粁迄曳行シイラワジ河ノ急流ヲ斜メニ対岸ノタロー
ニ向ヒ渡河スル

ミートキーナ防衛戦中最大の悲劇を演じたのは、イラワジ河の渡河撤退であった。

丸木舟、筏による大部隊の渡河撤退作戦は、初めての試みである。雨期のイラワジ河は、水嵩が増し、河幅はミートキーナ付近で六～八百メートルにもなっていた。

昼間であれ、夜間であれ、敵前においての撤退渡河の困難は十分に予想されていたことであり、敵前上陸にもまして多くの将兵が、撤退援護のために陣地で戦いながら、あるいは渡河中にその生命を失うことになったのである。

さらに、短期間の準備で集めた丸木舟が敵機の銃撃、爆撃で砕壊され、その分を筏で充当したことが悲劇を大きくしたのであった。筏による急流の横断は、もともと不可能であったが、守備隊には他の手だてはなく、窮余の一策として東岸に到着することを願い、決行したのである。

死守という極限の命令のもとで、あくまで死を覚悟して戦い、すでに命運が数日と迫ったとき、生きられるかも知れない「撤退」という道が拓かれたとき、人間の生への執着心がどんなものであるかを、この渡河は物語ってくれた。

八十余日におよぶ鬼神をも哭かせる勇敢な働きをした勇士たちが生死の境の土壇場に追いやられたとき、人間性の弱さ、醜さをさらけ出したとしても、だれがそれを咎め笑うことができようか。一発の弾も、一握りの飯も補給することなく、無策のまま守備隊を死地に追いやった軍首脳部たちは一体、何をしていたというのであろうか。実情調査のため、ただ一人

の参謀さえも派遣していないのである。

死守命令は平気で発令するが、その死地には危なくて覗いても見ないでは、戦場の巷に怨嗟の声が満ちようとも、なんら不思議はないのである。

私はフーコンの戦線で、死守命令のもとに敵の進出を必死に防いでいたとき、上級機関からだれ一人として訪れる者がなく、指揮官としての孤独の苦しみを味わい、せめていたわりや慰め、励ましが欲しかったということを書き、第一線で戦っている自分たちより、後方でぬくぬくとしている者たちをこの上なく憎んだということを赤裸々に書いたが、こうした体験を経た者でなければ、この心理はわからないのではなかろうか。

脱出のための渡河は、つぎの順序で行なわれることになった。

八月一日夜＝水上少将、歩兵団司令部と軽傷病の患者、非戦闘員と若干の弾薬と糧秣。

八月二日夜＝連隊本部（連隊長、作戦主任、副官、作戦関係要員を除く）

軍旗は旗手松沢少尉が固く腹に巻き、大西、水上軍曹等が護衛した。速射砲古川小隊、弾薬、糧秣、功績書類等。

八月三日夜～四日朝＝連隊長を始め守備隊全員。ただし、後衛を命ぜられた浅井砲兵隊を除く。

計画は敵に気づかれないように極秘の内に進められたが、計画と実施にはとかく、喰い違いが生ずるもので、この渡河も例外ではなかった。

一日と二日は民舟の丸木舟を主に利用したのでなんとかうまく運んだのだが、三日の守備隊全員が渡河するときになって、予期せぬことが多発して大混乱を起こしたのである。

三日の夜、第一回の渡河は成功したのだが、折り返し二回、三回と繰り返さるべき舟が到着せず、対岸に着いたまま、乗り捨てられたり、漕ぎ手のビルマ人が身の危険を感じて逃げたり、小舟を持ち逃げしたり、果ては舟や櫂が流されるなど、思わぬことが続出した。ジリジリして待つ将兵たちの前に現われる舟数が少なくなれば、当然のことのように、順番が待ち切れず、舟に殺到して混乱が生じた。強力な指揮、統制を欠き、それぞれの中隊に任せっきりであったことにも原因があった。

「彼岸を目指して三途の川を渡ろうと、亡者たちが舟を奪い合う姿のようであった」と戦友が涙を流して語ってくれたとき、私の胸はその痛ましさに潰れんばかりの思いがしたのである。

檜山中尉の手記(一)　渡河命令下る

脱出のための舟の奪い合いもさることながら、さらに悲惨をきわめたのは、筏を利用せねばならなかった将兵たちであった。

私はここでこのときの体験を記して寄稿してくれた戦友檜山龍太郎中尉の手記を披露したい。

――七月下旬のある日、珍しく雨雲が晴れて陽が差していた。その雲の割れ目から、日の丸をつけた友軍機がミートキーナの上空に突入して数個の荷物を落とし、一瞬の間に飛び去った。

「友軍機が来る」というので、首を長くして待ち望んでいた友軍機であったが……その荷物の中には、御嘉賞の詞とともに思賜の煙草が入っていて、まもなく第一線の将兵たちに配布された。菊花の紋章入りの煙草を回し飲みしながら、最後の時の来るのを、ひそかに考えていた。

私の指揮する守備陣地を攻めあぐんだ敵は、その銃口を両隣りの五中隊の上藤隊と第二機関銃中隊の宗隊に転じた。補強不足であった両陣地は、苦戦を強いられることになり、上藤中尉は敵と再三にわたって陣地の争奪戦を演じ、ついに壮烈な戦死を遂げ、後任に私と同期の大隊副官花田秀丸中尉が指揮をとることになった。が、その花田も重傷を負い、陣地はやむなく百五十メートル後退を余儀なくされた。

檜山隊から第二小隊長の宮本中尉が転出して指揮をとり、一コ分隊を増援した。監的壕陣地の宗隊も、敵とたびたび陣地の争奪戦を繰り返していた。苦境に陥り、二度の増援隊の派遣も空しく、現陣地の確保を断念してわれわれの右後方に退がっていた。

ついに檜山隊の陣地は、敵方に拳骨を突き出した形となり、三方からの敵の攻撃にさらされることになり、やむなく私のいる指揮班の背後に散兵壕を掘らせ、四方に備えることにした。それは、孤立した円形の陣地でもあり、またわが隊の墓場となる候補地でもあった。

軍司令官、方面軍司令官の感状がつぎつぎと寄せられたが、部下たちには葬式の弔辞のごとく、何の反応も示さなかった。もう死が見えていたからである。——

著者はここで檜山中尉に代わって一言述べたい。

第一線から遙かに遠い後方にいる司令部のお偉いさんたちからのお褒めの言葉が、今日か明日かの死線を彷徨している将兵たちの慰めや、励ましになるとでも思っているのであろうか。思い上がりもはなはだしいといいたい。

一つまみの砂糖の方が、飢えと疲労に苦しんでいる将兵たちにとって、どれだけ心を和ませ、勇気づけるものであるかということがわからぬのであろうか。

いやわかろうはずがない。後方にいて敵の砲爆撃を浴びるでもなく、不眠不休、空腹で腐った握り飯に水を注ぎ、ゆすいで食べたことのない安楽な身分の人たちにとって、とうてい予想もできないに違いないからである。

檜山中尉はさらに手記を綴る。

――わが隊を「軍旗中隊」と丸山大佐は命名したが、それは「軍旗の栄誉を輝かせよう」との意味だと聞いた。隊員百五十名の過半数は他部隊からの兵士の寄せ集めで、兵種もいろいろであった。その連中が一心同体となって戦い、今は三分の一に減っているが、いささかも乱れてはいない。しかし、陣地内を回って、「御苦労さん。元気か、変わりないか」と言葉をかけても、ただ哀愁を浮かべた瞳で黙ってうなずくだけであった。

私にとって彼らは兵士ではなく、仏の姿に見えるのであった。あと数日で来るに違いない最後の日には、「自決はすまい、させもすまい。戦えるだけ戦って、撃たれて死のう」円形の墓地の真ん中の穴で、私はいつか呟いていた。

七月も終わりに近い二十六日ごろ、連隊本部から使役兵を数名徴集されたが、三～四日間で帰って来た。仕事の内容は極秘ということであったが、問い詰めると、負傷者の輸送用の筏作りとのこと。そんな話は以前に北方の警備隊がミートキーナに戻るとき筏で輸送したと聞いていたので、いよいよ決戦だなと思った。

七月が過ぎ、八月一日になった。午後、命令受領者の中村軍曹が緊迫した面持で戻って来た。「いよいよ来たな」というと、彼はびっくりしながら、

「エッ、わかっていたのですか、渡河のこと。対岸で防衛をつづけるそうです。中隊は三日の夜十二時から戦線を離脱して渡河点に集まって下さい。乗る筏ですが、一台につき三十名で、浮力は試験済みとかで大丈夫だそうです」という。

今度はこっちがあっけにとられた。「助かりましたなあ」と、いわんばかりの彼の顔つきに、

「早まるな。まだ二日もあるんだ。死ぬと決めていたから強いんだ。生きられるとなったら、どうなるかわからん、ぎりぎりまでだれにもしゃべるな、極秘だゾ」と彼の口を封じた。

その間も砲弾は陣地に落ち、重火器がわが銃眼を狙って吠えつづけた。この期に及んで部下たちを死なせてたまるかと、心で手を合わせながら何食わぬ顔で陣地を回りつづけた。

必死の思いの二日間が過ぎて三日になった。午前中に陣地を回って、渡河の命令を伝えた。喜んでよいのか悪いのか、一瞬、戸惑いを見せ、みんなは何ともいえない顔をした。

後方担当の竹川曹長は忙しかった。その日は握り飯の配給を一個増やし、残りの米と弾薬を全員に配給した。また、戦友の遺骨や遺品を整理して指揮班の者たちが分けて持った。配

分された米は、一週間分は優にあった。これは後方を受け持った竹川曹長の苦心の賜物なのであった。

檜山中尉の手記(二) 渡河の地獄図絵

——八月三日夜十二時、整然と陣地を離れて中隊本部に集合した隊員は四十数名だった。数を確定できないのは、声を挙げての点呼を避け、小隊長の報告にまかせたことと、対岸での確認ができずに終わったからである。

出発に当たりだれいうとなく、今離れて来た陣地に向かって敬礼をした。二ヵ月半におよぶ戦いの中で、過半数の戦友が埋められた射撃場の陣地は、月夜の溶暗の中に黒々と沈んで見えた。

夜襲を怖れる敵陣地からの銃声を背に、中隊は粛々と渡河点に向かった。連隊本部の近くの十字路で、分哨要員として一コ分隊を控置されたが、これが永遠の別離になろうとは思わなかった。

河沿いの道を上流の方に進んで渡河点に出たが、月明とはいえ、薄暗くてその場の情景はよくわからず、あたえられた竹筏に十名ぐらいが分乗した。しかし、三十名保証付のはずだったその筏は、何の手応えもなく水面下にゴボゴボと沈んでしまった。

よく見ると、孟宗の青竹を綱や針金で結束しただけで、人を乗せる浮力などとてもありそうではなかった。全員途方にくれたが、何とかせねばと衆議のすえ、これを浮き袋代わりにして泳いで渡ることにし、襦袢と袴下（シャツとズボン下）のほかは兵器、背嚢、衣類一切を筏にくくりつけ、人間は筏にすがってヨイショヨイショと懸け声を合わせ、河の中央に向かって泳ぎ出した。浮くことはできたが、大きな筏では、水流の抵抗が強く、容易には進まなかった。

ヨイショヨイショが三十分以上もつづいたであろうか、一同の泳ぐ力が衰え切ったころ、急に筏の動きが速くなった。「シメタ、本流に乗ったゾ」とだれかが叫び、みんな、生気を取り戻して必死に泳ぎつづけた。

それから何分たったたか、ふたたび疲れが極限に達して、腕も脚も動かなくなった。泳ぎをやめて、流れに乗って進む筏に身を委ね、しばらく休んでいると、裸足が河底の砂利に触れた。

「着いたぞ」だれかがいったが、あとがつづかない。安堵が疲労を噴出させて、起ってもいられない。胸まである水の中を、筏を押してゆっくり岸に近づいた。

そのとき、先頭の兵が「違うッ」と悲鳴に近い声をあげて立ち止まった。驚いて凝視した溶暗の中に横たわる黒い急斜面の岸は、平坦な砂地であるべきノンタローとはまったく異なっていた。

元の河岸に押し戻されていたのだ。「筏では駄目だ」という絶望感に、まるで落雷に打ち砕かれたように筏を突き離し、河中に倒れ込んでしまった。筏は兵器や兵糧を積んだまま、緩やかに流れに戻り、消え去った。

私はなすこともなく、呆然としてそれを眺めていた。私独りの力では引き止めようもなかった。また、隊員たちも闇の中に四散し、まとめることもできなかった。他の筏の所在もわからず、おそらく同様の運命をたどったとしか考えようがなかった。

私はただ独り、そばにいた西川伍長の肩に手を置いた。彼は黙ってうなずき、私を導くかのようにゆっくりと歩き出した。いうまでもなく死出の道である。

円形の陣地で私が決意した「自決はしない、部下たちは死なせない、最後まで闘う」はもはや無用となった。今や自分ひとりでいつでも死ねるのだが、襦袢、袴下の身一つではそれもできない。

月明の溶暗に瞳をこらして、兵器に類する物を探し求めているとき、突然、背後の崖の上で手榴弾が炸裂した。同じ思いの戦友が自決したのであろう。その手榴弾が羨ましかった。

そのとき、下流の方から歩いて来た第五中隊長の宮本中尉に出遭った。私の隊から転出する前の彼の温顔が、赤鬼のような形相に変わり、「檜山さん、もう駄目じゃ。死ぬときゃ万歳なんていわんゾ」といい捨てて、言葉を交わす暇もなく行き過ぎた。

それからどれくらい歩いたか、ついに一本の銃剣も探せず途方にくれていたとき、不意に暗い河面から浮かび上がるように丸木舟が現われ、その先にいる将校から、「檜山さん」と声をかけられた。第三大隊の有吉中尉であった。

「どうしている？」と尋ねられ、事情を話すと、「この舟に乗れ」というが、西川伍長をつれているので、その申し出を受け渋った。西川は、

「隊長、対岸でこのような舟を手に入れて下さい。それしかありません」と強く押し出され、

「よし、わかった」と答えて舟に乗せてもらった。

丸木舟は、原住民の漕ぎ手によって嘘のように平静に河を渡った。筏とは天国と地獄の違いがあった。目標の中の島ノンタローに着いて、有吉中尉に督促されたにもかかわらず、私は舟を降りることができず、そのまま舟に残り、元の岸に戻ることにした。

その途中の河の上で第二大隊所属の舟に遭遇し、それに乗り替え、監視兵に自分の身分を明かして臨時に指揮し、渡河点に着いた。そこはさらに地獄の様相を呈していた。舟以外に渡れないとわかった人たちが集合して押し合いへし合い、われ先にと舟に殺到して、たちまち沈めてしまった。無理に舟から引き離し、逆さまにして水を出し、一人ずつ指示をする。

舟に乗せるのに相当時間がかかったが、どうにか予定者を揃えて出発し、私の指示に従ってそのまま河岸に沿い遡上した。

「檜山隊の者はいるか」と声の限り呼びながら舟を進めた。何人かの隊員の応答があった。「舟を手配するから、渡河点で待て」と伝えたのに、「お願いします」「いや、もうよいです。さようなら」と、答えは二通りだった。

私なりの精一杯の気配りをして、ノンタロー島に着いた。大急ぎで大隊本部を探した。私の異様な姿を見て驚く大隊副官から軍刀を借りると、冷川大隊長のもとに行った。冷川大尉は、私の格好と決死の顔つきに何かを感じたらしく、私の渡河の状況の報告が終わらないうちに、「わかった、舟を回そう」と言ってくれた。

私はホッとした。危ないところだった。一つ間違えばどうなるかわからなかった。というのは、事と次第によっては軍刀を抜いて大隊長に舟を回すことを迫ろうかと、内心、思っていたからである。それをやれば上官を脅迫したことになり、後日、物議をかもすことになりかねなかったのである。

さっそく、河岸で一隻の割り当てを受け、その舟に同乗して迎えに行くつもりであったが、限られた乗員数を、残り少ない時間で運ぶことのむつかしさを考えて思いなおし、監視兵に「檜山隊の竹川曹長、三宅軍曹、西川伍長、米田兵長を乗せて来るように」と指示し、復唱させて出発させた。私は見送った位置を動かず、佇立したまま舟が消えた暗い水面を見つめて待った。

三十数分で、それと覚しき舟が近づいて来たのでたまりかねて、「竹川曹長！」と声をかけると、「ハイ」と応えたので、ホッとして駆け寄った。しかし、乗員は航空隊などの他部隊の将校たちで、指名した者は一名もいなかった。

憤怒のあまり絶句している私に、「指名に応ずる人が現われなかったので、つい……」と、平謝りに陳謝されると、そのうえ責めることができなかった。皆、生死を共にした戦友である。今度は俺が行くと舟に飛び乗って発進させたが、その直後に監視兵の隙を見て、漕ぎ手の原住民が河に飛び込んで逃げてしまった。

舟頭と櫂を失った舟は、急流の中でキリキリ舞いをしたうえ転覆して、私は河の中に放り出された。死に物狂いで岸に泳ぎついたが、丸木舟の姿は流れの中に消えてしまった。と同時に夜が明けはじめ、河面は見る間に光を取り戻し、対岸の飛行場からはや敵機が相次いで飛び立ち、ノンタロー島に向かって来た。万事休す。部下救出の願いは完全に水泡に帰した。

ミートキーナに残された部下約四十名のうち、ドラム缶や材木の手製筏で渡河したもの、川流れして救われた者数名のほかは、その行方を知ることができない。まさに断腸の思いである。

ただ、せめてもの慰めは、川流れをして助かった伝令の米田兵長から、残留の竹川曹長らと行動を共にし、脱出の途中モガウンに通じる鉄橋付近で竹川曹長が戦死したという消息が伝えられた。同曹長が、

「檜山中尉が出してくれた丸木舟から名前を呼ばれたんだが、渡河点の混乱で、どうしても前に出られなかった」といっていたことを聞き、私の想いだけは彼に通じていたとわかり、心のやすらぎを覚えたのである。――

檜山中尉は、痛恨きわまりない渡河の模様を、このように述べている。つぎにかつて私と同じ中隊にいたことのある田中勧軍曹（後に曹長）が同様の手記を寄せてくれたので、それを披露したい。

田中軍曹の手記(一)　死に神を呼ぶ筏

――ミートキーナの戦闘も七月中旬以降は戦死傷者多く、射撃場守備の第二機関銃中隊（長・宗譲《ゆずる》中尉）の戦力も極度に落ちていたが、陣地は一歩も退がらず、頑張っていた。

七月二十四日十二時ごろ、宗中隊長より、「田中軍曹は、射架より右を守備する末久小隊の末久曹長戦死により、この小隊を指揮するよう」命ぜられ、なるべく早く陣地に行くようにとの指示があった。

この日も、いつものごとく砲爆撃が激しく間合いを計っていたが、一時おさまったので、以前ここに応援に来たとき、隣りの守備陣地を見ていたので、そのつもりで出かけた。射架右側の凹地の低い土手づたいに、陣地に向かってつぎつぎに死角を選んで進み、以前陣地のあった後方まで来た。この付近には、第二機関銃中隊より木下分隊が配属されているので、小声で、「未久小隊はどこか、木下分隊はいないか」と何度も何度も呼びながら前進した。

何かガタガタと近くに音がしたように感じた。友軍の陣地に着いたなとホッとした瞬間、ダダダと敵機関銃の射撃を受け、大きな金棒で左手を叩き落とされたような痛みを感じた。慌てて水の溜まっている爆弾痕に転げ込んだ。大声で、未久小隊はどこかと何回か叫んだ。そのとき後方で人の声が聞こえた。「ここだ、ここだ早く来い」と呼んでいる。

銃声の止むのを待ち、泥水の溜まりを飛び出し、声のした陣地に走った。わずか十メートルくらいを、命がけで走り転げこんだ。爆弾痕を陣地として守っていた兵に、未久小隊かと尋ねた。

この兵は、工兵隊の者で、退院患者の混成で小隊長の名前も知らず、二日前、第一線からこの地点まで退がって来たという。それと知らずに敵と友軍がわずか二百メートルばかりへだてた敵陣地の前を、声をかけながら真昼間、味方の陣地を探して進んでいたのであった。

三十歳くらいの工兵に、私の負傷した左手を強く止血してもらった。この陣地と宗隊とはずいぶん離れているのに、よくも敵はこの間隙を破って攻撃をしかけて来なかったものだと、不思議な気がした。宗隊の守る射架陣地は飛び出ていて、午前中守っていた射架は、左前方に見え、なんとも心配であった。

傷が激しく痛むので、夜になって衛生兵のいる宗隊に行き、富高衛生兵に泥だらけの傷口の手当てをしてもらった。

破傷風やガスエソの血清がないので、痛いだろうがと、ガーゼにヨーチンを流し、傷口に押し込み、ガーゼを貫通させ、さらにもう一度、ガーゼを取り替え、ヨーチンをかけながら、ガーゼを抜き通した。気合いを入れて頑張っていたが、あまりの痛さに、一時気を失った。

左前腕掌骨骨折貫通銃創であった。私の負傷で、中隊長が大隊長に連絡をとり、三大隊から指揮官が出されることになった。

この任務には何もできず、不名誉な負傷であった。十日間くらい、夜モルヒネとパヒナールを交互に注射してもらった。負傷日時は昭和十九年七月二十四日十六時ごろであった。

八月二日、中隊長のいる小さな煉瓦小屋に下士官全員が呼ばれ、今夜イラワジ河を渡り、転進すると告げられた。筏は十名に一そうあたえられ、負傷者は負傷者ばかりが組んで渡るよう人員配置がされていた。

自分の組は、足を負傷した者二名のほか、手、頭、胸、肩などの負傷者ばかりで、知っている兵は、一週間前、第二渡河点より流れ着いた阿野一男上等兵だけだった。彼も長い戦闘でマラリアその他の病気で身体が弱っていた。

日暮れを待ち、それぞれの組に別れて渡河点に着いた。あたえられた筏は、青竹を十本ばかりつないだ粗末なもので、すでに水面より少し沈んでいた。足を負傷している二名を筏に乗せて、川上へ川上へと引っ張って行った。

途中で筏で失敗して溺れたのか、「助けてくれ、助けてくれ」の声が、暗闇の中、十メートル先ぐらいで聞こえたが、助けようもなく、河下へと流れていった。

正面の島ノンタローに渡るには、上流から斜めに流されるしか方法がないと、万に一つの願いをかけてここまでやって来たが、永い戦闘に傷つき、食べ物もなく栄養失調、病気の身体にこの惨めな戦況である。全員精も根もつき果て、よろよろと岸辺に座り込んでしまった。

何分かがたった。付近にはわれわれの筏以外一、二そうくらいしか見当たらなくなっていた。とにかく筏を出そうと声もなく立ち上がり、それぞれ左右四名ずつ筏にぶらさがった。

筏はスーと岸を離れたが、五メートルくらいまでで流れに乗りきることができない。皆が疲れた身体を筏にもたせかけると、筏のバランスがくずれ、片方が沈み、片方が浮き上がって、乗っていた二人は河の中へと滑り落とされた。片方の四人は、筏の反転に叩かれ、溺れて流れていった。

筏に泳ぎついたのは四名、今度は筏の後方に四人が身体をあずけると、筏の手前が沈み、先方を上にしてバターと反転した。筏に手を振りほどかれた二人の負傷者は溺れ、「助けてくれ」の声を残したまま流されて行った。なんとも始末におえない筏である。

私は負傷した片手に添え木をして巻いてあるので、身体の自由がきかなかったが、命がけで泳いだ。岸まで一メートルくらいなのになかなか届かず、何回も溺れかかった。やっとのことで岸に着いたが、したたかに水を飲んだ。

ペーペーと水を吐いて、ふと身体に目をやると、褌とシャツだけで、帽子も腰の拳銃も流してしまっていた。

何たることか、先ほど筏をあたえられた渡河点より五十メートルくらい河下であった。河岸には、筏に失敗した者が大勢いた。暗い河には、「助けてくれ、助けてくれ」の声が何回となく聞こえるのだが、だれも助けることができない。

阿野上等兵は少し河上に泳ぎつき、私を探しに来てくれた。私は渡河をあきらめた。最後の時を考え、渡河点付近に捨ててある手榴弾を探して来るように阿野に頼んだ。しかし、彼はいつまでたっても帰って来ない。寒さと心配と武器を持たない丸腰の恐怖とが急に襲って来て、なんともいえない恐ろしさを感じた。

田中軍曹の手記㈡　渡河点の戦友愛

かなりの時間がたったころ、河の中の岸辺近くで、「第二機関銃の田中軍曹はおらぬか、田中班長ッ」と、私を呼ぶ声が聞こえた。夢では、何かの間違では、と思った。寒さと飢えと疲労とで声が出ない。丸木舟に乗っていたのは、同僚の信田分隊長の声であった。

しかし、その舟には元気な者たちがザボザボと水音を立て舟が沈むほどに乗り込んでしまった。

「オーイ、信田、オレはここにいるゾ」と、やっと声が出た。舟は沖に漕ぎ出されたが、信田の涙声が返って来た。

「これで三回目だ。夜が明けても、かならず迎えに来るゾ。そのマンゴの木の下で、きっと待っていてくれよォ」

「わかった」と返事をしたが、信田の戦友愛のありがたさに涙がこみ上げて来て、私は声を上げて男泣きに泣いた。こんな気持はだれにもわかるまい。

私は手榴弾を探しにやった阿野が心配で、渡河点まで彼を探しに行ったが、彼はついに見つからなかった。

やがて夜が明ける。いかに血肉を分けた以上の戦友の間柄でも、朝になったら、迎えには来れない、敵機が来るのだ。思い悩みながら、しばらく岸辺に立っていると、枯竹とバナナの幹でこしらえた筏が岸辺にあり、二人の元気のよい者が修理をしていた。武器はなく丸腰である。まかり間違えば敵が攻めて来る。

焦った私は、信田との約束を破り、二人の筏に頼んで後方に乗せてもらうことにした。二人が漕ぐので、負傷者たちだけだったわれわれの筏と違ってすぐに十メートルぐらい岸を離れた。「しめた。うまく行くゾ」と思った途端、何が原因か筏のバランスが崩れ、私は河の中に落とされた。

片手で懸命に岸に向かって泳いだが、これでもう三度目だ。今度は死ぬ。そのときであった、夜が白みかかり、立ちこめる濃霧の中で、溺れかけた私の前を、何か黒いものがスーと通りかかった。丸木舟である。とっさに舟の艫に手をかけ、何やら声をかけた。が、舟の上の兵士は気がつかない。舟に乗っていたビルマ人が私に気づいて、櫂で手を叩いて離そうとする。

私も必死だ。今度は五本の指を手で離そうとした。私は大声で怒鳴った。「やめろ」といったか、「何をするか」といったか覚えがない。乗っていた兵士がこれに気がついて、私を舟に引き揚げてくれた。

なんとこの命の恩人は、第二機関銃中隊から二大隊本部経理室勤務になっていた喜志和太兵長であった。この舟も岸辺で待っていた六人を舟の両側に振り分けて、舟べりにつかまらせ、私と喜志が舟の水をかき出し、ビルマ人二人が櫂で漕ぎ、ワッショワッショと皆でかけ声をかけながら、朝霧の中を対岸に着いた。

ビルマ人は、到着寸前に河の中に飛び込んで逃げてしまった。私の手を櫂でたたき落とそうとしたことで復讐を怖れたのか、これ以上、日本軍につきあっていては自分たちの命が危ないと感じたのか、そのどちらかであろう。私は一人、水の中に首を出し、這うように水の中を歩いた。

一方、信田は私との約束を守り、舟頭のビルマ人二人に手を合わせて拝み、もう一度、私を迎えに行くようにお願いした。ビルマ人も、信田の真剣な頼みに心を動かし、夜の明けた霧の中を四回目の迎えの舟を出した。

河岸のマンゴの木を目当てに着き、岸辺を小声で、「田中軍曹、田中軍曹」と呼びながら舟を流していると、二大隊本部の川端軍曹に、「田中は別の舟で渡った。嘘はいわぬ。俺を乗せてくれ」といわれ、最後の何人かを乗せて帰って来た。戦友愛の貴さが身に滲みた。今でもこの二人は、私にとって大切な人である。信田との約束を破った自分が恥ずかしかった。

霧の晴れたイラワジ河を渡って、信田の舟が無事着いた。私はまだヘソの深さの水の中にいたが、彼は私の姿を見つけると、せっかくの行為を無にした私に何一つ不足をいわず、「よかった。よかったなー」と喜んでくれた。私は何度も何度も、「すまんかった」と頭を下げた。

対岸の岸辺では、まだ多くの兵士たちがこちらに向かって何かを叫んでいる。舟で迎えに来るようにいっているのであろう。ああしかし、その後、だれも渡河した人はいないと聞く。本当に生き地獄であった。ご遺族の方々に、この惨たらしさを、私はどうしても話すことができない。

私や信田たちが十人ばかりまだ水中にいるとき、敵の戦闘機六機がつぎつぎと急降下しながら、銃爆撃を浴びせて来た。幸い、水面の弾ははじけず、爆弾は陸地に落ちた。敵機が去り、傷口が痛むので、よく見ると傷口は奇麗に洗われ、下半身の皮膚はほとび、足の皮は水中で剝げていた。信田は、自分のズボンを脱いで私にくれた。これを履いて信田に手を取られ、ようやく陸地に上がった。——

ここで手記を寄せてくれた檜山中尉と田中軍曹が触れていない、イラワジ河の渡河がなぜこんな悲惨なことになったかについて、私の所見を述べたい。

戦場では予期せぬことが起こる。それが常であるとはいいながら、浮力をつけるためのドラム缶一つ結ぶことなく、青竹だけの筏を組ませて渡る発案を一体、だれが提出したのであろうか。河幅が狭いところでも、五〜六百メートルはあるという大きな河である。緊急の事態とはいえ、筏で渡る案が出されたとき、竹の筏で対岸に果たして渡れるものかどうか、一度でも試してみたのであろうか。

砲兵の射撃でも、射距離を確かめるために観測班を出し、かならず試射をするのが建て前になっている。もっとも、フーコンでは、味方の観測班なしの山砲の射撃を浴びせられ、私は危うく殺されかけた苦い思い出があるのだが……。

連隊本部の首脳陣に、その配慮に欠けるものがあったのではなかろうか。立案者が筏で渡ったのなら許せるが。連隊長や大隊長が筏で渡ったという記録はない。死に神を呼んだ筏による渡河を提案した者は、まさに万死に値するといっても過言ではあるまい。このときの作戦主任がN大尉であったことを思うと、私は彼の人柄を熟知しているだけに、その非情さに深い悲しみを覚えるのである。

ミートキーナの防衛戦で守備隊を指揮した歩兵第114連隊長丸山房安大佐。

前述の第二歩兵砲小隊長の黒田中尉が、陸路を撤退することができたにもかかわらず、四そうの筏で後送される歩行困難な部下たちの姿を見るに忍びず、みずから進んで部下たちと一緒に筏に乗り、両岸から射って来る敵の弾の楯となり、一人敢然と防戦し、最愛の部下たちと共に散華した、彼の行為を範とすべきではなかろうか。

もしこの筏による渡河案が退けられ、連隊長以下全員が丸木舟で渡河する案を立て、その実施について綿密に検討されたとしたらどうであろうか。多くの溺死者を出さずにすんだはずである。

作戦に齟齬は避けられないが、後世のため

に戦訓として、ふたたびこのようなことの起きないことを、私は祈りたい。

この連隊長のために死にたくない

軍人は天皇陛下のために喜んで死地に赴くことを義務づけられていたが、天皇陛下は、将兵にとって遠い遠い遙かな存在であって、身近な存在感はない。したがって、上官の命令は朕の命令なりと心得よという軍人勅諭に基づいて、上官のために、いや上官と一緒に死ぬことを義務づけられていたといってもよい。

しかし、人間にはそれぞれに好悪の感情というものが存在する。私は連隊長である丸山大佐に対し、この人のために死ねるかと思ったことがある。それは連隊本部で定期的に催される将校会報に出席していたときのことである。

将校会報というのは、連隊副官が連隊内の主な出来事を、列席している将校たちに伝達する行事なのだが、戦没した将校たちの名前を副官が読み上げていたときの連隊長の態度を見て、私はガッカリしたのである。

連隊長は将校名簿を手にしながら、副官の読み上げる戦死した将校の名前を赤鉛筆で消して行くのだが、非情にも小声で、「こやつも死んだか、ウムこいつも死んだか」と呟いていたのである。

私は自分が戦死したときのことを思い浮かべた。副官から名前を読み上げられ、このようにして名簿から消されて行くのかと思うと、何ともいえないわびしさを感じた。

将校は連隊長にとっては、一番身近な存在であるはずであった。なぜ、一言でもよいから、「残念なことをした。惜しい男を死なせた。可愛想なことをした」と、その死を悔やんでくれないのであろうか。

「士は己れを知る人のために死す」とか、中国の諺にもある。上官から痛み惜しまれてこそ、死に甲斐もあろうというものである。私はここで連隊長を非難するつもりはないが、せめて自分の股肱と頼む部下たちの死を、簡単に「コイツも死んだか」と片づけてもらいたくなかったのである。

指揮官は、ときには酷薄非情さを必要とすることを、古代からの戦史は物語っているが、われわれも人なら彼も人なりである。そこには、おのずと指揮官としての十分な心くばりが必要ではなかったろうかと、私は思ったのである。

しかし、私が受けた印象とは逆に、この連隊長に恩誼を感じていた人もいる。連隊副官だった平井中尉（後に大尉）である。ミートキーナで連合軍を相手に攻防八十有余日を起居を共にして戦った仲である。良いにつけ、悪いにつけ、お互いを頼りにしていたことは疑いない。

ヤレ女好き、ヤレ宴会好き、「臍から上は人格であって臍から下は品格である。人格と品格は別物である。品格はチン格であるから人格とはかかわりがない」と慰安所での女遊びを棚に上げて豪語されるお人柄でもあった。

部下たちの非難の声も、連隊長の持つ生殺与奪の権限の前には、蚊の鳴くほどにもこたえないのであった。

この連隊長に副官が恩誼を感じたのは、それなりの理由があったのである。

連隊長以下残余の八百名がいよいよミートキーナを脱出することになり、背後を流れるイラワジ河を渡り、対岸に向かうことになったのだが、渡るための手段として原住民の漕ぐ数隻の小舟(六、七人乗り)のほかは、竹製の筏に頼るしかなかった。

この河で多くの筏が転覆して、助けを呼ぶ兵士たちの地獄図絵が演じられたのだが、このとき一緒に小舟に乗るべく手はずをととのえていた連隊長と副官がはぐれてしまったのである。律気な副官は、命令受領者を本部に差し出していなかった中隊のために危険を冒して撤退命令を伝えに行き、本部から離れていたからである。

連隊長は、ジリジリしながら副官の帰るのを待ち、舟を出すのをためらっていたが、時は一刻を争う緊急事態であった。連隊長はついにシビレを切らし、舟を出させた。その間一髪に副官が帰って来たのである。八月四日、真夜中の一時を少し回っていた。

後ろ髪を引かれる思いであった連隊長は、朧ろな月明かりの中で副官の姿を認めたとき、大声で副官の名を呼んだ。

「オーイ副官、平井副官、待っていたゾ。早くこの舟に乗れ」と、いったん漕ぎ出した小舟を、ふたたび岸に戻らせたのである。そのときの連隊長の姿が、仏のように副官の目に映ったという。連隊長は、乗っていた二人の兵士に舟から降りることを命じ、副官を迎え入れたのである。

平井副官は、この一事をもってしても、丸山大佐が決して冷酷非情の人でなかったことを主張したかったのだが、これは自分個人のことであり、周囲の声があまりにも芳しくないので、つい口にできないでいるようであった。

世の中には、内面がよくて外面の悪い人がいる。丸山大佐は案外、内面はよい人であったかも知れない。懐に入ってしまえば、根は温かい人であったかも知れないのである。

人間味豊かな水上少将にくらべて、まったく正反対ともいえる性格の持ち主であったがために部下たちの顰蹙《ひんしゅく》を買ったことは、気の毒であったといえないこともない。この丸山大佐について、後日譚があり、終戦間際に、大佐はその汚名を挽回することになる。

水上少将自決す

丸山大佐がミートキーナを脱出し、対岸のマヤン高地で敵のレド公路を阻害しようと立案して名目上の守将、水上少将に意見具申をしたとき、少将はこれに同意されたことは前に書いたが、このとき、少将は自決のときが迫ったことを悟られたようである。

軍司令部からは「守備隊ハ『ミートキーナ』付近ノ要地ヲ確保シ軍将来ノ攻勢ヲ有利ナラシムベシ」の任務をあたえ、同じ司令部から、「水上少将ハ『ミートキーナ』ヲ死守セヨ」と水上少将に命じてある。なぜ、水上少将個人宛に死守命令を出し、守備隊名で出さなかったのであろうか。

この電文を起案したのは、辻政信参謀であったという。この起案を見た他の参謀が、個人宛の死守命令はかつてないことであり、訂正しようとすると、辻参謀は、「これでよい。これでよいのだ。直すな」と涙を流しながらいったという。

昭和十四年五月、ソ満国境のノモンハンで、日本軍とソ連軍とが戦火を交えたとき、機械化されたソ連軍の猛攻に、精強を誇っていた日本軍が戦線を支え切れず、「死守命令」があたえられていたにもかかわらず戦線を放棄し、退却する者が続出したという不祥事があり、問題になったことがある。

ふたたびこのようなことがあっては、日本軍の沽券にもかかわると、死守命令を守将個人宛にしておけば、万が一部隊が無断で戦線を離脱しても、その罪は問われないという含みがあってのことだという。

水上少将はこの電文を手にされたとき、一瞬、不審に思われたものの、この意味するものが奈辺にあるかを悟られたのではなかろうか。

それならば、自分個人の死守命令のために、守備隊の将兵を道連れにすることはない。また、丸山大佐がミートキーナを脱出し、マヤン高地で後図を策すとしても、どれほどの効果を期待できようか。

軍の死守命令に反するかも知れぬが、守将みずからが死を選び、その死と引き替えに守備隊残存の将兵をマヤン高地ではなく南方に撤退させ、再起させる方が、遙かに国軍のためになるという判断をされたのではあるまいか。

八月三日の夕方、水上少将の次級副官堀江屋中尉が、連隊本部をさがして来訪した。連隊本部とは名のみで、連隊長以下まだ渡河しておらず、将校は、連隊旗手の松沢少尉だけであった。

副官から水上閣下が歩兵第百十四連隊の軍旗を拝したいとの意向を聞き、旗手は何かを察したらしく、「わかりました」と快諾し、服装をととのえ、大西軍曹以下数名が護衛して歩兵団司令部に赴いた。閣下は丁重に出迎え、挙手の敬礼の後、厳粛に深く頭を垂れ、別れを惜しむかのように拝されたという。

閣下の自決は、それから間もなくであった。場所は最後の激戦がつづくミートキーナ市街の対岸、灌木林の中であった。シトシトと小雨の降る中で、拳銃の音が鋭くあたりの空気を引き裂いた。

木に背をもたせかけ、座ったままの姿勢であったが、膝の前には一枚の通信紙が、飛ばぬよう四隅に小石でとめて置いてあった。

「ミートキーナ守備隊ノ残存シアルハ南方へ撤退ヲ命ズ」とあった。

水上少将は自決に先立ち、第三十三軍司令官およびビルマ方面軍司令部に対し、つぎのような電文を送っている。

一、小官ノ指揮未熟ニシテ遂ニ「ミートキーナ」ヲ確保スル能ハズ最後ノ段階ニ達シタルヲ深クオ詫ビ申上グ

二、負傷者ハ万難ヲ排シ筏ニヨリ「イラワジ」河ヲ流下セシムルニツキ「バーモ」ニ於テ救助サレタシ

水上少将はミートキーナに着任以来、実質的な指揮はほとんどとらず、ただ最後の段階においてすべての責任をとられ、丸山大佐以下の撤退を命じられたのであった。

水上少将の側近の一人であった丸山豊軍医中尉が、少将の人となりについて、つぎのように述べているので、それを披露したい。

丸山軍医中尉の回想

——水上閣下の楽しみといえば、鶏を飼うことと碁を打つことくらいだった。しかし、ミートキーナでは一回も碁盤を出されなかったし、タバコですら自分だけで吸うということはなされなかった。もちろん、食事も自分だけ特別なものを食べるというようなことはなされなかった。

戦況は玉砕に近い状況ということは、兵士たちも知っていた。水上閣下に、貴官は死守されたしの電報が来たが、一回目はミートキーナを、二回目はミートキーナ付近をとなっていた。このとき、水上閣下が迷われたのは、自分は死んでもよいが、皆が死んでは何にもならないということであった。

閣下だけを見殺しにして部下は逃げるという発想は生まれないものだ。水上閣下は、そこのところをはなはだ心配されていた。死守の命令の電報が来たときは、なんと哀しいことかと思ったものだ。

戦いというものは、ただ勝ちさえすればよいというものではない。負けるときは負けなくちゃいけない。一人一人が貴重なものをどれだけ支払ってやっているのか、そこのところをよく考えなくちゃいけない。そういう意味では、軍隊というところはつらいものだ。

とにかく、あのときの軍隊の雰囲気は、牟田口（軍司令官）を殺せ、丸山（連隊長）を殺せの怨嗟の声が満ちていた。軍隊は階級社会だから、上に立つ者が勝手なことをしても、手出しができないから怨嗟の声が出る。
丸山大佐のそばには慰安所の女性がついていたし、あの激戦の中、食糧も乏しいなかで、食事に三菜はつけなければならないといわれていた。連隊長の世話をする当番兵がよく殴られていた。腰から下は別人格だといわれていたが、戦闘に勝ちさえすればよいということだったろう。閣下が自決されたあと、丸山大佐にそのことが知らされ、やっと死なれたかというニュアンスの言葉が返って来たという。まあしかし、戦場でのことは未来永劫話せないことがあるものだ。——

さらに丸山軍医は、つぎのようにも述べている。

水上少将個人宛の死守命令を起案したとされている第33軍参謀辻政信大佐。

——水上閣下が自決される前に、閣下のもとにいろいろな電報が届けられていた。「龍」五十六師団の松山師団長からは、「一粒ノ米、一発ノ弾薬モ、送ルコトナクシテ貴隊ノ玉砕ヲミルハ、誠ニ断腸ノ思イナリ、サレド光輝アル皇軍ノ伝統ト九州男児ノ面目ヲカケテ、最後ヲ全ウサレンコトヲ切望ス」と打電してきた。
閣下の胸深くに決意が結晶して行くときで

あった。落城近しとみて、南方総軍司令部からか、あるいはもっと上部からか、特別電報が来た。

「貴官ヲ二階級特進セシム」

大将という栄光の誘いに、その冷え冷えとした意味を閣下は、はっきりと見抜かれたようである。「香典が参りましたね」と申され、それはとげとげしい皮肉の調子を含まず、穏やかなユーモアの感じであった。さらに二日後に、また電報が来た。

「貴官ヲ以後、軍神ト称セシム」

こんどは、「弔詞も来ましたね」といわれた。武人の本懐などという、しらじらしいことばはなかった。——

著者は後日この話を聞き、まさに狂気の沙汰であると思った。死守命令を出すときは、お前たちだけを死なせはしない、オレも一緒に死ぬという覚悟がなくてはならないはずである。二階級特進にしてやるだの、軍神と称せしむだの、餌で死を釣るような卑劣な言葉を吐いて、恥ずかしいとは思わぬのであろうか。この程度の感覚しか持ち合わさぬ連中に、戦さの指導権を握られていたのだから、ぶざまな大敗を喫したとしても不思議ではない。

つぎに丸山軍医は、閣下の自決の模様を細かく述べているので、それを披露したい。

——閣下は数本の樹木の向こう側に座られて、何をなさっているのか、私の場所からはさだかではなかった。

突然、拳銃の音がした。それが閣下の位置と気づくが早いか、私はバネのように飛んで行った。閣下の近くにいた執行大尉もかけ寄った。当番兵はおろおろしていた。

軍装をととのえ、故国の方角である東北方を向いた座位から、ぐらりとのけぞった体の重みを、かろうじて立木の幹が支えている。軍刀を逆さに立ててあるのは、自害の礼式に違いない。閣下の膝の前には図嚢があり、その上に起案用紙がひろげられ、すみに小石がのっていた。

用紙には、「ミートキーナ守備隊ノ残存シアルハ南方ニ転進ヲ命ズ」としたためて、書判を押してあった。私は消えがちの閣下の脈を確かめながら、「閣下！　閣下！」と空しく呼びかけてみるだけである。

次級副官の堀江屋中尉は、丸山連隊長へ閣下の自決を報告に行った。まもなく帰って来た中尉の話によれば、連隊長からは、閣下を悼む一片の言葉も聞けなかったという。

連隊長は閣下の命に従って、すぐさま残存八百名の転進を準備した。脱出路をさがして、すぐに将校斥候をだしたそうである。

閣下の側近である私たちは、ここでさらりと殉死すべきであろうか、それとも閣下の遺志を重んじて脱出をこころみるべきか。私たちはあとの方法を選んだ。だれか一名なりと生きて故国に帰って、閣下の自決の意味と、無念を残しながら義のために死んでいった将兵のことを語りつぐべきであると判断した。

鹿毛副官（少佐）の指示で、いまだかすかに脈打っている手首を切断し、三角巾につつんでふところに収めたものの、そのずしりとした重さを感じたとき、急に涙がこみあげて来た。

泣きながら穴を掘り、遺体を納めて土をかけた。盛り上がった土の上には木の葉や雑草をかぶせて、自然の格好にとりつくろった。

河の向こうの銃砲声もまばらになり、繁みのあたりから、ひやりとたそがれて来た。閣下の手をふところに握りしめて、私はその場を駆け出した。チガヤの道を河に沿い、大きな夕映えを背に浴びて、まっしぐらに走った。今はだれに訴えようもない嘆きであり、どこにもぶっつけようもない怒りであった。泣きながら、荼毘に付して、遺骨に遺品を六名で分けた。六名とも脱出第一夜に、グルカ兵の兵営に迷い込み、激しい掃射をうけた。バラバラに湿原を渡った五名は、流木で筏を組み、奇しくもイラワジ河の渦を乗り切ってバーモに到着していた。私はビルマと中国の国境にあたる分水嶺へ迂回し、四十日後に同じくバーモにたどり着いた。——

著者は、この後の出来事について補足したい。

水上閣下はまれにみる人格者であったために、側近の副官鹿毛少佐、執行主計大尉、丸山軍医中尉、次級副官堀江屋中尉たちの嘆きは並々ならぬものがあったと察せられる。この嘆きはここだけにとどまらず、堀江屋中尉の悲運をも招くことになったのである。

バーモに着いた中尉が、少将の戦死の模様を師団長に報告しているとき、傍らにいたのが辻参謀であった。

辻参謀は中尉の報告を聞き終わるや、つかつかとつめより、いきなり中尉がよろけるほどの激しい往復ビンタを喰わせた。そして、

「閣下が死んだというのに、副官のお前はよくもオメオメと生きておったナ、この恥知らずめ」と怒鳴ったという。

辻参謀の脳裏には、昔の主君に可愛がられた小姓が、主君の死に殉ずる理想像が画かれていたのであろう。その期待に反した中尉が憎かったに違いない。時代錯誤もはなはだしいといえる。

しかし、師団長は辻参謀とは違った。「辻、もうやめんか」と制し、中尉に、「御苦労だった、疲れたろう。ゆっくり休め」と、とりなしてくれたという。

辻参謀にいわれるまでもなく、中尉自身、生きのびたことに内心、忸怩たるものがあり、即座に自決をもって汚名をそそぐべく決心をしたのだが、それと察した同僚から慰められ、そのときは思い止まった。しかし、中尉は後日、龍兵団の雲南の戦線で壮烈な戦死を遂げる運命が待っていたのである。

著者は、こうした上級者の思いやりのなさや非情さに激しい怒りを覚える。著者の同期生のK中尉も、丸山大佐の後任として赴任して来た連隊長のT大佐の怒りにふれ、悲憤のあまり手榴弾で自決するという悲しむべき出来事もあった。

第五章　中部ビルマ戦線

チャウメの健兵訓練隊

私は身の回りを世話してくれる当番兵をともなって、月夜の道を目的地のチャウメに向かった。この街はビルマ第二の都市マンダレーの東北約百六十キロのシャン高原の中にある静かなたたずまいの街である。

街の中心から少しはずれた北東約二キロのところに小さい台地があり、木造トタン葺きの二階建ての建物が八棟、道を挟んで左右四棟お互いが向かい合うようにして建っていた。一棟が百五十平方メートルくらいあり、建物を囲んで六百平方メートルばかりの空地があり、全部が空家になっていた。

訓練隊の兵舎にはもってこいの建物であった。かつて英軍が宿舎に使用していたのか、街が公用に利用していたのかも知れない。

後方の病院から退院して来る将兵のために、訓練隊と名がつくからには、それらしき陣容をととのえなくてはならない。

師団からの指示で集まった幹部は、隊長に山砲連隊から古賀大尉、副官が私、野戦病院から坂田軍医中尉、山口軍医見習士官、防疫給水隊から高岡衛生中尉の五名であった。少し遅れて山砲連隊から、吉村少尉が着任した。

建物があっても、兵員を収容するに必要な寝具類や営繕用具が皆無であったから、そのための手配が大変であった。師団経理部から派遣されて来た経理の下士官を相手に、物資調達に八面六臂の働きをしなくてはならなかった。

ミートキーナに駐屯時代、ユキコとキヌエの日本名を持つビルマの少女たちからビルマ語を教わっていたので、片言ながら原住民と会話ができ、物資の調達に役立った。ふとした縁で知り合ったチライという名の青年が気に入ったので、彼に物資調達の片棒を担がせることにした。年のころは二十一、二歳であったが、私の宿舎から二百メートルばかり離れたところに住んでいて、両親と新妻との四人暮らしであった。

着任して一ヵ月余り、昼夜兼行の多忙の明け暮れにしばらく鳴りをひそめていたマラリアが再発し、ついにダウン、床に伏せる身となった。

第一線の戦場と異なり、敵の弾は飛んで来なかったが、一日の休養も娯楽もない毎日の後方勤務も容易ではなかった。三日、四日と床から起き上がれぬ私を、古賀大尉が見舞いに来るのだが、

「具合はどうかね。まだ起きられんかね。君に寝込まれると、仕事がうまく進まんのでね」

と、私の枕もとでボヤクのであった。これは見舞いでなく、早く起きろの督促である。

「この熱が下がるまで待って下さい。病気のときくらいそっとしておいて下さいよ」

私は、古賀大尉が訓練隊の組織作りを一日も早く完成したいという気持がわからぬではな

かったが、病いには勝てなかった。経理の下士官は、チャウメの街の朝市に毎日出かけ、食糧の調達をするのが日課であったが、必要な資材の購入については、そのつど私の了解を求めに来るので、病床にあっても寝ている気がしないくらいであった。

軍医の坂田中尉や山口見習士官の手厚い看護の甲斐あって、十日目くらいからやっと起き上がれるようになった。

十二月の中旬を過ぎるころ、メイミョウ、タウンギー、ラングーンなどの兵站病院から退院して来る将兵たちが逐次、入所して来るようになった。

私は副官業務のほか、戦闘訓練の教官も兼ね、主として地形地物の利用法について実戦的訓練をほどこした。また入所中の兵員たちの中には元浪曲師や漫才師、落語家の弟子らがいたので、ときおり「慰安の夕べ」を開き、将兵の徒々を慰めることに心を砕いていた。

こうしたある日、連隊副官の平井大尉が、ひょっこり私のもとを訪れた。サンプラバムでカチンゲリラを相手に、一緒に戦った仲である。

「何事ですか、突然、来られるなんて」

「ウン、チャウメに将校たちの行李を保管させていたんで、それがどうなっているのか、調べに来たんだ」

「私のはフーコンに行くとき、ミートキーナに置いて行ったので、パアになってしまいました」

「戦争だもんな、モンミットに運んでも、また撤退することになれば、同じことだし、当分このままにしておくつもりだ」

「新しい連隊長が来られたそうですが、どんな人ですか」

「まだよくわからんけど、戦争の体験はあんまりないらしい。すごくこまかい人のようだよ」

大尉の連隊副官としての心遣いも楽でなさそうだ。

「そうですか、大変ですね」

前任の丸山大佐が部下たちから信望のなかった人だけに、変わりばえのない人となれば、連隊の前途が思いやられる。生死を共にする上官が命を託してもよい人であるかどうかで、戦力が大いに左右されるのであった。

幸いにわが連隊にはなかったが、翌年、同じ師団の連隊で、下剋上という、部下の将校たちが連隊長を排斥し、師団長にその交替を直訴するという事件もあったのである。

上官の命令は朕の命令と心得よと軍人勅諭に示されていても、出来の悪い上官が朕と同一であろうはずがないと私は前に書いたが、「命令」という名のもとに、生殺与奪の権限を持つ上官が頑迷固陋な場合、その部下たちがいつまでも黙って手をこまぬいているのであろうか。戦いは負け戦さである。「窮鼠猫を噛む」という言葉は適切ではないかも知れないが、軍の統帥上あってはならぬ下剋上となって表面化するのである。

人事異動

私がチャウメの健兵訓練隊創設のため派遣され、日夜業務に忙殺されているころ、ビルマ方面軍では人事の刷新が行なわれた。

第十八師団長田中新一中将は、ビルマ方面軍の参謀長へ、代わりに参謀だった中永太郎中将は第十八師団長に親補された。

丸山大佐はミートキーナ防衛戦で受けた傷が十分癒えず、また、持病の神経痛に悩まされていたので、ラングーンの陸軍病院に入院することになり、それを機会にビルマ方面軍司令部付に転任し、代わって満州独立守備隊第一地区隊よりT大佐が着任した。

私はここで、仕えた歴代の連隊長、大隊長について述べたい。昭和十六年八月、南支の淡水に連隊が駐屯していたときの連隊長は伊藤武夫大佐（後に中将）で、次が小久久大佐、丸山房安大佐、今度T大佐を迎えたので、私にとっては四代目の連隊長である。

大隊長は酒向密夫少佐（シンガポール攻略で戦死）、平松少佐、日高少佐、山畑実盛少佐（ミートキーナで戦死）、冷川大尉、水口大尉（後に少佐）と六代目である。私が赴任して以来、満三年と少しの間で連隊長と大隊長がこれだけ入れ替わったのだから、連隊の戦歴がいかに激しいものであったかを物語っていると思う。

大隊長が二人も戦死されているくらいであるから、下級将校である私たちが無事であろうはずがない。一緒に内地から赴任した陸士五十五期生五人のうち四名が戦死、幹候五期生十四名中、重傷で内地還送が四名、戦死八名（戦病死を含む）、この時点で私を含めて生存者四名というありさまであった。

今度着任した連隊長がどんなお人柄なのか、将兵にとって大いなる関心事であった。しかし、将兵の期待に反し、これが連隊の長たる武人かと疑わせるものがあったのである。

まずその驚かされた一、二を挙げてみよう。ビルマでも十二月ともなれば夜は冷える。将兵たちは何らかの方法で暖をとる。暖房装置があるわけではないから、付近の雑木や竹を集めて燃やすのだが、竹は火に炙《あぶ》られるとポンと弾ける。ビルマの竹は肉厚なので、音も大きく、ポンポンと小銃を射つような音がする。そこで、連隊長殿は副官を呼んで尋ねるのである。

「なんだあの音は」

「ハァ、竹を燃やして弾ける音であります」

「うるさくてかなわん。敵の弾のように聞こえるゾ。竹を燃やすのをやめさせろ」

「しかし、寒いんであります」

「音の出ないような物を燃やせといえ」と、こうである。

御自身は暖かい部屋におられるので、寒くはないのである。私はこの話を聞いて、かつて私の中隊長であったN大尉が暑くて寝つかれず、扇風機を回して休んでいる私を呼び、「あの音は飛行機の爆音に聞こえるからやめろ」といったことを思い出させた。臆病さもいいところである。爾来、連隊長は「筒ポン大佐」「あの竹ポンが」と、ニックネームで呼ばれることになった。

もう一つは、連隊長専用の便所構築である。宿舎のそばに四方を囲った普通の便所を作ったのだが、これがお目がねにかなわず不合格となった。

「では、どのようなお便所にすればよろしいのでしょうか」

頭に来た副官は、便所におまでつけて伺いを立てた。戦闘のための陣地作りや防空壕作りには手馴れていても、便所作りまで考えが及ばなかった。

なんと「竹ポン」さんの理想の便所というのは、宿舎の側の敷地を深く掘り下げ、それに七、八段の階段をつけ、その奥まったところに便槽を設け、その上をガッチリした掩蓋で固め、爆撃や砲撃を喰ってもビクともしないという代物であった。満州仕込みというのであろうか、御自身の命を守るために、平気でこのようなことを部下に命ずる心境が、私たちには理解ができなかった。たかがウンチのためにである。

フーコンの戦場で、私の部下がアメーバ赤痢にかかり、暇さえあれば尻をまくってかがんでいたが、「隊長殿、自分が尻を出したまま敵の弾に当たって死んだら恥ずかしいから、そのときはこの尻を隠して下さい」と、いじらしくも頼んだ姿を思い出すのだが、何という違いであろうか。この兵士のケツを見習って欲しいくらいである。

ミートキーナで自決され、自分の命と引き替えに部下たちを脱出させた水上少将は、兵士たちとまったく同じ生活を望まれ、側近が気の毒がって少しでも手心を加えようとすると、辞退されたという。

また、煙草一本でさえ回しのみをされて、御自分だけ喫われるということはなかったというのに、こうも人柄が違うとは……。

さらに側近を悩ましたのは、書類整理に極めてウルサイことであった。作戦事項や日々命令の一字や二字の間違いは手直しすればどうということもないのに、誤字脱字を見つけると、コメカミに青筋を立てて、「この勉強不足、馬鹿もん、ノータリン」だのと怒鳴るのであった。

連隊の将兵が誇りにしている過去の戦歴、とくにシンガポール作戦などについて痛烈な批判を加えたり、ケナしたりするのであった。これからこの人と一緒に生死を共にせねばならぬのかと思うと、側近の作戦主任大西大尉、連隊副官平井大尉たちの毎日が溜め息混じりであったとしても、無理からぬ話である。またしても思う、こんな上官が、朕と同一であるはずがないと。

威力捜索隊長を志願する

師団長や幕僚たちがビルマ中部の要衝メイクテーラを目指して出発して約二週間がたったころ、師団のチャウメ連絡事務所から、一枚の通信紙が届けられた。宛名は訓練所所長である。

「貴訓練所において、将校の指導する威力捜索隊を編成し、至急メイクテーラの軍司令部に派遣せられたし、第三十三軍参謀長」

この電文を手にした所長の古賀大尉は、驚いて副官の私を呼び、対応の仕方について協議に入った。

「威力捜索隊とあるからには、少なくとも、一コ小隊以上の兵力を必要とする。この訓練所には、各隊がバラバラに入所しているので、どうやってまとめるか問題だな」

「私の調べでは、五十六連隊所属の下士官兵が比較的多いので、この連隊の者を中心にしたらどうでしょうか」

「ウン、私は砲兵出身なので、歩兵出身の君にそれはまかせる。問題は将校をだれにするかだ」

「病院から退院して入所している将校もいないではありませんが、その中から選ぶわけにもいかないでしょう。われわれに命令権はありませんし、事は急を要します。だとすれば、われわれの中からということになりますね」

古賀大尉は、「そうだな」と同意を示したが、何と思ったか、「吉村少尉をつけてやろう」といった。

「吉村少尉をですか。しかし、吉村はあなたと同じ砲兵出身で、歩兵のような戦闘に馴れてないと思いますよ」

「しかし、ほかに該当者はいないよ。君は副官として訓練所にいてもらわんと私が困る」という。

吉村少尉は、九州帝大工学部出身の俊英であった。われわれから約半月遅れて着任したのだが、着任の挨拶をすませた彼は、将校室の板の間で毛布を敷いて車座になっているわれわれの前で座ったのはいいのだが、その位置にいくらか埃が積んでいるのを見ると、部屋の隅に四つに折って片づけてある毛布を手にとるや、パッ、パッ、パッと埃を左右に払い、悠然と座り、われわれが呆気にとられたという傑物？である。

「吉村少尉、エライ埃の払い方をするようだが、掃除はあまり好きではなさそうだナ」という私の問いに、「ハァ、自分はドウモ掃除が苦手でして」と頭を掻く。

「掃除だけでなく、面倒くさがり屋じゃないのかネ」

「ハァ、中尉殿はよくわかりますネ」

「わかるさ、毛布で埃の払いっぷりを見ればネ」

「イヤー参りました」と、一同の前で恐縮の態を示したのだが、なんとなく憎めない男という印象をわれわれにあたえたのである。

砲兵の将校が歩兵の下士官を率いて威力捜索隊の任務が勤まるだろうか。単なる将校斥候とは違って、威力捜索というのは、敵中に潜入し、少々の敵ぐらいは撃破して敵情を捜って来るという物騒な役である。

私には吉村少尉では無理だという判断があった。ここはむしろ私が志願してでも、この役を引き受けるべきだと考えた。

「私が参りましょう。サンプラバムでのゲリラとの戦いやフーコンでの戦闘にも参加して、実戦の経験も十分ありますから、適任だと思います」

「いや、それは困る。この訓練所でも何が起こるか分からん。現に君はチャウメ防備のために、万一に備え、訓練所の裏山に陣地構築をしているじゃないか」

「その通りです。しかし、陣地構築の指導ぐらいなら、吉村でもやれます。砲兵の将校に歩兵の下士官を組ませて、軍司令部に差し出したら何と言うでしょう。あなたの感覚が疑われませんか」

「ウーン、どうしても行きたいのか」

「行きたいわけではありませんが、私よりほかにいないと思うからです」

古賀大尉は、歩兵出身の私を手離すのが何となく心細いのである。

「そうか、君がたってというのなら仕方がない。さっそく返電を打つことにしよう」

かくて私の捜索隊長が決まった。私のような下級将校が戦局の全般がわかるはずもなかったが、師団長や幕僚たちがかつて、ビルマ進攻作戦が終了したとき、一時休養のためわれわれが駐屯したことのあるメイクテーラに向かって出発したとき、戦局が容易ならざる状況になりつつあるのではないか、「危ないナ」という予感がしていたのである。

志願した理由がほかにもあった。私はこのゲジゲジ眉毛の古賀大尉とは肌が合わず、この人と早く別れたかった。「自分は計理士の資格を持っている」というのが自慢の種で、自分本位のところがあった。

物資調達のため、近くの集落に私はよく出かけたのだが、そこに色白の混血と思われる美しい二十五、六の商家の娘がいた。こちらの頼みを聞いてもらうには、向こうの頼みもかなえてやらねばと、私なりの苦心と努力をしていたのだが、大尉はなんとなくそれが面白くないらしく、「私にその娘を譲れ」とまでいう始末。

娘は一目大尉を見て私に、「オーアジ、チャウテ（とても怖い）」といった。国は違っても、人柄の良し悪しはわかるらしい。この人は何を考えているのだろうかと、首をかしげたことがあった。

私がかつて仕えたN大尉や同じ大隊の古参の中隊長だったF大尉らが同じようなタイプだったので、昔の一年志願制度で将校になった人たちを、皆とはいわないが、私は、なんとなく好きにはなれなかったのである。メイクテーラの軍司令部に赴く威力捜索隊長の前途に幸あれ。

メイミョウの異変

訓練所に入所している下士官、兵の中から、歩兵第五十六連隊出身者を中心とする、軽機関銃二を有する一コ小隊を編成し、井村軍曹を先任の分隊長とした。

彼はフーコンでの戦闘の経験を持ち、面接したときの印象がとてもよかった。にわか仕立ての編成とはいえ、上下の信頼感は案外、初対面のときに感じるもので、一種のインスピレーションとでもいうのであろう。事実、この井村軍曹は名補佐役として、終始、私を支えてくれるのである。

「私は縁あって君たちを指導して威力捜索隊長となり、メイクテーラに赴くことになったが、所属する連隊は異なっていても、任務完遂のために協力してほしい。私はミートキーナやフーコンでの実戦の経験もあり、君たちの信頼に応えられると思う」と、新しい部下たちの前で挨拶した。

これから生死を共にせねばならぬ指揮官がどんな人柄なのか、また、顔、容姿も知らせておく必要があった。かつて激戦地で戦死した中隊長の後任が夜着任し、将兵がロクに顔を見ぬうちに、また戦死してしまい、前途に不安感を持たせたという例があったからである。

メイクテーラに行くには、まずチャウメからメイミョウに向かい、つぎにビルマ第二の都市といわれるマンダレーを経て鉄道かトラック便を利用しようと計画を立てた。ところが、最初の目的地であるメイミョウで異変が待ち受けていたのである。

チャウメを早朝出発したわれわれが、メイミョウに到着したときすでに夕暮れを迎えていたので、兵站宿舎を捜して泊まったのだが、異変がその翌朝、起きた。朝靄のたちこめる街中に、いきなり数発の砲弾の炸裂する音が轟き、街全体が騒然となった。

「何だ」「どうした」「敵か」「敵が来るゾォ」住民たちの右往左往するようすにただならぬものを感じた私は、部下たちにただちにマンダレーに向かうことを伝え、出発準備をととのえさせた。

騒然たる雰囲気の中で行進をはじめたとき、なんと、チャウメの連絡事務所長であった藤岡少佐とバッタリ出合った。師団長以下の幕僚たちに御馳走を出すなといった少佐である。

「オッ」「アッ」とお互いの奇遇にびっくりしたものの、少佐とかかわり合っている暇がないと、私は少佐を無視して通り過ぎようとした。

「田中中尉、ちょっと待ってくれ」

「何か用ですか」私の返事はスゲなかった。

「貴公に頼みがある」

「何の頼みか知りませんが、私は三十三軍の命令で、メイクテーラに行かねばなりません」

「それはわかっている。しかし、この街には敵が侵入して来ても、留守番の兵隊ばかりで、戦う兵力がないんだ。なんとか力を貸してくれんか」

「そんなことをいわれても……」

「頼む、田中君、頼む」まさに拝まんばかりである。

「田中中尉」の呼び捨てが「田中君」と君づけに昇格されては、ヘソ曲がりの私も無下に断われない。頼まれればいやといえない持ち前の気性がムクムクと頭をもち上げる。

「では、どうしろというのですか」

「ここには三十三軍の残留物件監視のため、山口少佐というのが残っとるのだが、残留物件をマンダレーまで運び出さねばならぬ、そのためには護衛が要るのだ。私といっしょに山口少佐のところに行ってほしい」

私たちはマンダレーを目指しているのだから、少し厄介だが護衛を引き受けてもどうということはない。

「わかりました、山口少佐のところに案内して下さい」

山口少佐のいた建物は西洋風の立派な建物で、街の出口に近いところにあった。監視兵たちが慌ただしく動きまわっている。藤岡少佐は、山口少佐に私を紹介すると、

「大変申し訳ないが、トラック数台で梱包類をマンダレーまで運びたい。日中は危険なので、薄暮を利用してここを脱出したい。マンダレーまで無事着けるよう護衛してほしい」と山口少佐は申し出た。この少佐も、年齢から見て特進の将校と見受けたが、藤岡少佐のような老齢ではなかった。

私は部下たちに建物を中心とした警備態勢をととのえさせて、薄暮を待つことにした。どこから射ち込んでくるのか、街中でときどき砲弾が炸裂するので、何ともいえぬ不気味さがただよって来る。
五、六台のトラックに医薬品やその他の資材を満載すると、薄暮の訪れと共にマンダレーに向かって出発することとなった。

騒然たる街の中でだれが火を放ったのか、数ヵ所から火の手が上がり、濛々たる黒煙が上空をおおいはじめた。街を城にたとえれば、まさに落城寸前の光景である。

私たちはトラックを従え、井村軍曹を尖兵長として慎重な行動を開始した。敵はそれを予期していたもののごとく、五百メートルも行かないうちに道路上に障害物を置き、交通を遮断して待ちかまえていたのである。月明の中で、障害物が黒々と浮かんで見える。

「しまった、敵が先回りしている」

障害物は取り除けばトラックの前進は可能であるが、敵がどこに潜んでいるかわからない。ウッカリトラックを通すと危ない。

私は井村軍曹を呼び、「道路左側の台地がどうも臭い。障害物はそのままにして、左の台地に手榴弾を二、三発ブチ込んで見ろ、もし敵がいたら、きっと反応があるはずだ」

「承知しました」さすがに井村は、私の意図をすぐに納得した。

かつてフーコンで会得した戦法が、ここで生かされることになる。

待ち伏せる敵

左の台地で、井村の投げた手榴弾がグワングワンと爆発すると、まるでそれが引き金のように、台地から激しい敵の反撃があった。機関銃と自動小銃によるものであった。敵はやはりいたのである。障害物にひっかかっている日本軍を叩き潰そうと、手ぐすね引いて待っていたのである。

敵は陣地を構えているに違いないと判断した私は、山砲連隊の土井少尉が砲を一門持って、私と同じようにメイクテーラを目指しているのを、あらかじめ知っていたので、後方にいる土井少尉に、「前へ」と伝達した。

「土井少尉、参りました」

「オー、貴公の出番だ。山砲を持っているだろ」

「ハイ」

「左の台地に、零距離射撃で一発ブチかましてくれ」

「ハァ、じつは……」

「じつは？」

「砲はあるのですが、閉鎖機が故障して射てないんです」

「射てない砲を、引っぱっていたのか」

私はガッカリしたが、役に立たなくては仕方がない。敵の射つ弾がアスファルトの道路でバチバチと跳ねるので、危なくてしようがない。

「よし、御得意の欺喊声をあげて、敵をおどかしてやろう」

「井村軍曹、日本軍が突撃するように見せかけて喊声を上げさせろ」

井村は部下たちの音頭をとって、「ワァーワァー」と声だけの突撃の気勢を示し、足踏みをバタバタとさせた。

月明とはいえ、日本軍の姿が見えるわけではない。台地の下で「ワァワァ」やられ、手榴弾を投げ込まれては、敵にとっても不気味である。とりわけ、日本軍の夜襲をもっとも苦手とするところであった。敵の猛射がピタリと止んで、静かになった。

「シメタ、敵は台地から引き揚げた。今のうちに障害物を取り除くゾ」

そのときである。山口少佐からの伝令が私のもとに来た。

「中尉殿、少佐殿が呼んでいます」

私が二百メートルばかり後方の少佐のもとに行くと、

「御苦労さん、このようすでは、トラックと共にマンダレーに出ることはむつかしいと思う。マンダレー街道には敵が充満しているかも知れぬ。道を変更して、メイミョウ南側を流れるミンゲ河の渡河点を渡り、山岳道路づたいでマンダレーに出たい。貴公は後衛としてわれわれの背後を護衛してほしい」

「トラックはどうするのですか」

「やむを得ん、ガソリンを抜かせて捨て行く」

戦さはこれからだと思っていた私は、拍子抜けがした。

私は井村をふたたび呼び、情況が急変した旨を告げ、部下たちに集合を命じた。幸い負傷者はなかったが、私はそれまで腰に帯びていた軍刀を吹き飛ばされて、見失っていた。梱包を満載しているトラックを横に眺め、「もったいないナ」と思い、ガソリンを抜く音を耳にしながら、なんともいえぬ寂寥感を味わった。

道路上に、一つの担架が置いてあり、病める兵士が仰向けに寝かされていた。

「何をしたのだ。置いて行かれたのか」

「ハイ」

私には、この担架の兵士の面倒を見る余裕がない。しかし置いてけぼりのままにしては通れなかった。私は図嚢から通信紙を出すと、下手な英語で、「プリーズヘルプディスソールジャー。ジャパニーズオフィサー（この兵士を助けてやってほしい。日本軍士官）」と書き、その兵士の手に握らせた。

「敵も無抵抗な者に害は加えないであろう。だれか来たら、この紙を出して見せろ」といい置いて、その場を離れた。情け深い敵に巡り会ってほしい、あたら若い命を散らさないでほしいという願いが私にはあった。

戦陣訓の中に、「生きて虜囚の辱しめを受けず、死して罪禍の汚名を残すことなかれ」の一節があったが、足手まといになると、置いて行かれたこの兵士に、捕虜の辱かしめを受けるなといえるだろうか。

敵を極力遅滞せしめよ

メイミョウ南側を流れるミンゲ河の渡河点を渡ったのだが、いつのまに集まって来たのか、三百名近い兵員の群れとなっていた。

無事渡河を終えると、極度の緊張が解けて夜明けまで寝込んでしまった。敵がすぐ追尾して来る気配はなかったが、いずれはわかる。とすれば、この渡河点は戦術上、押さえておく必要があると、私なりの判断があった。

やがて夜が明けると、この騒然たる兵士たちの群れはマンダレーを目指して動きはじめた。

この中で最古参で最上級者である藤岡少佐が結局、指揮をとることになった。少佐は十八師団のチャウメ連絡事務所長であり、通信のための無線班を率いていた。状況は、逐一、師団司令部に報告されていたに違いない。

出発を開始してまもなく無電が入ったらしく、藤岡少佐が青い顔をして私を捜してやって来た。

「田中君、えらいことになった。この電文を読んでくれ。私はここに残らねばならなくなった」と電文を差し出した。

「貴官はメイミョウ南側渡河点に二コ中隊を残置し、南進せんとする敵を極力遅滞せしめ、残余は速やかにメイクテーラに急進せしむべし。第十八師団参謀長」とあった。

少佐はこの電文から、自分が渡河点警備のために残らねばならぬと勘違いしたようである。

「少佐殿は、この電文を読み違えています。あなたがここに残れというのではなく、渡河点警備のため、二コ中隊を残し、あなたは残余の兵を率いてメイクテーラに行けばよいのですよ」

「なに、私は残らんでもよいのか」

少佐は改めて電文を読み直し、ホッと胸をなで下ろしたようであった。こんな渡河点に残されては大変だという思いが、顔を青ざめさせたのであろう。私はふと、この渡河点に残ってもよいという考えがひらめいた。

「少佐殿、私でよかったら、警備隊長として残りましょうか」

「君が残ってくれるというのか。本当かネ」

「本当です。ただし、メイクテーラ行の威力捜索隊はあきらめねばなりませんが」

「ヨシ、わかった。緊急事態の発生だ、司令部には、私から了解を求めよう」

「では、私の指揮下に入る二コ中隊を選出して、私が警備隊長になることの命課布達を、少佐殿から達して下さい」

「わかった」

少佐は傘下に加わっていた狼兵団の年輩の少尉の指揮する一コ小隊、病院勤務の上田軍医少尉の一コ小隊、それに私の指揮する一コ小隊、合計約百五十名を選抜した。このころの一コ中隊は平均七十名くらいであった。

少佐は編成を終わると、その概要を伝え、「田中さん、こんなところでどうだろう」と了解を求めに来た。

少佐は、何気なくさんづけにしたのであろうが、私はオヤオヤと思った。最初のころ、田中中尉と呼び捨てていたのが、いつか田中君となり、少佐がやらねばならぬと思った嫌な役目を私が引き受けてくれるとなると、今度は田中さんとなったのである。上官である少佐が下級者の中尉を呼び捨てにするのは当たり前で、少しもおかしくないのだが……。

少佐は、格別意識して言葉の遣い分けをしているようすはない。私に対する価値観が変わったからなのだろう。それにしても正直な人だなと、そのお人柄に初めて好感を持った。

少佐が混成中隊全員を前にして、私を渡河点警備隊長に任命したことを布達した。私がなぜ、師団主力を遠く離れて孤立無援におちいるかも知れぬこのミンゲの渡河点に残ろうとしたのか。いやむしろ希望したかについては、それなりの理由があったのである。

戦局は敗色を濃くしており、劣勢の挽回はむつかしい。ビルマ北部のフーコンの戦線も雲南の戦線も、山岳地帯か山間部の戦いで、敵の優れた機動力が発揮しにくかった。いわば、守勢にある日本軍にとって有利な地形であった。だからこそ寡勢で長期間、戦えたのである。戦力を発揮しにくい地形から、大いに発揮できる平坦地で決戦が行なわれたらどうなるか。連合軍にくらべ、遙かに兵力装備に劣る日本軍に、勝ち目があるはずがないと、私は戦局を読んでいた。

藤岡少佐は、師団主力のいるメイクテーラに一日も早く追及したいと念願しているが、もしかすると、死地に赴くことになるやも知れないのである。主力のいるところに行けば安全だという考え方は、甘過ぎると私は思った。この渡河点に敵が進出して来ても、それは一部の兵力であって、主力が来るはずがない。フーコンでの戦闘が、如実にそれを物語っている。山岳地帯での戦闘では、伏撃戦法で大いに戦果を挙げ、敵に一泡も二泡も吹かせたのだが、命令により師団主力の戦っていた戦線に応援にかけつけたものの、敵の銃砲や迫撃砲で、百雷も同時に落ちるかと思われる激しい砲撃を浴びせられ、惨々な目にあわされたことは前述の通りである。

藤岡少佐の命課布達により、混成二コ中隊の長となり、渡河点警備隊長となった私は、部下となった人たちに私の過去の戦歴を話し、生死を共に戦う旨を伝えた。

藤岡少佐たちを見送ったあと、渡河点警備のための地形偵察を綿密に行なった。このミンゲの渡河点の河幅は狭くて百メートル足らずだが、急坂を降りて来なければならぬ。重砲や迫撃砲の兵器を通すには大変な困難をともなう道であり、対岸は両側に細長くのびた台地の中間に道路が走っていて、その谷間を通らなければならぬ。

長く伸びた二つの台地に縦に深く予備陣地を数多く作り、待ちかまえれば十分に敵に打撃をあたえることができると、私は判断した。渡河点近くに、監視のための監視哨を上流と下流の二ヵ所に設け、敵に悟られぬように十分な偽装をほどこした。

主力は私の計画に基づいて両側台地の陣地構築にとりかかった。陣地は第一、第二、第三線にわたるもので、一ヵ所での抵抗を長くつづけることは犠牲が大きいという私の配慮があった。一線が破られれば二線で、二線が破られれば三線でというわけである。

「急げ。敵はメイミョウにすでに侵入している。われわれの後を追ってこの渡河点に現われるのは、時間の問題だゾ」と、部下たちを督励した。

上田軍医少尉を長として、後方の兵站基地に糧秣弾薬の受領に派遣した。かつてのフーコン戦線での体験が役に立つというものである。

「南進する敵を極力、遅滞せしめよ」私にとってこの命令は、まことに含蓄のあるものであった。

ミンゲ渡河点警備

後方の兵站基地で、糧秣や弾薬の補給を受けた渡河点警備隊は、第一線、第二、第三線の陣地構築に余念がなかった。左右の細長い台地の土質が硬く、歩兵の持つ十字鍬と円匙だけでの土工事は、大変な努力を必要とした。

私は、われわれより遙かに勝る敵の砲火に耐え、命を完うするには、陣地を強化するほかに方法はないことを強く主張し、新しい部下たちを督励した。

敵がわれわれの行方を追って来るのは、おそらく翌日の午前中くらいになるのではあるまいかとの私の予測は的中した。午前十一時近く、渡河点を監視させていた分哨の位置で、激しい彼我の銃声が谺して来た。

「来たゾ。全員配置に着け」緊張感で身震いがして来る。

「隊長殿、敵が渡河点を偵察に来たので、射撃を浴びせて撃退しました。わが方に損害ありません」の分哨からの報告に、私は、

「よし、わかった。今の分哨の位置を移動して、手筈の通り予備陣地で、つぎの敵の動きを監視せよ。油断をするな」と指示をあたえた。

敵はこのミンゲの渡河点を渡り、日本軍の側背を衝く作戦をたてるかも知れないという懸念があった。マンダレー方面の戦線が膠着状態となれば、

軍命令では、「敵の南進を遅滞せしむべし」である。「死守命令」ではない。敵が渡河して進出しようとすれば、それを妨害して、一日でも二日でも時間を稼げばよいのである。

渡河点を偵察に来た敵は、日本軍が待ちかまえていることを承知して帰っているので、渡河を強行するとなれば、有力な砲兵の支援のもとで行なわれるに違いない。左右の細長い台地に陣地をかまえているものの、もし重砲の熾烈な砲撃を受けるようなことになれば、ひとたまりもない。フーコンの戦線は、ジャングル地帯で土質が軟らかく、壕や陣地を築きやすかったが、ここは違う、一日がかりで膝の深さまでがやっとであった。

「ええい、ままよ、そのときはそのときだ。集中砲撃を受ければ、フーコンのときのように弾着をさけて飛び回り、敵の進出寸前に陣地に戻りやっつければよい」と覚悟し、硬かったために陣地構築が意のごとくはかどらず苦戦をしいられ、多くの戦友たちがあたら尊い命を失ったという実例を知っているが、師団の「メイクテーラ会戦」の模様を、次に記したいと思っているので、そのときに実情を述べたいと考えている。

敵が渡河点を偵察に来て、味方の分哨に撃退されて以来、戦況に変化がなく、つぎの日も、そのつぎの日も平穏に過ぎた。私はもっぱら陣地の強化を図り、敵の進出に備えていた。

藤岡少佐は無線班を率いていたので、師団司令部との連絡がとれたが、私のところには無線班がないので、後方から何らかの指示がない限り、勝手な行動をするわけにはいかない。マンダレーの戦況も、メイクテーラ方面の戦況も、皆目わかりようがなかった。

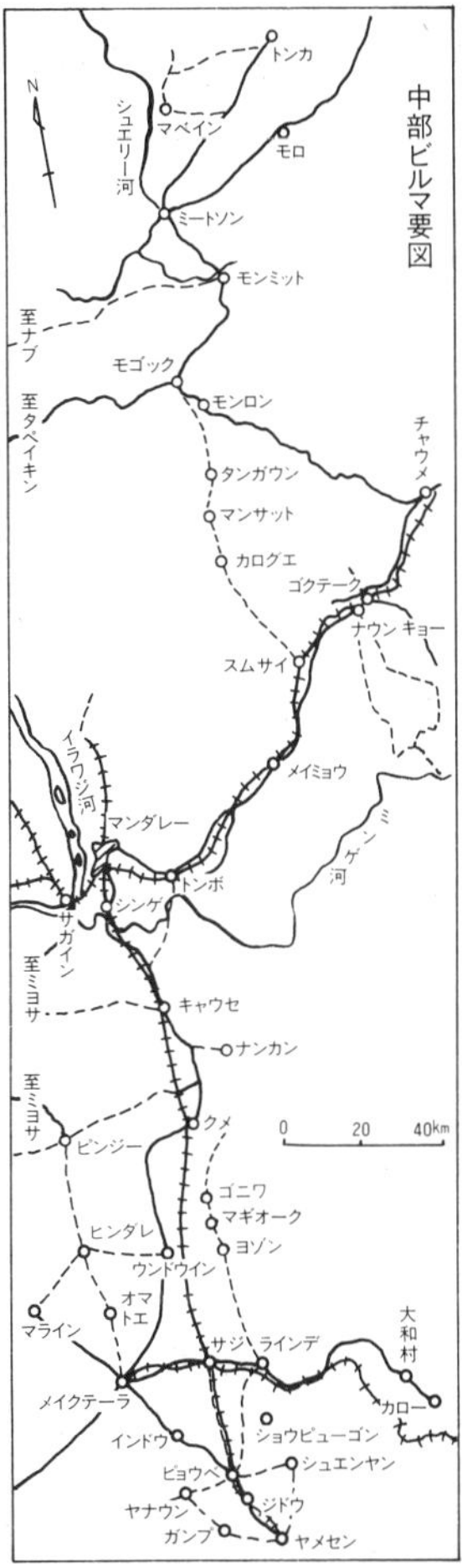

チャウメで一泊し、私たちの手厚いもてなしを心から悦び、メイクテーラに赴いた中師団長以下の幕僚たちは、このころ、大変な目に遭っていたのである。

藤岡少佐がこの渡河点警備に残されることに不安を感じ、師団主力に一日も早く追及したいと念願したのと裏腹に、私は逆に「死地に赴く」ようなことになるのではないか、「危ないナ」と予感したことを前に書いたが、まさにその通りの状況下におかれていたのである。

私たちがメイミョウを脱出しようとしたとき、敵はすでにメイミョウ—マンダレー街道を封鎖していてトラックでの脱出をあきらめたのだが、山口少佐が予想した通り、マンダレーはすでに敵手に落ちていたのである。首都ラングーンにつぐ第二の都市が、なぜこうも簡単に敵に占領されることになったのであろうか。

筆者はここでマンダレーを守備していた日本軍について少し述べたい。

十五軍司令官の牟田口中将が、ビルマ方面軍への強硬な意見具申によりすでに頽勢に傾きつつあった日本軍の起死回生を狙ってインパール作戦を強行し、その願いは空しく惨敗に帰し、ビルマ中部に敗退していた。満身創痍、戦力の回復のいとまもなく、方面軍が画策したイラワジ会戦と取り組まなくてはならなかったのである。

傘下の十五師団（祭）をマンダレー北方に、三十一師団（烈）をサガイン、ミンゲ付近に、三十三師団（弓）をミンギャン付近のイラワジ河畔に配備し、五十三師団（安）を予備軍として英軍を迎撃しようとしていた。

インパールで敗れた日本軍を追尾して来た英第十四軍は、昭和二十年一月初旬、配下の第三十三軍団をもってシュエボ平地より、また第四軍団をもってガンゴウ谷地方面よりイラワジ河畔に迫り、別に第五インド師団は機械化されて第四軍団に続行していた。

かくて会戦が開始されたのだが、圧倒的な戦力による空地両面からの攻撃と、戦車二千輌を有する機械化部隊の前に、手のほどこしようもなく敗退していたのである。

メイクテーラ会戦はじまる

私が三十三軍参謀長の命令により威力捜索隊長をみずから志願してチャウメの健兵訓練隊を後にし、メイミョウで一泊した翌日、敵の出現により状況が急変して、マンダレー街道を封鎖した敵と一戦をまじえた。しかし、この街道を突破することの困難が予想され、山口少佐の指示に基づき、やむなくメイミョウ南側を流れるミンゲ河を渡河し、メイクテーラに向かおうとした。

だが、渡河点を確保しておく必要性から、またもや藤岡少佐のもとで渡河点警備隊長を志願したのだが、インパールの敗戦についでイラワジ会戦でも敗れた祭兵団に配属となり、ついにメイクテーラに行くことができなかった。

では、メイクテーラとはどんなところであったのであろうか。メイクテーラは、首都ラングーンより北方六百余キロのビルマ中央部に位置する要衝で、南北に分かれた湖を細い水路で結んだ形のメイクテーラ湖は澄んだ水をたたえ、広漠たる平原の中のオアシスを思わせる風情があり、街はその水路を挟むようにして両側に広がっていた。

ビルマ進攻作戦が一段落を告げたとき、わが連隊が休養と次期作戦に備え、約五ヵ月間駐屯したところである。また、連合軍の大型爆撃機B24による空襲を受け、手痛い目に遭ったところでもある。英軍がかつて使用していたと思われる小奇麗な兵営も在った。

昭和十七年の九月ごろと記憶しているが、内地から当時、洋舞で名声の高かった江口、宮夫妻の一行が慰問に訪れ、シンガポール攻略後に作詩作曲された「戦友の遺骨を抱いて」（逵原実作詩、松井孝造作曲）という歌を舞踏化してわれわれに披露したのだが、そのみごとな踊りが当時を彷彿とさせるものがあり、それを見る将兵たちが身につまされて一様に涙を流したことを覚えている。

これからふたたび歌われることもなく、忘れ去られるに違いないその歌詞を、私は披露しておきたい。

一、一番乗りをやるんだと
　力んで死んだ戦友の
　遺骨を抱いて、今入る
　シンガポールの街の朝

　…………

四、友よ見てくれあの凪いだ
　マラッカ海の十字星
　夜を日についだ進撃に
　君と眺めたあの星よ

五、シンガポールを陥しても

まだ進撃はこれからだ
遺骨を抱いて俺は行く
護ってくれよ戦友よ

南北に湖を控えたビルマ中部のメイクテーラ(写真は南湖)。この町の奪回をめざす菊兵団は英印軍機甲部隊に立ち向かった。

余談はさておき、戦線はどう展開していたのであろうか。昭和二十年二月十四日、イラワジ河を渡河した第七インド師団が橋頭堡を確保し、その掩護下に二月十七日、渡河した第十七インド師団は、戦車第二百五十五旅団を配属され、二十一日、メイクテーラに向かい突進し、二十六日には西飛行場を占領し、二十八日朝から市外の外縁に陣地をかまえていたが、わが方に対し攻撃を開始した。

当時、メイクテーラにあった日本軍は、第二野戦輸送司令官粕谷少将の指揮下に輸送、兵站、衛生関係、後方部隊、飛行場大隊、狼兵団（四十九師団）の吉田部隊ら合計約四千名が守備についていた。これらの部隊はそれぞれ奮戦したのだが、戦車をともなう優勢な連合軍の猛攻に逐次潰え、三月三日、メイクテーラは完全に英軍第四軍団の占領するところになっていた。

メイクテーラ奪回の切り札として全軍の期待を双肩に担って立ち上がった菊兵団は三日夜、勇躍してミンゲ河を渡河してメイクテーラに向かったのである。中師団長は幕僚を従え、三月四日未明、ナンカン（キャウセ東南方山麓）の第十五軍戦闘司令所に到着したが、そのときすでにメイクテーラは陥落して、残兵たちがかろうじてサジ停車場にたどり着いていたという惨めなありさまであった。

当時、菊兵団（十八師団）の後方参謀であった木村（後に牛山）才太郎少佐が『あゝ菊兵団』という著書の中で、くわしくその内容に触れているので、その概略を述べてみたい。

対戦車戦闘

第十五軍司令官片村四八中将から、「メイクテーラの奪回には、東飛行場の攻略を先決とする。軍司令官はイラワジ河正面軍主力の指揮に専念せざるを得ないので、メイクテーラ戦線は貴官に一任する。第四十九師団（狼兵団）と協力して同地奪回に努められたい」と、第十八師団長に要望があった。

かくて中師団長は、情報参謀の地形判断が認められ、メイクテーラ奪回の主作戦方向を真北のピンダレーメイクテーラ道沿いの地区と決定した。その狙いは対機甲戦に有り、地形地物の活用と、敵の地上連絡路マライン道の遮断を容易にするためであった。

菊兵団の転進は、その後も順調に進み、三月七日、歩兵第五十五連隊（長・山崎四郎大佐）をもってマンダレー街道チンドウイン付近に、師団主力をもってピンダレ以南にほぼ集中を終えた。マンダレー街道方面は、ところどころにシャボテンと灌木のボサがある以外は一面の大平原である。ここが敵戦車との緒戦の場となった。

山崎連隊長は、街道西側の平原にある二〜三百メートルの短い凹地を戦場に選び、第三大隊をその凹地の斜面下に配置し、その後方約二百メートルの位置に連隊砲（長・速水悌二郎中尉、四一式山砲二門）を布陣させた。

連隊砲中隊が灌木を利用して偽装が終わったころ、早くもM４戦車約十輌が来攻した。エンジンの音は聞こえるが、戦車の姿は見えない。やがて、その一台が台上に巨体を現わし、車体をゆすりながらじわじわと近迫し、凹地にいた第九中隊の陣地に対し砲撃を開始した。

その瞬間、戦車の右側面がわが連隊砲に暴露した。中隊長はすかさず、「射距離三百、側面射、砲撃開始」を命じた。榴弾は唸りをあげて飛び、狙い違わず車体の中央部油タンクの下面に命中、戦車はたちまち火炎につつまれた。つづいて現われた第二車も同様に撃破したので、他の戦車は大慌てで退却した。

翌日の午後、道標十三マイル水無し河

メイクテーラ周辺図

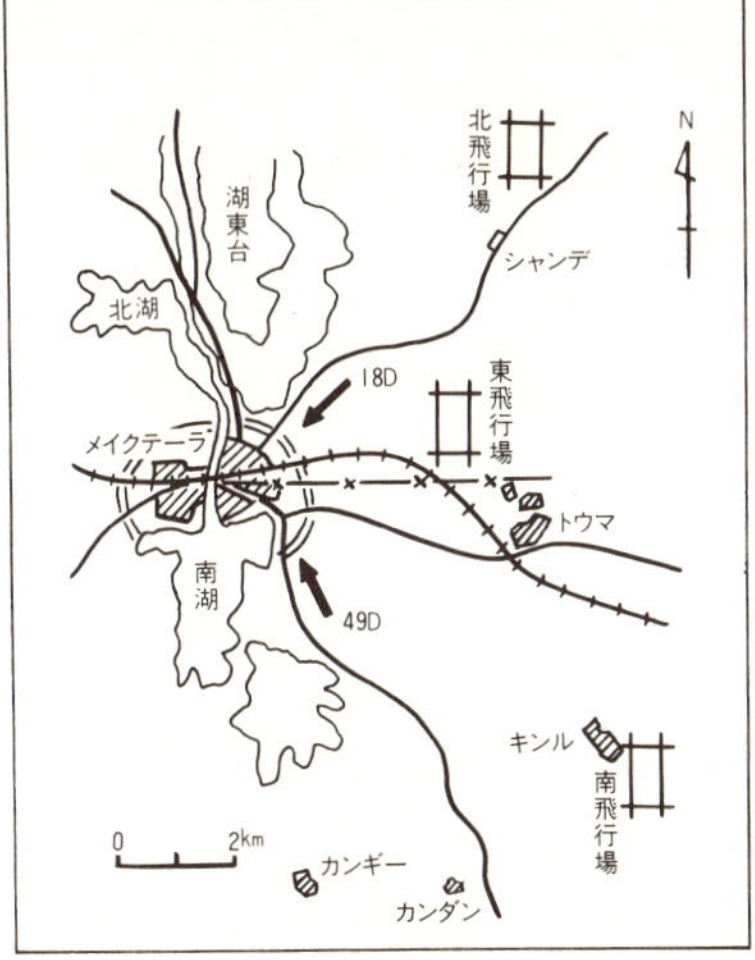

の線を占領していた掩護部隊が、英軍機甲偵察隊の攻撃を受けた。折柄、配備交代中の歩兵第五十六連隊（長・藤村義明中佐）の第一大隊（長・池島俊一大尉）と辻連隊が逆にこの敵を待ち伏せ、装甲車二輛を炎上、残りを潰走させた。

この戦果は、配属されていた恩賜の速射砲（独立速射砲第十三大隊、分隊長。長峰伍長）の威力によるものであった。陛下の御内帑金で造られた菊の御紋章入りの速射砲が百メートル以内の至近距離で仕止めた最初の戦果である。長峰分隊はもちろんのこと、付近の歩兵たちの士気は大いに揚がり、菊兵団の対戦車戦はまずまずのできばえであった。

この勝報はたちまちにして全部隊に伝わった。わが速射砲（四十七ミリ砲）に貫通され、真っ黒に焼け爛れた装甲車二輛の残骸が、水無し川の南岸に近い河原に晒されていた。しかし、その装甲は二十ミリ以下の薄いものであり、かつてフーコンの戦線で撃破したM４戦車に比べ、格段に薄い装甲であった。

この局部的戦勝が、菊兵団内に戦車軽視の気風を醸すことにならねばよいがと筆者は懸念したのが、この心配はまもなく現実となって現われたのである。

この会戦では、数次にわたり敵戦車を撃破しつつ着実に前進し、湖東台の攻略、東飛行場の奪回、メイクテーラ複郭陣地の攻略など輝かしい戦果を収め、敵の機甲師団長コーワン将軍に退却を決意させる瀬戸際まで追い込み、菊将兵の心意気を遺憾なく発揮した。しかし、その陰には、菊兵団にとって幾つかの泣きどころがあったのである。

まずその第一は、軍の派遣参謀辻大佐が現実を無視し、みずから立案した軍の会戦計画の日程通りに作戦を強行し、前線部隊にタコツボ壕を掘る時間をすらあたえようとしなかったことである。

第二は、中師団長が辻参謀の意見に弱く、大の愛酒家であった。酔って脚を負傷し、歩行にも苦労されていたが、晩酌にことかくことがあれば、明晰な頭脳を鈍らせることが再三あった。

第三は、この作戦の中堅指揮官たるべき歩兵第五十六連隊長藤村義明中佐が、過去の戦傷のため激しい銃砲声や部下の報告を聞きとり難いほどの難聴者であったことである。

これらの三要素が重なり合って、幾つかの重大な予期せぬ事態を惹起した。その最大のものは三月十、十一日のマライン道遮断と、三月十五日夜の第一次東飛行場攻撃であった。

先遣隊の死闘

西飛行場とメイクテーラとの交通を六マイル道標付近で遮断すべく命を受けた先遣隊長（池島大尉）は、部下たちを督励して十日の夜明け、かろうじてミンギャン街道に達した。付近はところどころに灌木を認めるのみで、拠るべき地物もない平原である。平原の中でやっと六マイル道標を捜しあて、それを中心にメイクテーラ方向に対し第一、第二中隊を並列、その中央部に機関銃隊、速射砲中隊、左後方に連隊砲中隊、ミンギャン方向に対して第二中隊を配備し、本道遮断の態勢をととのえた。

もし、相手が戦車を装備しない部隊であるなら、これで一応任務達成したと見るべきであろう。だが、当面の敵は、強力なＭ４戦車を主体とした機甲部隊である。将兵は各自の身を守るタコツボ掘りに必死の努力をつづけた。しかし、粘土質の大地は乾き、石のように堅く、工事は遅々として進まなかった。

午前八時ごろ、濃霧が晴れると、敵機の猛烈な対地攻撃を受けた。前夜の不眠不休の行軍、炎暑と水不足などで戦闘準備が進まず、連隊本部、支援砲兵、師団司令部などの通信整備もととのわず、敵を迎撃できる態勢はできていなかった。

十時ごろ、メイクテーラ方向から来た英印軍の急襲を受けたのである。この敵は、日本軍のためにマライン付近に孤立した車輛約四百台をメイクテーラに救出するために派遣された、戦車十七輛および乗車歩兵を基幹とした支隊であった。

堅い土質のため、伏射用の掩体すらできておらず、砲兵の準備もととのっていない。戦うための条件は最悪であった。まさに死闘をしいられたのである。

先遣隊は三十七ミリ砲により、敵装甲車二輛を撃破したが、優勢なM４戦車には歯が立たず、平坦開豁地で孤軍奮闘した。敵はメイクテーラからさらに戦車部隊の増援を得て強力な攻撃をつづけた。そのため、池島大隊長、連隊砲中隊長が相ついで重傷を負い、速射砲中隊をはじめとし、先遣隊のほとんどが壊滅的損害を受けた。

しかし、先遣隊長を中心として一歩も譲らず、陣地を死守した。敵は日没に先立ちメイクテーラ方向に引き揚げた。敵は夜戦が苦手であり、日本軍に大打撃をあたえたことに確信を持ったのであろう。

重傷にも屈せず部下の指揮をとっていた池島大尉は、この日の夕刻、交替に着任した大川大尉に戦車戦闘の戦訓を申し送り、野戦病院に後送されていった。池島大尉と大川大尉は、ここで明暗が分けられるのだが、神ならぬ身の知る由もなかった。

私はこの大川大尉に、フーコンの戦線で一度出合っているので、そのときの模様を述べたい。

一コ大隊がわずか三十有余名にまで激減していた歩兵第五十六連隊の三大隊（長・吉田少佐）に配属を命じられたとき、敵の重囲に落ち重傷を負っていた連隊長長久大佐の治療のため、軍医部長の特別の配慮から第二野戦病院の橋倉一裕軍医中尉が派遣され、付き添っていることを私は知っていた。

彼とは仲よしで、お互いの消息を案じていた。できれば彼に会いたいと思い、夜の十時近く連隊本部を訪れ、挨拶かたがた面会したい旨を申し出た。そのときに私と応対したのが大川大尉であった。

「御苦労様です。兵力不足で困っています。応援に来て頂いて大変、助かります。ところで、軍医殿にお会いしたいとのことですが、連隊長と御一緒で、もうお寝すみになっていますので、御遠慮願いたいのですが」という。

言葉は丁重であったが、私のためにわざわざ軍医を起こすのをためらっているようすである。

「では、ちょっと様子を見て来ます」とでも言ってくれたら、私も納得できたのだが、大尉は連隊長や軍医をなるべくそっとして上げたかったのであろう、

「何か伝言があるようでしたら、明朝お伝えしますが」

さすがの私も、たってともいえず、

「そうですか。それでは百十四連隊の田中中尉が訪ねて来て、よろしくといっていたと伝えて下さい」というほかはなかった。

私と同年輩の陸士出身の新進気鋭の大尉という印象があった。この人が長久大佐の後任として着任した藤村中佐に仕えたことが不運につながることになるのであった。

さて、先遣隊が壊滅的損害を受けたと書いたが、その戦闘の模様はどうであったか、木村氏は次のように述べている。

◇焦熱地獄

辻参謀から先遣部隊の戦況を確認して来いといわれ、道標六マイルを目指し出発して間もなく、行く途々で三々五々と後退して来る池島大隊の重軽傷者に出合った。それらの人々の話を総合すると、速射砲中隊は全滅し、池島大隊長、行徳連隊砲中隊長が重傷を負ったのをはじめとし、大隊が壊滅的損害を受けていることがほぼ明らかになった。

途中、シャボテン林の陰に砲列を敷いていた山砲部隊を掌握した後、午後三時ごろ、六マイル道標北方二キロの台地に達した。この台地は人の背丈ほどの灌木があるが、マライン道に並行し、戦場最高の要地であり、六マイル付近の激闘が手に取るように見下ろせた。

目に映るM4戦車は十余輛、それが激しい銃砲火を至近距離のところに噴き出すように注いでいる。真っ赤な炎を連続して放射しては後退し、つぎの放射戦車と入れ替わり立ち替わり火炎攻撃をつづける戦車もある。

双眼鏡で覗くと、戦車の後方には敵の歩兵が散見されるが、わが方の歩兵は見当たらない。戦車砲弾の炸裂点や火炎が放射されている地点付近が、友軍の第一線であろうか。わが歩兵はまさに焦熱地獄で、阿修羅のように混戦乱闘中であり、正視するに忍びない惨状である。一刻も早く救助せねばと心は焦った。

この状況を、高見の見物と洒落込んでいる英印軍の一団があった。それは、すぐ目の下のレインドウ集落南方道傍らの凹地に、数十台の自動車を整然と配列し、その前方稜線近くに立った二、三百名の一団である。先頭付近にいる五、六人は将校らしく、着衣は作業衣ではなく一人は赤い軍帽をかぶっている。敵の将官でもあろうか、憎らしいほどの余裕しゃくしゃくぶりであった。

◇救援射撃

「クソッ、一発かましてやる」

砲兵によって救援射撃！　試射はこの密集部隊！　と決心はすぐ決まった。

「目標左前方密集部隊、照準点左の白布、三千二百、瞬発信管、試命に射て、第一発射」

頭上をシュルシュルと飛んだ山砲弾は、密集部隊の後方、マライン道上に落ちた。

「三千、試命に射て、第二発射」

第二弾は、集結自動車の中央付近で炸裂した。

「距離良し、方向よし、各砲三発、つづいて射て」

密集部隊は、この集中射撃で蜘蛛の子のように散り散りになり姿を消した。ついで射向を三十密位《ミリ》右に変換し、敵戦車部隊にねらいを定めた。

友軍の歩兵線に落ちないように神に祈るうちに、砲弾は戦車部隊の中央付近で炸裂した。試射第二弾も同様であった。

「しめた。各砲六発連続発射!」

砲弾の爆煙は一時、大部分の敵戦車群をおおった。爆煙が晴れるにともない、敵戦車は後退をはじめ、後方数百メートルの窪地に集結した。六マイル付近の戦車は一時姿を消し、敵戦車を撃退できたのである。

「この稜線上に観測所を推進し、随時支援射撃」と指示した後、藤村連隊本部を捜し、作戦連絡をすることにした。

◇藤村連隊本部

この台地上にあるはずの連隊本部の位置が皆目不明であった。なかば諦めかけたが、台上の北々西に延びる小稜線上の徒歩道に、一縷の望みをかけた。陽がだいぶ西に傾いたころ、やっと竹やぶでおおわれた谷間に本部を発見した。なんとその位置は師団の戦闘司令部の西方わずか数百メートルにあった。

連隊長は、壕の中で悠々と香を焚いておられた。風流というよりも、むしろ耳が遠く何も聞こえないための仕草であったかも知れない。六マイル付近の戦車の砲声が、ふたたび熾烈をきわめていた。

師団司令部から派遣された参謀の私を見るや、とっておきの補聴器を耳に当てた。戦況説明で池島大隊の苦境を知るや、傍らにいた連隊の作戦主任大川大尉(陸士五十三期)に第一大隊長代理を命じ、即刻、外発を督促した。

参謀到着からわずか十分内外のことである。幕僚の連絡調整や戦闘上の心の通った指導など行なう時間的余裕はまったくなかった。

ちょうど一年前の三月十日から、この連隊がフーコンの戦線で、ジャンプーキンタン南側反斜面陣地帯において天晴れな作戦を展開したことを思い出した。一銃、一門にいたるまで現地について適切に指導していた前の長久連隊長の血の通った指導ぶりに敬服したことである。

長久大佐を補佐した大川大尉の功績も大きかった。中でもカウンロウセン付近において敵のM３戦車の側面、背面を狙って、わが連射砲中隊が捨て身の戦法で素晴らしい戦果を収めたことである。

この武勲赫々たる速射砲中隊が、この日の戦いで潰滅し、大川大尉も翌日、散り果てることになるのだが、連隊長が替わると、部下たちの運命も左右されてしまうところに、戦場の持つ悲しさがあった。

藤村連隊長と打ち合わせを終えた私は、状況報告と意見具申をいかにすべきかを考え、師団の戦闘司令所に帰った。日はすでに暮れかかっていた。

Ｍ４戦車と共に進撃する英印軍。戦車群の銃砲と火炎放射器による攻撃に、有効な対戦車兵器をもたぬ日本軍は圧倒された。

師団長は、幕舎内で軍参謀の辻政信大佐と談笑しながら、愉快に晩酌中であった。

私は戦況が急を要するとの判断から、作戦指導に関する意見と第一線視察報告とを一気に申し述べた。概要はつぎの通りである。

一、先遣隊は潰滅的損害を受け、再起困難の模様である。

二、藤村連隊本部は戦闘司令部のすぐ西五、六百メートル付近の谷間にあり、連隊内の有線通信は構成されていない。

三、連隊長は極度に耳が遠く、今日の苛烈な戦況をほとんど知らない。連隊長には六マイル道標北方台地に進出して戦闘指導するように要請した。

四、六マイル北方台地に砲兵の観測所を推進すれば、街道を通行する敵自動車の行動を制すると共にマライン街道の遮断の目的を達成できる。

五、この稜線は灌木におおわれ、対戦車肉迫攻撃に適していて、戦車の自由行動を許さない。したがって、藤村連隊をこの稜線に退げ、師団砲兵の火力でマライン道遮断を継続させるを可とする。

晩酌中の師団長の表情は、報告が進むに従い、陶酔の境地から次第に嫌悪に変わり、報告が終わらないうちに極点に達してしまった。

辻参謀は、それを見かねたのか、幕舎の外に私を呼び、報告を中止させようとした。

「十五時の師団命令に間に合わなかった貴官の報告は無価値であり、閣下を心配させた罪は重い」

「しかし、十二時過ぎに出発した私が十キロも先の戦況を確認して、十五時までに帰還報告することは無理です。この際、思い切って藤村連隊をこの稜線まで退げて、砲兵の火力でマライン道遮断を続行させた方がよいと思います」

「黙れ、何を言うか！　ツベコベ抜かすな！　参謀を辞めろ！　斬るゾ！」と言うなり、軍刀の鯉口を切り、今にも襲いかかる気勢を示した。

私は一瞬、対決か後退かと躊躇したが、すぐ気をとり直した。

「天皇陛下から命じられた参謀です。軍参謀殿と争うためにビルマに来たのではありません」

私は逃げるが勝ちと、折柄迫って来た夕暗の中に紛れてその場を離れた。このような方法で下級者の意見を押さえ込み、将軍の前を繕うことはできても、敵のM4戦車を撃破することには何の役にも立たなかった。この辻参謀はかつて戦さの神様との風評もあったが、私といる限り、その戦略は地に堕ちていたといえる。――

湖東台の攻防

この会戦で見逃すことができないのは、湖東台における攻防戦である。湖東台とはメイクテーラ湖の東岸に沿って南北を走る丘陵を指して称されたもので、東北部と東南部にコブがあり、日露戦争のときの旅順の二百三高地にも比するようなところであった。わが百十四連隊がミートキーナ戦で、唯一の高台であった射的場を重要視して争奪戦を演じたのと同じである。

湖東台は面積が十数平方キロの猫の額のようなところであったが、戦術的に重要な拠点であり、東飛行場や市街地を攻略するため、欠くべからざる要所であった。湖東台の南北には地隙があり、小兵力で守備できる有利な地形となっていた。航空戦力のないわが軍にとっては、どうしても確保しておきたかった。

師団は、歩兵第五十五連隊の山崎大佐に、十二日の薄暮を期して湖東台を攻撃させ、戦車第十四連隊および野戦重砲第三連隊に協力を命じた。

攻撃要領は、重砲は日没とともに急射撃を開始し、敵陣を制圧する、戦車は重砲の砲撃音に紛れて敵陣に近迫、鉄条網を破壊して歩兵の突撃を先導する、歩兵は戦車につづいて敵陣に殺到するという歩、戦、砲の共同作戦であった。

重砲の急襲射は、敵兵の心胆を奪った。つづく戦車や歩兵の出現に周章狼狽した敵は、無数の照明弾を打ち上げ、真昼のように明るくして対抗したが、なす術もなかった。その明るさは両国の花火のように、まことに奇麗であった。わが攻撃部隊はほとんど無血で敵陣地を攻略し、数輛の自動車、多数の地図などを鹵獲した。

日本軍に奪われた湖東台を奪回すべく二十七日、戦車二コ中隊を基幹とする英印軍が来襲した。この敵を撃退したものの、わが方も戦車一輛、砲二門が破壊された。

二十八日、湖東台は西、西北、南の三正面から、戦車をともなう二コ旅団の包囲攻撃を受け、重大な危機に直面した。

この日の攻撃は、天地も震駭する猛攻撃ではじまり、台上一帯は土煙におおわれ、わが将兵は一時は窒息するかと思われるほどであった。

南正面の敵は第九十九旅団であったが、地形が悪く戦車が使えず、歩兵だけの突入であったが、山崎連隊の第四中隊（長・緒方春夫大尉）は、巧みな防御戦により敵の中隊長以下百名近くを殲滅した。陣地前の断崖下の狭い水無し川には累々たる敵兵の死体が転がっていた。

一方、北西及び西正面の敵は、戦車三コ中隊をともなう第六十三旅団であった。十数輌の戦車部隊は北西から侵入し、水無し川のミンドウ河沿いにある師団の弾薬集積所を襲い、灰燼に帰し、さらにわが砲兵の段列を蹂躙した。また、他の戦車部隊は、作間連隊の配属山砲中隊（弓山砲第六中隊）の観測所を襲い、中隊長橋本実大尉以下、多くの将兵が華と散った。

傍らにいた湖東台守備隊本部（歩二百十四連隊長佐久間大佐）も、敵戦車の猛攻撃を受けた。しかし、ここでは勇敢な肉迫攻撃兵が二人いて、それぞれ敵の先頭車を撃破して危機を乗り越えた。

ここで、「肉迫攻撃」について触れておこう。これは読んで字のごとく戦車に肉迫し、爆雷を装着して敵の戦車を破壊する方法である。師団の後方参謀であった木村少佐が、メイクテーラ会戦で敵戦車に対抗する必要性から、肉迫攻撃の訓練を実施し、大いに成果を挙げているので、どんな要領で行なったのかを披露したい。

二枚重ねた破甲爆雷で撃破できるM４戦車の部位は、エンジン室の上面のうち、その左右の傾斜した肩部（この内側が燃料タンク）のみであり、幅三十センチ内外の狭い面積である。他の場所もないではなかったが、金網や磁気吸着力の不足などで成功率が少なかった。

手榴弾を車体後面の内部にある鉄格子に吊り下げる方法は、エンジン破壊に有効である。肉迫攻撃の場所はつとめて灌木林や背の高い草地などを選定する。攻撃距離は、待機したタコツボの盛り土に片足を着けたままで、右手が戦車に届く範囲、最大限数メートル以内とし、長い距離を戦車に向かい突進して攻撃することは戒める。

以上の要領で、敵から鹵獲した戦車をモデルに、戦車の周囲に掘っておいた数個のタコツボ内に潜ませ、戦車の肩部に対する攻撃訓練を納得のいくまで反復練習した。後部エンジン室入口の鉄格子部に対しては、手榴弾代用物の吊り下げ法を行なった。

訓練を受けた将兵は、総員百余名となり、戦車戦における粒選りの代表戦士となった。各隊に復帰した彼らは教官となり、さらに連日連夜、訓練が行なわれたのである。

三月七日の対機甲緒戦以来、三月十八日まで十二日間の菊兵団各部隊からの戦果報告は、つぎのように集計された。

戦車炎上＝七、戦車擱座＝三十七

しかし、こうした涙ぐましい訓練も、頽勢はいかんともしがたく、会戦を断念せざるを得なかった。菊兵団の会戦発起時の戦力は、このとき三分の一程度に激減していたのである。

五十六連隊の「下剋上」

私がなぜ同じ師団とはいえ、所属の異なる五十六連隊のことを書こうとしたのか。これには二つの理由があった。

その第一は、フーコンの戦線で五十六連隊第三大隊に配属となり、「死守命令」のもとで必死で一緒に戦った部隊であり、私とは因縁浅からざるものがあったこと。

第二は前任の長久連隊長の後任が藤村中佐で、戦傷が原因とはいえ、ものすごく耳が遠かったために悲劇の種となったことを書きたかったからである。

前述のように、北ビルマの山間部で敵の機動力が発揮できない戦場とは違い、平坦地で敵戦車が縦横無尽に駆け巡る戦場とでは、その戦いの趣きを大変異にしていたことである。

連合軍にくらべ遙かに装備兵力に劣る日本軍が、どうしてこんな平坦地での決戦を望んだのか。方面軍司令官は、どのような判断をしていたのであろうか。一下級将校に過ぎない私ごときが云々すべきことではなかった。しかし、痛恨きわまりなかったことは、わが身を守るべき陣地構築やタコツボすら掘ることができず、いや掘らせてもらえないまま緊急事態に追い込まれ、あたら尊い命を失わせた非情さである。

第56連隊の将校たちが連隊長の更迭を直訴した第33軍司令官本多政材中将。

藤村中佐が、敵の激しい銃砲声が蚊の鳴くほどにも聞こえず、その緊迫感が五感に伝えられなくて、後方の壕の中で悠々と香を焚いていた姿など、戦国時代ならいざ知らず、狂気の沙汰といえる。

もし真に部下たちの身を案ずる連隊長であったら、第一大隊長の池島大尉や速射砲中隊長が重傷を負い、大隊が瀕死の状態にあることを知らされたとき、大川大尉とともに、なぜその戦場に赴こうとしなかったのであろうか。私には、それが不思議としかいいようがなかった。

私はフーコンの戦線で死守命令をもらったとき、第一線で部下たちと一緒に銃を執って戦った。指揮官が後方にいては、士気にかかわると思ったからである。階級が中尉であれ、指揮官としての心得に変わりがあろうはずがない。

またメイクテーラ会戦では、軍参謀辻大佐の現場を確認しないお粗末な作戦指揮のため、七百余名の将兵を無駄死にさせてしまったと、当時の参謀部付の川原嗣次郎大尉が悲憤慷慨して物語っているのである。

今までに何度も述べて来たが、軍隊は階級社会であり、下級者が上級の者に逆らうことができない仕組みになっている。しかし、上級者に理不尽なところがあり、そのために生命を危うくされるとなれば、黙っていられないのが人情というものである。

この五十六連隊の将兵が連隊長に反感を持ち、その憤りが頂点に達したのは、四月九日から行なわれたピョウベの丘の戦闘であった。

セマン河畔から北方八百メートル付近に五十六連隊の芋生大隊の陣地線があった。芋生少佐は現地に到着したとき、その場所が敵戦車と戦うにはあまりにも不適であり、かつ土質が乾燥し切って堅く、簡単に陣地やタコツボが掘れないことがわかった。

少佐は、連隊長に対し現況を伝え、命令変更を要請した。しかし、連隊長は現場を確認することもなく、「命令に意見具申はない」と冷たく拒絶したのである。

少佐は自分の要請が拒絶されたとき、「わが運命もここで尽きるか」と覚悟した。しかし、可愛い部下たちを死なせてはならじと、必死の思いで陣地構築に専念させたのだが、救いの神はついに訪れなかった。

作業なかばに敵戦車数十輌が押し寄せ、猛烈な銃砲火を浴びせ、アッという間に芋生大隊を蹂躙してしまった。身を寄せる地隙も溝もない平坦地で火を吹く鉄の塊りには、勇敢な将兵も抗する術がなかった。

歩兵の後方川岸に布陣していた山砲の一門が、この戦車群に必死に対抗したものの、物の数にも入らなかった。大隊の生還者は一人もないという悲惨なことになった。

この悲報が連隊に伝えられたとき、将兵は愕然となった。先には池島大隊のことがあり、大隊長代理大川大尉の戦死、つづいて連隊内で人望の厚かった芋生少佐の戦死であった。

「この連隊長のもとでは殺されてしまう」と、みんながいちように感じた。

「許せぬ、もう我慢がならぬ。連隊長を取り替えてもらおう。軍司令官に直訴しよう」以心伝心、声なき声がひろがっていった。

直訴に来た将校たちの決死の様子に驚いたのは、軍司令官（本多中将）と幕僚たちであった。上官を取り替えろというのは「下剋上」であり、上官の命令は朕の命令なりと心得よという軍人勅諭をないがしろにすることである。

「そうか、わかった。善処する」とは、口が腐ってもいえることではない。「そんな馬鹿な、何を戯けたことを」と、一言のもとにはねつけたものの、これは無視できることではない。このまま放置しておけば、どんな事態が惹起するかわからぬ不気味さがあった。

人事のことは遠く日本内地の陸軍省にあるとはいえ、軍司令官や師団長が無関心でおられるはずがない。数日のうちに連隊長は軍医の診断を受けさせられ、マラリアという病名のもとで野戦病院に送られ、連隊長の交替が実現した。終戦まであとわずか四ヵ月足らずの出来事である。後任として佐藤又三郎大佐が着任した。

芋生少佐は兵士から特進した人で、戦さ上手で人情の機微にも通じ、戦地勤務も長く、内地帰還をするばかりになっていた。大隊長要員の不足から、その帰還を一時延期されていたというのに……。

M兵団に配属を命ず

渡河点警備を命じられて三日、四日と平穏な日がつづく。メイミョウに侵入した敵は、ミンゲ河の渡河点を偵察に来て、わが方に撃退されたまま何の音沙汰もない。情報機関のないわれわれは、それがかえって無気味でさえあった。

五日目の朝、後方から連絡があった。師団主力を追及した藤岡少佐の配慮によるものであると察せられた。

届けられた書面には、「貴隊の渡河点警備の任務を解く、速やかにキャウセに赴き、M兵団の指揮下に入るべし。十八師団参謀長」とあった。

「M兵団に配属か」――なぜであろうか。師団主力に速やかに追及せよというのならわかるのだが、インパールで敗退したM兵団で働けというのはどういう意味なのか。当時の私には、イラワジ会戦で、ふたたび大敗を喫しているなどわかりようがなかった。

軍命令とあれば、好むと好まぬとにかかわらずどこにでも行かねばならぬのが、われわれ軍人の宿命であった。せっかく苦心して構築した陣地を放棄して部下たちをまとめ、マンダレー南方のキャウセを目指すことになった。

敗残のM兵団は、キャウセの街を俯瞰できる山の中に退避していた。私たちを迎えたM兵団の人たちは、大変な悦びようであった。私たちの菊兵団といえば、菊の御紋章に通じる由緒ある兵団で、マレー、シンガポールを攻略し、ビルマでの進攻作戦でも勇猛で名を馳せた兵団であることはつとに知られている。混成部隊とはいえ、菊部隊であることに違いはなかった。

「いやあ、よく来てくれました。心強い限りです。お疲れでしょうから、しばらくはゆっくり休んで下さい」

連隊長に申告をすませた私に、連隊副官はきわめて丁重であった。配属になった以上、煮て喰おうと焼いて喰おうと、配属先の勝手である。

いずれ何らかの沙汰があるにちがいないと腹を決め、山頂の一隅に部下たちと腰を据えていた。

と、聞くともなく聞こえて来たのが、敵情偵察に派遣される将校斥候へ副官が伝える命令の内容であった。

「マンダレーよりメイクテーラに向かわんとする敵の歩兵部隊の動向を偵察すると共に、状況これを許せば敵中深く潜入し、敵の司令部の発見につとめ、これに痛撃をあたえる後、すみやかに帰還すべし」

以上のような厳しい内容であった。

この命令を受領して復唱している将校は、じつに泰然自若としていて、聞いている私の方が驚いた。

正直な話、ビルマの戦線でY兵団とM兵団といえば、弱兵団の見本のようにいわれ、敵からも味方からも侮られるというところがあった。所属する部隊名を訊かれて、「Yです」「Mです」といおうものなら、「なあんだYか」「なあんだMか」とその言葉の中に、一種の侮蔑の響きがあった。

私はこの将校の泰然たる落ち着きぶりに驚き、M兵団に対するこれまでの認識が誤っていたのではあるまいかと、疑念が湧いた。噂とは違って顔色一つ変えぬ度胸、見上げたものである。

私がこんな危険な命令をもらえば、緊張でおそらく顔色が青ざめるに違いない。私は命令を受領した将校に、何となく声がかけたくなって、

「大変な命令をもらいましたね。あんまり無理をせん方がいいですよ」と語りかけた。

その将校はニッコリ微笑むと、「ナーニ大丈夫ですよ」といい、私を手招きして近くの草むらの中に誘った。

「今の命令ですが、あんな命令、おかしくて聞いておれまっか」という。

「エエッ、命令を聞かないんですか」

「そうです。命令通りやっていたら、命がいくつあっても足りまへん」

「しかし……」

「この敗け戦さ、どうにもなりまへん。敵のところなど行きまへん」という。

何ということをと、まさにたまげた思いであった。これは命令無視であり、拒絶であり、軍法会議ものであるはずなのに、平気の平左である。

死地に赴く気がなければ、泰然自若にもなれる。私は初めてそのナゾが解けた。私はいまだかつて命令を無視する行為など、考えたこともなかっただけに、驚き呆れるより、感嘆に変わった。

「偵察に行かないで、どうするのですか」

「マ、これから一キロぐらいマンダレー方面に出かけて寝てまっさ」

「敵が来たら、どうするのですか」

「抵抗なんてしまへん。サッサとよけて敵さんを通します」

「それじゃ味方が不意を衝かれて困るでしょ」

「そうでんな、仕方ありまへん。あんな命令出す方が間違ってますさかい。敵に喰いつかれたら、ヤラレテルーと高見の見物ですわ」

「しかし、部隊に帰らんわけにはいかんでしょ、部下たちもいることですし」

「いつかはね。適当なときにエライ目に遭いましたと、クタビレタ顔をして帰りまっさ」

敵と味方の双方に偵察兵を出して置き、つかず離れずでおれば、味方を見失うこともないというのであった。

この兵団が戦いに弱いナゾがやっとわかった。私はこの将校のやり方を笑う気がしなかった。いや、むしろ羨ましいというか賢いというか、何かを教えられた気さえしたのである。これが同じ日本軍とすれば、ピンからキリまであるものだということであった。

M兵団の評価

命令を無視するM兵団の将校を、私は誹る気にはならなかった。なぜなら、彼を少なくともそうした気持にさせるものがあるからである。

私が戦ったフーコンの戦線で、某少佐が重砲弾の直撃を受けてもビクともしない堅固な壕の中で、豪華なベッドでノーノーと寝そべり、第一線で戦っている私を呼びつけ、戦況はどうかと訊かれたとき、その横暴な態度に無性に腹が立ち、「後方にいては戦況がわかりません。前線視察に来られたらどうですか」と厭味をいって、少佐を慌てさせたことを書いたが、上級の者が下級の者に対し傲慢不遜なところを見せれば、大きな反感を買うことを心得ておく必要があった。

「インパール作戦」で惨敗を喫したのは、作戦を起案した方に無理があったはずである。喰うに食なく、射つに弾なくして、ただ戦さに勝てと督励しても、勝利の女神が微笑んでくれるであろうか。自分は危ない思いをせず、部下たちに危ない任務を押しつけ、部下の功績をわがものとするとあっては、部下たちが浮かばれるはずがない。こうした積み重ねが、お互いの不信感をつのらせ、厭戦気分を誘うことになるのである。

私がM兵団に配属になったのは、後日わかったのだが、疲労困憊その極に達しているM兵団に、菊兵団の兵力を割いてその戦力を補強してやりたいという軍の配慮があって、メイミョウ南側のミンゲ渡河点（注、マンダレー南側でもある）を警備している私の隊がM兵団にいちばん近いところにいたので、差し向けられたということであった。

菊兵団（十八師団）と兄弟師団といわれた龍兵団（五十六師団）でも同じようなことが行なわれ、砲兵五十六連隊の有島中尉の率いる第六中隊が二十年五月、このM兵団に配属となった。私の知人で同隊の小隊長だった田代中尉が、当時の模様を中隊史に記載して発表されているので、参考までにその一部を披露したい。


――五月のある日、第六中隊に対し、ミンカドウ付近において戦闘中のM兵団のK部隊への配属命令が出た。今岡歩兵第百四十六連隊（龍兵団）と共に菊兵団増援のためフーコンに馳せ参じた前例を除けば、師団を離れて他部隊に単独配属されるというのは、第六中隊にとっては異例のことであった。

K部隊は、M兵団主力がトングー地区への転進に際し、龍兵団長松山祐三中将の指揮下に残した歩兵部隊だが、インパール作戦につづくイラワジ会戦における手痛い敗北によって、装備士気共にいちじるしく低下していた。

出発前、中隊全員に対し、連隊長は、「わが龍兵団を代表してまた、当連隊の代表として、その名を辱しめないようやって来い。K部隊はかなり士気阻喪している模様なので、士気鼓舞といった面でも、一人一人が心がけるよう……」という訓示を与えた。

自動貨車四輛の配属を受け、これに人員、火砲、弾薬、器材などを分載し、夜道をミンカドウに向かったが、いつでも敵情に対応できるよう火砲搭載の車輛は先頭と後尾に配し、先頭車輛の運転席の屋根には軽機関銃が据え付けられていた。

途中、別段の敵情もなく現地に到着、翌朝、配属の申告と挨拶を兼ね、中隊長に瀬尾、玉村、私の三名が同道してK大佐のもとに罷り出た。恰幅のよさから豪放な印象を受ける大佐はわれら配属砲兵に対し、恐縮するほど丁重な応対で臨まれた。

大佐が、「じつは恥ずかしい話ですが……」と前置きして語られる部隊の内情は、出発時、わが方の山崎連隊長の訓辞の中からすでに承知していたものだった。

「聞けば、貴官らは感状に輝く名誉中隊であるとのこと、当連隊の士気向上に役立つことなら、どんなことでも結構、ぜひお願いする」という大佐であった。

山崎連隊長の訓辞といい、K大佐の挨拶の内容といい「カッポ喰わして（ブン殴る）も文句はいわさん」というお墨付きをもらったも同然と、二、三の者が現にこれを実行に移したという話を耳にしたのは後日のことである。

このような士気阻喪の片隣を見せられたのは、中隊長や私たちが案内された同隊前線のある丘の上のことである。一兵士が砂岩の稜線に伏せて敵方を監視していたが、壕など全然掘っておらず、わずかに樹枝一本が偽装（じつは日除け）というお粗末。

わが龍兵団の第一線ではとうてい考えられぬことで、円匙や十字鍬がなければ、なぜ短剣で掘り、鉄帽ではじき出さないのか。また、なぜそのように指導しないのか。まったく呆れ果てて物がいえない。ちょっとでも敵に動きがあれば、物の怪に憑かれたように退いてしまうので、手のつけようがないというのが、同行した年配の将校の述懐である。——

筆者がフーコン戦の末期、モガウンでY兵団の一部隊と会ったとき、歩哨が木陰でポカンと突っ立っている姿を見て、演習ではあるまいし、敵に狙撃されたら一コロでやられてしまうと、その無警戒ぶりに驚いたことを書いたが、M兵団にもまったく同じことがいえる。実戦的訓練が「なっちょらん」と、そのお粗末さに腹が立ったのである。田代中尉の手記をつづけよう。

――と、ある日、中隊機関の内田徳雄軍曹（後に曹長）が小川で水浴後、褌一つで魚を掬っていたところへ、通りがかった馬上のK大佐。所属氏名を尋ねられ、これに答えたところ、「そうであろう。さすがに龍兵団だ。ウチにはこんな溌剌たる兵はおらんからのう」と、随員に語られたそうだ。

が、これがキッカケでその網は、「配属の記念に是非に」と懇望され、もだし難く、中隊長にも説得されて、ついに進呈せざるを得ない羽目に陥った内田軍曹だが、龍兵団のシンボルみたいに男をあげた代償とあれば、諦めもつくというものである。――

川もそこに流れているし、水浴や洗濯をしてもよさそうなものだが、それができず、同隊の兵士はとにかく汚れていたという。なぜか――筆者は一言説明する。褌になっているところを、もし敵におそわれたら、もし敵機に見つかって射撃を浴びせられたらと思うと、怖くて洗濯も魚掬いもオチオチできないのである。「幽霊の正体見たり枯尾花」ではないが、敵が怖くて仕様がないのであった。

中隊指揮隊長の玉村恭平中尉と陸士同期という同隊の連隊旗手原口中尉（佐賀県出身）と

の間で、夜間の徒然に、何回か往き来があり、トランプを繰りながら旧交を温めた模様であったが、「貴公はじつに羨ましいよ」と、玉村中尉にシミジミ述懐したという。

なんと筆者がY兵団の大隊長の少佐（鹿児島県出身）とモガウンで出合ったとき、気質がまったく違うので、とてもやりにくいとコボしていたことに通じるものがある。

――中隊が現地に到着後三、四日たったころ、巡視の途上、完成まもない中隊の兵舎（アタップ葺き）に立ち寄ったK大佐は、

「お前ら現地に来て幾月になると思うか。見ろ、龍の砲兵はまたたく間に兵舎を完成した。しかも連隊長の宿舎より、ズット立派ではないか。この一事をもってしても、龍兵団の強さがわかるし、お前たちが何人かかろうとも、龍の砲兵一人にかなわないだろう」と随員に話された。

なお、帰隊後、本部全員に対し、同趣旨の訓示があったといわれる。もっとも、兵舎建設はK部隊に対する手前、従来より多少念を入れ、かつ短期間に仕上げろという中隊長の意図が強く働いていたことは否定できない。

配属以来、何かと配慮にあずかるK大佐に対し、ときには敬意を表しておこうという中隊長に、私たち三小隊長（瀬尾、玉村、田代）が同行したが、部隊本部入口まで来たとき、筒抜けに聞こえて来るのは大佐の声。

「……たかが数人の敵を見たという程度のものを、兵力不詳の敵部隊と報告し、連隊長の判断を誤らすがごときはもっとも戒むべきことだ……」という内容のもので、前後はしかとわ

からないが、だれかがお目玉を食っているに相違ない。

どうやら、師団砲兵一コ中隊が増援になるらしい。

こんな雲行きの中にノコノコ入っていくわけにはいかず四人は抜き足差し足、倉皇として退去した。

砲撃中の日本軍野砲。支援砲撃のため到着した龍兵団砲兵を見て、歩兵部隊将兵は砲を撫でんばかりにしてたのもしがった。

ミンカドウのK部隊正面に対し、にわかに敵の重圧が加わったとして、わが山崎連隊長がみずから音部第十中隊を率い、増援に馳せつけたのは、小言の一件からもまもなくのことである。

野砲と十榴の二コ中隊の火砲を目のあたりにして、同隊の兵士は意気消沈もどこへやら、「でっかいなあ」「たのもしいなあ」の連発で、火砲を撫でてみたいという衝動を抑えかねているように見えた。

やがてK部隊は、わが砲兵二コ中隊支援による反撃を計画し、歩兵と砲兵との協定が行なわれた。「夜陰に乗じ、隠密行動によって敵営間近に進出した歩兵第一線の信号弾を合図に、砲兵が一番に砲門の火蓋を切り、その射程延伸に膺接して、歩兵が突入する」ことになって、それまでは歩兵は一発も撃ってはならないのであった。
にもかかわらず、怖じ気づいたのか、手前の方からパンパン発砲してしまったので話にならず、不意急襲、多大の戦果を挙げるという計画がまったく反古になり、山崎連隊長もしかることもならず、苦笑しておられたのである。

当日の射弾数は、野砲が百発、十榴が六十発。聞くところによれば、同隊が過去、砲兵の支援を受けた場合でも、一戦闘につき十発も射ってもらえればよい方で、こうも簡単に運んだ攻撃ははじめてだというから、わが砲を撫でんばかりのたのもしがりようもわかるような気がする。

「ウチは籾を搗《つ》いても、龍の砲兵には白米を……」というK大佐の厚意ある指示によって大事にされ、カッポ喰わしても一言半句の苦情も持ち込まれず、盗んで密殺した牛についても抗議が来ないという、いわば優越感に浸った配属期間だった。

やがて、K部隊に後方への転進命令が下り、これを機にわれわれ第六中隊も連隊に復帰することになった。

中隊長が、K部隊に配属になったとき、「配属中、最悪の場合、放ったらかしにされるという事態もあり得る。その際は中隊の独力撤退を覚悟しておけ」と真意を明かしたのも、遠い昔の夢のように思えた。

転進途上に、隊列のなかにあるK大佐を追い越した。徐行して会釈をする車上のわれわれに大佐は、「ご苦労でした」と、優しく言葉を返された。われわれは、何度も手を振りながら、別れを告げたのである。——

戦争恐怖症

前項で、M兵団の弱兵ぶりを発表したが、なぜかくも士気を阻喪させたかに触れなくては、M兵団の将兵に気の毒というものである。

どこの社会にも長い長い間に培われた伝統というものがあり、その伝統の上に立って目に見えない力を発揮することもできるのだが、尚武を第一とする風土の中で育っていないことと、戦争においてもっとも肝心な戦闘体験に乏しかったこと、しかも緒戦において圧倒的に優勢な連合軍を相手に戦わされたことである。

満州事変、日華事変などの短い期間の戦いで、日本軍にくらべて遙かに装備の劣る中国を相手に連戦連勝したころとはまったく様相を異にしていたのである。

ソ連軍を相手にノモンハン事件で戦った日本軍は、機械化されたソ連軍に圧倒され、かろうじて停戦に持ち込んだものの、近代戦がどんなものであるか、日本軍の上層部のお偉いさんたちはもっと認識すべきではなかったかと思われる。

軍司令官を始めとして師団長、旅団長、連隊長、幕僚たちにいたるまで、どれだけの苛烈な戦争の体験を持っていたのであろうか。緒戦で惨敗を喫して、戦争の恐怖にとり憑かれた将兵たちの戦意を回復させるのは、ほとんど不可能に近かった。

私の支隊の小隊長だったF中尉は、一兵士から叩き上げの将校で、銃剣術の猛者として、連隊内でもその名を知られた人であったが、北ビルマの戦線でカチンゲリラと遭遇し、咽喉部に重傷を負ったことがある。一時は死を覚悟し、部下たちに体を東方に向かわせ、遠く天皇陛下と父母に別れの遙拝をするという死の淵に立たされた経験の持ち主であった。

ところがそれ以来、戦争の恐怖にとり憑かれ、終戦までまったく使いものにならなかった例がある。

恥ずかしいことだが、筆者自身がそれに似た体験をしている。ビルマ中部の要衝メイクテーラに、ビルマ進攻作戦が終了して駐留していたときのことである。連合軍の大型爆撃機九機編隊による水平爆撃を喰い、ザーザーと降って来る爆弾の真下にいて、思わず神の名を唱え、地面に伏して命乞いをしたことがある。

物凄い爆発音が近づき、もはやこれまでと観念したとき、爆弾が後ろで破裂した。

「ヤレ助かったか」濛々たる土煙りが薄らいだとき、そこには目も当てられぬ惨状が展開していた。

目の前に、手首が一つ転がっている。私はハッとして自分の手首を見た。どちらも手首はついていた。前の闊葉樹の枝には、生々しい人間の腸がダラリと不気味にブラさがっていた。

私のすぐ右側に、爆弾の破片で背中に大穴を明けられ、虫の息の部下の谷口兵長がいた。前にも左にも即死した兵士たちが無残な姿を晒している。見知らぬ兵士が片足を膝下から吹き飛ばされ、垂れ下がる大腿の肉を両手で支え、「だれか来てくれ、早く止血をしてくれ」と喚いていた。私は部下の谷口兵長を抱きかかえると、そばの宿舎に運んだのだが、手当てのしようがなかった。

「小隊長殿」と私を呼ぶ声に振り向くと、「背中から出血しています。手当てをされたらどうですか」と、部下の一人が知らせてくれた。爆弾の破片創であった。極度の緊張と興奮で、痛みを感じなかったのである。

生まれて初めての空襲で悲惨な状況を目撃して以来、しばらくは爆撃恐怖症にかかり、耳は絶えず飛行機の爆音を警戒するようになった。後日、サンプラバムで敵機を撃墜して、このときの無念ばらしをし、この恐怖心から、やっと逃れることができたのであった。

ついでにもう一人、恐怖心にとり憑かれたS少尉のことにふれたい。彼は京都大学出身で、その学歴を買われて幹部候補生となり、少尉に任官してミートキーナに赴任して来た。所属は第一大隊であったが、雲南戦線で雲霞のごとく押し寄せる中国軍と戦ったまではよかったが、負傷してミートキーナの野戦病院に入院しているうちに、すっかり戦争が恐くなってしまった。

兵力不足で病院から狩り出され、新任務に就かされたのだが、命じられたことが実行できず、すぐに逃げ帰って来るのである。見栄も外聞も、将校の誇りもなんのそのであった。

「小隊長殿、そんなこっちゃ指揮官は勤まりまっせん。いっそ、後ろん方で、飯でも炊いたらどうですナ」と、先任の曹長から冷やかされても、

「オレは戦さは怖い。弾の来んところなら、なんでもする」と、臆病さを隠そうともしない。

この噂は、すぐに連隊本部に伝わった。頭に来た連隊副官は、彼を本部に呼びつけると、

「この臆病もん、将校の恥さらし」と怒鳴りつけ、往復ビンタを食わしたのだが、何の効き目もなかった。

そのころ連隊は死守命令のもとで生死の境にあったので、S少尉の処分はこれくらいです

んだのだが、連隊長が丸山大佐でなく後任のT大佐であったら、即刻軍法会議ものとして扱われ、将校としての階級を剝奪され、一等兵に格下げされたに違いない。

戦争の恐怖心を克服して、なおかつ祖国のために健気に戦った将兵たちこそ、真の勇者であると私は思う。後方にいて机上だけの作戦計画を立て、第一線にいる将兵を死地に追いやった者たちこそ、万死に値するといえるのではないだろうか。

配属部隊の扱い方

「キャウセ」の山の中に退避していたM兵団に配属を命じられたとき、酷使されるかも知れないという不安があった。菊部隊ということで、たいへんたのもしがられたことは事実だが、その強さを買われ、危険な地帯の防御か、敵中に潜入する威力捜索を命じられるかの公算が大きかった。

フーコンの戦線では、同じ師団の歩兵第五十六連隊に配属になったとき、一番危険な敵の主力の来る正面を有無をいわさず受け持たされ、連日の苦しい戦闘に喘いだことは前述の通りである。

また、龍兵団の砲兵連隊の有島中尉の指揮する中隊がM兵団に配属になったとき、中尉は部下たちに、「万一の場合、放ったらかしにされるかも知れぬことを覚悟しておけ」というくだりがあるが、他部隊に配属されると、冷や飯を食わされるおそれのあることを物語っている。苦戦に陥ると、他部隊のことなどかまっていられない非情さが、戦場にあるからであった。

有島中隊は、軍隊で一番名誉とされる「感状」を授与された中隊であったために、連隊長に大事にされたのだが、一般の場合はそうではなかった。

第一線で戦っている私を呼びつけて、「戦況はどうか、持ちこたえられそうか」と、某少佐が私に訊ねたことがあるが、その少佐の腹の中は、「百十四連隊の将校の指揮する一コ支隊が応援に来ているようだが、どんな面構えの将校か見ておきたい」という意識があったに違いない。いわゆる指揮官の値踏みをしたのである。

私は私で、出身連隊の名を辱しめるような卑怯な振舞いがあっては、連隊の名誉にかかわるという意識があった。「なんだ、百十四連隊の将校とは、こんな程度のものか」とあなどられては、連隊の恥になると考えていた。こうした意地が、心の支えになっていたのである。

敵の激しい攻撃に耐え、師団主力の撤退が終了したとき、「死守命令」が解除され、同時に新設の大隊に編入を命じられたのだが、連絡下士官の持参した命令文に、「貴隊の善戦を感謝する」との添え書きがあっただけで、私の支隊が第一線から後退して来るのを待たず、大隊長も副官もすでに姿を消していた。何ともいえぬ寂しさを覚え、「用がなくなれば黙っておさらばか」と、その冷たい仕打ちを情けなく思った。

せめて第一線から後退して来る私たちを温かく迎え、「御苦労であった。よくやってくれてありがとう」くらいのねぎらいの言葉がいえないのであろうか。もし配属部隊でなく、自分の直接の部下たちにこうした仕打ちをすれば、かならず反感を買って、隊長としての鼎《かなえ》の軽重を問われるに違いない。他部隊なればこそ、こうしたことが平気でできるのである。軍隊は徹底した縦型社会であるから、他部隊に対して上下の情が通うはずもなかった。

さて、M兵団に配属になった私を待っていたものは、何であったか。煮て喰おうと焼いて喰おうと配属先の勝手だと腹をくくっていた私に、その翌日、連隊副官から呼び出しがあった。何事からんと不審顔の私に、副官はニコヤカに告げたのである。

「じつは兵団が、にわかにトングーに向かい転進することになりました。したがって、せっかくあなたたちに応援に来て頂いたのですが、その用がなくなり、菊兵団に復帰して頂くことになりました」

「本当ですか」私にとって寝耳に水であった。

「ご苦労様でした。どうかお引きとり下さい。菊の司令部の人たちによろしくお伝え下さい」

ヤレヤレ、煮たり焼いたりして喰われぬうちに、原隊復帰となったのである。私は部下たちを集めて、その旨を告げた。軽いどよめきとともに、部下たちの間にホッとした安堵の雰囲気が流れた。

敵と接触すれば、勝つか負けるかの命のやりとりである。できることなら、戦場から遠ざかりたいのが人情であった。

「隊長殿、原隊復帰といっても、どこに行けばよいのですか」との部下たちの問いに、

「うーん、正直な話、私にもわからんが、まずメイクテーラを目指す。マンダレー街道は危険だと思われるので、シャン高原に出て南下するつもりだ。その途中で、師団司令部の所在がわかると思う」と答えた。

キャウセからシャン高原にあるカローを目指し、途中から南下すれば、メイクテーラの右側の山間部に出られるはずであった。そこで何らかの情報を入手できると判断したのである。前記のメイクテーラ会戦の項で述べたように、そのころ師団司令部は、大変な目に遭っていて、緒戦でこそ戦果をあげたものの、メイクテーラの奪回どころではなくなっていたのである。

菊兵団が奪回作戦を立案したときの兵力は、どの程度のものであったのか、木村後方参謀は三月二十日ごろの各歩兵連隊の兵力は、次の通りであったと述べている。

歩兵第五十五連隊　約九〇〇名
歩兵第五十六連隊　約四〇〇名
歩兵第百十九連隊(安)約五〇〇名
　作間支隊(弓)約三〇〇名
　計　約二一〇〇名

一コ連隊の通常兵力は約三千名であるから、師団とは名ばかりの一コ連隊に満たぬ兵力で、敵の有力な機甲部隊と戦って、勝ち目があるのであろうか。

スパイを実験材料にする

M兵団の配属を解かれた私の指揮する支隊は、キャウセを出発し、メイクテーラで戦っている師団司令部を目指した。マンダレー―メイクテーラの幹線道路は危険であることが予想されるので、いったん、シャン高原に入り、高原を南北に走る道路を南下して、タウンギーに向かうことにした。

かつて私はマラリアのため、ミートキーナから後送されて、この町に開設されていた師団の第三野戦病院に入院していたことがある。

私はこの病院に入院していたとき、人道問題になりかねない、ある事実を訊かされて大変驚いた記憶がある。それは、敵側のスパイとして働いていた数人の中国人たちを捕まえ、医療の実験材料に使ったということである。祖国中国のためにスパイとして日本軍の動静を連合軍に通報していた彼らは、捕らえられれば当然、死刑に処されても文句のいえるはずはない。

死刑の執行は時間の問題であった。そのときに一つの案が持ち出されたという。

「スパイとして、他のみせしめとして簡単に銃殺してしまってはまことにありきたりで、興がなさすぎる。この際、憲兵隊から奴らをもらい受け、医療の実験材料にしてはどうか」というのであった。

「生体解剖でもやるのか」

「いや違う」

「何をしようというのだ」

提案者はいう。

「軍医は軍医携帯嚢を、いつも持っているのだが、あの携帯嚢の中におさめてある器具と薬品で、どの程度の負傷者を助けることができるのか、実際に試してみたらどうか、大変意義のあることと思うのだが……」

「ウーン、どのようにしてやるのだ」

「相手は死刑囚だ。殺されるに違いないと覚悟はしている。そこでだ、奴らを機関銃を据えた五十メートル先で解き放ち逃がす。そこを射つのだ。無事生きのびた奴は無罪放免、弾に当たって死んだ奴は当たり前。傷ついた奴を携帯嚢だけの治療をほどこし、その成果を試す。まあこんなところだ」

「殺されると決まっている奴らが機関銃の標的にされても、助かるかも知れん。運のよい奴はな。縛られたまま殺されるのとはわけが違う。また射たれて重傷を負っても、手当てをされるのだから、悪い条件とはいえない」

　この提案に対して、だれも反対する者もなくすぐに採用され、実行に移されたという。

　私はその実態を見とどけたわけではないので、真偽のほどはわからないが、機関銃に狙い射ちされながら、無事に逃げのびた者もいたというから、それは事実であったと思われる。軍医携帯嚢（注、将校の持つ双眼鏡を入れる嚢よりも大きめにできていて、ナイフ、ピンセットなど外科用の簡単な器具や注射器のほか、鎮痛解毒剤などが入れてある嚢をいう）だけで、負傷者をどの適度まで助けることができたか、つまびらかではない。

　おそらくこれに参加した軍医たちの間で討議され、なにがしかの結論を得たのであろうか。一般に公表されるべき筋合いのものではなかった。

　戦争は人を狂気にする。戦争という名のもとで、非人間的な行為が平気で行なわれる。ヨーロッパ戦線では、ドイツがユダヤ人の非戦闘員たちをガス室に送り込み、多くの人を死に追いやったといわれ、南方戦線のサイパンでは、アメリカ軍が日本軍の傷病兵たちを見つけ次第、情け容赦もなく戦車で蹂躙し、踏み砕いて人間のスルメを作り、興がったという話を戦後、聞いたことがある。まさに狂気の沙汰といえる。「狂気には狂気をもってせよ」という格言でもあるのだろうか。

私はチャウメの健兵訓練隊の副官をしているとき、野戦病院が近くの森の中に開設されていて、ある日、友人の軍医から、「敵のスパイの解剖実験をするから、見学に来ないか」と誘われて、見学に行ったことがある。

スパイは、見るからに頑丈そうな、髭の濃いインド系の男であった。後ろ手に縛られて、青空の下での手術場に連れて来られたのだが、眉一つ動かさず、悲し気な顔をするでもなく、平然としている度胸にまず驚かされた。

最後の餞けにと、イギリス製の煙草に火をつけてもらい、うまそうにスパスパと吸い、うながされるままに、急造のベッドに寝かされたのだが、取り乱すようすを少しも見せなかった。敵のスパイながら、見上げた度胸の持ち主と、私はむしろ敬意を表したいくらいであった。

解剖開始時には、エーテルによる全身麻酔が行なわれたのだが、男の体力が優れているせいか、なかなか麻酔がきかず、量を増すうちに見学者の方が気が遠くなりかけたことを覚えている。相手が傷病者でなかっただけに、腹部や胸部から取り出される臓器が、無気味さの中にも美しささえ感じられた。そこには医学に貢献されるという、解剖する者とされる者との間に静かな雰囲気があった。それは心の救いともなった。

しかし、前記の機関銃の標的にされ、実験に供された方には、猛々しさはあっても静かな雰囲気や心の救いはなかった。私はミートキーナに駐屯しているとき、第二大隊長として赴任して来た日高少佐が、大隊の若い将校たちと会食をしながら、「無抵抗の捕虜たちに、決して残忍な行為をしないように」とわが身の不幸な出来事に例をとって、忠告されたことが思い浮かぶのであった。

敵の戦闘機に襲われる

タウンギーへの道は、高原地帯で道路幅も広く、視野も遠くまで届いた。私の脳裏には、すぐ敵の飛行機を警戒せねばという考えが浮かんだ。約百五十名の支隊の兵力とはいえ、一団となって歩いていては上空から見つかりやすい。支隊を二コ小隊と指揮班に分け、三百メートル間隔にして行軍することにした。この道路は、マンダレー―ラングーンの幹線道路と違って、強力な敵が出現する気配はなかった。

途中で露営して一夜を明かし、翌日の正午近くであった。道路の左側に小さな丘があり、その手前の麓に大きな一本の闊葉樹があった。道路から小さな道がそこまでついていて、休むには恰好の場所である。

私は、「あの樹の下で大休止をして、中食にする」と部下たちをうながした。支隊の指揮班だけの二十名足らずの小人数である。私以下、装具を解き、久し振りの日中行軍の疲れを癒そうとした。

中食をすませ、ビルマ煙草で一服を味わっていたとき、不意に上空からの飛行機の爆音を耳にした。

「スワ敵機」と上空を見上げたとき、南から道路に沿って飛んで来たと思われる戦闘機が、グワーと姿を現わした。一機だけの単独飛行である。対空戦闘を予想していたら、その準備をしていたはずだが、行軍が精一杯で、その気がなかった。上半身裸で、銃は叉銃したままである。

戦闘機の操縦士が、こちらを覗いているのが見えた。「危ない!」とっさに、敵が旋回してわれわれを攻撃するに違いないと判断した。

私は部下たちをどこに隠れさせようかと、周囲を見回した。「あった」コンクリートの上蓋をかけた長さ十メートルくらいの排水路が目についた。

「オーイ、装具も兵器もそのままにして、この溝に全員潜り込め! 早くしろ!」と、私は怒鳴った。

敵機は、旋回しながらこちらに向かおうとしている。「早くしろ、早くしろ」私は気が気でない。全員を潜り込ませて、どん尻の私が溝に首を突っ込むと同時に、敵機からの射撃を浴びた。

「バリバリ、バリバリ」「ビシビシビシ」と、地面に弾の突き刺さる音がする。間一髪の差であった。

敵機は飛び去った。もう一度襲って来るかと警戒したが、ついに来なかった。巧みに姿を消した私たちを、「どこに消えやがったのか」と不審に思ったことであろう。

溝から出て見て驚いた。私たちの解いた装具に、敵機の機関銃弾が見事に命中していて、私の脱いでいた皮脚絆には二発も貫通していた。

「危ないところだった」部下たちと命拾いをしたことに、「ホッ」としたのである。敵機の襲来を予知していれば、その対応の仕方もあった。かつてミートキーナ北方百三十キロの地点にある要衝サンプラバムを警備していたとき、度重なる敵機の襲撃に業を煮やし、一計を案じて撃墜したことがあるので自信があった。

敵機が来るとわかっていれば、一部を目の前の小さな丘の上に軽機か重機を据えて潜ませ、旋回して味方を襲うところを狙えば墜とせたのにと口惜しがっても、後の祭りだった。

敵の戦闘機の襲撃はまぬがれたものの、つぎには別の厄介なものが待っていた。それはマラリアの再発であった。体力の衰えや疲労が重なると、かならずといってよいほど、この病気に見舞われる。

翌日の午後三時ごろ小休止をしているとき、寒気と共に体の震えに襲われた。作戦行動中では二度目である。一度目はフーコンの戦線で倒れ、柏端大隊付であった塩川優一軍医（現在、日本エイズ対策委員長、順天堂大学教授）の診察を受け、担架で後送されたのだが、今の私の支隊には、軍医も衛生兵もついていなかった。

震えが止まると、発熱が始まった。高熱のままでは行軍ができない。指揮班長の井村軍曹を呼び、私の症状を伝え、「別命あるまで大休止」を命じた。

「近くに病院もないし、担架の準備をしましょうか」と、彼は気づかってくれたが、「それには及ばない。なんとか独りで歩くから」と、その好意を辞退した。フーコンで私の面倒を終始みてくれた御堂衛生兵は、ミートソンの戦闘で戦死していた。彼の面影や塩川軍医の姿が脳裏に浮かんでは消える。

私はいつしかブツブツと訳のわからぬ言葉を呟き、「馬鹿、糞タレ、コケ野郎ー」などと叫んでいた。

朦朧としている私の意識の中で、日ごろの不満がギッシリと溜まっていて、遣り場のない怒りが声となって発散しているようであった。部下たちは私の異様さに驚いて、顔を見合わせてヒソヒソと囁いていた。

二時間近くも休んでいたろうか。やがて日が陰りはじめ、気分もいくらか楽になった。いつまでもこうしてはいられない。師団司令部がどの辺にいるのか、早く情報を入手せねばならない。通信機関をもっていないのは、まことに不便であった。

「指揮班長、出発準備、後続の各小隊に伝達しろ」私は少しふらつく体にみずから気合いを入れて、ふたたびタウンギーを目指した。

「ミンゲ河の渡河点警備」の際、後方から糧秣や兵器弾薬の補給を受けて以来、M兵団に配属になっても、何の支給もなかった。糧秣をどこかで補給しなくてはという心配があった。糧秣集積所はどこにあるのだろうか。

一人一日米七勺

マラリアで発熱した体ではあったが、フーコンでの戦いのときは九十余日におよぶ長期の作戦で身心ともに衰弱していたので、担架の世話になったが、今度の場合は体力も気力もまだ余裕があった。「何のこれしき」である。

部下たちは、「チャウメの健兵訓練隊」と「ミンゲ河渡河警備隊」のとき編成された混成部隊のため、長い間に培われる軍隊での上官と部下との信頼感がいまだ薄かった。したがって、部下たちへの甘えはつとめて避けたかった。一緒に生死を共にすればウンと親近感を増すことができるのだが……。

タウンギーに到着したときに、十八師団司令部の所在について情報を入手した。それによれば、メイクテーラでの決戦は、わが方に利あらず、戦線は南に移り、ピョウベからトングー方面が主戦場になっているらしい。

メイクテーラには、タウンギーから西進すれば行ける。しかし、トングーとなれば、ケマピューまで南下し、モチ鉱山を経て西進せねばならぬ。

糧秣集積所はケマピューに設けられているらしい。タウンギーより約二百三十キロの行程である。

敵機に襲われたり、マラリアで発熱したりしながら、歩け、歩けの涙ぐましい行軍をつづけた。

タウンギーを出て八日目の夕刻、ケマピューに着いた。待望の糧秣集積所があった。乏しい食糧を節約しながらの行軍であったから、今夜は久し振りにたらふく食えると思ったのだが、何と糧秣集積所には、ピカピカの参謀肩章殿が、監視のために目を光らせていたのである。軍の後方担当の参謀と思われる。

「私は菊兵団の者で、トングーの十八師団司令部を追及中の者ですが、糧秣受領に参りました」と、井村軍曹をともなってまかり出た。胡散臭そうに私を一瞥した参謀殿は、無愛想な顔でのたまうのである。

「菊兵団の者が今ごろまで何をしていたのだ」

「自分は十八師団参謀長の命令で、キャウセのM兵団に配属になりましたが、その配属を解かれたので、師団司令部を捜して追及中なのです」

「人数はどれくらいか」

「自分以下百四十六名です」

「糧秣はいつ、どこで受領したのか」

「今から二十日前、ミンゲの渡河点警備を命ぜられたとき受領しただけで、その後、受けていません」

「そうか、ここで支給できるのは、一人一日米七勺の計算で一週間分だ」

「えっ、一人一日米七勺ですか、そんな……」

私は開いた口がふさがらなかった。フーコンの戦線で、旅団長の相田少将でさえ米の一日の配給が五勺しかないと副官の橋本中尉が嘆いていたが、あの緊迫した状況とここは違う。シャン高原は、米の豊富なところであるはずであった。

「不足をいうな。糧秣支給は、お前たちだけではない。前線から退がって来る部隊にもやらねばならぬのだ」

では、あなたも一日七勺の米で我慢ができるのですかと、口まで出かかったが、それは押さえた。

「しかし、参謀殿、自分たちは戦闘部隊で後方勤務とは違います。七勺では戦いはできません、何とか量を増やしてくれませんか」

「ならぬ。ツベコベいうなら、糧秣は渡さん」

この金ピカ参謀肩章殿は、大威張りであった。何か自分のものを恵んでやっているような面持である。りゅうとした将校服を着て、革の長靴を履き、一見非の打ちどころのない立派な参謀姿である。

われわれの師団参謀は、絶えず第一線の作戦指導に来て薄汚れていた。参謀肩章も燻んでいた。

この軍参謀殿は、第一線の作戦に一度でも顔を見せたことがあるのであろうか。私がもしこの参謀であったら、戦塵《じん》にまみれて受領に来た将兵たちに対し開口一番、「ご苦労さん、疲れたであろう」と、慰めの言葉くらいかけてやるのに……と腹が立って来た。

私がさらにこの参謀と交渉をつづけようとしたとき、私の後ろにいた井村軍曹が私の袖を引っ張って、振り向く私に首を小さく左右に振って見せた。言葉ではないが、「交渉は無駄」という合図であった。

「わかった。このケチ参謀には、もう頼まん」と、もらえるものだけを頂いて引き下がることにした。

参謀と別れて集積所を出たとき、井村軍曹が私に告げた。

「隊長殿、あんな参謀なんかとかけあっても、何にも出ませんよ」

「しかし、こんなわずかの糧秣ではなあ」と嘆く私に、「隊長殿、自分によい考えがあります」という。

「どんな考えだ」

軍曹はニヤリと笑うと、「糧秣を掻っ払うんですタイ」

「何、盗むのか」

「あの糞参謀の鼻を明かしてやりましょう」

「それで？」

「もうすぐ暗くなります。あの参謀もどこかに行くはずです。そこを狙うんです。デ、隊長殿にも一役買ってもらいます」という。

「私に何をせよというのだ」

「集積所の下士官、兵に何とか因縁をつけて、一ヵ所に集めて下さい。その間に仕事をやってしまいます」

「ウーン」とさすがの私も二の足を踏む思いである。

「それとも、このまま何もせんで出発しますか」

「ウーン」

「腹がへっては戦さはできません。米は麻袋で相当積んでありました。一俵や二俵どうということはなかですタイ」

「よしわかった。お前のいう通りにしよう」

掻っ払うことで、隊長と指揮班長が共謀することになった。

ケチな参謀の鼻を明かす

井村軍曹が提案したことに、不本意ではあったが同意をしたのは、それなりの理由があった。第一線で戦う戦闘部隊がいつもひもじい思いをさせられ、後方勤務の者が敵の弾の飛んで来ない安楽な立場を利用して、ぬくぬくとうまい物にありつける不合理さに腹を立てていたからである。

私たちが予想したように、陽が落ちて夜の帷りが降りはじめると、虫の好かない参謀殿は自分の宿舎へと引き揚げた。

「サー、オレたちの出番だ」

井村軍曹との打ち合わせ通り、集積所の下士官、兵を一ヵ所に集め、彼らの監視の目をそらさねばならぬ。私は集積所の前を「どうしたものか」と行きつ戻りつしていた。

ちょうどその折、一人の下士官らしき者が中から出てきた。私の姿を認めたものの、薄暗くて将校であるかどうかさだかでないので、当然のことながら欠礼をした。上官に向かって敬礼をしないということは大変失礼であり、軍隊では軍人勅諭の五ヵ条の「一つ軍人は礼儀を正しくすべし」に反することである。

私が入隊当初、ある下士官が士官学校出身の見習士官に欠礼し、ひどい目に遭っているところを見て、たまげたことがあった。

「コラッ、なぜ欠礼をするか」と、含むところがある私は気合いを入れた。

「エッ」と不審気な下士官は、私が将校であることを認めると、慌てて敬礼をした。彼らの虎の威である参謀はいないから、怖いものはない。

「オレは菊兵団の者だが、後方勤務のお前たちは気持がたるんでいるから欠礼したりするんだ。第一線がどんなものか話してやるから、みんな集めろ」

薄汚れてはいたが、たびかさなる戦闘で、目つきの鋭い第一線の将校からの指示とあってはさからえず、渋々と一ヵ所に集まった。

「菊兵団のことを知っているか」

「知っています」

「どんな兵団と聞いているか」

「ハイ、龍兵団と同じ九州の兵団で、戦さに強い兵団と聞いています」

「そうか、お前たちは後方にいるから、第一線の将兵の苦労はわかるまい。飲まず食わずの戦闘を長い間つづけ、俺たちは苦しんで来た。第一線で戦うオレたちが敗れれば、後方にいるお前たちも危うくなる。そうは思わんか」

「思います」

井村軍曹からは、まだ何の沙汰もない。もう少し時間を稼がなくては……。

「去年の八月ごろ、ウントウの駅の南にY兵団の野戦倉庫が在った。病いでカーサの野戦病院を訪れる途中、そこに立ち寄っていくらかの食糧を乞うたのだが、兵団が違うということですげなく断わられた。仕方がないので、癪にさわったが、黙ってそこを立ち去ったのだが、何とものの十分もせぬうちにその倉庫は、敵戦闘機の爆撃を受け、黒煙をあげて燃えていた。

情けも容赦もない奴はそんな目に遭うとオレは思ったのだが、お前たちもそんなことにならぬように注意しろ」

「…………」

「参謀が糧秣支給をケチッても、渡すのはお前たちだ。第一線の部隊だとわかったら、少しは水増しして渡すくらいの気概を持て」

私が一席ブッているうちに、部下たちと仕事を終えた井村軍曹がやっと顔を出した。

「隊長殿、出発準備ができました」

頂けるものを頂ければ用はない。

「第一線の将校は気が荒いから、欠礼をせぬよう、とくに気をつけろ」

私は捨て台詞を残して立ち去った。

「盗人猛々しい」という言葉がつっと浮かんだが、盗人という気がしなかった。自分はたらふく食いながら、一日に七勺という雀の涙の米しか渡そうとしなかった参謀の鼻を明かしてやりたかっただけである。

フーコン作戦の末期、Y兵団の某参謀と菊兵団の三橋参謀との間で、菊兵団の「盗み」ということで物議を醸したことがある。

Y兵団は菊兵団の作戦を支援するため、モガウン地区まで進出して来ていたのだが、歴戦の菊兵団にくらべて新参のY兵団は、服装から兵器弾薬にいたるまで新品で、物資を豊富に持っていた。さて、戦さをさせて見ると、からきし弱い。菊兵団の兵士たちは、これがコチンと頭に来た。

「あの弱いYさんの持っている食糧はもったいない。頂戴しようじゃないか」ということになった。ところが、その頂戴の仕方である。牛車に食糧が積んであると、普通なら、そのうちのなにがしかを引き抜くか持ち去るのだが、菊兵団の者は、牛車ごと運転して持って行くのである。

「弱かYさんに、こぎゃんもんを食わせっこたなか」

報告を受けた某参謀は、三橋参謀に苦情を持ち込んだ。

「菊の強いのは認める。しかし、これじゃ泥棒部隊じゃないか。何とかやめるよう指導ができんのか」

三橋参謀も、これには閉口した。苦笑いしながら、

「ま、勘弁してやってくれ。盗む方も悪いが、なるべく盗まれんようにしてくれ」と答えたという。

「菊部隊の通ったあとは、草も生えん」といわれたものである。私は井村軍曹に、ことの首尾を問うた。

「ハイ、米は二俵分と調味料を少しです」

「なに二俵も頂いたのか」

「当分、大丈夫ですよ」

「そうか、ありがたい。御苦労だった」

井村はたのもしい指揮班長であった。ところがである。この盗みに味をしめた部下たちに、私が慌てさせられることが待ち受けていたのである。

部下の不始末に慌てる

ケマピューで食糧を手に入れた私の支隊は、街のはずれで露営をすると、夜明けと共にトングーに向け出発した。途中に有名なモチ鉱山があるので、そこまで行けば何か新しい情報が入手できるに違いない。

朝霧の立ちこめる上り坂の道路を行進していると、十数台の貨物自動車が道路の傍らに停車しているのに出合った。菊兵団の輜重連隊の車輌は薄汚れていたが、この車輌の程度はよく、戦塵にまみれたようには見えなかった。おそらく軍直轄の車輌部隊でもあろうか。朝が早いため朝食の仕度でもしているのか、車輌の周辺に人影がなかった。

部下たちの数名が何を思ったのか、バラバラと駆け出し、車輌の荷台に飛び乗った。私は驚いて、「オイ、何をする、止めろ！」制止の声も聞かばこそ、後続している者たちも同様であった。餌に群がる蠅である。

「こいつはまずい。下手をすると、苦情を持ち込まれるゾ」

井村軍曹も、予期せぬ出来事に戸惑いを見せた。糧秣集積所のときとはわけが違う。

「井村、この先で適当な場所が見つかったら休憩にする。急げ」歴戦の部下たちは車輌部隊の連中に捕まるようなへまはやるまいがと思いつつ、行進を早めた。先行した井村が、手を挙げて待っていた。

「ヨシ休憩だ」そこは道路右側が灌木におおわれた比較的に平坦な場所であった。私は部下たちを大急ぎでその中に収容して、「大休止」を命じ、後方からの反応を待った。荷台に積んであった品々を持ち逃げされて気付かぬはずはない。まもなく自動車部隊と思われる将校が、一人の下士官と共に足早にやって来た。

「私は自動車部隊の者だが、先ほど通った部隊は君たちか」と訊いている。

「君たちの隊長はどこにおられるのか教えてくれ」と、気色ばんでいるようすである。

「来たナ」と思ったが、ここは一番とぼけるほかはないと腹を決めた。

「隊長殿、この方は自動車部隊の方で、何か尋ねたいことがあるそうです」と、その将校と下士官を部下の一人が案内して来た。階級章を見れば中尉である。私も中尉であったが、古参中尉か新参中尉かは、だいたい見当がつく。

その将校は、私を一目見て古参中尉と見たらしく、先に敬礼をすると、「じつは」と話を切り出した。

「私は自動車部隊の者ですが、先ほど通り過ぎた部隊に荷台に積んであったものが盗まれたので、後を追っかけて来たわけです」

「そうですか。デ、私の部隊がそれらを盗んだということですか」

「いえ、そうはもうしません。他の品物はともかくとして、私どもの中隊長の私物をゴッソリ持って行かれたので、困っているのです。申し訳ないのですが、一応、持ち物をあらためさせて頂けないでしょうか」という。

「それはお困りでしょう。私の部下たちに、よもやそんな不心得者はいないと思いますが……」と言葉を濁し、

「指揮班長、この方は通過したときの自動車部隊の人だ。荷台の品物が盗まれて困っておられる。各小隊の持ち物検査をしてもらうから、この旨を至急伝えろ」

私はなるべく大きな声で、調べのあることを伝えた。ややあって、

「指揮班長に案内させますから、存分に調べて下さい」

「もし出なかったときは……」と嫌味をいう気はさらさらなかった。

その将校と下士官は、案内されるまま休憩している部下たちの間を巡ったが、なに一つ見当たらなかった。ふたたび私の許に来た将校に、

「どうでした。何か見つかりましたか」ととぼけて聞いてみる。

「いえ、何もありませんでした」

「そうですか。ところで、あなたに言い忘れていましたが、私の部隊より一足先に通った部隊のあったことを知っていますか」

「エッ、そうでしたか」

しまった、という顔をしたのを見届け、

「その連中かも知れませんよ。ところで、私たちは医薬品の持ち合わせがなくて困っています。あなたたちは自動車部隊なので、もし持っておられるのなら、少し分けてもらえませんか」と、私は逆手に出た。疑いが晴れたのなら、少し無心をしようという虫のよい話である。

「いや、私どももお分けするほどの持ち合わせはありませんから……」と、なんとも割の合わない顔をして彼らは引き揚げた。

私は内心、彼らに申し訳ないと思った。盗みがよかろうはずはない、しかし、「渇しても

盗泉の水を汲まず」など、戦場では奇麗ごとをいってはおれぬ。「衣食足りて礼節を知る」というではないか。食う物もあたえず、着せる物も着せず、乞食のような生活をさせ、ただ戦さに勝てといわれても、M兵団の人たちの言い草ではないが、「あほらしいて、戦さがやっておれまっか」と、いいたいくらいである。

私は部下たちの盗みを詮索する気はなかった。不穏な空気は去ったのである。ところが、私の身の回りの世話をする当番兵が、

「隊長殿、これを差し上げたいのですが……」と、新品のワイシャツを差し出した。

「何だこりゃ、さっきの将校が捜していた物じゃないか」

「ええまあ」

「盗んだものをオレが着れるか」

「でも……」

「もうよい。いまさら返すわけにもいかん。お前が持っていろ、何か役立つこともあるだろう」

張本人が当番兵とはまさに灯台下暗しであった。それかあらぬか「モチ鉱山」では悲運が待っていたのである。

モチ鉱山での悲運

モチ鉱山は、ビルマでも有名な鉱山で、タングステンを産出していたが、このころは廃鉱

になっていた。トングーに向かう途中にあって、上り坂の頂上にあった。四辺を遠く見渡せる景色のよいところであったが、何しろ裸の山で、上空から丸見えの遮蔽物のない地形であった。こんなところでもし爆撃でも受けると危ないナという不安を感じたのだが、まさかそれが現実になろうとは……。

　このモチで、ひさしぶりに私の原隊である百十四連隊に巡り合った。約六ヵ月ぶりである。チャウメに私が派遣されたときの連隊長はT大佐であったが、後任として着任した連隊長は、師団の衛生隊長であった大塚中佐である。

　フーコンの戦線で、私の率いるソンペ支隊が川端大隊長の指揮下にあったとき、伐開路からの脱出が困難であるという判断から、それを容易ならしむるため、伐開路を俯瞰する「あの山を取れ」と命じた人であった。

　連隊副官の平井大尉に会い、私が「健兵訓練隊」に出向させられて以来、転々と変化した今日までの経過をかいつまんで報告した。

「えらい苦労をしたんやな。でも、無事でよかった。私たちもえらい目に遭うてな。戦力もだいぶ落ちたよ。連隊もトングーを目指していたんやが、戦局が芳しくないらしく、予定を変更して、急にシッタンに向かうことになったんや」

　兵庫県出身の大尉の言葉つきは、相変わらず柔らか味があった。

「そうですか。それじゃ、私の支隊も連隊に後続することにしましょう」

　師団直轄とはいえ、連絡機関を待たない以上、私の判断で行動するしかない。私の上には上級者がだれもいないので、独立支隊長でもあり、ちょっとしたお山の大将的気分である。

もし原隊である百十四連隊にここで出合わなかったら、おそらくトングーに出て、戦車を有する強力な敵と戦うことになったやも知れぬ。連隊は隊伍をととのえ、朝霧の中、前進を開始した。

この日は天気もよく、朝霧の合間から抜けるような青空がのぞきはじめていた。と、トングー方向から、重爆撃機の編隊らしき爆音が響いて来た。

「スワ！　敵機」「爆音、爆音」と、将兵はいっせいに空を見上げた。三機を中心に、少し後方の左右に三機を従えた大型爆撃機九機編隊の来襲である。

「えらいことになったゾ」兵士たちは口々に、「退避、退避」と叫びながら、地隙か溝か、身を隠すべき地物を捜してウロウロするのだが、道路の片側は高い絶壁で、反対側は深い谷になって逃げ場がない。

私は一本の小さい棒を目線の上方に伸ばし、飛行機群がその見通しの線上に入るかどうかためした。

「駄目だ。われわれの位置は編隊の間隔内に入っている。爆弾は間違いなくわれわれの上に降って来るゾ」

とっさに左右前後を見回し、身を隠す地物を捜した。少し後方の道路の右側にわずかな空地があり、大きな岩が目に映った。

「ヨシ、あの岩陰に身を隠そう」

なんと、その岩の下が洞穴になっていて、二、三人が潜れそうだ。もし岩に直撃弾が当たれば潰されるが、でなければ助かるかも知れん。

私は部下たちに「各個に退避」を命じ、大急ぎで当番兵と共にその中に潜んだ。「グワングワン」と落下する爆弾が、破裂しながら近づいて来る。大型機編隊の爆撃で、メイクテーラではひどい目に遭った。あのときの悲惨な光景が目に浮かぶ。

「南無三宝」至近弾が数発破裂した。岩がグラグラした。残りが後方に遠ざかった。

「ヤレ助かったか」洞穴から出ると、見知らぬ一人の兵士が、「苦しい。何とかしてくれ」と喚いている。その兵士の片方の肋骨が爆弾の破片で吹っ飛び、心臓が不気味に波打っているのが見える。外気の圧力で心臓が苦しいのであろう。この重傷では手当てのしようがない。

「オイ、だれか軍医を捜してやれ」

私は部下たちの安否を気遣った。

比較的に低いところにいたのがさいわいしたのか、「異状ありません」であった。被爆した部隊は、騒然となっていた。状況視察に歩いていた平井副官と出合う。

「ヤラレましたなア」

「ウン、負傷者がだいぶ出ている。それに上野中尉がおらん。見んかったたか」

「イエ、見ません」

「おかしいな。崩れた崖の下にでもなっているのだろうか」

モチ鉱山に日本軍が集結しているという情報を入手して、いち早く日本軍を空から襲い、大打撃を与えた敵は、天晴れといわざるを得ない。

上野中尉は、爆撃で破壊された崖の土砂の中に埋もれていた。即死であった。私より一期先輩で、私たちが南支の淡水に着任したときの連隊の次級副官を務めていた人で、優秀な将校であった。惜しい人を失った。終戦まであとわずかというのに……。

私の支隊は百十四連隊の後尾についてシッタンに向かい、先行しているに違いない師団司令部の後を追うことになった。M師団の配属を解かれ、キャウセからシャン高原に出て、メイクテーラを目指し、それがかなわずトングーを目指した。今度はシッタンだという。まさに戦場漂泊《さすらい》の旅である。シッタンで何が待ち受けているのであろうか。

方面軍司令部の醜態

われわれの目指すシッタンの街は、モチ鉱山から図上で約百八十キロ余の南方、シッタン河の河口近くにある街なのだが、なぜ師団主力は、トングーの戦線から急ぎシッタンに向かったのであろうか。ビルマ方面軍が何を画策していたのか、当時の私ごときがわかるはずもなかったのだが、わが師団の後方参謀であった木村（後に牛山）才太郎少佐が著書『あゝ菊兵団』の中で、そのときの模様を、概略つぎのように述べている。

トングー陥落に驚いた方面軍首脳部（軍司令官木村兵太郎中将、後に大将）は四月二十三日、ラングーン脱出を開始し、二十七日までの間にただ一機の小型機のピストン輸送によって空路、モールメンに脱出した。したがって、敵中に孤立する第二十八軍に対する作戦上の指導も命令も行なわれていない。陸路を退がった参謀は、飛行機に乗れる割り当てのない岡本岩男中佐と上村泰蔵少佐の二人だけであった。

司令部の主力、兵站病院の他、在留邦人たちはモールメンに向かう途上にある二大障害

（ワウ河、シッタン河）の渡河能力（それぞれ一夜に自動車十数台のみ）を知らぬまま、ぞくぞくと約二千台を連ねてラングーンを脱出した。ワウ渡河点につめかけたこれら自動車の大部分が敵機に撃破、炎上させられ、生き残りの患者は放置されるなど、目もあてられないような惨状に陥った。

丸山房安大佐（先の歩百十四連隊長）は、日本軍最後の人員と貨物を搭載した数隻の舟艇群を率い、四月二十九日夜、ラングーンを出港、闇に紛れて英海軍の封鎖網を潜り抜け、ようやくモールメンに帰着した、とある。

ここに記されている丸山大佐は、かつて私が連隊長として仕えた人であるが、ミートキーナの戦闘で時の司令官水上少将が自決という非常手段のもとで出された脱出命令により命拾いをした人だが、そのために不評を買い、この方面軍司令部付になっていた。

しかし、天は彼の名誉を挽回するために一つのチャンスを与えた。これが彼の独断によるシッタンの確保となるのだが、それは後述する。

傘下の兵団を置き去りにして後退したビルマ方面軍司令官木村兵太郎中将。

私は木村参謀が書いている方面軍司令部の狼狽ぶりについて、私なりの意見を述べたいと思う。方面軍司令官といえば、ビルマ派遣軍の総帥である。相つぐ敗戦の知らせに周章狼狽し、幕僚たちの強い進言があったにせよ、傘下の各兵団を戦線に置き去りにしてなぜ、いち早くモールメンに脱出したのであろうか。それとも脱出でなく、司令部をラングーンからモールメンに移しただけとでもいうのであろうか。

非戦闘員である在留邦人や兵站病院の人たちを脱出させるための手段を何一つ講ずることなく、お偉いさんたちだけが身の安全を計ることに、何の抵抗もなかったのであろうか。

私は百五十名足らずのささやかな一支隊長に過ぎないが、戦況がわが方に利あらずとして部下たちを戦線に置き去りにし、何の沙汰もせず、後方の安全な場所に数名の側近と共に脱出したとしたら、何と言われるであろうか。上官として、いや将校として風上にもおけぬ振る舞いとして、ただちに軍法会議に付され、一等兵に格下げされるのは必定ではなかろうか。かつて私の同期生のK中尉は、ミートソンの戦線でT大佐の逆鱗に触れ、悲憤の余り、手榴弾で自決をしているのである。

こうした行為が、お偉いさんたちにだけ許されるとあっては、万卒は枯れるしかない。何のお咎めもなく、陸軍中将から大将へと昇進されては、部下への見せしめをどこかに置き忘れたといわれても仕方がないと思った。

遠い昔、日露戦争では第三軍を指揮した乃木将軍は、拙劣な指揮のため多くの部下を失い、その責任感から敵の砲弾下に身をさらし、みずからの死を願っていたということを、ある本で読んだことがあるのだが、そのような心境は、このころの将軍たちには無縁なものとなっていたのであろうか。

私はビルマ進攻作戦が一段落したとき、作戦の疲労からマラリアを病み、メイクテーラの野戦病院からラングーンの兵站病院に後送になったことがある。小康を得て、ある日、私の世話をする当番兵と市内に外出したときに、乗用車の先端に小さな青旗（注、自動車の先端につける小さな旗。青旗＝尉官。赤旗＝佐官。黄旗＝将官）を立て、数名の巡察兵と同乗している将校と出合った。将校は偉そうにふんぞり返っていた。

私の当番兵が物珍しそうに（第一線では巡察用の車など見たことがない）眺めていると、車のドアガラスを下げ、

「コラァそこの兵隊、この巡察旗が目に入らぬか、欠礼をするな」と怒鳴った。見れば第一装の軍服を着た青二才の少尉だった。（注、一装とは軍隊用語でいちばん上等な服装のこと。二装、三装の順がある）

私は一瞬、ムッとした。軍司令部の虎の威を借る孤め。

「オイッ、オレは第一線部隊の将校だ。この兵隊はおれが引率している。敬礼する必要はない、文句あっか」

大威張りの巡察将校は一言もいえず、勝手が違った顔をすると、黙ってドアを閉めて遠ざかった。

また、私の知人で五十五連隊の井上咸中尉がラングーンで、白いマフラーを首に巻き、肩で風を切って歩いていた航空隊の小生意気な中尉をブン殴ったことを書いているが、まったく同感であった。

わけもなく威張りたがるこ奴らに、本当の戦さがどんなものか、教えてやりたいという思いが胸の中でくすぶっていたのである。

K中尉の自決

K中尉は熊本の予備士官学校で、私と同じ区隊の候補生として暮らした同期生である。小倉の連隊には一ヵ月、私より遅れて入営し、中隊も内務班も一緒という因縁浅からざる間柄であった。南支の歩兵第百十四連隊に転属になってからは、彼は第三大隊、私は第二大隊に配属されたため、あまり顔を合わすことはなくなったが、いつもお互いの消息を案じていた。フーコン作戦の末期、偶然にカマインの南方で彼と出合い、お互いに無事であったことを喜び、手を握り合ったことがある。そのとき、敵の迫撃砲による砲撃を受け、慌てて手近な壕に駆け込み、その中に潜んだ彼の姿を見て一瞬、不審に思ったことがある。彼の率いる部下たちの手前もあるはずなのに、見栄も外聞もなく、落ち着きのない素振りが私には解せなかった。何かよほどひどい目に遭ったか悲惨な場面を目撃したのであろうと、私なりの推測をしたのだが……。

シュエリー河を挟んで南進する敵を迎撃すべく百十四連隊の主力、二大隊と三大隊は、ミートソンに陣地をかまえた。T大佐は敵情偵察のために、数組の将校斥候をシュエリー河の北方地区に派遣して敵の動静をさぐろうとしていた。その中にK中尉の組がいた。Kは機関銃出身の将校で、機関銃を指揮する戦闘には馴れていても、一般小銃隊を指揮しての戦闘や斥候任務には不馴れであった。

私の所属していた二大隊は、サンプラバムでカチンゲリラを相手に戦い、彼らの待ち伏せにかかり、将校の損失が大きかった。したがって、必然的に重火器出身（機関銃や大隊砲）の将校も、一般小銃中隊出身の将校と同じような偵察や斥候任務を命じられ、最初は戸惑ったものである。馴れぬことから不手際もあって二度も負傷し、部下の二人が戦死している。

Kの所属する三大隊は、大隊単位の比較的大きな戦闘の経験はあっても、二大隊のようなゲリラを相手の俊敏さを必要とする小戦闘の経験がなかったはずである。Kは将校斥候を命じられたとき、戸惑いを感じたに違いない。命じられた敵情偵察の報告が、T大佐を満足せしむるに足る内容であれば問題はなかったであろうが、おそらく不十分なものであったのであろう。

敵と遭遇し、斥候長であるK中尉が負傷したとか、部下数名を失ったとかであれば、たとえその内容が不十分なものであっても、その犠牲の見返りに、T大佐は寛大になれたかも知れない。斥候長以下全員が無事に帰還し、その報告の内容が曖昧なものであったために、任務不履行としてT大佐の激怒を買ったとしか思われぬ。将校としてあるまじき振る舞いということになったのではあるまいか。

Kと大佐との間で、どんなやりとりがあったのか、当時の作戦主任も連隊副官も、その場に同席していなかったので、知らないという。知らされたのは、自決という事実だけであった。同期生の伊熊茂中尉が連隊本部近くの陣地にいたのだが、彼のすぐ背後で、Kは手榴弾で自決したという。伊熊中尉の語るところによれば、

「大佐の激怒を買った原因はわからないが、おそらく、お前のような腰抜けは、軍法会議にかけて将校の資格を剥奪してやる、とでもいわれたのではないか」という。

軍隊は階級社会である。陸軍中尉という身分から、一瞬にして一等兵という階級にまで格下げになったらどういうことになるか。不名誉なことこの上なく、それこそ何のかんばせあって父祖にまみえんということになるのである。K中尉に非がなかったとはいわない。しかし、当時三大隊副官であった檜山中尉は、

「彼は重火器出身の将校なので、一般中隊将校のような斥候を命じる方に無理があったのではないか」と後日、語っている。

私はむしろ、T大佐が彼を自決に追い込むような冷酷無情な言葉を使わず、「報告の内容が不十分であるから再度偵察を命ずる」として、彼の奮起をうながした方がよかったのではあるまいか。さもなくば、K中尉がT大佐の言葉を取り消させるだけの決意をみせられなかったのかと、残念この上ないのであった。

連隊長としての言い分があったにせよ、こうした出来事が部下将校たちの心理にどういう影響をあたえるかを考えたことはなかったのであろうか。K中尉がT大佐に出合ったことが、不幸の原因になったと思わざるを得ない。

T大佐は着任以来わずか数ヵ月で連隊長の職を解かれ、マラリアという病名のもとに野戦病院送りとなるのだが、たまたま作戦指導に来た師団参謀がT大佐の異状ぶりに気がつき、作戦中の連隊長としてふさわしくないという報告を師団長にしたらしい。驚いた師団長が、その真偽を確かめた結果の処置であった。

チャウメの健兵訓練隊にいた私は、同じチャウメの高台の森の中に開設されていた野戦病院に、T大佐が入院していることを知らされ、見舞いに行った。一見してどこが悪いとも思

えぬ大佐の姿に不審感を抱きながら、見舞いの言葉を述べ、見舞いの品を届けたのだが、この大佐がK中尉を死に追いやった同一人物とは見えないのであった。言葉つきも温和で、私の見舞いに礼を述べ、しかも、

「貴公のような将校が訓練隊にいることは、まことに心強い」とお世辞までいわれた記憶がある。T大佐は「ジキルとハイド」のような二重人格者であったのであろうか……。

丸山大佐、汚名を挽回

ビルマ方面軍司令部付になっていた私のかつての連隊長であった丸山大佐は、ミートキーナを守備していたとき、司令官水上少将の自決という非常手段により、部下八百名と共に脱出した人であることは前述の通りである。

その大佐に、方面軍司令部がモールメンに緊急移動したとき、要衝シッタンを急ぎ確保し、「第二十八軍および残留部隊のビルマからの脱出を容易ならしむべし」との命令が授けられたのである。

大佐は、ミートキーナの防衛戦で数多くの戦闘体験をしているだけに、事の重大さを認識し、うつ手も早かった。『あゝ菊兵団』の著者木村才太郎氏（後方参謀少佐）は、その著書の中で、つぎのように大佐の活躍ぶりを述べている。

丸山大佐はチャイトその他、行く途々で滞留していた人員に呼びかけた。

「私は方面軍司令部の丸山大佐である、木村司令官の命令により、ビルマより撤退する日本

軍を援護するためにシッタンを確保することになった。所属部隊の如何を問わない。私につづけ」と。階級は大佐である。風貌にも貫禄があった。

前線へ推進を指示しながら、急遽、シッタンに駆けつけた。独立歩兵第百四十一大隊蘭第五百一部隊などを掌握し、シッタン集落およびその南側パコダ高地の守備を固めた。さらに防御正面をモパリン付近からビリン海岸まで拡大した。しかし、にわか仕立ての混成部隊であり、後方勤務しか経験のない連中とあっては、頼むに足れりとはいえなかった。何よりわれに幸いしたのは、シッタン河という大河が前面に横たわっていたことである。

最初、丸山大佐がシッタン東岸に守備態勢を固めたとき、その指揮下にあった部隊の装備兵器は、少数の機関銃と小銃のみの小火器だけであった。この状況を知った菊山砲第二中隊の梶原小隊が、山砲一門を率いて大佐の指揮下に入った。

大佐は、「よく来てくれた。これで勇気百倍だ、礼をいうゾ」と悦んだ。大佐は、ミートキーナ戦でも苦境に立たされたとき、龍兵団の一コ中隊が突然、応援に現われ、危急を救われている。大佐には何か目に見えない幸運が宿っているようであった。

敵はシッタン河の西岸地区の東西に走る鉄道線路を交通路として、渡河作戦の準備をしていた。大佐は梶原小隊にシッタン集落南側パコダ高地を観測所とし、そのすぐ東の凹地に火砲を据えさせた。

「敵の機先を制せねばならぬ。有力な日本軍が待ちかまえていると見せかけねばならぬ」

わずか一門の火砲ながら、この敵に対して砲撃を浴びせた。高地からの射弾の観測修正は自由自在で、思うところに有効弾を送り、敵を制圧した。敵からの砲兵および航空機による砲爆撃のお返しも厳しかった。だが、西岸における敵、英印軍の行動はにわかに慎重となったのである。

菊兵団主力が到着するまで、この丸山大佐の指揮する火砲一門と混成部隊が敵の進出を阻んだのである。もしシッタン河西岸に集結した敵が、この河を一気に押し渡るようなことがあれば、守備隊はひとたまりもなく潰され、敵中に取り残されていた第二十八軍の撤退は支離滅裂となり、悲惨なものとなったに違いないのである。

私は大佐がこのシッタンで見せた心意気こそ、ミートキーナを脱出して来たとき、浴びせられた汚名を一命に替えても拭わねばならぬという思いがあったに違いないと考えられるのである。われわれ少、中尉の下級将校には、大なり小なりの同期生や仲間もいる。したがって心の傷をいたわり合うこともできる。しかし、大佐ともなれば、数も少なく、本心を語り合える相手はいない。

ミートキーナを脱出して以来の大佐は、人が変わったようになり、人を人とも思わぬ不遜な態度はまったく陰をひそめ、何を語りかけても生返事で遠くを見つめているようであった、とかつての部下であった大西清少佐（陸士五十三期）は語っている。

戦後、大佐は、ミートキーナで戦った敵側の司令官に、東京で巡り合っている。一夕招待されて往時を偲び、歓談したとき、大佐の勇戦ぶりが讃えられたそうであるが、大佐は、「とんでもない。私は凡将であって、誇れるものは何一つない。立派であったのは、私を支えてくれた多くの部下たちである」と、かえって恐縮したという。

大佐は自分以下八百余名を脱出させた水上少将の軍令に逆らった温情に、終生負い目を感じていたのであろう。終戦間際とはいえ、自分の働きが日本軍脱出のお役に立ったことで、心の救いを得たのであろうと思われるのである。

戦後、戦友であった橋倉一裕軍医（後に国立身障センター所長）に誘われるまま、新橋の駅前でささやかな割烹店を営んでいた大佐のお宅を訪れたことがあったが、あいにくと不在で会えなかった。その後、病いを得、東京新宿の第一病院で入退院を繰り返していたようであるが、不遇のうちに没したようである。

風の便りによれば、かつての部下であった八江正吉（長崎県諫早市出身、終戦後大尉）がこまごまと面倒を見られたという。大佐はとかくの不評を買いながら、最後には汚名を挽回し、部下であった戦友に看取られて瞑目したのであるから、幸せな星の下で生まれた人であったともいえる。

第六章　ビルマ最後の戦い

シッタンへの道

シッタンに向かうには、モチ鉱山からケマピューに戻り、シャン高原の道を南下するか、直接南部ビルマの山岳地帯を突破し、パプンを経て向かうかの二つの方法があった。百十四連隊は後者の道を選んだ。この付近の地形は、標高二千ないし三千フィートの山々が連なり、しかも道らしい道もない悪路の連続であった。

ビルマの四月はモンスーンが吹き荒れ、五月には雨期に入る、時は五月の中旬で、雨期も盛りであった。雨のため泥濘と化した山道を進む将兵の苦労は、筆舌に表わせない苛酷なものがあった。

私はこの道に足を踏み入れたとき、思い出したのはちょうど一年前のフーコンの作戦のときのことである。連日激しい砲爆撃を喰い、「死守命令」のもと、水浸しの壕の中に身を潜め、わずかな生米をかじりながら、部下たちと一緒に銃を執って戦ったときのことである。

あの時、上官思いであった指揮班長の伊川曹長が負傷したので、後送を頼んだのだが、彼の消息はその後ようとしてわからなかった。ラングーンの兵站病院か、タイの兵站病院にでも入院させられているのであろうか。

この山岳道路の上空を、毎日敵機が飛来したのだが、われわれ日本軍を見つけることはできなかった。マンダレー—ラングーンの幹線道路ではないので、敵の戦車に出遭うこともなかった。

そうした行軍をつづけていたある日、私の指揮下にある、チャウメ健兵訓練隊で組織している小隊のO軍曹が私のもとに来て、「隊長殿にお願いがあるのですが……」といった。

「どんな願いだ」

「じつは、私の知り合いの女性なのですが、支隊の中に加えて頂けないでしょうか」という。

この下士官は元浪曲師で、ときおり訓練隊で催した「慰安の夕べ」で浪曲を披露しては、見物する隊員たちの拍手を浴びていた男である。彼の労をねぎらって私はたびたび、彼に煙草や甘味料を贈ったことがある。

「支隊に女を加えてくれというのか。一人だけか」

「いえ二人です」

「ウーン」

「会ってもらえませんか」

「支隊の中に加えることはできないが、ついて歩くのはかまわんだろう。一度会ってみようか」

一人は三十歳前後の束髪の姿のよい女性で、上品な顔立ちをしていた。どこかの兵站基地で水商売をしていたのであろうか、いわゆる泥水稼業の女という印象はなかった。もう一人は三十五、六歳の体格のよいお店の下働きといった感じの女性であった。

「私の隊と一緒に行くのはかまいませんが、あなたたちが女であるということで、人目を惹《ひ》くと思います。男ばかりの中で女の人がいると、変な目で見られがちですから、服装や態度に十分に気をつけて下さい」と念を押した。

次の日、この女性たちをこの行軍部隊の最上級者である大塚連隊長に一応、挨拶させた方が無難であると感じた私は、その旨を伝えた。支隊長である私のほかにさらに別の上級者に挨拶をさせられることに不審なものを感じたらしいので、私はそうすることがあなたたちのためであると説明した。

私の支隊だけで行動しているのなら、私の一存で計られるが、一つの部隊に加わっている以上、一番の上級者に了解を得ておかないと、何かのときに「オレは知らん」ということになりかねない。まあ、筋を通すというか、あなたたちの存在をはっきり認めてもらった方が都合がよいということです、というと、彼女たちはさっそく連隊本部を訪れ、挨拶にまかり出た。

連隊長は上機嫌で、私の支隊と一緒に行動することを認めて、「何か頼みたいことがあれば、遠慮なく申し出るように」といわれ、心得として「兵士たちの男心を誘うような姿や行為をせぬように」との注意があったという。

「万緑叢中紅一点」という中国の諺がある。沢山の雑草の中に、たった一輪の紅い花が咲いているという表現なのだが、むくつけき男どもの中でたった一人の美しい女性が混じっていては目立つということである。

私はO軍曹が彼女たちの世話をすることを認めると共に、不測のトラブルが起きないよう兵士と同じ服装をさせることを命じた。しかし、彼女たちの胸のふくらみは隠しようもなかった。

私は彼女たちに「筋を通す」という名目で、大塚中佐に挨拶させたが、別の配慮もあった。チャウメの健兵訓練隊に勤務中、私に協力してくれた現地の垢抜けた商家の娘を隊長である古賀大尉に紹介しなかったことで、大尉は副官である私を、何となく面白く思っていなかったことが後でわかった。

露骨にも、「オレにも逢わせろ」だの「自分にゆずれ」とまでいわれて不愉快となり、結局、三十三軍参謀長命による威力捜索隊長を志願して、この大尉と袂をわかったのだが、この二の舞いをしたくなかったからである。

大塚中佐が、この大尉と同じだとは思いたくはなかったが、男に変わりはない。私の指揮下にあるO軍曹が、もし私に無断で彼女たちを連れて歩いていたとしたら、私の心は穏やかであったろうか。女性の存在は、男心を慰めてもくれるが、時には怖い思いをさせられる引き金にもなりかねないような気がするのである。

慰安婦の物語

戦地に派遣されている日本軍の部隊には、将兵のセックス処理機関として十数名の慰安婦からなる慰安所が、民間人のオヤジか女将に率いられて付随していた。大別すると日本人、朝鮮人、中国人、現地人の女性たちで組織されていた。

この慰安婦たちが日本軍と行動を共にしていたことの功罪について、私は触れるつもりはないが、この慰安婦たちの存在が当時、占領軍であった日本軍の支配下にあった国々の女性たちの貞操を守る防波堤の役目を果たしていたことは事実である。

日本の女性たちで組織されていた慰安所はいくらか高級という意識もあって、比較的に戦地から遠く離れた都会地か、軍司令部の所在地に設けられていた。その他は作戦部隊と一緒であったから、部隊と生死を共にした慰安所もあったわけである。

私の所属する連隊には、朝鮮の女性たちと中国の女性たちからなる二組の慰安所が設けられていた。朝鮮の女性は、さすがに日本語を巧みに話し、将兵との会話に不自由はなかったが、中国の女性はにわか仕込みの日本語をしゃべるので、その意味がわからず、ハテ何のことかと首を傾げ、しばらくして、アーソウカと納得して笑い出すことがたびたびあった。

これは、H曹長が私に話してくれた彼女たちの日本語である。H曹長が慰安所を訪れ、馴染みの女性に会ったときのことである。H軍曹は堂々たる体軀の持ち主で、普通の兵士の二人分くらいの大きさがあった。敵娼《あいかた》の姑娘がH軍曹を見て、「アナタ一人カ、トモラチ（友達）ナイカ」「ウン友達ナイヨ、独リダケダヨ」「ソウカ、ナンタヒトリカ」と残念そうである。部屋に案内すると、サービスよろしくお茶を出してくれるのだが、「サーサードーゾ、サブイケドドーゾ」とお茶をすすめる。

さすがの物馴れた曹長も、このサブイケドという意味がわからない。出された冷えた茶を飲んで、ああそうか。「さめているけど飲んで下さい」という意味がわかったという。

さて十分に彼のセガレを堪能させて帰り支度すると、姑娘はまたのたまうのである。「ワタシアシタヤスミネ、九ジニオハヨウスルヨ、アナタマタクルナイカ」と誘うと、彼の背中をポンと叩くのである。「九ジオハヨウ？　ア、九時に起きるということか」と曹長はつい、笑顔がコボれたと話していた。

朝鮮の女性であろうと、中国の女性であろうと、日本軍の将兵にとって女であることに変わりはない。男と女である限り、金で贖《あがな》える肉体とは別の愛が芽生えたとしても、不思議はなかった。その恋に身を焦がした一人の将校がいた。

野戦病院にIという薬剤官の中尉がいて、朝鮮の慰安婦にすっかり熱を上げてしまい、日中の病院の勤務を終えると、慰安所の彼女のもとに行き、翌朝出勤してくるのであった。将校には営外居住というのが認められているから、兵営の外に住むことができるので、慰安所から通って来ても別に違法ではない。しかし、他の将兵の手前もあり、あまり褒《ほ》められた行為ではなかった。

心痛したのは、上官である病院長のO少佐であった。副官の橋倉軍医中尉や同期の斎藤軍医中尉たちに、どうしたものかと相談をもちかけた。これが私たちのような兵科の将校であったら、連隊長から大目玉を喰らったあげく、辺地の守備隊勤務に飛ばされるのであろうが、男女関係に理解のある軍医たちであった。

慰安所をねぐらにして病院に通わせるのは、何としても外聞が悪い。いっそ慰安所に彼女が背負っている借金を二人が分担して支払い、彼女の籍を慰安所から抜かし、結婚させてはどうか。結婚させ、彼女を病院付の見習看護婦として勤務させてはどうかということになった。

将校の妻となるには、所属団体長の許可を必要とし、一応良家の婦女子であることを建前としていたが、戦地でもあり、朝鮮女性といっても、日本国籍はあるのだし、看護婦という聖職であれば差し支えあるまいという粋な計らいであった。

二人に異存のあろうはずはなかった。これを聞いたミートキーナ駐屯地の将兵たちは、「ヘェー」「ホー」「ホントカヨ」「うまくやりやがった」「エッ、そんなことが許されるのか」と、内心やっかみ半分で羨ましがった。

しかし、彼らの蜜月は長くはつづかなかった。一年もたたぬうちに連合軍が大挙して押し寄せ、三ヵ月になんなんとする激戦の果て、粋な計らいをしてくれた病院長O少佐は戦死し、相思相愛の二人も離ればなれになったのである。だが、未婚のまま青春の真っ只中で蕾のまま散華した将兵にくらべれば、まだまだ幸せであったのかも知れない。

トングーでの二つの思い出

私の支隊はシッタンに向かうべく、百十四連隊の後尾について南下することになったが、当初の目的地であったトングーには、忘れられない思い出が二つある。

その一つは、師団がシンガポールの攻略を終え、ビルマ進攻作戦に入った三年前の四月のことである、私の部隊は、首都ラングーンを有蓋貨物列車に同乗して、おりから五十五師団が作戦中であったトングーを、目指していた。

四月とはいえ、ビルマの雨期に入る前の気候は暑く、有蓋貨車の鉄板は太陽の熱で火照っていた。貨車の出入口を開放してロープを上下二段に張り、貨車からの転落を防ぐようにしてあったのだが、夜に入っても熱気がムンムンするし、すし詰めの中で体温も加わり、兵士たちの寝相もよくなかった。

夜行列車がトングーの駅に着いたとき、私の部下の一人がいなくなっていた。人員点呼をして手塚上等兵であることがわかった。

「しまった。貨車がどこかのカーブに差しかかったとき、振り落とされたに違いない」

私は実情を当時の中隊長であった長末大尉に報告すると共に、捜索のためただちに引き返したい旨を申し出た。機関車だけを列車から離し、機関車の前に私と分隊長の中西伍長とが乗り、いま来た線路を戻ることにした。私の胸中では、「どうか無事でいてほしい。無残な死に顔を見ることのないように」との思いが一杯であった。

ひた走りする機関車の上から双眼鏡で覗く私の目の中に、小さな人影が映った。

「いた、しめた」私と分隊長は迎えに来たことを知らせようと、声を張り上げ、大きく手を振った。近づく機関車を見ながら、手塚は青い顔をして立っていた。

「おい、手塚、無事だったか、怪我はなかったか」

分隊長は矢継ぎ早に尋ねた。

「ハイ、股が裂けました」

「そうか、どんな具合か」

手塚の語るところによれば、夢うつつの中で、不意に体が浮いたかと思うと、片足が堅い棒（電柱）のようなものにぶつかり、その衝撃で体が一回転し、地面で頭を打った途端に気を失った。

フッと気がつくと夜が明けていて、頭がズキズキ痛み、周囲を見回してもだれもいない。貨車から落ちたことを知った。股が痛むので指で触れると、だいぶ裂けているのがわかった。どこかの病院で治療をしてもらわなくてはと、少し歩いてみたが、傷は痛むし、途方に暮れていたところだ、という。

「そうか、ドレ、股の傷を見せろ」

私が傷口を眺めると、両股のつぎ合わせが大きく裂けて、十センチくらいパックリと口を開けていた。出血は少ないようである。

「手塚よ、大丈夫だ。お前は命拾いをしたゾ。サア機関車に乗れ。野戦病院を捜して収容してもらう」

今から作戦に参加しようという矢先に、部下をこうした事故で失っては申し訳ないという思いが杞憂ですんで、私は安堵した。

彼はやがて傷が癒えて中隊に復帰するのだが、ゲリラ相手のサンプラバムや未曾有の激戦地になったフーコンでの戦いやミートソンの戦闘でも、機関銃の名射手として奮戦し、無事祖国の土を踏むことができた。

夜行列車から転落するという事故に遭いながら命拾いをした彼は、幸運の女神が最後まで彼を見捨てなかったのだと、当時が懐かしく思い出された。

その二は、トングーで下車して戦闘態勢に入った私たちが行進の途上で遭遇した、累々たる敵の遺棄死体のことである。道路上にまさにゴロゴロという言葉にふさわしい死体が真っ黒に焼け焦げて転がっていた。その死体の群れは、ゴム風船のように膨れあがり、プスプスとガスを噴き出していた。

その光景は、異様とも不気味とも形容ができないくらいで死臭が鼻をつき、吐き気をもよおした。炎熱下の地獄絵図を眺めているようであった。このときは日本軍が勝ち戦さのときであり、神ならぬ身とはいえ、この悲惨な光景が三年後、日本軍側で再現されようとは、だれ一人考えた者はいなかったはずである。

そもそも、このときの戦いは、第十五軍司令官飯田祥二郎中将の指揮下にあった三十三師団と五十五師団の両師団が、タイとビルマとの国境にある峻険な山岳地帯を突破し、まずモールメンを陥し、つづいて首都ラングーンを攻略し、さらに三月十四日、トングーに向かって北進し、戦車を有する重慶軍第二百師を相手に戦ったものである。

多数の迫撃砲を有する約三千の重慶軍は、堅固な陣地を構築して待ち受けており、その戦意は旺盛で、なかなか撃退することができなかった。

五十六師団（龍兵団）の捜索第五十六連隊が応援にかけつけ、やっと撃退したという激戦のあったところである。われわれはその直後、戦線に投入されたために、その悲惨な光景を目撃したというわけであった。

三年後の五月、彼我の立場が逆転して、日本軍がその惨めな姿を再現することになったのである。私は戦さというものは勝っても負けても、いつの日かそのツケを支払わされるのではないかという気がしてならないのである。

支隊の解散と原隊復帰

私の率いる支隊がシッタンに向かう途中で、狼兵団（四十九師団）の主力と偶然、巡り合った。私の支隊には狼兵団に所属する年輩の少尉の指揮する一コ小隊がいた。メイミョウ南方のミンゲ渡河点で、われわれを追尾して来た敵を撃退したのは、この小隊の分哨であった。小隊長は、

「隊長殿、このままシッタンに向かうことに異存はありませんが、ここで私たちの原隊である狼兵団に復帰させて頂けないでしょうか」と申し出た。

考えてみれば、メイミョウを脱出したとき、菊兵団の藤岡少佐が最上級者であったために、少佐の指示により心ならずも私の指揮下に入り、渡河点警備に任じたのであって、M兵団に配属になったときにその任務は解かれて、原隊に復帰しても何ら差し支えないはずであった。

私は、この小隊長の申し出を快諾した。

「結構ですよ。偶然、狼兵団の主力に会えたのも、何かの縁でしょう。短い期間でしたが、御苦労様でした。また会える日があるかどうかわかりませんが、どうか元気でいて下さい」

せめて別れの盃ぐらい交わしたいところであったが、そんなシャレたものがあるはずもなく、私以下菊兵団に所属する将兵は、狼兵団に復帰する彼らを名残り惜しく見送るのであった。

私の原隊である歩兵第百十四連隊に後続しながら、シッタンに着いたのは五月十七日であ

る。私は師団司令部を捜し、藤岡少佐のもとに出頭すべきかどうかに迷いを生じた。

そもそも私の支隊は、三十三軍司令部の威力捜索隊となるべき運命にあったものが、赴任の途中、メイミョウで敵に遭遇し、藤岡少佐や山口少佐の懇望により、助っ人部隊になったところから、まったく別の道を歩むことになったのである。

藤岡少佐が自分たちの都合で、威力捜索隊要員を勝手に利用したとなれば、その責任は重大である。ミンゲの渡河点に警備隊として二コ中隊を残置せよと命ぜられても、威力捜索隊は別であるはずであった。藤岡少佐が心配で顔を蒼ざめているのを見るに見かね、みずから警備隊長の役を買って出たのだが、参謀長の許可を得たわけではない。

私がメイミョウで、護衛してほしいという少佐の申し出を断わり、あくまでメイクテーラに威力捜索隊として赴いていたとしたら、あの敵の戦車軍団の中で生き抜くことができたであろうか。

考えようによっては、少佐は私たちの命を期せずして救ったのかも知れぬ。少佐や私自身のためにも、司令部に顔を出さぬ方がよくはないかという考えが浮かんだ。

私は指揮班長の井村軍曹を招き、

「私の支隊は、チャウメを出るときは三十三軍参謀長の命令で、威力捜索隊となるはずであった。それがミンゲ渡河点の警備隊となり、さらにM兵団の配属になったりした。赴くところも、最初はメイクテーラ、つぎがキャウセからトングー、そしてシッタンだ。私は藤岡少佐のもとに出頭すべきであろうが、果たしてそれが良いのか悪いのか疑問がある。この際、私の一存で、支隊をここで解散し、皆を原隊に復帰させたいと思うがどうだろう」と、彼の意見を求めた。

「そうですか、隊長殿がそうされたいのなら、私に異存はありません。正直なところ、私自身も原隊に帰りたいと思っていました」

「そうか、この件について何か問題があれば、私が責任をとる。君のような指揮班長がいて、私はずいぶんと助けられた。本当にありがとう」

私は井村の手を握り、心から感謝の意を述べた。部下の掌握が不十分ということで、同じ原隊の先輩将校から叱られるということもあったが、いざ解散となると、名残り惜しいものである。私から別離の言葉が述べられ、「解散、原隊復帰」を告げられると、皆はそれぞれ手を握り合い、これからの武運を祈り、原隊を目指して散っていった。

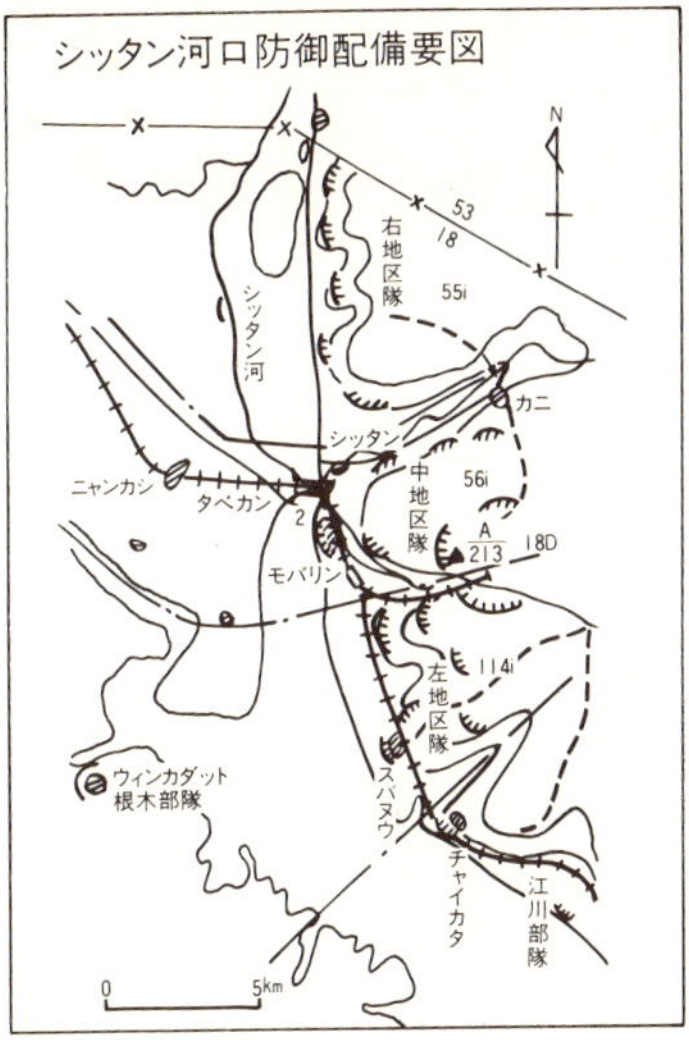

私がモンミットで、チャウメの健兵訓練隊に派遣されたのは去年の十月下旬であった。あれから六ヵ月余がたっている。この間にビルマ方面軍の指揮下にあった各兵団は、悪戦苦闘をつづけ、見る影もないほどに戦力を消耗していた。

方面軍司令部は首都ラングーンを脱出し、モールメンに移り、桜井省三中将の指揮する第二十八軍はビルマの西部地域六〜七百キロにおよぶインド洋正面を防衛していたため、連合軍により、ラングーンを奪われた結果、敵中に孤立する形となっていた。

この二十八軍の脱出援助のためにどうしても確保しておきたいのがシッタンであった。シッタン河口は、おそらく敵が先に手をかけるのではないか。ラングーン陥落後は、当然、モールメンが彼我の作戦目標となるであろう。もしシッタン河口を占領されれば、ビルマ全軍が崩壊する。

「敵に先んじてシッタンを取れ」が、方面軍の最大の課題になった。

方面軍司令部付となっていた丸山房安大佐（元百十四連隊長）は、シッタン河口付近に混在する各種の部隊を統轄して同地の防衛強化を命じられた。丸山大佐が百十四連隊を離任したとき、当時の第三十三軍司令部では、「ミートキーナ撤退の責任を追及し、軍法会議のうえ処刑せよ」と、強硬に主張した参謀もいたのだが、その大佐に、三十三軍はもちろんのことビルマ全軍が助けられたのだから、運命は皮肉である。

第二大隊副官を命ず

私の率いる混成支隊を解散し、部下たちをそれぞれの原隊に復帰させると、シッタンの警備についたばかりの百十四連隊本部を単身訪れ、

「このたび田中支隊を解散し、原隊に復帰することになりました」と、連隊副官平井大尉と連隊長大塚中佐に申告した。

「オオ、よく帰って来てくれた。長いこと御苦労さんでした」と副官は私の手を握り、心からその労をねぎらってくれた。

私が連隊を離れている約半年の間に、連隊の編成も大きく様変わりしていた。副官は、私の所属先をどこにするかと思案していたが、「どうやろ、Mさんとこの二大隊本部でいいかネ」と、私の意向を問うた。

「私はどこでもかまいません」

「そうか、ちょっと待ってや。連隊長と相談してくるから」

新任の連隊長は、将校人事は皆目わからんので、副官に尋ねるしかない。やがて「田中中尉、第二大隊副官を命ず」の辞令をもって副官は現われた。

「あんたと同期の伊熊君が三大隊副官やから、二大隊副官やってもらうことにした。頑張ってや」

大尉の関西弁は、相変わらずの柔らか味があった。第二大隊は私の古巣であり、馴染みも多い。大隊長のM大尉は、モンミットで私をチャウメ健兵訓練隊に出向を命じた人である。

大隊本部付将校として島田保政少尉がいた。アメリカのカリフォルニア大学の教授をしていた人で、日米の最後の交換船で帰国し、応召して戦地に来た人である。階級は陸軍少尉ではあったが、私より一回り近い年長者である。

公式の場でこそ中尉と少尉の格式を保ったが、私は彼を教養ある紳士として、いつも敬意を払っていた。

深夜遅くまで、副官業務に専念していると、「あんまり無理せん方がよいですよ。体をこわしますよ」と、陰ながら私を気づかってくれる人情家でもあった。

彼は情報係という立場から、入手した敵情を図上に現わして大隊長に報告していたが、その図の書き方が一風変わっていた。

部隊や兵器数を示す記号が教典にあるのだが、彼はそれにこだわらず、ミニチュアの絵を書き添えて、一目でそれとわかるようにしてあった。重砲や迫撃砲の射程距離を示すのに、弾の飛び交うさまを弾の大小に画き分けて色彩までほどこしてあり、「さすがだなあ」と、私は彼のセンスのよさにいつも感心させられていた。

三ヵ月後には終戦となり、彼は師団司令部に招かれ、日本軍側の通訳官として連合軍を相手に堂々と渡り合う運命が待っていた。

大隊長のM大尉は陸士五十三期の人で、同期の人たち（田口、大西、山崎）にくらべ、自己顕示欲の強い人柄で、大隊の将兵たちにあまり好感を持たれていなかった。

副官は大隊長の補佐役であったが、各中隊長と大隊長との間にただよう疎外感にも気を配る必要があった。

かつて私が南支の淡水に赴任したときの大隊長は酒向少佐（戦死）、副官は福本中尉（戦死）であったが、古参の中隊長たちが大隊長の悪口を平気で口にするのを聞いて、不思議に思ったことがある。

大隊長の真面目すぎる人柄もさることながら、副官があまりにも年が若く、大隊長と中隊長たちとの間の潤滑油になれなかったことが一因であると耳にしたことがあった。

連隊長の女房役が連隊副官であれば、大隊長の女房役は大隊副官である。オヤジの好みや気質のすべてを承知して、万事ソツのないような気配りが必要であった。大隊長が第五中隊長であったころ、隊付将校に中村宗春少尉（戦死）という人がいた。彼がいうには、

「オレんとこの中隊長はヘソ曲がりで、部下の意見具申にはすべて反対するという癖がある。ああいうのを天邪鬼《あまのじゃく》というのだろうな。だから、こんなことはやりたくないと思ったときには、逆に中隊長にやりましょうと、先にこちらから申し出る。すると、かならずやめようというから、思うツボというわけだ」というのを私は覚えていた。私はそのコツを利用することにした。

また、私に着任早々、P屋に案内してもらって大感激したK少尉は、仲間の少尉たちと赴任の途中で、ミートキーナ行きの連絡便を持って、同じところに三日ばかり逗留していたところ偶然、大隊長教育に出張中のM大尉に巡り遭い、「何をウロウロしているのか」と詰問されたあげく、

「オレは日本一若い大隊長のM大尉である。お前たちのようなノンビリしている奴には、一発気合いを入れてやる」と一列に並ばされ、往復ビンタを喰いましたと、口惜しそうに物語ったことがある。

多忙な副官勤務は一ヵ月有余の短い期間で終わりを告げ、連隊本部勤務を命じられるのだが、この大隊長と心から打ち解けて語り合うということは一度もなかった。

同期生の中では最右翼（一番）で、連隊旗手を務めた人であったから、優秀な人であったのであろうが。

同期の人たちが皆、よい人柄であるのにこの人だけが好感を持たれなかったのは、彼の生

い立ちに原因があるのではと、私なりに解釈していた。

悲惨！　溺死者の群れ

二大隊副官となった私は、ある夜、シッタン河に架かっていた鉄橋（爆破されて一部水没）を渡り、西岸の敵情監視を命じられていた下士官を長とする駐止斥候を迎えるため、伝令と共に出向いたことがあった。

その夜は月明で、手近な様子がよくわかり、珍しく物音一つしない静かな夜であった。私と伝令は、携帯用の提灯を持参して、まもなく帰ってくる予定の斥候を待っていた。

このシッタン河の干満の差は激しく、満潮時には二～三メートルにも及ぶ高波が河をさかのぼって押し寄せるという怖い河で、その海鳴りは凄く遠くから聞こえるほどであった。最初、その音を耳にしたとき、「何だ、あの音は」と、気味悪く思ったものである。

方面軍司令部が首都ラングーンを放棄して、いち早くモールメンに退避し、とり残された非戦闘員の民間人や病院、後方勤務の多くの人たちがわれがちにモールメンを目指したとき、行く手を大河にさえぎられ、立ち往生しているところを、連合軍の激しい空襲を受け、大打撃を受けた。シッタン河を渡ろうとした人々は、干満の差の激しい河であることを承知していたのであろうか。

河を背にして立っている私に向かって、伝令がいつにない声で、

「副官殿、後ろを見て下さい。土左衛門が浮いています」と叫んだ。

私は「ギョッ」として目を見はった。それは変わり果てた日本兵たちの水漬く屍であった。何という光景であろう。私は思わず合掌した。後方から追い立てられるような気持で河に入り、浅瀬を捜しながら、対岸に向かっている途中で、唸りを上げてさかのぼる満潮の波に襲われ、逃げ場を失い、阿鼻叫喚の中であえなく土左衛門になってしまったのであろう。引き潮となれば水の流れと共に河口に下り、満潮になれば潮に乗ってふたたび河をさかのぼる。

私が見たのは、満潮と共に岸辺に打ち寄せられた屍の群れであった。私は後日知ったのだが、ビルマに取り残されていた第二十八軍の将兵は、河を渡るときの心得として浮き袋がわりに青竹一本を全員に持たせていたという。青竹が役に立ったのであろうか。

ミートキーナを脱出するとき、守備隊の将兵は浮力のない筏でイラワジ河を渡らせられ、多くの将兵が水漬く屍となっている。軍の首脳部の人たちは、日ごろから何を考えていたのであろうか。諺に「治にいて乱を忘れず」とあるは、何を教えているのであろう。

ビルマ進攻作戦を終え、英印軍を遠くインドへ、中国軍を雲南の山奥へと駆逐したとき、勝利の美酒に酔い、いつかは反撃に転じて来ると予想される敵のための備えを怠っていたに違いないのである。これは私の思い過ごしかも知れないが、お偉いさんたちは日夜、酒池肉林の中に浸っていたような気がしてならないのである。

私はこの河に浮く日本兵たちの屍が、いつかは朽ちて魚の餌となるに違いない惨めさに、何ともいえぬ憤りが湧いて来るのであった。この屍を拾いあげて手厚く葬ってあげられない現状を、しみじみ情けないと思った。

この水漬く屍と対照的なのがフーコンの戦線である。累々たる草むす屍を戦場に放置して来ている。戦線を離脱するのが精一杯で、傷病と疲労で行き倒れている戦友たちの屍を葬る余裕がなかった。

海行かば水漬く屍
　山行かば草むす屍
　　大君の辺にこそ死なめ
　　　省みはせじ

折にふれて将兵たちは口ずさみ、われとわが心を励ましていたのだが、現実はなんと悲惨なことであろうか。

戦友の田中勧氏（曹長）が戦後復員して、中隊をおなじくしていた遺族たちの訪問を受け、わが夫、息子や兄弟の戦死の模様を聞かれ、それが華々しい戦死であれば、彼は勇敢でした、じつに立派な最後でした——と物語ることができた。遺族の人たちは悲しみの中にも、何かそこに救いがあるようであった。

しかし脱出の途中、河に溺れて死にましたとは、どうしても口にすることができなかった。「一緒に川岸まで脱出して来ましたが、混雑の中ではぐれてしまい、行方がわからなくなりました。脱出を諦めた人たちが、ふたたび戦線に取って返し、奮戦していましたから、おそらくその中にいたと思います」と答えざるを得なかったと、目を潤ませて当時のようすを私に語ったことがある。

美しい死に様であってほしいというのが第一線将兵の願いであった。土左衛門いや水漬く屍たちの悲憤の声が聞こえてくるようである。

連隊本部付を命ず

二大隊副官として気苦労の多い毎日を過ごしている私に、七月の初め、連隊副官の平井大尉から呼び出しがあった。何事かと不審に思いながら本部に出向くと、「大隊副官の気分はどうかネ」という。

「イヤー、一線部隊を指揮して敵と戦うのと違って、人間関係で気骨が折れます」

「そうだろうな、副官とはそんなもんや。ところで、今度あんたを本部の兵器係首座として迎えたいんやが、どうやろ」

「エッ、私をですか」

「そうや、いやか」

「いえ、願ってもないことです」

「じゃ、近く発令するから、そのつもりでいてや」

私は内心、平井副官の好意をありがたいと思った。副官も私も共に二大隊出身であり、ビルマ進攻作戦のとき、機関銃小隊長としてこの人の指揮する中隊に配属となり、ビルマ第二の都市マンダレーに一緒に入城したり、ビルマの最北端の要衝サンプラバム警備時代、出没するゲリラ討伐に共に苦労した間柄である。ツーといえばカーと答える気心の知れた仲でもあった。

私のこれまでの苦労にこたえてやりたいという好意と、本部付にしておいて側近の一人にした方が何かとお互いに都合がよいという判断があったのであろう。

このときの本部付の顔ぶれは、作戦主任田口少佐（陸士五十三期）、情報通信水野大尉（陸士五十五期）、高級主計五嶋中尉、高級軍医橋倉中尉、高級獣医鈴木中尉、連隊旗手樋口少尉であった。役付でない隠居身分の中西大尉（元第三大隊長）と松下大尉（元中隊長）がおられた。

連隊本部は連隊全部を統括する機関である以上、それぞれの分野で連隊長を補佐し、万事支障なきよう運営をする責務を負っていた。

私の最後の勤務となった仲間たちの人物像に触れてみたい。

連隊長の参謀役ともいえる作戦主任田口（後に小林）少佐は、昭和十五年四月、陸軍士官学校卒業後、南支に駐屯していた連隊に赴任して来た人で、シンガポール作戦、ビルマ進攻作戦、ミートキーナ防衛戦など、連隊が死力を尽くして戦った戦闘にすべて参加し、第十一中隊長、連隊砲中隊長として活躍した歴戦の将校で、同期の人たちの中では、とりわけ温和な人柄で、作戦主任として申し分のない力量手腕の持ち主であった。

連隊副官平井大尉、この人については、これまでにもたびたび登場しているので省くが、薬専（今の薬科大学）出身でありながら、技術将校とならず本科の将校となった人だけに、関西弁の柔らかな口調の中にも激しい闘志を秘めている人であった。

歴代の副官の中で、教養といい、人柄といい、群を抜いていたと私は思っている。戦後は連隊本部の戦友会長に推され、また、歩兵第百十四連隊史の編纂に当たっては委員長にもなった人である。兵庫県赤穂の出身、忠臣蔵で有名な赤穂浪士のことが連想されるのも、あながち無縁とばかりいえないのである。

情報通信水野大尉は、昭和十六年八月、見習士官として私と一緒に南支に赴任した人で、同期では最右翼で連隊旗手として、シンガポール作戦に参加、その後、ビルマ作戦、ミートキーナ戦のほか連隊の主たる作戦にすべて参加している。

負傷もたびたびで、サンプラバムのゲリラ討伐作戦では、至近距離数メートルで敵の自動小銃弾を浴び、身に十数発の弾が貫通するという目に遭っている。とりわけ、その中の一発が股間の金玉と袋の間を通り抜け、金玉を落とすのじゃないかとそこだけ、しっかりと握っていた男である。

高級軍医橋倉中尉は、日本医科大学出身の整形外科医として、師団の軍医部でも名声のあった人である（後に国立身障センター所長）。私と同期で、ビルマの中部の要衝メイクテーラで空襲を受け、私が背中に爆弾の破片で負傷したとき、第二野戦病院にいて私の手当てをしてくれた人である。爾来、大の仲よしとなった。

この人は、フーコン作戦、メイクテーラ会戦などの師団主力の激戦地にはいつも参加し、敵の戦車軍団に追われ、炎熱の中で九死に一生を得るという危ない目にも遭っている。不思議と負傷もしなかったという武運の強い人で、丸山大佐や五十六連隊長長久大佐に信頼の厚かった人である。

高級主計五嶋中尉は、山口高商（今の山口大学）出身で、連隊の主たる作戦にはほとんど参加し、糧秣の補給や調達には寝食を忘れて活躍した人である。経理業務という立場から、ともすればその立場を利用する人が多かった中で、この人にはそれがなく、連隊長の要望であっても、ときには断固として断わるという硬骨漢であった。

しかし、部下の下士官、兵に対しては決して命令口調は使わず、「○○をして下さい」「○○をお願いします」という丁重な言葉で終始押し通し、部下たちの信頼が厚かった。

高級獣医鈴木中尉は、青森県三戸の出身。ミートキーナ脱出のとき、丸山大佐の指示により、慰安婦の脱出に尽力したのだが、バーモで辻参謀から慰安婦共を連れて歩くとは将校にあるまじき行為として罵倒され、「何をいわれますか。このことは連隊長からの依頼によるもので、何ら恥じるところはありません」と、食ってかかった人である。

本部には錚々たる人材がそろっていた。

二人の下士官の陳情

連隊本部付となった私を待っていたのは、各大隊の所有する兵器類（擲弾筒、軽機関銃、重機関銃など）を均等に配分するという仕事であった。大隊単位で戦闘をつづけているうちに、消耗の激しかった大隊は兵器の損傷も多く、比較的に消耗の少なかった大隊では、兵器の温存率も高かった。次期作戦に備え、戦力を均等化する必要があった。

私は兵器係の中西、山口両軍曹を相手に、日夜、その割り振りに頭を痛めていた。連隊本部付の大先輩、松下大尉が私のようすを見かねてか、ある日、助け舟を出してくれた。

「田中君、配分のための員数にあまりこだわらない方がいいよ。兵器を持ってるもんは、手離したくないのやから、できるだけ動かさんでな。いざというとき、兵隊ぐるみで動かせばいい」

私は算術計算による配分をやめ、移動を最少限にとどめた。武器に対する兵士たちの心理を察して私に助言した松下大尉に、「さすがは御隠居殿だ」とありがたく思った。

ある日、二大隊の私の出身中隊である機関銃中隊の二人の下士官の訪問を受けた。K曹長とT曹長である。どちらも人柄のよくわかった間柄であり、中隊の下士官兵たちの中心的存在である。

「ヤァー珍しいネ。二人そろって何かあったの？」

「ハァ、じつは中尉殿に相談があって参りました」と、沈痛な面持である。

「どうやら大事な用らしいナ。立ち話もできん。まあ腰かけてゆっくり話を聞こう」

「じつは……」と二人がこもごも話すのを聞いて、私はたいへんおどろかされた。二人の話の内容は、現在の中隊長を排除して、代わりに私を中隊長として迎えたいので、われわれの意向を汲んでほしい、という内容のものであった。

私は「下剋上」という項で、同じ師団の歩兵第五十六連隊長が部下たちの信頼を失い、三十三軍司令官本多中将に連隊長を更迭してほしいと将校たちが直訴した事件を前に書いたことがある。連隊長と中隊長とではくらべようもないが、部下たちが上官を取り替えてほしいということは、下剋上であることに変わりはない。

中隊長であるO中尉は、私より一期先輩でスポーツ万能選手であり、成績優秀ということで現役志願も認められ、第二大隊副官から中隊長になった人で、私とも懇意な間柄である。その彼が、どうして部下たちから嫌われたのであろうか。

「なぜ?」私にはその原因がよくつかめなかったが、この二人が私のもとに陳情に来たとこころをみると、何か根深い口に現わせない理由があるのであろう。しかし、私はうれしかった。かつて小隊長として、中隊長代理として私が南支に赴任して以来三年有余、生死を共にした中隊である。その間に下士官兵たちが私をどういう目で眺めていたかがわかるような気がした。

「君たちの気持を私はありがたいと思う。しかし、私から中隊長にさせてほしいと連隊長にいうわけにもいかんよ。中隊長を更迭するからには、それなりの理由がなくてはならん。O中尉に不満があるだろうが、今しばらく辛抱して頑張ってほしい。そのうちチャンスがあるだろうから」と慰めて帰ってもらうしかなかった。

私はO中尉に短気なところとお天気屋さんのところがあるので、案外そんなところが原因になっているのかと最初は考えた、しかし、その理由が戦後明白になって、人は見かけによらぬものだと改めて驚かされたのである。

T曹長たちが中隊長に恨みを抱いたのは、あの凄惨をきわめたミートキーナの戦闘のときであったという。

来る日も来る日も、空陸からつづく敵の猛攻に、築いた陣地は崩壊し、近接戦を繰り返し、隊員たちはつぎつぎと戦死していた。その肝心なときに、頼みとする中隊長がいつも不在であった。部下たちの死を悼み、また激励すべき立場にある人の行方がわからないのである。

T曹長が一番恨みに思ったのは、部下であった竹本上等兵が空爆を受けて戦死したときである。生き埋めになった竹本の名を呼びながら、必死になって土を掘り起こしているところときであったという。

ムッとした曹長は、「何をしているのだ」と他人ごとのように声をかけられたときであったという。

ムッとした曹長は、

「何をしているとは何事ですか。竹本が、今の爆撃で生き埋めになったのです。あなたこそどこに行っていたのですか」と、言葉鋭くつめ寄ったという。

この竹本は、私が小隊長のころの部下で、サンプラバムのゲリラ討伐の際、伝令役の岡兵長が戦死したとき、「遺骨が指だけではかわいそうですから、自分に埋葬させて下さい」と必死の面持で願い出た心の優しい兵士であった。竹本はT曹長に心服していて、「曹長殿のためなら、いつでも喜んで死ねる」と言っていたという。

T曹長はそれ以来、中隊長を見限ったのであった。またしても「上官の命令は朕の命令と心得よ」という軍人勅諭が思い浮かぶのだが、激しい砲爆撃の下で行方をくらましている上官が朕と同じといえるであろうか。

このO中尉は復員後、自衛隊に入り、一時羽振りもよかったのだが、不行跡がもとで退職し、その後、職を転々としているうちに、人生の花を咲かせることもなく、不遇の中で世を去ったという。

最後の攻勢作戦

ビルマに取り残されている第二十八軍の脱出を援護すべく、シッタン防衛の一翼を受け持った師団は、防御だけに専念していなかった。攻撃は最大の防御なりの理論に基づいて、対岸で渡河作戦を準備していた敵の拠点ニャンカシを攻撃することになった。

中師団長は、ニャンカシ駅付近の敵の中核陣地に対し、七日午前三時を期して、重砲の十五榴と山砲をもって三百発の集中砲火を浴びせた。しかし、攻撃を命じられた歩兵第五十六連隊の奮戦にもかかわらず、わが方の損害が続出し、攻略は成功しなかった。

このとき五十六連隊の第二大隊がニャンカシの敵と対峙して身動きができなくなっていたので、これを転進援護する必要に迫られた。中師団長はこのため、わが百十四連隊から一コ中隊を差し出すことを命じた。大塚連隊長は、この任務を第二大隊の第五中隊（長・加藤中尉）にあたえた。師団長や作戦参謀に激励され、七日夜、シッタン河を渡り、第五中隊は八日未明、ニャンカシに到着した。

加藤中尉は、敵の激しい抵抗があるものと覚悟していたのだが、それらしき気配がまったくなく、集落は静寂そのものであった。ニャンカシ集落の西端のパコダの森には、野砲二門と武器弾薬が多数散乱しており、敵の退却を物語っていた。

加藤中尉は五十六連隊二大隊長新浜大尉と連絡をとり、ニャンカシ全域を偵察し、それを確認した後、この大隊は無事シッタン東岸に転進することができた。

第二十八軍（策）はこのころ、ペグー山中を出発し、トングー付近でマンダレー街道を突破してシッタン河東岸に向かい、突進していた。遙か遠く北方で、敵の猛烈な砲爆撃音が雷鳴のように連日連夜にわたって聞かれた。このとき、怒濤のように河をさかのぼる満潮の高波に、多くの将兵の命が失われたのである。

中師団長はこの二十八軍の苦境を少しでも柔らげるため、敵を第十八師団の正面に牽制すべくわが連隊に対し、ニャンカシよりさらに後方のアビヤ方面の出撃を命じたのである。

ニャンカシから退却した敵は、連日にわたって一日二～三回、数機編隊の戦闘機によりわが陣地に対し、執拗な急降下爆撃や超低空銃撃を反復した。またアビヤの敵砲兵陣地からはニャンカシ、バンヨーに向け、毎日、断続的に熾烈な無差別砲撃を加えてきた。敵の執拗な砲爆撃に、二大隊から数名の戦死傷が出た。

第2大隊アビヤ攻撃要図

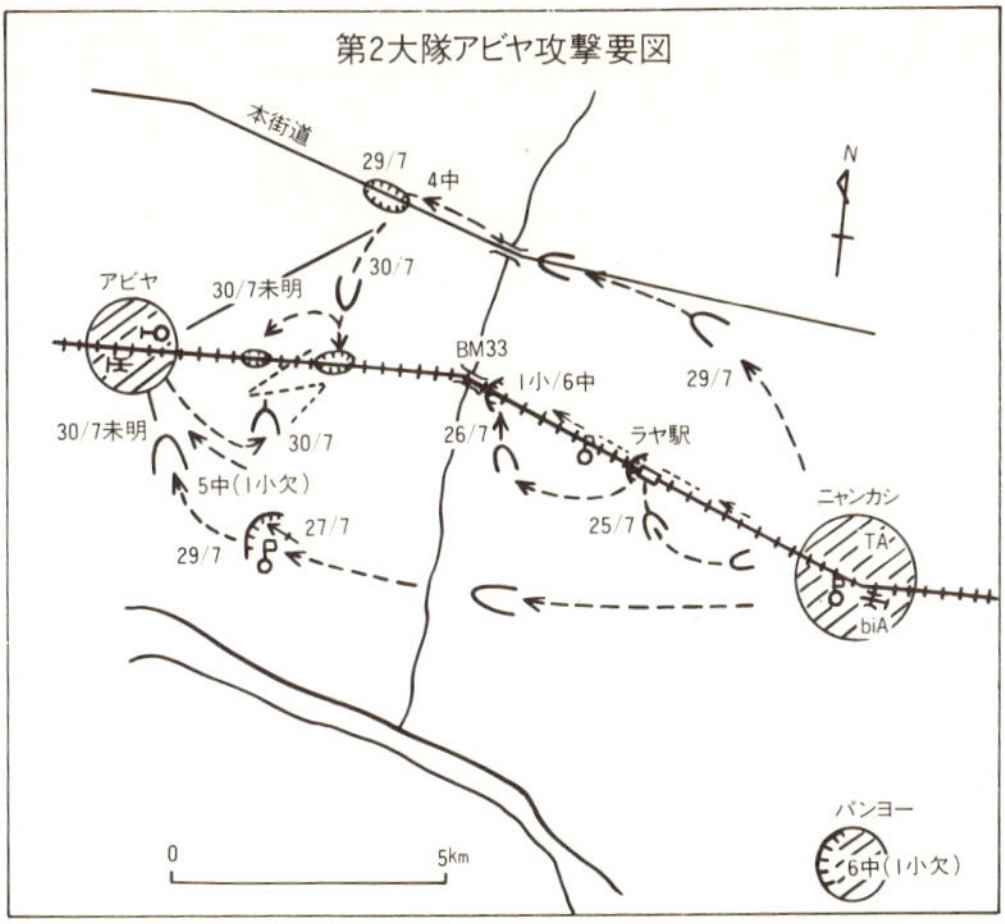

師団長の命令により連隊長大塚大佐は、水口少佐の指揮する第二大隊にアビヤ攻撃を命じた。大隊長は第四中隊（長・赤崎中尉）に第五中隊の一コ小隊（長・八田少尉）、第二機関銃一コ小隊（長・後藤見習士官）を配属して、鉄道線路北側の本道上を前進させ、アビヤ東方約二キロ、鉄道線路上の敵の前進陣地の攻撃を命じた。

赤崎中隊長は夜陰に乗じて第一小隊（長・藤重中尉）に、この前進陣地の奇襲攻撃を敢行させたが、突入直前に敵に発見され、敵の猛反撃を受けて、攻撃は頓挫し、不成功に終わった。

藤重中尉は、やむなく敵の前進陣地西方のアビヤとの中間地点で突撃拠点を確保し、再度の攻撃の態勢をとった。

五中隊から増援された一コ分隊を率いた八田少尉は、アビヤと敵の前進陣地をつなぐ数条の通信線を発見し、これを切断した。不通になった通信線を補修に来るに違いない。

二大隊の将兵は、北ビルマのサンプラバム警備時代、通信線が頻々と切断されるので、その補修に出かけてはゲリラに待ち伏せされ、手痛い目にあっていたことは前に書いた。今度は日本軍が敵を待ち伏せる番であった。

痛い目にあっていない敵は、至近距離数メートルまで引き寄せられ、一挙に撃滅させられた。予測される敵の砲爆撃に備え、必死になって鉄道堤の壕掘りに精を出した。

翌七月三十日、夜明けと共にアビヤの敵の砲兵は、猛砲撃をわが方に浴びせ、敵の観測偵察機は、日本軍陣地の上空を低空旋回して、敵砲兵の弾着を誘導した。フーコンの戦線やミートキーナの戦線でも、この観測機の上空からの偵察には悩まされた。

午後になると、敵はさらに熾烈な迫撃砲の猛砲撃を突撃拠点のわが方の陣地に浴びせ、アビヤより敵の歩兵約一コ中隊が逆襲に転じて突進して来た。

赤崎中隊長は、重機関銃による連続猛射により敵の進出を阻止させたのだが、敵の反撃、逆襲はまれに見る激しさであった。

敵は前進を停止し、にわかに戦線の広域にわたって煙幕を張りめぐらした。敵の銃砲火が止み、煙幕のためしばらく状況が不明となったが、やがてアビヤの前進陣地の敵は、掩護部隊によって収容され、退却したことがわかった。

夕闇と共にわが陣地周辺もようやく平穏に戻った。このときの突撃拠点陣地に対する砲撃は一日延べにして三千発近く、このため陣地周辺の様相はがらりと変わってしまっていた。鉄道線路沿いの電柱に架設された鉄道電話線は、砲弾の破片でズタズタに切断されていた。

幸運にも、この戦闘におけるわが方の損害は、負傷者数名に止まった。これは二大隊の将兵が長年にわたって培ってきた、戦さ上手の賜物であるといっても過言ではない。

奇跡のアビヤ奇襲焼き打ち

アビヤ攻撃を命じられた第五中隊は、七月二十八日夜、加藤中隊長みずから長野、佐藤両軍曹と共に敵情偵察に出かけた。アビヤ集落に近づいたとき、敵の警戒ピアノ線に引っかかった。「しまった」と思うまもなく、敵機関銃の猛射を受け、湿田に身を伏せた。

つぎつぎと照明弾が打ち上げられ、四辺は真昼のように明るくなった。加藤中尉らはこの照明を利用して、敵の配備や陣前の地形を偵察した。その後、敵の射撃の合間を縫って、無事築堤の拠点陣地に帰還した。

この偵察により、水深一〜二メートルのクリークが曲がりくねってアビヤ集落に通じていることがわかった。加藤中隊長より敵情報告を受けた水口大隊長は、最初に計画したアビヤの攻撃方法（砲兵の援護射撃に膚接して突入する戦法）を奇襲斬り込み戦法に変更し、これを中隊長に命じた。

中隊長以下全員、銃剣などは築堤拠点陣地に残置し、火炎ビンと手榴弾各三発を携帯して、七月二十九日薄暮、全員決死の覚悟で拠点陣地を出発した。水口大隊長は、拠点陣地で予備の機関銃小隊などを指揮して攻撃援護の体制を固めた。

奇襲部隊は、アビヤ集落に通じるクリークの中を岸伝いに歩き、あるいは深いところは泳ぎながら約三時間半にわたって前進し、敵に発見されることなく、集落の敵陣地近くまで接近することができた。

ただちに右第一線を小川見習士官、左第一線を井手見習士官、中央は加藤中隊長が指揮することにした。あらかじめ定めた攻撃隊形をとって集落内に突入し、中隊長の点火を合図に、全員一斉に手榴弾、火炎ビンをつぎつぎと投げての奇襲斬り込みを敢行した。日本軍の奇襲に驚きながら、敵も間髪を入れず、機関銃で反撃に転じた。

敵の猛射の中を全員、無我夢中になって手榴弾を投げつつ駆け回り、つぎつぎと家屋に火を放った。竹の壁とチークの葉で建てられたビルマの家屋は一瞬にして燃えひろがり、一面火の海となった。

いつのまにか敵の激しい機関銃の反撃が止んでいた。加藤中隊長は敵が混乱し恐れおののいて退却したものと判断して、ただちに中隊を集結して帰途についた。

奇跡的に本攻撃で中隊には一名の負傷者も出なかった。遙かシッタンの丘より、アビヤの奇襲焼き討ちの状況を望見していた師団長から、「成功を祝す」との電話が連隊本部に入った。大塚連隊長は、部下の巧みな戦闘ぶりに満足であった。水口大隊長は、築堤拠点陣地で加藤中隊長以下全員を出迎え、その労を厚くねぎらったのである。

　私はかつてフーコンの戦線で、師団主力がモガウンに撤退しようとしたときに、その援護のためにイエカンというところで死守命令をもらったことがある。敵を攪乱させ、一日でも多く時を稼ぎ、敵の進出を喰い止めようと分隊長を長とする斥候と、兵長を長とする二組の斥候を編成、小銃や軽機関銃は邪魔になるからと持たせず、手榴弾だけを三発ずつ持たせて敵陣に奇襲をかけさせた。

　これが見事に成功し、油断していた敵は周章狼狽し、日本軍の夜襲を怖れ、一晩中、機関銃を射ちつづけていたことがあった。「ざまあ見ろ」と溜飲を下げる思いをしたのだが、このときの分隊長と兵長がここで活躍した五中隊の連中であった。考えてみれば、彼らは経験ずみであったわけである。

　このアビヤ攻撃の成果はどんなものであったのだろうか。前記のように第二十八軍（策）の各部隊は、多くの損害を出しながら、シッタン河の濁流を渡河して、ぞくぞくと東岸地区に集結中であった。この作戦に呼応した歩兵第百十四連隊のアビヤ攻撃は、アビヤ前進陣地の敵を駆逐すると共に、堅陣アビヤを奇襲して徹底的に攪乱するなど、敵の心胆を寒からしめ、よく牽制攻撃を達成したといえる。また、敵を受動に陥らしめた戦果は高く評価されたのである。

　わが十八師団のシッタン河西岸地区に向かっての渡河進攻作戦は、六月下旬、歩兵第五十六連隊渡辺中隊のシッタン河鉄道橋脚陣地攻略戦にはじまり、ニャンカシ攻略、七月三十日未明のアビヤ奇襲斬り込み攻撃まで月余にわたって、ただ一条の鉄道線路を中心として戦闘が展開された。わが方の装備や火力の劣勢をおぎなうために夜襲作戦の連続となり、これが師団規模で実施され、世界戦史にも類例のない夜襲作戦と高く評価された。

将兵は腰を下ろすところもない広大な湿地帯で連日、水に浸り、足の腐れや蚊や蛭などに悩まされながら、果敢な夜襲戦を決行したのである。この成功は、第十八師団全将兵の旺盛なる攻撃精神、泥まみれの辛苦、尊い血と汗との結晶であった。敗戦つづきの戦線にあって、この勝報はいち早く大本営にも達し上奏されて、天皇陛下より御嘉賞の御言葉を賜わったと伝えられたのである。

第二十八軍のビルマ脱出援護のため、菊兵団、龍兵団などから将校の指揮する数組の斬り込み隊が編成され、敵中深く潜入して活躍している。熊本予備士官学校時代の親友で同期生であった宮崎憲一中尉（龍兵団・国士館大学出身）もその中の一人である。

終戦

アビヤ攻撃後のわが連隊主力は、インカボーク、スパヌウ地区一帯に敵の来攻に備え、堅固な陣地を構築していた。

彼我の前線部隊では、銃砲火の音が終日間断なくつづき、上空には定期便のように数機編隊の英軍戦闘機が超低空で来襲し、わが方に熾烈な銃爆撃を加えていた。日がたつにつれ激しさを増し、とくに八月十四日の敵砲兵の砲撃は、終日にわたって凄まじきものがあったところがである。翌八月十五日にはピタリと止まり、敵戦闘機もただ上空を低空で旋回するだけで、まったく静かな一日となった。

将兵たちは「珍しいこともあるもんだ。十三日の金曜日でもあるまいに、何てこった」と不審に思った。十三日の金曜日というのはキリストが処刑になった日で、キリスト教徒は不吉な日として戦闘行為を手控えするという噂がかねてから流布されていたからである。

戦況が悪化してはいたが、日本が降伏するとはだれも考えていなかった。陣地近くのビルマ人の集落では、「戦争が終わった」との噂が流れていたようである。このとき、連隊通信中隊はビルマ方面軍司令官から第十八師団長宛の電文、「本十五日、天皇陛下が重大放送をされる。戦争は終わった」と傍受していた。

連隊副官平井大尉より連隊長に報告されたのだが、最初はだれもこれを信じようとしなかった。しかし、英軍の偵察機は、日本軍の動静を監視するかのようにわが陣地上空を旋回しながら、つぎつぎと宣伝ビラを投下してきた。

そのビラには、

「日本軍のみなさん、戦争は終わりました。八月十五日に日本政府は〝ポツダム宣言〟の無条件降伏をしたのです。あなたたちは、父母や恋人の待つ懐かしい祖国に帰ることができます。今日かぎりお互いに戦争はやめましょう。連合軍司令部」とあった。

これがまぎれもない事実であることを知った将兵たちの無念さ、虚脱感、これからどうなるという不安感、今日から戦さはないのだという一種の安堵感などが将兵の心の中で複雑に交錯し、なんとも形容のできないムードがただよいはじめていた。敵と接触して対峙していた味方の中隊から、

「敵の陣地から歌声が聞こえる。酒でも飲んでいるらしい。これまでにないことである。まさに夜襲の好機である」と進言して来た。

「待て、何かあるゾ。自重せよ」という一幕もあった。また輜重連隊のT大尉は、「クソッ、降伏なんかしておれるか。オレは部下中隊を率いて山に籠り、敵に一泡も二泡も吹かせてやる」と息巻いて、他中隊に檄を飛ばし、実行しようとした者もいた。彼の行動は辛うじて押しとどめられたのだが……。

降伏という前代未聞の悲報に、だれもが平静でいられるはずはなかった。A獣医中尉は、私と懇意な間柄であった。彼はこのときマラリアを病んで野戦病院に入院中であったが、この報を知るや前途を悲観して手榴弾で自決してしまった。病んで心身共に衰えている者にあたえたショックは大きかったに違いない。

この中尉は私より二年後輩にあたる将校だが、ビルマの中部シャン高原にあるタウンギーという街で一緒に入院していたことがあった。入院中の折々にヘボ将棋を差しては憂さを晴らしていた。「やっとこ中尉、これで参ったか」とか、「何を、この貧乏少尉、この王手では手が出まい」などと軽口をいい合って暇をつぶしていた。

ある日、彼は女房に出すのだと書いた葉書を、私に見せたことがある。

「拝啓　一、元気でいるか。二、オレはマラリアで入院中だが心配はいらぬ。三、親たちに変わりはないか。四、変わったことがあったら知らせる。五、終わり」とあった。

「何だこりゃ、手紙じゃなくて電報みたいじゃないか」

「いやー私は手紙ちゅうのが面倒で、大の苦手なんですよ」

「それにしても、ほかに書きようがありそうなもんや。これじゃ奥さんガッカリするぜ」「そうですな、中尉殿、いっそ私の代筆をしてくれませんか」という。「さっきはやっとこ中尉なんて、悪口をいってて、頼むとなりゃ、中尉殿か」と、私は苦笑いをした。

私は部下たちの留守家族からの便りによく返事を書いたし、また手紙の書けない兵士たちのために、ときおり代筆をして近況を知らせたりしていたので、彼の申し出を苦にはしなかった。

「私でよかったら、書いて上げてもよいが、満足してもらえるかどうか」

「とんでもありまっせん。ぜひお願いします」と頭を下げた。

私は彼の新妻（彼は新婚であった）のために、かなりの長文を書いた。ビルマ人たちの生活の模様、気候風土、手近な風景なども織り混ぜ、自分がどんなにお前を愛しているかを綿々と綴った。

「こんなもんでよいかね」と彼に渡した。

「いやー、これば読んだら女房ん奴、どげん喜ぶかわかりまっせんバイ」と大満足のようであった。

その彼が、最愛の女房の待つ祖国の土を踏むことなく散ってしまったのである。だれもが敗戦に動揺していた。

もし平静心のある人がいて、「慌てるな」「落ち着け」「もう少しようすを見よ」と忠告してあげられたらと、彼の死を聞いて私は悲しかった。

軍旗奉焼

八月十六日夕刻、大塚連隊長は師団司令部に出頭を命ぜられ、つぎの方面軍命令を伝達された。

「一、八月十五日一二〇〇『ポツダム』宣言を受諾スル旨ノ御詔書ヲ天皇陛下御親ラ御放送アラセラレタリ。

二、隷下諸部隊ハ別命スル迄依然現任務ニ邁進スベシ。　緬甸《ビルマ》方面軍司令官」

連隊長は翌十七日、インカボークの連隊本部に各大隊長を召集し、この旨を伝え、各大隊長は翌日、部下将校を大隊本部に集合させ、右命令を直接全員に伝達した。あわせて各種のデマに惑わされることなく、くれぐれも自重自愛することを希望する旨の連隊長要望も伝えられた。

しかしながら、あらぬデマがつぎつぎと流され、中には「ビルマ方面軍が総決起して、一挙にラングーン攻略の総攻撃をかける」と、身の引き締まるようなデマもあり、全軍総玉砕の悲壮なムードになったりした。

八月二十五日にビルマ方面軍命令が出されたので、デマは一応おさまった。

「昭和二十年八月二十五日午前零時ヲ以テビルマ方面軍ニ対スル作戦任務ヲ解除セラレ詔書渙発以来敵軍ノ勢力下ニ入リアル帝国軍人、軍属ハ捕虜ト認メズ各部隊ハ速カニ隷下指揮各末端ニ至ルマデ軽挙ヲ戒メ皇国将来ノ興隆ヲ念ジ自重スベシ。

緬甸方面軍司令官」

この命令で、完全に戦闘行動は停止された。歩兵第百十四連隊は昭和十二年九月、九州小倉で創設され、杭州湾敵前上陸、南京作戦、バイアス湾上陸、広東攻略戦、シンガポール攻略戦、ビルマ進攻作戦、フーコン・雲南作戦、ミートキーナ防衛戦、ミートソンの決戦、シッタン作戦など、皇軍最強を誇る第十八師団（菊）の基幹歩兵連隊として、数々の武勲と輝かしい不滅の戦績を残して、作戦上の使命はここに終了した。

軍命令により歩兵連隊の軍旗は、それぞれ現地において奉焼をもって奉還することになった。師団長中中将は、麾下歩兵連隊の軍旗奉焼日を、久留米編成師団ということから、太宰府天満宮の祭礼日にちなんで八月二十五日、日没後と決定され、各連隊に通達した。

大塚連隊長は軍旗奉焼に先立って部下全将兵に対し、最後の軍旗拝謁の機会を設けられた。軍旗を捧持した旗手（樋口少尉）と共にトラックに乗車して、第三大隊長（羽田野大尉）以下、全将兵の待つ駐留地に出向し、大隊長以下の惜別の軍旗拝謁が実施された。

インカボークの連隊本部には、軍旗奉安所が設けられ、第三大隊以外の将兵は各本部、中隊ごとに逐次、参集し、軍旗奉安所前に整列して最後の拝謁を行なった。

軍旗奉焼の式場は、連隊本部近くのチーク林内の広場に設けられた。

八月二十五日夕刻、むせぶような小雨の降るなか、連隊長以下各大隊長、将校および各隊代表の下士官兵が参集し、「コ」の字形に整列した。日がとっぷりと暮れると、軍旗小隊長の先導で、旗手の捧持する軍旗が厳かに式場に到着した。

連隊長の痛恨きわまりない軍旗奉還の辞が終わると、軍旗は旗手より連隊長に手渡された。連隊長みずから、軍旗を式場中央部に井形に積み上げられ燃えさかる薪の火の上に差し出された。

軍旗に火が移った後、薪にはガソリンが注がれ、軍旗は一瞬にして全面、炎と化した。その煙は、列席の将兵が食い入るように見まもるなか、式場一帯のチーク林に低く低く棚引いた。そして、名残りを惜しむかのように、いつまでも靄となって漂っていた。

栄光あるわが連隊の軍旗の、最後の荘厳な姿を拝して、連隊長以下参列の全将兵は慟哭し、目に涙を浮かべながら、「海ゆかば水漬く屍、山ゆかば草むす屍……」を合唱した。

この厳粛にして悲愴な情景は、連隊長以下、式場参列の全将兵にとって、終生忘れることができない痛恨のセレモニーとなった。

なお、菊の御紋章は、式後、「フイゴ」にかけて溶解され、その残片は旗手の手によって式場近くのチーク林の地中深く、ひそかに丁重に埋められた。

この軍旗は昭和十二年九月十六日、初代連隊長片岡角次中佐が旗手林佳介少尉をともない、宮中に参内し、天皇陛下より親授されたものである。歩兵第百十四連隊の母体であった歩兵第十四連隊（小倉）の連隊旗は創立も古く、数多くの戦場に出陣しているので傷みようも激しく、房だけのボロボロの連隊旗であった。

たび重なる戦闘で将兵の士気を鼓舞するために、砲煙弾雨の中で盛んに打ち振られ、そのために銃砲弾に当たることも多く、ついに房だけの姿になったと、誇らしげに語られたことがあった。

近代戦になってからは、ほとんどそのような姿を見ることはなく、いつも袋におさめられ、式典などのときにだけ将兵が拝謁するというありさまであったから、わが連隊の軍旗は、いつも新品同様の美しい姿を保っていた。

軍旗は天皇陛下の分身として崇められてきたのだが、敗戦という未曾有の出来事のために一握りの灰に帰するとは、だれが予期したであろうか——。

あとがき

「軍人勅諭」の中で、「上官の命令は朕《ちん》の命令と心得よ」と訓されていた。そのため、命令を楯に絶対服従をしいられ、死なずにすんだはずの多くの将兵が死に追いやられたことに、私は激しい憤りを覚える。そして、「朕の命令」に便乗して保身に汲々としていた一部のお偉いさんたちを憎んだ人たちもまた少なからずいたことだろう。

私がこの戦争の中で痛感したのは、日本軍は戦いに勝つことを教えられても、負けることについて何ひとつ教えられていなかったということである。私たちの敵であった連合軍（英米中）には、退却することも降伏することも、捕虜になることも許されていた。

反対に日本軍には、いかなる事情があろうとも降伏や捕虜になるなど許されぬ行為で、そのいずれもが死を意味するものがあった。勝たんがために、人間性を無視してもよいということがあろうか。

徳川家康の人生訓の中に、「勝つことばかり知りて敗けることを知らざれば、害その身に至る」という一節があるが、日本軍の上層部は、こうした先哲の訓えを学ぼうとしなかったのだろうか。

私が戦場で何より残念に思ったのは、命令を下した上級機関の人々が、悪戦苦闘をしている第一線を決して訪れようとしなかったことである。「ミートキーナ」の戦線では、死守命令を守将の水上少将にあたえながら、軍司令部からは一人の参謀も派遣せず、少将を自決に追い込んでいる。また、「フーコン」の戦線でも、私に死守命令をあたえた大隊長は、第一線で苦闘している私たちのところに、ただの一度も顔を見せなかった。

私は死守命令をうけたとき、「こんな北ビルマの山の中で死ぬのか……」とあきらめかけたが、すぐに、「クソッタレ、こんなところで死んでたまるか！」と、自らを奮い立たせた。同時に、この任務をまっとうするには、部下たちと離れた場所にいて命をながらえるようなことをしてはならぬと心に誓った。

私は、将校の持つ拳銃や軍刀は役に立たないと、部下たちといっしょに小銃を執《と》って、押し寄せる敵と戦った。こうして死生を共にした経験から、病いに倒れた私を、部下たちは助けてくれたのだと思っている。

ビルマ（現ミャンマー）の戦線では、約十九万人の将兵が二度と祖国日本の土を踏むことができなかった。それがどんな戦いであったのかを知っていただくために、この戦記が少しでもお役に立てば幸いである。また、厳しい戦線にも閑日月があり、そこで演じられた人間模様にも触れてみたが、どんな感想を持たれるだろうか。

この本の執筆に当たって正確を期すために、次の著書を参考にさせていただいた。著者の方々に深く謝意を表したい。「歩兵第百十四聯隊史」聯隊編集委員会編、「あゝ菊兵団」牛山才太郎著、「戦火の青春」大西清著、「死神を呼んだ筏」田中勧著、「イラワジ川挽歌」檜山龍太郎著、「ミートキーナ八十日の攻防」平井郁郎著

平成七年十月　　田中　稔

単行本　平成七年十一月　光人社刊

NF文庫

死守命令　新装版

二〇一七年七月十二日　印刷
二〇一七年七月十八日　発行

著　者　田中　稔
発行者　高城直一

発行所　株式会社潮書房光人社
〒102-0073　東京都千代田区九段北一-九-十一
振替／〇〇一七〇-六-五四六九三
電話／〇三-三二六五-一八六四(代)

印刷所　株式会社堀内印刷所
製本所　東　京　美　術　紙　工

定価はカバーに表示してあります
乱丁・落丁のものはお取りかえ
致します。本文は中性紙を使用

ISBN978-4-7698-3020-7 C0195
http://www.kojinsha.co.jp

NF文庫

刊行のことば

第二次世界大戦の戦火が熄《や》んで五〇年――その間、小社は夥しい数の戦争の記録を渉猟し、発掘し、常に公正なる立場を貫いて書誌とし、大方の絶讃を博して今日に及ぶが、その源は、散華された世代への熱き思い入れであり、同時に、その記録を誌して平和の礎とし、後世に伝えんとするにある。

小社の出版物は、戦記、伝記、文学、エッセイ、写真集、その他、すでに一、〇〇〇点を越え、加えて戦後五〇年になんなんとするを契機として、「光人社NF（ノンフィクション）文庫」を創刊して、読者諸賢の熱烈要望におこたえする次第である。人生のバイブルとして、心弱きときの活性の糧《かて》として、散華の世代からの感動の肉声に、あなたもぜひ、耳を傾けて下さい。